Peter Boge
Die Neue Weltordnung
2. Auflage 2025

Peter Boge

Die Neue Weltordnung

Generation X Erzählung

Gewidmet den Bürgern der Vereinigten Staaten von Amerika.

Impressum

Bibliografische Information der Deutschen Nationalbibliothek: Die Deutsche Nationalbibliothek verzeichnet diese Publikation in der Deutschen Nationalbibliografie; detaillierte bibliografische Daten sind im Internet über http://dnb.dnb.de abrufbar.

Verlag: BoD · Books on Demand GmbH, In de Tarpen 42, 22848 Norderstedt, bod@bod.de

Druck: Libri Plureos GmbH, Friedensallee 273, 22763 Hamburg

ISBN: 978-3-7693-7780-4

Inhaltsverzeichnis

I

Und da bekamen die Menschen Angst!

Im 20. Jahrhundert schufen die Menschen Himmel und Erde neu:

Und es lag Öl auf den Wassern und Smog verdunkelte das Firmament.

Da Sprachen die Menschen zueinander:

Lasset uns Ökonomisch sein und Produktiv; lasset uns Einsam werden Miteinander und Unfruchtbar.

Zum Schutze vor Ihrer Angst schufen sie das fliegende Getier: Düsenjäger, Bombenflugzeuge, Raketen mit Vielfachatomspreng-köpfen, je nach ihrer Art.

Und die Menschen fühlten sich immer Unsicherer. Sie töteten ihre Kinder, noch ehe sie geboren waren. Hunderttausende Jahr für Jahr.

Und die Menschen waren Stolz auf das Blut an ihren Händen und sie nannten dies alles „Fortschritt".

Im 20. Jahrhundert sprachen die Menschen zueinander:

Lasset uns nicht länger knien vor dem alten Gott. Lasset uns Frei sein! Und sie schufen sich einen neuen Gott, schmückten ihn mit Lack und Chrom und nannten ihn „Auto".

Unter seinem giftigen Odem verwandelte sich ihre einst blühenden Straßen in trostlose Asphaltwüsten.

Auf diesen Asphalt – Altären brachten die Menschen ihrem neuen Gott Menschenopfer dar – Hunderttausende Jahr für Jahr.

Und als ihr Blut die Altäre Rot färbte und die Luft zum Atmen und das Wasser zum Trinken allmählich knapp wurde, da bekamen die Menschen Angst Denken zu müssen.

Und sie schufen riesige Industrien, Einrichtungen welche die Menschen ständig in sinnloser und rastloser Bewegung hielten, um sie vor dem Denken zu bewahren.

Ihre Wünsche und ihr Sehnen richteten sie auf nutzlosen Tand, von dem sie sich Glück erhofften, aber doch stets aufs neue Enttäuscht und auf ihr eigenes Ich zurückgeworfen wurden.

Und die Angst der Menschen war groß wie ein Berg.

Und der Berg begrub all ihre Hoffnungen unter sich.

Unbekannter Verfasser

„Um die Neue Weltordnung zu festigen, muss die Öffentlichkeit zuerst mit einer Serie von Problemen konfrontiert werden. Ost und West, beide Armeen und Regierungssysteme werden vom selben Banken-system unterstützt. Nur um eine Illusion zu kreieren, das ein Konflikt, ein Krieg, zwischen den Systemen ausbrechen kann.

Nun das Ergebnis: nachdem die Banken im Revolutionsjahr 1917 die Kommunisten mit 20 Millionen Dollar in Gold zur Macht verhalfen, können diese nun ihre Ernte, die Neue Weltordnung, einfahren und die Welt kontrollieren."

Eric Barger, Februar 1992

„Die Welt wird von völlig anderen Personen regiert, als uns von denen die hinter den Kulissen die Fäden ziehen, gezeigt wird."

Benjamin Disraele, ehem. Prime – Minister von England

„Nach all dem glaube ich, das, das Bankensystem gefährlicher für unsere Freiheit ist als Armeen. Mein ‚Angehen gegen diese Institutionen war so offen und freundlich, das die Manager der Bank von Amerika mich als verrückt darstellten. Da ich ihr Vorgehen und das Geheimhalten gegenüber der Öffentlichkeit für gut hielt.

Um deren Standpunkt zu erfahren. Die unkontrollierbare Kraft des Geldes sollte von den Banken weggenommen werden und zurück zur Regierung gegeben, die vom Volk getragen ist."

Thomas Jefferson, Präsident der USA 1800 bis 1808

„Was ist der Spieleinsatz in diesem Krieg (Persischer Golf, Irak, Krieg II)? Es ist mehr als dieses kleine Land (Kuwait). Es ist eine große Idee. Die Idee einer Neuen Weltordnung."

Georg Busch, ehem. Präsident der USA 29. Januar 1991

Diese Liste von „großen Persönlichkeiten", die sich der Macht verschrieben haben, könnte man endlos fortsetzen. Es waren nur wenige unter ihnen, die die Wahrheit erkannten und sich zur Wehr setzten. Diktatoren wie Adolf Hitler und Stalin bis hin zu den heutigen demokratisch gewählten „Führern" haben sich im Laufe der Jahrhunderte der Idee einer Neuen Weltordnung verschrieben. Um diese durchzusetzen, waren sie stets bereit, ihr Volk zu verraten. Der erste Schritt besteht darin, das alte System, in dem ein Volk lebt, zu zerstören. Im zweiten Schritt wird ein neues System etabliert, um die Menschen erneut abhängig zu machen und ihnen vorzugaukeln, dass es unmöglich erscheint, anders zu leben. Daraus ergibt sich der dritte Schritt: die Zerstörung jeglicher Art von Religion oder, besser gesagt, die Abschaffung des Glaubens an etwas, das über einem „menschlichen" System steht. Schließlich wird der Familiensinn zerstört, sodass nur das Kollektiv zählt. Ein Insektenstaat ist einfacher zu kontrollieren als einzelne menschliche Verbindungen.

Die Mächtigen wollen, dass wir glauben, sie seien die Beherrscher des Systems, während sie uns vorgaukeln, sie seien eigentlich die Zerstörer. Warum hören wir die Wahrheit nicht durch die Medien? Warum nutzt man die Medien nicht, um die Bevölkerung dazu zu animieren, die Dinge selbst in die Hand zu nehmen? Um Eigenständigkeit, Eigenverantwortung und Nächstenliebe zu lernen und zu leben. Die Banken kontrollieren die Medien, und diese sind wohl die Letzten, die bereit sind, ein Volk freizugeben. Alle wollen den Frieden, suchen Frieden, reden vom Frieden. Sogar die Banken, die militärische Operationen finanzieren und die Waffenproduktion fördern, reden vom Weltfrieden. Was hat uns der Irak-Krieg zu sagen? Die USA können allein keinen Krieg mehr gewinnen. Sie haben es tatsächlich geschafft, die Bevölkerung davon zu überzeugen, dass die Vereinten Nationen den Krieg gegen Hussein gewonnen haben. Die Bevölkerung ist nun überzeugt, dass nur ein gemeinsames Eingreifen aller UN-Nationen einen „Sieg" der Demokratie bringen kann, um eine Neue Weltordnung durchzusetzen. Das beweist auch der letzte Krieg in Europa. Die UN hat sich hier nicht gemeinsam vereint, um ein Morden zu beenden. Dafür waren die finanziellen Interessen der europäischen Staaten viel zu groß. Wann hat man schon einen ausgewachsenen Kleinkrieg vor der Haustür, mit dem man reich werden kann? Um zu zeigen: „Ihr könnt froh sein, dass ihr nicht dort lebt. Seht, wie gut es euch unter meinem Schutz geht. Also seid auch ihr friedlich und arbeitet für mich. Sonst ergeht es euch genauso."

Nur eine Andeutung: Im Balkankrieg haben die Verantwortlichen eine neue Phase des Kriegshandwerks eingeläutet. Durch massive Manipulation der verschiedenen Bevölkerungsschichten mithilfe von chemischen, biologischen sowie Strahlen- bzw. Frequenzwaffensystemen haben die Kriegsgewinnler den Bürgerkrieg angeheizt, um Kapital, das heißt Macht, zu erlangen. Ganz zu schweigen davon, dass Deutschland einen großen Teil der NVA-Bestände an die Kriegsparteien veräußert hat.

1991 änderte die Sowjetunion ihr System. Für einen Tag wurden alle freien Medien daran gehindert, über die Ereignisse zu berichten. Es wurden nur offizielle Verlautbarungen bekannt gegeben, um der Bevölkerung und der Welt das Sehen und Hören zu ermöglichen, was bestimmt war. Flughäfen und öffentliche Verkehrsmittel wurden stillgelegt. Für eine Nacht herrschte das Kriegsrecht. Um zu zeigen, dass nun wirklich eine Neue Weltordnung anbricht, ließ man sogar den Ex-Präsidenten, der das alte, schlechte System darstellte, am Leben. Nennen Sie mir ein Ereignis in der Geschichte, in dem der neue König nicht das alte Reich mit dem alten König vernichtet oder den König verbannt hat. Warum hat man dies getan? Nicht um des Friedens willen oder der Zehn Gebote. Es wurde auf diesem Weg vollzogen, um die Milliarden Dollar, die Interesse an Investitionen in diesem Land haben, nicht abzuschrecken. Die Weltbank sponserte Hitler, Ost-West-Regierungen, Kriege und Konflikte – alles mit dem einen Ziel, die zukünftige Weltregierung durchzusetzen.

Am 1. Januar 1993 vereinigte sich nach biblischer Prophezeiung Europa. Das Römische Reich wurde wiedererrichtet – gemäß den Römischen Verträgen. Am 1. Januar 1994 vereinigte sich Nordamerika unter der NAFTA und bildete einen gemeinsamen Markt. Warum hat die Welt so ein Interesse an Israel? Die Mächtigen wissen von der Kraft, die von diesem Ort ausgeht. Man versucht alles, um die Prophezeiung, dass Israel den neuen Tempel auf dem Tempelberg errichtet, zu verhindern – unter dem Deckmantel des Friedenswillens.

Henry Soak, Sprecher der SWIFT (Gesellschaft für weltweite Finanzkommunikationsverbindungen mit Sitz in Brüssel), sagte: „Wir wollen nicht mehr Komitees. Wir haben schon genug. Was wir wollen, ist einen Mann von unerschütterlicher Statur, der das Volk im Griff hat, um uns aus dem wirtschaftlichen Morast, in den wir sinken, zu retten. Wir brauchen diesen Mann. Ob es Gott ist oder der Teufel, wir werden ihn akzeptieren." Die Mächtigen der Welt schreien regelrecht nach einem Mann, der sie alle miteinander führen soll – jemanden, der einen Weltfrieden und eine „stabile Weltwirtschaft" bringt.

Wir leben in einer Zeit, in der das Böse für gut gehalten wird. Wir leben in einer Zeit, in der im Laufe einer Generation, seit der Vereinigung Israels im Jahre 1948, nach Prophezeiung die Endzeit anbricht. Wir leben in einer Zeit, in der die Mächtigen der Welt die Neue Weltordnung (eine Weltregierung) einsetzen wollen, um die Ankunft des Antichristen und die Thronübergabe vorzubereiten.

1.

Die ersten Sonnenstrahlen eines Junimorgens ließen das ewige Eis auf dem Mount Rainier wie Gold erscheinen. Niemand hätte gedacht, dass wir eines Tages hier, versteckt in den Wäldern von Washington, leben würden. Aber wir lebten, dachte ich, als mich dieser immer wiederkehrende Albtraum weckte und mein Blick über das Panorama schweifte. Ich war mal wieder auf der Veranda unseres Blockhauses eingeschlafen. Das roh behauene Holz duftete an diesem Morgen, und ein tiefes Atmen kam von rechts, wo John mit seinem jungenhaften Gesicht friedlich in der Hollywoodschaukel ebenfalls eingeschlafen war. Mein Blick glitt weiter, von ihm über die Gemüsebeete bis hin zum Steingarten mit dem Grill, den John und Chris im Frühjahr an einem feuchtfröhlichen Wochenende hergerichtet hatten.

Ein kleiner Bach, den sie umgeleitet hatten, floss leise plätschernd zwischen kleinen Steinbrücken dahin, wurde hier und da von kleinen Mühlrädern aufgehalten, die groteske Figuren mittels Wasserkraft bewegten, um schließlich als Wasserfall im Teich zu enden. Der Teich versorgte uns mit Fischen, deren Namen ich nie behalten werde. Langsam stand ich auf und versuchte, über die knirschenden Bodendielen ins Haus zu gehen, ohne John aus seinen friedlichen Träumen zu wecken. Die Tür fiel klackend ins Schloss. Im Haus war es noch dunkel, also ging ich durch das Wohnzimmer rechts in die kleine Küche, deren Fenster zur aufgehenden Sonne zeigten.

Der Gasherd kochte schon das Wasser, als ich zum zweiten Mal erwachte. Ich sollte mir langsam abgewöhnen, auf Stühlen mit dem Kopf auf Tischen oder Ähnlichem zu schlafen. Der Kaffeeduft füllte den Raum, und langsam wurde ich wach. Unser Heim hatten wir im Januar bezogen. Ununterbrochener Regen ließ uns wochenlang nicht vor die Tür gehen, aber es waren die schönsten und ruhigsten Wochen der letzten Jahre. Niemand wusste, wo wir waren – so hoffte ich. Nur der Verwalter, über 90 Jahre alt, vermietete uns das Haus ohne Fragen und verlangte die Miete für ein Jahr im Voraus.

Niemals hätte ich gedacht, dass ich so einfach leben könnte. Ohne Kühlschrank, Fernseher, Spülmaschine – kurzum, ohne all die Dinge, die uns als Zivilisation verkauft werden. Nur der alte Gasherd machte fast einen monströsen Eindruck zwischen all der Einfachheit. Alle paar Wochen zog es uns in die kleine Stadt, die 25 Meilen (ca. 40 km) Luftlinie entfernt lag. Dort besorgten wir das Nötigste. Aber immer auf der Hut, dass niemand uns erkannte, und immer nur sonntags, wenn der kleine Ort von Touristen überrollt wurde und eigentlich nur Aushilfspersonal im Supermarkt arbeitete.

Anfangs gefiel mir dies alles nicht. Aber John meinte, je länger wir dieses Spiel um Sicherheitsvorkehrungen spielten, desto eher würden „sie" uns vergessen. Ich dachte schon gar nicht mehr darüber nach, und so wurde jeder Ausflug in die Stadt zu einem kleinen Abenteuer. Es machte Spaß, John mit irgendwelchen wilden Namen wie „Jeff!! Reich mir doch mal das Waschpulver" anzusprechen. Nicht immer reagierte er, und ich hasste es, wenn er mich „Martha" nannte. Wir hatten uns hier draußen eine kleine Welt geschaffen, um zu vergessen und irgendwie neu anzufangen.

Zwei Jahre zuvor in Salt Lake City

„Guten Morgen, Michel. Guten Morgen, John!" Charles Kinston war Anwalt, 60 Jahre alt, und durch das lange Sitzen hinter seinem riesigen Mahagonischreibtisch hatte auch er fast die Mächtigkeit seines Arbeitsgeräts erreicht. Er vertrat den County Salt Lake City in allen Rechtsfragen. Ein finanziell gut betuchter Mormone, der durch diesen Umstand zum Erfolg gekommen war. Mir wurde schon früh klar, dass diese religiöse Gruppe eher eine Finanzvereinigung war und es sich nicht alles um die so hochgepriesene Menschlichkeit drehte. Davon zeugte auch der goldene Engel, der auf dem Tempel zum Angriff auf den Rest der Welt zu blasen schien.

Trotz alledem hatten wir von ihm den Auftrag erhalten, die Verkaufsgespräche zwischen der Bahngesellschaft und der Stadt vorzubereiten. Es ging um einen alten Bahnhof, der schon seit Jahren leer stand und mittlerweile einen „modernen" Anstrich erhalten hatte. Unsere Anwaltskanzlei lief seit Jahren mehr schlecht als recht. Das hatte nicht nur damit zu tun, dass wir keine Mormonen waren, sondern auch daran, dass wir uns auf Erb- und Verwaltungsrecht spezialisiert hatten. Und diese Angelegenheiten wurden meist von der hier mächtigen Kirche geregelt.

Wir waren vor langer Zeit nach Utah gezogen, um hier im Winter Ski zu fahren und im Sommer in den Bergen zu klettern. Unser Leben verlief ruhig, und wir waren ein gut situiertes amerikanisches Mittelschichtpaar, das sich nie etwas zu schulden kommen ließ – außer vielleicht die vielen Parktickets, die John regelmäßig erhielt, da er als stolzer Amerikaner überall das Recht haben wollte, seinen Wagen abzustellen. All dies änderte sich, als Charles Kinston uns bat, Platz zu nehmen.

„Ja, ihr wisst ja, worum es geht", sprach er und blickte mir tief in die Augen, während er John freundschaftlich ansah. „Hier sind die Unterlagen." Er schob John den Ordner zu, der ihn wortlos ergriff und sofort darin blätterte. „Ihr wisst ja, wie das ist – man kommt zu nichts mehr. Deshalb bitte ich euch, den Vertrag in drei Wochen vorzulegen. Noch Fragen?"

„Wie steht es mit der Provision?", murmelte John, der immer noch mit dem Blättern beschäftigt war.

„Zehn Prozent vom Verkaufserlös, also bis zu 50.000 Dollar. Der Bahnhof ist in einem desolaten Zustand, deshalb ist nicht mehr herauszuholen."

„Zehn Prozent? Warum so viel? Wo ist der Haken, Charles?", fragte ich ihn.

„Da ist kein Haken. Oder möchtest du um die Provision mit mir verhandeln?", antwortete Charles, an John gewandt.

„Nein", grinste John und blätterte weiter.

„Wenn ihr irgendwelche Fragen habt, ruft mich nicht an. Ich werde die nächsten drei Wochen irgendwo meinen Urlaub verbringen, um von all dem hier nichts mehr zu hören und zu sehen. Ich bin davon überzeugt, dass ihr die Sache schon allein auf die Reihe bekommt." Er wies auf den Aktenberg neben seinem Schreibtisch.

„Alles klar." John schloss die Akte auf seinem Schoß, nahm meine Hand und stand auf. „Dann wollen wir dich nicht weiter stören. Viel Spaß im Urlaub." Charles war ebenfalls aufgestanden, und in seinem Gesicht erschien nur kurz eine Verwunderung über den plötzlichen Aufbruch, aber er kannte John und wusste, dass dies seine Art sein konnte.

„Schönen Urlaub", sagte ich und reichte ihm zum Abschied die Hand. Er ergriff sie mit den Worten: „Schöne Frauen sollte man nicht gehen lassen", und schaute an mir herunter.

John machte eine Bewegung, und so löste sich die Szene auf, und wir verließen sein Büro. Durch die lichtdurchfluteten Gänge, die kühl klimatisiert die Sonne abhielten, gelangten wir schließlich aus diesem wohl nach der neuesten Architektur gebauten Glaskasten. Wie ein Schlag traf uns die Mittagshitze, und wir eilten aus dem zehnstöckigen Gebäude über die Straße in ein kleines Café, das um diese Tageszeit mit Studenten der nahen Universität gefüllt war.

„Irgendwie kommt mir die Sache schleierhaft vor. Was meinst du?", fragte ich John und sah mir das fröhliche Treiben im Lokal an.

„Ich weiß nicht. Lass uns was essen. Ich habe eine Idee, wo wir diesen heißen Tag verbringen könnten. Oder hast du was vor?", lächelte John und winkte die Bedienung herbei.

Der Bahnhof in Frames, ein Vorort von Salt Lake City, wurde 1855 als wichtiger Waren- und Personenumschlagplatz von United Railways errichtet, einer Bahngesellschaft, die das Monopol auf das gesamte Streckennetz hatte und privaten Gesellschaften die Lizenzen zum Bau von Bahnhöfen und Bahnstrecken erteilte. John beschloss, erst einmal die Besitzverhältnisse zu klären, und da die Papiere nicht näher darauf eingingen, beschlossen wir, in der Bibliothek darüber zu informieren. Doch vorher wollten wir in den nahen Bergen an einem kühlen Bergsee den heißen Tag verbringen.

Wir quälten uns durch den Mittagsverkehr, denn die meisten arbeitenden Menschen dieser Stadt fuhren in ihren klimatisierten Autos in ihrer Mittagspause zum nächsten Fast-Food-Restaurant – es war viel zu heiß, um zu laufen. Schweißtriefend konnte man ja nicht wieder im Büro erscheinen. Sechs Monate eisige Kälte und viel Schnee und sechs Monate trockene Wüstenhitze – so kann man kurz das Wetter in Salt Lake City beschreiben. Utah, der Staat der Mormonen. Hier fand die Glaubensgruppe endlich nach langer Verfolgung einen Platz, um sesshaft zu werden. Hier konnten sie sich frei entwickeln. Im Vergleich zu anderen Staaten waren hier die Lebenshaltungskosten geringer als im nationalen Durchschnitt, obwohl Utah nicht gerade für fruchtbares Land bekannt ist. Was es jedoch im Überfluss gab, war erstens weites, unerforschtes Land und zweitens Bodenschätze.

Zu einem großen Teil verpachtete der Staat Utah sein Land an Bundesbehörden, insbesondere an das Militär, das hier überall geheime und weniger geheime Stützpunkte hat. Insgeheim wäre man stolz gewesen, wenn die erste Atombombe hier gezündet worden wäre und nicht im angrenzenden New Mexico. Vor der Stadt lag wohl die größte Abraumhalde der Welt. Man kann voller Stolz behaupten, so die Verantwortlichen, dass man hier das größte Loch der Welt gegraben hatte. Man trug einen 800 Meter hohen Berg ab, um eine sechs mal zwei Kilometer tiefe offene Kupfermine in die Erde zu reißen, um außer jeder Menge Kupfer natürlich auch Gold und Silber zu fördern. So wurde der Mormonenstaat sehr reich. Eigentlich begann die ganze Geschichte dieser Gemeinschaft und von Salt Lake City im Allgemeinen mit einem ganz anderen Goldfund – abgesehen vom ersten Goldklumpen eines Mormonen und besten Freundes von Sutter in Kalifornien. Zuerst waren da die Goldplatten, die ein 13-jähriger Junge durch Eingebung gefunden hatte, übersetzte und so diese religiöse Gruppe gründete – das Buch „Mormon" mit einer völlig anderen Geschichtsschreibung des Kontinents „Amerikas". Auf der anderen, wohl mehr weltlichen Seite, gab es strenge, puritanische, ja sogar fundamentalistische Mormonen wie der bereits erwähnte, der gemeinsam mit dem gemeinhin als „König von Kalifornien" und Gründer dieses Landes bekannten Schweizer namens Sutter die erste Siedlung und damit auch mormonische Struktur an die Pazifikküste brachte. So wie das Leben spielt, werden diejenigen, die an etwas glauben, geprüft. So auch dieser Mann, dem wohl das schlimmste Missgeschick im 19. Jahrhundert widerfuhr. Ein an Gott und nicht an den Mammon glaubender Mormone fand das erste Gold in Kalifornien und löste somit die größte Massenbewegung in der Geschichte dieses Kontinents aus. Mit so viel weltlicher Macht gesegnet, gründeten die erfolgreichen Sucher nach Gold und Gott den Staat Utah und werden noch heute hart geprüft.

So wurde dieser Mormonenstaat sehr reich, und durch den Regen werden die Abraumhalden gewaschen, sodass der Rest, den man nicht braucht, das Grundwasser und die Böden der Umgebung vergiftet. Im Besucherzentrum des „Größten Lochs der Welt" weist man darauf hin, dass jeder Amerikaner – und darüber hinaus – ein Stück dieses Lochs einmal in den Händen gehalten hat. Denn die Pennys sind aus dem Kupfer dieser Mine gefertigt. Man kann dieses Loch sogar aus dem Weltraum mit bloßem Auge sehen. Zum Schluss weist man darauf hin, dass man in den nächsten Jahren nochmals 600 Meter tief graben wird, um den Durst nach Kupfer für die Welt zu stillen.

Ja, mit Bodenschätzen hatten sie es schon immer gehabt. Da war natürlich der große Salzsee, auf dessen Inseln sich die letzten wildlebenden Büffel zurückgezogen haben. Wenn der Wind mal wieder „falsch" steht, trägt das in der Hitze dampfende, faulige Wasser seinen Geruch über die Stadt. Doch auch in dieser so ruhmreichen „christlichen" Stadt treibt der Mensch seine Blüten, denn die armen Leute wohnen näher am See, und die Reichen brauchen den Gestank nicht zu ertragen, weil sie weit genug davon entfernt siedeln, wo die Grundstückspreise, wie John immer sagt, „mormonische Dimensionen" erreichen.

Aber sonst konnte man hier gut leben. Hier wurden die Shorts erfunden – besser gesagt, eine Short ist eine Art Unterhose. Ein gläubiger Mormone darf nie seine ganzen Beine entblößen. Und wenn man hier im Sommer über die Straßen geht und jemanden in einer kurzen Hose sieht, dann ist es John oder ein Tourist. Was wäre noch über Salt Lake zu berichten? Ach ja, die Olympischen Winterspiele sollten mal hier stattfinden, und als ein Komitee die Anlagen begutachten wollte, wurden sie in ihrem Reisebus eingeschneit. Zu viel Schnee – aus war der Traum von Olympia. Schade, denn hier gibt es wirklich den besten Schnee der Welt. Nun, schließlich kam ja doch die Zustimmung. Hier in den Bergen wollten wir den Nachmittag an einem See verbringen. Es ist schon erstaunlich, wie schnell Landschaften wechseln können. Eben noch in einer flachen Wüstenebene und bald darauf in einer fast schon alpinen Bergwelt, wie europäische Touristen erstaunt berichten. Hier war es angenehm kühl, eine schmackhafte Brise wehte den Duft der Wälder vom See herüber. Einige Fischer saßen geduldig am Ufer und warteten. Es waren auch einige Kletterer zu sehen, die wie Spinnen an den Felswänden emporstiegen. Feiglinge nannte John diejenigen, die mit Sicherung in die Wand gingen, denn er selbst bevorzugte das wahre Freeclimbing – ohne alles. Er meinte, dass nur diese Form die Bindung zwischen Mensch und Fels die richtige wäre. Wenn man nicht herunterfallen will, fällt man auch nicht. Mir kribbelte es jedes Mal in den Fingern, wenn ich Kletterer sehe. Wir hatten jedoch die Schuhe vergessen, und barfuß wollte ich nicht hinauf. Es wäre auch besser gewesen, diesen Vorschlag zu vergessen, sonst hätte John vielleicht Gefallen daran gefunden und wäre nur noch ohne Schuhe in den Fels gegangen. Er war manchmal so extrem – er würde sogar nackt klettern, wenn das nicht verboten wäre. Aber auch das würde ihn nicht hindern. Also lagen wir auf einer Decke am Seeufer. John blätterte in den Akten, und ich schlief langsam in dieser Traumlandschaft ein.

Es dämmerte als wir die Stadtgrenze erreichten. Trotzdem beschlossen wir die Bibliothek noch aufzusuchen. Lisa öffnete uns, sie war um die vierzig, lebte allein und hatte die Männerwelt mit der Bücherwelt getauscht. Bücher wären Dankbarer und würden vor allem nicht immer Widersprechen.

„Guten Abend ihr beiden.", begrüßte sie uns als sie die Tür öffnete.

„Hi Lisa. Wir müssten ein paar Mikrofilme untersuchen." meinte ich und nickte mit dem Kopf zu John, der unruhig neben mir vor der Tür stand.

„Ihr seit so Spät noch am Arbeiten?" Fragte sie und ließ uns eintreten und schloss die Tür hinter uns zu. „Man, war das ein heißer Tag, ich wollte schon früher Schluss machen. Puh, ich bleibe noch was hier. Wollt ihr einen Eistee?" sprach sie weiter und blickte uns offen an.

„Oh, danke dir. Das ist nett. Wir gehen schon mal runter. Komm nach, du kannst uns vielleicht helfen." sagte ich zu Ihr und wies mit einem Nicken auf John der schon voller Ungeduld auf den Fahrstuhl vorging.

„Ja klar, ich gehe rüber in die Küche und komme dann runter." Mit einem Lächeln, das sie uns zuwarf, drehte sie sich um und hüpfte, mehr als sie ging und verschwand recht in einer Tür. Wir durchquerten die Halle und über uns durch das Glasdach waren schon die ersten Sterne zu sehen. Ich arbeite gerne Nachts, da man um diese Zeit sowieso nur zwei Dinge tun kann.

„Ich mag sie. Sie ist intelligent und hat eine gute Figur." meinte John als ich ihn vor der geschlossenen, jetzt summenden, Fahrstuhltür erreichte.

„Na, na hallo, ich bin auch noch da. Lass uns herunterfahren und was arbeiten, sie kommt ja gleich." ärgerte ich ihn. „Was denkst du von mir? Was soll ich mit einer Vierzigjährigen schon anfangen?" antwortete John, sah mich an und hatte seine Unschuldsmiene aufgesetzt.

„Na, wenn dir da nichts einfällt, nun Komm.", rief ich ihm zu als ich schon im Fahrstuhl stand und er immer noch mit großen Augen im Gang stand. Im letzten Moment sprang er hinein. Uns schweigend anblickend fuhren wir in die Tiefe. Mit einem knallen gingen die Türen und anschließend automatisch die Neonröhren an. Ein großer heller, kalter Raum der weiß getüncht war, mit grünem Teppichboden und grauer Decke zeigte sich uns. Ziemlich trostlos, ohne Bilder oder einem farbigen Fleck, aber genau richtig für ein konzentriertes Arbeiten. An den Wänden waren Schränke mit Schubfächern angebracht. Die abgestandene Luft wurde mit einem anlaufenden Geräusch über die versteckten Öffnungen umgewälzt und verband sich mit dem summenden Geräusch der Deckenbeleuchtung. John legte den Ordner auf den Tisch mit den Mikrofilmgeräten, der mitten im Raum stand.

„D, E, F, Frames. Frames ah, hier." Er zog die Schubladen heraus und nahm eine Mappe aus dem Fach und kam mit einem Lächeln zu mir an den Tisch. Dieser Raum war unsere Zweite Heimat den hier erfuhren wir die Grundstücks relevanten Informationen, die nur hier kostenfrei zu erhalten waren.

„So, das sind nun die Grundbuchauszüge. Mal sehen wem der Bahnhof gehört?" John nahm die dunkle Folie aus dem Umschlag und legte sie in die Vorrichtung.

„Warum, machst du eigentlich so einen Wind um das Besitzrecht? Ist das nicht klar?" fragte ich und beobachtete den Bildschirm der in rasenden verzerrten Bildern alte Dokumente mit einem surrenden Ton des Gebläses darstellte.

„Also, hier steht United Railways", antwortete er und zeigte dabei auf den Schirm der einen alten Übereinkunftsvertrag zeigte. "Hast du schon mal etwas von einer Bahngesellschaft wie United Railways gehört? Also ich kenne nur Amtrak, oder so. Ich habe da so ein Gefühl und ich traue Kinston irgendwie nicht und außerdem zehn Prozent ist eine hohe Provision für einen einfachen Kaufvertrag."

„Du weißt ganz genau, dass wir die fünfzig Grand gut gebrauchen können, also lass uns nicht so viel Arbeit hineinstecken, die Verträge sind in drei Tagen fertig, das ist alles, also warum der ganze Aufwand?", fragte ich John, der ganz vertieft in den Bildschirm blickte.

„Ich weiß nicht, aber genau das ist es, viel Geld für wenig Arbeit ‚lässt mich Nachdenken und dann noch so lange Zeit für einen einfachen Vorgang. Aber…" Er verstummte und schrieb einige Namen in sein Notizbuch.

„Was aber?", fragte ich ihn und endlich nachdem er beinahe fünf Minuten kreuz und quer den Film abgesucht hatte und mit einem enttäuschten Blick zu mir hinübersah.

„Irgendwie habe ich das Gefühl, das es hier um mehr gehen kann als um einen Bahnhof." Dabei zog John die Stirn zusammen und blickte aus seinen klaren Augen durch mich hindurch.

„Du meinst also, du hast mal wieder dein ‚Das ist der Deal des Lebens‘ Gefühl. Wie im Fall gegen McKensi, wo dieser verrückte Typ ankam und klagen wollte, weil er seinen Finger im Toaster verbrannt hatte." meinte ich Scherzhaft.

„Nein, nein Scherz beiseite. Irgendetwas stinkt hier gewaltig." Die Fahrstuhltür öffnete sich mit einem Klingelton, der eigentlich viel zu laut war für diese ruhigen Hallen.

„Pause!!! Hier habt ihr erst einmal eine Erfrischung. Was wollt ihr rauskriegen?" fragte Lisa und stellte ein Tablett mit einer großen Kanne Eistee und zwei Bläser neben das Mikrofilmgerät.

„John hat so ein Gefühl.", antwortete ich grinsend Lisa.

„Ein Gefühl, da seit ihr aber Falsch hier." Sie sah verblüfft zu John, der sich gerade dem Eistee zu wand.

„Frauen!! Es geht um einen Kaufvertrag, für den County Salt-Lake-City, eigentlich um den Bahnhof in Frames." Einige Eiswürfel fielen ins Glas so das es überlief, er wischte den sich langsam ausbreitenden Fleck mit seinem Hemdsärmel von der Tischplatte auf den nun dunkel Grünen Teppichboden.

„Frames? Meine Tante wohnt da. Eine ältere Dame die einen kleinen

Lebensmittelladen leitet und nun mit einer Horde Katzen die Nachbarschaft ärgert." Antwortete Lisa, die missbilligend Johns Missetat beobachtete.

„Ja genau Frames, sind das hier die richtigen Filme?" lenkte John, ab der nicht darauf erpicht war, die gesamten Geschichten aus Lisas Bekanntenkreis zu hören. Höflich aber pikiert sah sie auf die Filme, die John ihr entgegenstreckte.

„Ja genau." Sagte sie zu ihm und lächelte mir zu. „Viel Spaß ihr beiden, ich gehe nach Hause, die Late-Night-Show fängt an. Stellt mir das Tablett oben in der Küche ab."

„Danke Lisa melde dich mal bei uns.", erwiderte ich ihr.

„Ich rufe mal an.", sagte Lisa drehte sich um und ging. John winkte ihr hinterher als sie im Fahrstuhl verschwand.

„OK." John legte einen neuen Film ein und stellte mir diesem summenden Geräusch das Inhaltsverzeichnis ein. Wir hatten direkt den Richtigen erwischt. Vor unseren Augen erschienen alte Grundbuchauszüge, die, die Entstehung

der Stadt dokumentierten. Zuerst war der Bahnhof gebaut worden, da hier im Umkreis von vielen Meilen die einzige Süßwasserquelle die Lokomotiven mit dem Nötigsten versorgen konnte, aus dem Wüstenboden kam. Viele Städte wurden nur aus diesem Grund errichtet und es wurden alle schnell wachsende Zentren. Wir fanden heraus, das die Bahngesellschaft United das Bahngelände an einen gewissen Peter Ockmann verpachtete, der den Bahnhof baute und verwaltete, er starb Jahre später und nach seinem Tod ging das gesamte Gelände an die Gesellschaft zurück.

Das Einzige, was uns zuerst auffiel, war, das alle Häuser die errichtet wurden, wie Hotels, öffentliche Gebäude, ja sogar die Tempel oder Kirchen von der Bahngesellschaft im Grundbuchauszug mit unterschrieben war. Das über Jahre, bis irgendwann der Stempel und die Unterschrift fehlte, zu diesem Zeitpunkt, so fanden wir heraus, war ein Gouverneurswechsel, was dies aber mit dem fehlen der Stempel zu tun hatte wussten wir nicht. Fakt war, das Bahnhofsgebäude gehörte der Bahngesellschaft, aber warum waren alle andern Gebäude der Stadt auch in einem Art-Besitzverhältnis zur Gesellschaft?

Es war zwei Uhr morgens, als wir die Bibliothek verließen.

„Merkwürdig, was bedeutet das? Weißt du was? Wir fahren zu Stewart und erzählen ihm von dieser Angelegenheit. Vielleicht weiß er ja eine Lösung. Er ist ja auch so ein Verrückter, der eine Modelleisenbahn im Keller hat und alles über die Gründerzeiten sammelt."

„Hört sich gut an, aber lass uns mal abschalten. Ich bin müde." Ich versuchte gerade, mein rechtes Bein, das eingeschlafen war, wieder zu bewegen, um die Durchblutung zu fördern, als wir in die Tiefgarage unseres Apartmenthauses fuhren. John bremste ohne Grund und blieb vor einer Parktasche stehen.

„Irgendwas stimmt hier nicht", murmelte er, gab Gas und fuhr in die nächste Parktasche.

Vereinigten Staaten von Amerika

Geographie:

Lage: Nordamerika, sowohl am Nordatlantischen Ozean als auch am Nordpazifischen Ozean, zwischen Kanada und Mexiko. Fläche: Gesamtfläche: 9.372,610 km Landgebiet: 9.166,600 km

Vergleichbares Gebiet: etwa 2,5 mal so groß wie Westeuropa umfasst 50 Staaten und den Hauptstadtbezirk Washington DC

Landesgrenzen: Gesamt: 12.248 Km

Gemeinsame Grenzen mit: Kanada 3.393 Km (inkl. 2.477 km mit Alaska),Kuba 29 km (US-Marinestützpunkt in Guantanamo Bay), Mexico 3.326 km

Küste: 19.924 Km

Seegebiete: Kontiguitätszone: 12 sm   Wirtschaftszone: 200 sm

Hoheitsgewässer:12 sm

Internationale Konflikte:

Seegebietstreitigkeiten mit Kanada (Dixon Entrance, Beaufortsee, Juna-de- Fuca-Straße, Machias Seal Island), der Guantanamo Marinestütz-punkt ist von den USA gepachtet und diese Pacht kann nur entweder im beiderseitigen Einverständnis oder durch die Aufgabe des Gebietes von Seiten der USA beendet werden; Haiti erhebt Anspruch auf Navassa Island, die USA erheben keine Gebietsansprüche auf die Antarktis (sie haben sich jedoch das Recht vorbehalten, dies zu tun) und erkennen die Ansprüche der andern Länder nicht an; Republik Marshallinseln beansprucht die Wake-Insel

Klima:

Meist gemäßigt, aber tropisch in Hawaii und Florida und arktisch in Alaska, halbtrocken in den Prärien (Great Plains) westlich des Mississippi und trocken im Großen Becken des Südwestens; niedrige Wintertemperaturen im Nordwesten werden im Januar und Februar gelegentlich durch warme, föhnartige Chinookwinde von den Osthängen der Rocky Mountains abgeschwächt.

Geländestruktur:

Große zentrale Ebene, Berge im Westen, Hügel und niedrige Berge im Osten; zerklüftete Berge und breite Flusstäler in Alaska; zerklüftete, Topographie auf Hawaii

Niedrigster Punkt: Death Valley –86 m

Höchster Punkt: Mount McKinley 6.194 m

Bodenschätze und Naturreichtümer:

Kohle Kupfer, Blei, Molybdän, Phosphat, Uran, Bauxit, Gold, Eisen, Quecksilber, Nickel, Pottasche, Silber, Wolfram, Zink, Erdöl, Erdgas, Holz.

Bodennutzung:

Ackerland: 20% Dauerkultur:0%

Wiesen und Weiden: 26% Wälder und Gehölze: 29%

Andere. 25%

Bewässertes Land: 181.020 QKM

Umwelt: Aktuelle Themen: Luftverschmutzung führt in den USA und Kanada zu saurem Regen, Die USA sind das Land mit der größten Kohlendioxidemission durch die Verbrennung fossiler Brennstoffe; Wasserverschmutzung durch Pestizide und Dünger; sehr begrenzte natürliche Frischwasservorkommen in großen Bereichen des westlichen Landesteiles bedürfen vorsichtiger Haushaltung; Desertifikation

Naturkatastrophen: Wirbelstürme, Vulkan- und Erdbebentätigkeit im Bereich des Pazifik Beckens; Hurrikans entlang der Antlantiküste; Tornados im mittleren Westen; Schlammrutsche in Kalifornien; Waldbrände im Westen, Überschwemmungen; Permafrost im nördlichen Alaska behindert die Entwicklung, Beteiligt am Raubbau am PlanetenInternationale Abkommen: Antarktisabkommen, Klimaveränderung, Bedrohte Tierarten, Umweltveränderung, Seeverklappung, Erhaltung des maritimen Lebensraumes, Atomwaffenteststopp, Schutz der Ozonschicht, Meeresverschmutzung durch Schiffe, Tropenhölzer 83, Feuchtgebiete, Walfang; unterzeichnet, jedoch nicht ratifiziert – Luftverschmutzung durch flüchtige organische Verbindungen, Protokoll zur Bewahrung der Antarktis, Artenvielfalt, Desertifikation, Sondermüll, Tropenhölzer 94 usw.

MENSCHEN

Bevölkerung: 266.476.278 (Juli 1996)

Altersstruktur: 0-14 Jahre 22% , 15-64 Jahre 65% ,

65 Jahre und älter 13%

Bevölkerungswachstum: 0.91%

Geburtenrate: 14,8 Geburten/1.000 Einwohner

Sterblichkeitsrate: 8,8 Sterbefälle/1.000 Einwohner

Säuglingssterblichkeitsrate: 6,7 Sterbefälle/1.000 Lebendgeburten

Lebenserwartung : Männlich: 72,65 Jahre weiblich 79,41 Jahre

Kinderzahl: 2,06 Geburten/Frau

NATIONALITÄT

Ethnische Gruppen: Weiße 83,4 % Schwarze 12,4 % Asiaten 3,3%

Amerikanische Ureinwohner 0,8%

Religionen: Protestanten 56%, Römisch-Katholisch 28% Juden 2% andere 4%

Sprachen: Englisch, Spanisch,

Alphabetisierungsrate: Gesamtbevölkerung 97%

Regierung

Landesname: Vereinigte Staaten von Amerika, United States of America, USA Regierungsform: Präsidial Bundesrepublik; starke demokratische Tradition

Hauptstadt: Washington, DC (District of Columbia – nicht Teil des Staatgebietes)

Verwaltungsbezirke: 50 Staaten und 1 Hauptstadtdistrikt

Alabama, Alaska, Arizona, Arkansas, California, Colorado, Connecticut,Delaware, Washington DC, Florida, Georgia, Hawaii, Idaho Illinois, Indiana, Iowa, Kansas, Kentucky, Louisiana, Maine, Maryland, Massachusetts, Michigan, Minnesota, Mississippi, Missouri, Montana, Nebraska, Nevada, New Hampshire, New Jersey, New Mexiko, New York, North Carolina, North Dakota, Ohio, Oklahoma, Oregon, Pennsylvania, Rhode Island, SouthCarolina, South Dakota, Tennessee, Texas, Utha, Vermont, Virginia, Washington, West Virginia, Wisconsin, Wyoming

Abhängige Gebiete: Amerikanisch-Samoa, Bakerisel, Guam, Howlandinsel, Jarvisinsel, Johnston Atoll, Kingmanriff, Midwayinsel,

Navassa, Nördliche Marianen, Palyra Atoll, Puerto Rico, Amerikanische Jungfernisel, Wake-Insel vom 18. Juli 1947 bis 1. 10 1994 verwaltete die USA Treuhand-territorium der Pazifikinsel: Kürzlich wurde jedoch neue Politische Beziehungen mit den vier beteiligten Gebieten eingegangen: die Nördlichen Marianen sind ein Bund in politischer Union mit den USA (seit 3. November 1986); Palau schloß einen freien Assozierungs-vertrag mit den USA (seit 1. Oktober 1994); die Vereinigten Staaten von Mikronesien schlossen einen freien Assozierungsvertrag mit den USA / seit 3. November 1986); die Republik Marshalinseln schloß einen freien Assoziierungsvertrag mit den USA (seit 21. Oktober 1986).

Unabhängigkeit: 4. Juli 1776 (von England)

Nationalfeiertage: Unabhängigkeitstag, 4. Juli

Verfassung: 17. September 1787, in Kraft seit 4. März 1789

Rechtssystem: basiert auf englischem Common Lax; gerichtliche Überprüfung neuer Gesetze; hat die bindende Rechtsprechung des Internationalen Gerichtshofes mit Einschränkungen anerkannt.

Wahlrecht: ab 18 Jahre; allgemein

Exekutive: Staatsoberhaupt und Regierungschef:

Kabinett: Kabinett wurde vom Präsidenten unter Zustimmung des Senates ernannt

Legislative: Senat: Sitze (435): Republican Party, Democratic Party

Judikative: Oberster Gerichtshof, Richter werden vom Präsidenten mit Zustimmung des Senats auf Lebenszeit ernannt.

Politische Parteien und Führer:

Republican Party, Democratic Party, verschiedene andere Gruppen und Parteien von geringer politischer BedeutungMitglied internationaler Organisationen: ASDB; AG; ANZUS; APEC; ASDB; AUSTRALIA GROUP; BIS: CCC; CP; EBRD; ECE; ECLAC; ESCAP; FAO; G-2, G-5, G-7, G-8, G-10,

IADB; IAEO; IBRD; ICAO; ICC; ICFTU; ICRM; IDA; IEA; IFAD; IFC; IFRCS; ILO; IWF; IMO; IMMARSAT; INTELSAT; INTERPOL; IOK; IOM; ISO; ITU; MINURSO; MTCR; NACC; NATO; NEA; NSG; OAS; OECD; OSZE; PCA; SPC; UN; UN SICHERHEITSRAT; UNCRO; UNCTAD; UNHCR; UNIDO; INIKOM; UNITAR; UNMIH; UNOMIG; UNPRDEP; UNROFOR; UNRWA; UNTSO; UNU; UPU; WFA; WHO (WGO) (2025 ausgetreten); WIPO; WMO; WTOO; WTRO; ZC;

Flagge: dreizehn gleiche, sich abwechselnde horizontale Streifen in den Farben Rot (oben und unten) und Weiß, in einem blauen Rechteck in der oberen linken Ecke befinden sich 50 kleine weiße fünfzackige Sterne, die in neun versetzten Reihen zu jeweils sechs (oben und Unten) bzw. fünf Sternen angeordnet sind, die 50 Sterne repräsentieren die 50 Staaten des Landes, die 13 Streifen die 13 ursprünglichen Kolonien, auch bekannt als „Old Glory", Farbe und Design dienten vielen anderen Flaggen, darunter denen von Chile, Liberia, Malaysia und Puerto Rico als Vorbild.

WIRTSCHAFT

Wirtschaftlicher Überblick:

Die USA gelten als die stärkste, vielfältigste und technologisch fortgeschrittene Wirtschaftsmacht der Welt, wobei auch das pro-Kopf-BIP mit $27.500 das höchste der Industrienationen ist. In dieser marktorientierten Wirtschaft treffen Privatpersonen und Unternehmen die meisten Entscheidungen, und die Regierung erwirbt Güter und Dienstleistungen vorrangig im Inland. US Firmen können sich sehr viel größere Flexibilität in den Bereichen Betriebsvergrößerungen, Entlassungen überflüssiger Arbeiter und Entwicklung neuer Produkte erfreuen entsprechende Firmen in Westeuropa und Japan. Gleichzeitig treffen sie auf größere Schranken beim Eintritt in die Märkte der Konkurrenz, als die Konkurrenzländer beim Eintritt in den amerikanischen Markt erfahren. Was den technologischen Fortschritt betrifft, so befinden sich die USA in allen wirtschaftlichen Bereichen an oder in der Nähe der Spitze, dies gilt insbesondere für die Bereiche

Computertechnologie, medizinisches Gerät und Luftfahrt, wobei der Vorsprung seit Ende des Zweiten Weltkrieges jedoch stetig abnimmt. Der schnellere technologische Fortschritt erklärt zum großen Teil, den entstehenden „zwei-Schichten-Arbeitsmarkt", in welchem denjenigen am unteren Ende die Ausbildung, das Wissen und die technischen Fähigkeiten derjenigen am oberen Ende fehlen und die dadurch immer häufiger auf bessere Gehälter, Krankenversicherung und anderen Vorteilen verzichten müssen. In den Jahren 1994-1995 stieg der reale Ausschuss, sank die Inflationsrate undfiel die Arbeitslosigkeit auf unter 6%. Die Tatsache, daß die Republikaner in der Wahl 1994 beide Häuser des Kongresses einnehmen konnten, hat die Debatte um die Frage, wie die USA seine wichtigsten wirtschaftlichen Probleme lösen könne, intensiviert. Zu diesem Problem gehören die unangemessene Investition in die wirtschaftliche Infrastruktur, durch eine älter werdende Bevölkerung verursachten schnell ansteigenden Gesundheitsausgaben, beachtliche Haushalts- und Handelsdefizite und die Stagnation der Familieneinkommen in den unteren sozialen Schichten.

BIP: Kaufkraftparität - $ 7,2477 Bill. (1995)

BIP Zuwachsrate: 2,1%

BIP pro Kopf: $27.500

BIP-Zusammensetzung nach Sektoren: Landwirtschaft 2%, Industrie 23%,

Dienstleitungen 75%

Inflationsrate: 3,8%

Arbeitskraft: 132,304 Mio. nach Tätigkeit: Leitend/geschäftsführend und akademisch 28,3%, technische, verwaltende und Verkaufsunterstützung 30,0%, Dienstleistung 13,4 %, Produktion; Bergbau, Transport und Handwerk 25,3% Forstwirtschaft und Fischfang 2,8% Arbeitslosenrate: 5,4%

Haushalt (1994)

Staatseinnahmen: $1,258 Bill.

Staatsausgaben: $1,461 Bill

Industrie: weltführende Industriemacht, hoch diversifiziert und technologisch fortgeschritten; Erdöl, Stahl, Fahrzeuge, Luftfahrt, Telekommunikation, Chemikalien, Elektronik, Lebensmittelver-arbeitung, Konsumgüter, Forstwirtschaft, Bergbau

Industrieproduktions-Zuwachsrate: 5,4%

Elektrizität:

Kapazität. 695.120.000 kW   Produktion.: 3,1 Bill .kWh

Verbrauch pro Kopf: 11.236 kWh

Landwirtschaft:

Weizen, anders Getreide, Mais, Obst, Gemüse, Baumwolle; Rindfleisch, Schweinefleisch, Geflügel, Molkereiprodukte, forstwirtschaftliche Erzeugnisse, Fisch

Illegale Drogen: Illegaler Cannabis Erzeuger für den heimischen Bedarf, mit einer Produktion von 3.500 Tonnen oder etwa 25% des verfügbaren Marihuanas im Jahr 1987, trotz Maßnahmen zur Stillegung kleinerer Anbauflächen und Gewächshäuser ist die Produktion nicht zurückgegangen.

Export: $578 Mrd.

Handelsgüter: Investitionsgüter, Automobile, Industriebedarf und Rohmaterialien, Konsumgüter, landwirtschaftliche Erzeugnisse Handelspartner: Westeuropa 24,3%, Kanada 22,1%, Japan 10,5%

Import: 751$ Mrd.

Handelsgüter: Rohöl und raffinierte Erdölprodukte, Maschinen, Automobile, Konsumgüter, industrielle Rohmaterialien, Lebensmittel Getränke

Handelspartner: Kanada 19,3%, Westeuropa 18,1%, Japan 18,1%

Auslandsverschuldung: $ k.A.

Wirtschaftshilfe: Geberland: offizielle Entwicklungshilfe, $9,721 Mrd.

Währung: 1 United States Dollar (USA$) = 100 Cents

Transport:

Eisenbahnnetz: 240.000 km Hauptnetz (nicht in Regierungsbesitz)

Straßen: Gesamt: 6.284.488 km

Wasserstraßen: 41.009 km schiffbare Kanäle im Landesinneren, ohne die großen Seen

Pipelines: Erdöl 276.000 km, Erdgas 331.000 km

Häfen: Anchorage, Balimore, Boston, Schaleston, Chicago, Duluth, Hampton Roads, Nonolulum Houston, Jacksonville, Los Angeles, New Orleans, New York, Philadelphia, Port Canaveral, Portland, Pruedhoe Bay, San Francisco, Savannah, Seattle, Tampa, Toledo

Handelsflotte: Gesamt: 322 Schiffe (1.000BRT oder mehr) insgesamt 10.716.000 BRT zusätzlich gibt es 190 im Besitz der Regierung befindlicher Schiffe

Kommunikation: Telefone: 182,558 Mio. (1987)

Radiosender AM 4.987, FM 4.932   Radios: 540,5 Mio.

Fernsehsender: 1.092 (weiterhin gibt es etwa 9.000 Kabelfernsehsysteme)

Fernseher: 215 Mio.

Verteidigung: Erreichbare Truppenstärke: Männer im Alter von 15-49 Jahre: 69.303.573

Ausgaben: $ 272,2 Mrd., 3,8% des BIP (1995)2.

2.

„Die Erschließung des amerikanischen Kontinents erscheint chaotischer, als sie in Wirklichkeit war", begann Stewart.

Wir saßen in seinem Keller, der vollgestopft war mit Eisenbahnmodellen, Büchern und Akten, die sich gegenseitig ein Rennen zur Zimmerdecke zu liefern schienen. Stewart war etwas über siebzig. Weiße, kurze Stoppelhaare bedeckten seinen Kopf, und sein zerfurchtes Gesicht spiegelte die jahrelange Arbeit in der Wüstensonne von Utah wider.

Arbeit war sein Hobby und sein Leben. Er war seitdem er denken konnte im Bahndienst gewesen und hatte so den gesamten Kontinent kennengelernt. Vom Kofferträger zum Vorstandsmitglied der Western Union war sein Werdegang.

Er war aber auf dem berühmten Teppich geblieben und saß in Bluejeans und einem einfachen T-Shirt uns gegenüber.

„Man muss sich in die Gründerzeit zurückversetzen. Zuerst besiedelten die Einwanderer die Ostküste, aber der Traum vom freien Land, Richtung Westen, bestimmte den Rhythmus der Erschließung eines völlig neuen Kontinents, der ja von Puritanern und Verbrechern besiedelt wurde. Ihr wisst ja, dass am Anfang der Pferdewagen das einzige Transportmittel war, um voranzukommen", erzählte Stewart weiter.

„Aber dann kam die Eisenbahn", unterbrach ihn John, um ihn in die wesentliche Richtung zu drängen.

„Ja, genau. Die Erfindung der Dampfmaschine machte dieses Land erst mobil und gab die Möglichkeit, Siedler und Material von Küste zu Küste zu transportieren. Diese Erschließung wurde vielleicht zum größten technischen Aufwand der Neuzeit. Tausende von Chinesen wurden als billige Arbeitskräfte zum Gleisbau gelockt. Eine andere Sache war, dass dieses Unternehmen riesige Geldmengen verschlang. Große Aktiengesellschaften wurden gegründet, um die Stahlindustrie und die verarbeitende Industrie mit dem benötigten Kapital auszustatten. Das wurde auch die Geburtsstunde des modernen amerikanischen Kapitalismus, der nun jedem ermöglichte, durch Beteiligung an den jungen Aktiengesellschaften schnell reich zu werden. Der Staat, der ebenfalls sehr jung und voller neuer Ideen war, nutzte fast alle Mittel aus, um diesen Kontinent zusammenwachsen zu lassen. Aber was ist eigentlich der Grund, weshalb ihr euch jetzt für Geschichte interessiert?"

„Es geht um einen Fall, für den wir noch einige Informationen benötigen. Wir bereiten die Verkaufsgespräche bzw. den Verkaufsvertrag für den Bahnhof in Frames an den County vor. Doch etwas ist mir aufgefallen, als ich die Besitzverhältnisse prüfte. Ich verstehe einige Zusammenhänge nicht", erklärte John. Er nahm den Aktenordner heraus und reichte Stewart die Kopien aus den Grundbüchern der Stadt Frames. „Als das Bahnhofsgebäude gebaut wurde und damit die Stadt entstand, hatte die Bahngesellschaft ein scheinbares Mitspracherecht über alle Gebäude bzw. Besitzverhältnisse der Stadt. Du siehst das hier an den Stempeln, die im Grundbuchauszug auftauchen." Stewart sah erstaunt auf die Papiere.

„Das ist ja interessant. Warte mal, ich glaube, ich habe etwas für euch." Stewart stand auf, ging – oder besser gesagt kletterte – über all die Akten, die auf dem Boden verstreut waren, zu einem Schrank und nahm einen alten, abgewetzten Ordner heraus.

„Ich habe das immer für eine Legende gehalten und mich auch weiter nicht damit beschäftigt. Doch wie es aussieht, habt ihr hier den Beweis für die Richtigkeit gefunden. Das hier ist eine Sammlung von Papieren aus den Anfangszeiten der Bahn. Mein Vater gab mir dies, um es aufzubewahren. Ihr wisst ja, dass ich Franzose bin – oder besser gesagt, dass meine Vorfahren aus Frankreich kamen. Man vergisst ja so schnell." Er gab John den Ordner und begann zu erzählen.

„Die Geschichte meiner Familie begann eigentlich mit dem Tod des letzten großen Königs von Frankreich. Ludwig der XVI. starb 1793 kopflos, weil er sein Volk ausbeutete. Seine gesamte Familie wurde ebenfalls getötet, und wenn ihr die Geschichte kennt, begann von dieser Zeit an ein fröhliches Enthaupten in Frankreich. Doch was in der Geschichte untergegangen ist, ist, dass ein Sohn Ludwigs des XVI. überlebte und mit Gefolge und einer Unsumme Gold floh. Und, na, was glaubt ihr?"

„Keine Ahnung, spann uns nicht auf die Folter", meinte ich.

„Unerkannt, mit einem Schiff, floh diese Sippe in das Land der unbegrenzten Möglichkeiten. Sie landeten in New York." Stewart lehnte sich zurück an einen Bücherstapel, verschränkte die Arme übereinander und blickte uns wie ein großer Geschichtenerzähler an.

„Du willst uns einen Bären aufbinden. Das hört sich ja an wie aus einem billigen Groschenroman", sagte John und verzog sein Gesicht.

„Na gut, wenn du mir nicht glaubst, stelle ich dir eine weitere Frage: Warum half Frankreich der jungen USA beim Kampf gegen England, um Eigenständigkeit zu erreichen? Warum ist das nationale Freiheitssymbol eine französische Dame, die Lady Liberty?" Noch immer zurückgelehnt, schaute er uns mit großen Augen an.

„Na, wenn ich das so betrachte, könntest du Recht haben", gab John zu. „Erzähl weiter."

„Gut. Dort angekommen, überlegte man sich, wie man sich ein schönes und gutes Leben machen könnte. Da man Geld besaß und eine neue Welt betrat und aus alter königlicher Manier machtbewusst war, trat man zuerst an die Mächtigen dieses Staates und bot die Mitarbeit bei der Erschließung des Landes an. Man sollte natürlich auch beachten, dass die erste Dampfmaschine nicht von einem Engländer, sondern von einem Franzosen entwickelt wurde. Diese Pläne führte man mit sich und baute darauf eine ganze Industrie auf. Modern und entschlossen, wie diese Gruppe von Leuten war, nahm man sich die Aufgabe, das Land mit Hilfe des erbeuteten Goldes zu erschließen, um mitzuhelfen, ein neues und freies Land aufzubauen."

„Das hört sich sehr gut an. Ein König wird Demokrat", warf ich ein.

„Falsch. Ein ehemaliger Königssohn wird Kapitalist", antwortete John und grinste mir zu.

„Lass mich sehen, was der Ordner sagt." Stewart wühlte in den alten Papieren.

„Äh, Stewart, ich gehe mal hoch in die Küche und koche mal einen Kaffee", meinte ich, denn die trockene Luft im Keller machte mich durstig.

„Gut, du wirst alles finden, Michel", sagte Stewart, ohne aufzublicken, und wirbelte dabei im Ordner herum, der auf seinen Knien mitwippte. Ich blinzelte John zu und ging nach oben.

Als ich mit dem heißen, dampfenden Kaffee wieder in den Kellerraum eintraf, schien das Chaos noch verheerender als vorher. John und Stewart hatten während meiner Abwesenheit so gut wie alle Akten durchwühlt und waren sich laut am Unterhalten.

„DuPernes – dass ich da nicht früher draufgekommen bin! Jetzt wohne ich schon seit über zwanzig Jahren in diesem Haus, und erst jetzt fällt mir ein, dass ich vielleicht auf einer Goldgrube sitzen könnte." Stewarts

Haar stand von seinem schmalen Kopf ab und ließ ihn wie einen alten, verwirrten Professor aussehen.

„Was ist denn hier los?", fragte ich, während ich den Kaffee John und Stewart reichte. Beide hielten sofort inne.

„Michel, ich liebe dich. Stewart, mach mal eine Pause!" John war aufgesprungen und hüpfte ungeduldig von einem Bein auf das andere und war sehr aufgeregt.

„Jetzt erzähl mal, was ihr herausbekommen habt. Hier sieht es ja aus, als ob eine Bombe eingeschlagen wäre." Ich setzte mich auf einen freien Stapel und hörte gespannt zu. John saß ebenfalls wieder, nahm einen großen Schluck heißen Kaffee, und Stewart begann mit bebender Stimme zu erzählen, während er am Kaffee nippte.

„Ja, bis jetzt haben wir herausgefunden, dass im Jahr 1795 ein Vertrag zwischen der Familie DuPernes – sie gehörte zu dem Gefolge und war, so wie es aus den Dokumenten hervorgeht, Eltern eines Adoptivsohns – und dem damaligen Präsidenten zustande kam. Dieser Vertrag hat folgenden Inhalt:

Der Gesellschaft werden ausschließlich alle Rechte auf die Erschließung des Landes übertragen. Die Gesellschaft bekommt sämtliche staatliche Unterstützung, um ihr Vorhaben durchzuführen – d. h. steuerliche Vorteile, militärische Unterstützung usw. Die Gesellschaft verpflichtet sich, den Kontinent per Schiene zu erschließen und ein Kommunikationssystem zu errichten. Die Gesellschaft erhält die Kontrolle über die Vergabe von Schürfrechten und ist beauftragt, neue Rohstoffquellen zu finden und auszubeuten. Das heißt – und jetzt kommt der Hammer:

Um die Erschließung des Landes zu ermöglichen, verpachtet der Staat aufgrund der übereinstimmenden Verpflichtung über einen Zeitraum von 200 Jahren alles Land im Umkreis von zwanzig Meilen um eine Bahnschiene oder eines vergleichbaren Systems, das die Gesellschaft zur Erschließung des Landes einrichtet, an diese Gesellschaft." Stewart nickte mir zu.

„Und was heißt das jetzt?", fragte John und blickte mich mit leuchtenden Augen an.

„Nun gut, erst Schritt für Schritt", unterbrach Stewart. „Du musst überlegen, dass viele Gesellschaften ein Stück der Torte haben wollten. Deshalb auch das berühmte Rennen der Bahngesellschaften zum Pazifik. Diese Familie DuPernes begann mit der Vergabe von Lizenzen zur Erschließung des Landes. Zuerst wurden die ersten Wagentracks zusammengestellt, um den Weg für die Bahn zu ebnen und um schon vorher Arbeitskräfte an Ort und Stelle zu haben. Der Vertrag zwischen der Familie und der Regierung würde so heute niemals mehr zustande kommen, da man sich nicht ausrechnen konnte, wie dieses Land wachsen würde. Da der Staat jedoch ganz andere Probleme hatte und innenpolitische Kämpfe auszutragen waren – wir wissen ja alle, was mit Präsident Lincoln geschah und mit vielen weiteren hochrangigen Politikern im Staat –, brauchte dieser junge Staat einen loyalen Partner, der politisch desinteressiert und sich nur der Erschließung des Landes verpflichtet sah. Deshalb auch der Vertrag über 200 Jahre." Stewart hielt inne und sah John an.

„Michel, Fakt ist: Die Bahngesellschaft kann den Bahnhof gar nicht an den Staat verkaufen, da durch diesen Vertrag sogar die gesamte Stadt der Gesellschaft gehört, da diese im zwanzig Meilen Radius um den Bahnhof liegt." John machte ein ernstes Gesicht.

„Fakt ist auch", fuhr Stewart fort, „dass nachdem die Bahngleise gelegt waren, der Telegraf kam. Zuerst waren die Masten an der Schiene entlang gelegt, später wurden Leitungen unabhängig der Schiene aufgestellt – auch hier gilt das zwanzig Meilen Recht. Danach kam natürlich der Strom und die Überlandleitungen – auch hier gilt dieses Recht. Das heißt, Fakt ist: Alles im Umkreis von zwanzig Meilen um eine Stromleitung oder Telefonleitung liegt im Pachtbereich, vertraglich zugesichert, der Familie DuPernes. Also gibt es in diesen Gebieten kein

Privateigentum anderer an Land – bis der Pachtvertrag ausläuft oder erneuert wird. Dann fällt alles dem Staat zu. Dieses Datum ist der 01.01.1994 – das sind genau noch 16 Monate." Stewart zog die Augenbrauen hoch und verschränkte wieder seine Arme vor der Brust.

Was wir hier ausgegraben hatten, war unglaublich. Es bedeutete, dass die grundlegendsten Rechte über Grund und Boden zum ersten Mal niemals in dieser Form existierten und zum zweiten in der nächsten Zeit alles – ja, die gesamte USA – rechtlich der Regierung gehört und diese natürlich im Prinzip kaufen und verkaufen, ja sogar in den Augen der ‚Besitzer' von Grund und Boden enteignen kann, ohne Probleme.

Wenn das an die Öffentlichkeit kommt, werden die amerikanischen Prinzipien erschüttert. Dass so etwas möglich ist, hätte ich mir niemals vorstellen können.

Doch dann schoss es mir wie ein Blitz durch den Kopf: Dieses Wissen war hochgefährlich, und vielleicht wäre jetzt der Moment, aufzuhören.

„Seid ihr da ganz sicher?", fragte ich beide.

„Wir benötigen nur die Kopie des Vertrages, und der wird in Washington liegen", antwortete John und strahlte über das ganze Gesicht.

„Wenn wir dann noch ein Familienmitglied von den DuPernes auftreiben – und das so schnell wie möglich –, könnten wir den Deal des Jahrhunderts machen. Momentan, nach diesen Papieren, gehört die gesamte USA dieser Gesellschaft bzw. dieser Familie und schließt so jeden Privatbesitz an Land im Umkreis einer Kommunikationsleitung aus."

„Du hast doch wohl nicht vor, den Staat mit diesem Wissen zu erpressen? Wenn wir das hier öffentlich machen?", fragte ich John.

Er grinste. „Nein, vielleicht könnten wir erreichen, die Pacht zu verlängern – oder, was vielleicht auch eine Idee wäre, aber das müsste man überprüfen –, eine Ablösesumme für den Pachtgegenstand, der sich ja marktgerecht verändert hat, auszuhandeln."

Der überfüllte Raum schwieg uns an. Stewart saß auf einem Aktenberg und murmelte.

„Wir dürfen vorläufig niemanden davon berichten."

„Lass uns erst mal aufräumen, das Wichtigste zusammenpacken und was essen gehen", sagte John, stand auf und streckte sich.

„Das ist endlich mal eine gute Idee. Ich sterbe vor Hunger", meinte ich, stand ebenfalls auf und reichte Stewart die Hand.

Eine Viertelstunde später saßen wir im Auto und waren auf dem Weg zu unserem Stammlokal, einem waschechten Italiener, der die beste Lasagne der Stadt auftischte.

Wie die Jungfrau zum Kind, so waren auch wir in eine Sache verstrickt, die unser Leben veränderte. Auch wenn die Begeisterung und Unvorstellbarkeit für die Sache groß war, so veränderte sie mein Bewusstsein. Schon das leise Flüstern im Restaurant regte in mir etwas an, was ich noch nie zuvor erlebt hatte: Angst, gemischt mit euphorischer Begierde, jetzt wirklich den Schlussstrich unter meinen beruflichen Werdegang gefunden zu haben.

Der Vergleich mit einem Handwerker zeigte sich auf, der sein Leben lang an seinem Meisterstück arbeitet und etwas Unvorstellbares schafft. So etwas war in unserem Beruf kaum möglich. Doch den Beweis anzutreten, dass es in naher Zukunft keinen Privatbesitz geben könnte, faszinierte mich.

Die Tragweite dieser Wahrheit war uns kaum bewusst. Nicht nur unser Leben veränderte sich – der Fortbestand der ganzen Zivilisation war in Gefahr. Wenn der Öffentlichkeit bewusst wird, dass auch nur die Möglichkeit besteht, dass es wahr ist, kann dies für ein monetäres Weltwirtschaftssystem sehr dramatische Folgen haben.

Vereinigten Staaten von Amerika

Die Vereinigten Staaten von Amerika (engl. United States of America, Abk. USA; US), ein Bundesfreistaat in Nordamerika, besteht aus 50 Bundesstaaten, dem Bundesdistrikt von Washington und verschiedenen Außenbesitzungen Alaska, Hawaii u. a.) die eigentlich USA umfassen 7,8 Mill. qkm mit rd. 220 Mill. Ew. Hauptstadt Washington D. D. Landesnatur: Die in der gemäßigten Zone des nordamerikanischen Kontinents liegende USA erschrecken sich vom Atlantik im O. über rd. 4800 Km bis zum Pazifik im W. Parallel der Ostküste erhebt sich hinter dem atlantischen Küstentiefland das Bergland der im Mt. Mitchel 2045 m hohen Appalachen. Westlich von ihnen dehnt sich die weite Flachmulde des Mississippi- Tieflandes, die allmählich stufenförmig aufsteigend in das Tafelland der Prärie übergeht. An diese schließt sich im W. das über 4000 m ansteigende Hochgebirge der Rocky Mountains an. Zw. diesen und den pazifischen

Randgebieten (Sierra Nevada, Kaskadengebirge, Coast Range) erstrecken sich 1000-2000m hoch liegende trockene Hochebenen (Columbia, Coloradoplateau, - Great Basin). Hunderte von Stauanlagen bändigen und nutzen die gewaltigen Stromsysteme des Landes (Mississippi, Missouri, Colorado, Columbia, Ohio, Tennessee). Im NO haben die USA Anteil an der gewaltigen Binnenwasserfläche der 5 Großen Seen. Das an sich gemäßigte Klima zeigt starke örtliche u. jahreszeitlichen Unterschied bzw. Schwankungen, zumal das Landes-innere allen arktischen wie subtropische Klimaeinbrüchen geöffnet ist, was die Ursache der häufigen Naturkatastrophen ist. Die ursprüngliche Pflanzen- und Tierwelt sind durch die intensiv getriebene Umwandlung der Natur- in die Kulturlandschaft weitgehend zurückgedrängt worden.

Die Bevölkerung ist in den Jahren 1790-1956 von 4 auf 166 Mill. Angewachsen. Der Anteil der Afroamerikaner, die zu 68% in den Südstaaten wohnen, an der Gesamtbevölkerung beträgt fast genau

10%. In den Jahren 1820-1952 sind fast 40 Mill. Menschen in den „Schmelztiegel der USA eingewandert. Die Zahl der meist in Reservaten lebenden Indianer beträgt rd. 345000. Zu den größten Religionsgemeinschaften zählen 52 Mill. Protestanten, 29. Mill. Katholiken und 5. Mill. Juden.

Wirtschaft Trotz der gewaltigen Industrialisierung der USA gilt noch immer die Landwirtschaft als wichtigste Grundlage des Wirtschafts-leben. In Anteilen an der Welternte produzieren die USA r. 70% vom Mais, rd. 60% der Baumwolle, rd. 50% des Tabaks und rd. 25% des Weizens. Auch der Anbau von Südfrüchten und Zuckerrüben sowie die Viehzucht sind bedeutend. Die Zahl und Menge der Bodenschätze ist so groß, dass die USA sich mit den wichtigsten Rohstoffen selbst versorgen können. Sie gewinnen im eigenen Land rd. 60% allen auf der Erde geförderten Erdöls sowie rd. 40-50% der Kohlen-, Eisen, Kupfer-, Blei- u. Zink-Weltproduktion Im Laufe des 20 Jh. Sind die USA auch zur größten Industriemacht der Erde geworden. Die bedeutendsten Zweige sind die Maschinen-, Eisen-, Stahl-, Lebensmittel-, Auto-, Textil-, Holz- und Chemie-Industrie.

Das Verkehrsnetz umfasst rd. 5,3 Mill. Km Straßen und 311500 km Eisenbahnen. Die Zahl von 6000 Flugplätzen zeigt die bedeutende Rolle der Luftfahrt.

Literatur: Aus kolonialen Anfängen im 17. Und 18. Jahrhundert erwuchs mit dem neuen Staat eine eigen kräftige Literatur, die heute auf Europa zurückwirkt und der seit 1930 bereits 5 Nobelpreise zugefallen sind. Den frühesten Weltruhm erlangten die amerikanischen Erzähler. Auf den „Lederstrumpf" F. Coopers folgten „Onkel Toms Hütte" (1852) von H. Beecher-Stowe, „Ben Hur" (1880) von L. Wallace und der Zukunftsroman E. Bellamys, die internationale Bestseller wurden. Freilich, die eigentlichen Romandichter jener Zeit wie Hawthorne und noch mehr H. Melville sowie H. James wurden erst spät in ihrem Rang erkannt und selbst der zuletzt bitter pessimistische Mark Twain heute durch seinen „Tom Sawyer" ein Klassiker des

Jugendbuchs, galt fast nur als clownhafter Humorist. Zu voller Breite entfaltete sich das amerikanische Romanschaffen im 20. Jh. Naturalistische und sozialkritische Talente (Norris, Dreisler, Jack London Farell, Sh. Anderson, Sinclair, Caldwell, Dos Passos, Lewis u. a.) setzten sich durch; es gibt mannigfach gebrochene Spiegelungen der Gesellschaft (Bromfield, Fitzgerald, Marquand, Rölvaag), Geschichtsbilder (Hervey Allan, Mitschell, Roberts), grelle Beleuchtung von Zeitnöten (Jones, Mailer, Irwing, Shaw, Wouk) und viele Frauen erweisen ihre erzählergabe (Pearl S. Buck, Edna Ferber, Rachel Field, M. Ostenso u. a.) Als Meister des modernen amer. Romans gelten heute Faulkner, Hemingway, Steinbeck und Wolfe. Die kultivierte Geistigkeit eines Santayana oder Wilder ist europäisch orientiert. Eine eigentüml. Amer. Form gewann auch die Kurzgeschichte, die „short story" (Irving, E. A. Poe, Hawthorne, Twain, Harte, Pierce, Henry, St. Crane, Hemingway, Sh. Anderson, W. Steinbeck, Saroyn. Daneben wirkte die Lyrik auf die europ. Literatur, bes. durch das Werk Whitmans, Ezra Pouds und des in Englands ansässigen T. S. Eliot. Das Dramawird bes. vertreten durch o´Neil, Anderson, Arthur Miller, W. Saroyan, Cl. Odets, Th. Wilder, T. Williams u. a.

Geschichte:

Die Vereinigten Staaten entstanden durch die Erhebung der engl. Kolonien gegen England, die Unabhängigkeitserklärung vom 4.7.1776 und den Unabhängigkeitskrieg 1776-1783, bei dem die V. durch Frankreich und Spanien unterstützt wurden. 1. Präsident war Washington (1789.1797) im Kriege 1812- 1814 versuchte die V., Kanada zu erobern. Die folgenden Jahrzehnte dienten der Kolonisation bis zum Pazifik, wobei die Indigien Ureinwohner bis auf Reste vernichtet wurden. Nach einem Krieg gegen Mexiko 1846-48 wurden diesem Texas, Neu-Mexiko und Kalifornien abgenommen. Wegen der Sklavenfrage kam es zum Austritt der Südstaaten aus der Union, doch wurden diese im Sezessionskrieg 1861- 1865 von den Nordstaaten zurückgewonnen. Alaska wurde 1867 den Russen abgekauft, Im Krieg gegen Spanien wurden diesem 1889 Kuba, Puerto Rico und die

Philippinen genommen. Das die V. Großmacht geworden waren, zeigte sich besonders unter dem Präs. Th. Roosevelt (1901-09) Unter Präs. Wilson (1913-21) beteiligten sich die V. seit 5.4.1917 am 1. Weltkrieg auf seiten Englands, verhalfen diesem zum Sieg und erreichten für die USA (40000 Tote) die 2. Rangstellung unter den Weltmächten hinter England. Unter den Republikaner Coolidge (1923 bis 1929) und Hoover (1929-33) erlangten die V. eine noch nie dagewesene „Prosperity", die 1930 zusammenbrach. Der deshalb gewählte Demokrat F. D. Roosevelt (1932-45) überwand durch die New-Deal-Politik die wirtschaftlichen Schwierigkeiten (17 Mill. Arbeitslose).

Der japanische Angriff auf Pearl Harbour am 8.12.1941 und die deutsche Kriegserklärung vom 11.12.1941 waren der Anlass zur offenen Beteiligung am 2. Weltkrieg. Die V. Entschieden in noch stärkerem Maße als im 1. Weltkrieg den Sieg zugunsten Englands uns seiner Verbündeten, Roosevelt sah nicht die Folgen der Tatsache voraus, das die Sowjetunion zur fast gleichstarken

Weltmacht aufstieg. Truman (1945-52) stellte sich durch die Truman-Doktrin (März 1947) gegen das sowjetrussische System und seine Aggressionen, dazu kamen Förderung Europas durch den Marshallplan, Bündnisse (NATO; ANZUS; SEATO) Waffenlieferungen, Wiederbewaffnung Japans und der BRD.

3.

Zwei Tage später standen wir vor dem Abfertigungsschalter der United Airlines und waren auf dem Weg nach Washington D. C.. Seitdem uns Stewart die Papiere überlassen hatte, zeigten sich neue Sichtweisen und Zusammenhänge: Das die Regierung schon einmal die Kotrolle über das gesamte Eisenbahnsystem im Weltkriegsjahr 1916 übernommen hatte. Nachdem ein nationaler Streik der Eisenbahner das Transportsystem lahm legte, griff die Regierung ein, die nationale Sicherheit, sprich die Waffenproduktion, war gefährdet.

Nach dem Krieg übergab der Staat die Leitung der Gesellschaft im Jahr 1920 wieder in private Hände. Aufschlussreich waren auch die Zahlen die uns aufzeigten, wie gewaltig die Industrielle Revolution die Erschließung des Kontinents vorantrieb.

Das Eisenbahnstreckennetz wuchs von 30.000 Meilen im Jahr 1860 auf 193.000 Meilen im Jahr 1900 1869 war das entscheidende Jahr der Bahngeschichte. Es trafen sich in Utha die Gleise der von Westen kommende Central Pacific und die von Osten kommende Union Pacific. Die erste transkontinentale Bahnstrecke war gelegt.

Für Privatleute, war das errichten von Gebäuden für die Bahn eine lohnende Angelegenheit, da man die Gewinne die sich ergaben noch nicht einmal abschätzen konnte. Man verschenkte Land um so noch mehr Interessenten anzulocken, die sich an diesem Projekt beteiligten.

1900 betrug die Zahl von Motorbetriebenen Fahrzeugen 8.000. 1920 waren es schon 9 Millionen, 1930 27 Millionen, 1975 134 Millionen. 1982 160 Millionen. Viele Verbindungen zwischen unterschiedliche Firmen die als Tochter- oder Partner der United Bahngesellschaft fundierten. Aber all dies interessierte uns wenig, wenn wir den Vertrag in den Händen hielten, dann hätten wir endgültig den Beweis und den Schlüssel um das Gesamte System USA in Frage zu stellen.

Als guter Amerikaner, war es unsere Pflicht das Volk von dieser Sache zu informieren. Nicht auszudenken, was geschehen würde, wenn ein offensichtlich korrupteres Regierungssystem als unser heutiges die Macht an sich reißen würde. Trotz alledem, war uns nicht im entferntesten Bewusst, was all dies bedeutet.

„Letzter Aufruf für Flug 471 nach Washington D. C." Tönte es durch die überfüllte Halle. Wir tranken schnell den Kaffee aus, den wir uns an einem Automaten gezogen hatten, eine Frau mit Kinderwagen quälte sich durch die Menge, an ihrem Rock hielten sich drei weitere laut schreiend fest. Ein Pärchen küsste sich leidenschaftlich im Gedränge. Ein alter Rabbi saß schweigend, so als ob er sich verlaufen hätte auf seinem Koffer.Wir brachten die Sicherheitskontrollen ohne Probleme hinter uns und bestiegen die Maschine. Die Tür schloss sich. Ein saubere angenehme Atmosphäre empfing uns.

Alle Leute waren emsig mit ihren Sachen beschäftigt, Taschen verstauen, Gurte anlegen und vielleicht ein letztes Gebet sprechen. Als ich mich hinsetzte, gab es einen Ruck und die Maschine rollte Richtung Startbahn.

Irgendwie liegt immer eine nervöse Spannung über den Köpfen der Leute vor dem Start. Langsam und schier schwerelos hob der 200 Tonnenengel ab, nach Osten. Als wir die Flughöhe erreicht hatten, ließ sich John einen Whisky kommen. Er gab es ja nie zu, aber er hatte niemals seine Flugangst abgelegt.

Es waren erst drei Tage seit der Auftragserteilung vergangen, mir kam dies wie eine Ewigkeit vor. Ich musste zugeben, das diese Zeit mein gesamtes Weltbild durcheinander gebracht hatte, aber wir waren auf dem Weg alles wieder zurechtzurücken. John war sich sicher, das wir mehr Profit aus diesem Auftrag, als die Verkaufsprovision, herausschlagen konnten.

Da nach unserem Wissen dieser Kaufvertrag rechtlich nicht zustanden kommen konnte, blieb uns nichts anderes übrig als diesen Dingen weiter auf der Spur zu bleiben.

„Was denkst du Michel, gilt dieser 20 Meilen Radius nur Ebenerdig, also Horizontal oder auch Vertikal?" fragte mich John der sich scheinbar sehr wohl in diesem engen Sitz fühlte.

„Na, ist der Luftraum auch Eigentum bzw. Vertragsgegenstand?" fragte John noch einmal und sah mich auffordernd an.

„Keine Ahnung etwas Gegenteiliges haben wir bis jetzt nicht erfahren." antwortete ich ihm ohne ihn anzusehen.

„Also Ebenerdig würden alle Bodenschätze der Gesellschaft zu fallen." John tippte auf meine Schulter und ich drehte mich um.

„Hatten wir nicht etwas über die Goldtransporte gelesen, die , die Bahngesellschaft durchführte. Ja, vielleicht hast du Recht, weil die Vergabe von Schürfrechten, ja auch von dieser Tochtergesellschaft vergeben wurde. Aber der Luftraum, es hört sich Verrückt an, könnte jedoch möglich sein." meinte ich und John blickte mir tief in die Augen, ganz tief in ihm sah ich eine Spur von Verzweiflung.

„Ich glaube mittlerweile ist alles Möglich." John blickte von mir weg und sah aus dem Fenster. Das Frühstück wurde aufgetischt, die Borduhr zeigte 8.30 Uhr und wir flogen der Sonne entgegen.

Unter uns zog der Gegenstand unserer Bemühungen vorbei. Farmen, kleine und Große Städte, ca. 400 Millionen Menschen, Arme und Reiche, die führende Wirtschaftsmacht auf der Welt, die größte modernste Armee. Ein Volk zusammengewürfelt aus der ganzen Welt, das rechtlich in der nächsten Zeit, Grund und Boden verlieren würde. Soweit durfte es nicht kommen.

Jahrelang hatten wir uns mit Dingen beschäftigt, die Sinnlos waren. Niemand kann ein Haus verkaufen, wenn eine Stromleitung in der Nähe ist. Sollte dieser Auftrag bzw. dieses Wissen unsere Krönung im Beruf werden? War Watergate, oder alle bis dahin aufgedeckten Skandale nur ein müdes Lächeln wert? Wir sollten sehen was die so viel gerühmte Freiheit Wert war.

Der Kapitän der Maschine hatte einen guten Tag, da die Landung so sanft wie selten vor sich ging. Wir verließen das Flugzeug. Wenn man Washington aus der Luft betrachtet, erkennt man die besondere Straßenstruktur. Geometrische Muster, die wenn vielleicht eines Tages unsere Kultur untergegangen sein wird, denen die es entdecken Rätsel aufgeben wird. Dann wird niemand erfahren, das die Symbolik dieser Straßenzüge auf die Freimaurerbewegung zurück geht, die so werden wir erfahren, den Amerikanischen Traum mitbegründet haben. Eine neue Zeit sollte der Welt zeigen, wie Menschen Frei leben und denken können, deren Streben im Ganzen aufgehen sollte und wo neu Ideen keine Unterdrückung kennt.

Ja, wie so alle Träume sind, werden sie durch nichts anderes als durch das Großkapital zunichte gemacht. Räuberisch wurde Amerika ausgebeutet ohne die Zugrunde gelegte Ideen zu beachten. Da es ja leider nicht um Frieden, Familien, Freiheit geht sondern um den Kapitalismus, der aus diesem Gegensatz entstand.

Wie ein Schlag ins Gesicht, so kam mir der Unterschied zwischen klimatisierter Flughafenhalle und der Außenwelt vor. Über 30 Grad und eine hohe Luftfeuchtigkeit, so war der Empfang in D.C.. Wir winkten ein Taxi heran. Ein mindestens 200 Kg schwerer „afro Amerikaner" sprang, trotz dieses Gewichtes leichtfüßig, aus dem alten Buick und grinste über beide Ohren.

„Willkommen in Washington." empfing er uns freundlich und lud das Gepäck in den Kofferraum. „Wo geht es hin?"

„Hotel Fairbanks." gab John zum besten, er war nass Geschwitzt und Stöhnte in der Hitze.

„Zum erstenmal hier?" fragte der Fahrer und blickte nach hinten, mir war es lieber das er das er nach vorne sah, denn der Mittagsverkehr setzte ein.

„Nein, nein wir sind hier am Recherchieren." sagte ich Freundlich, John sah mich strafend an.

„Ah, sie sind Mormonen, man hört den Utha Akzent." stellte das Schwergewicht fest und sah nun nach vorne.

„Mormonen, sehen wir so aus? Mit dem Haufen habe ich nichts zu tun. Wir wohnen nur da." sagte John beleidigt.

„Oh, Entschuldigung, ich habe gedacht, da gibt es nur Mormonen." stellte unser Fahrer Weltmännisch fest.

„Na, ist ja nicht schlimm." unterbrach ich ihn um die Situation nicht zuzuspitzen, da John ziemlich Sauer war als Mormone bezeichnet zu werden. Er hatte nichts gegen die Grundideen, aber wie bei ziemlich allen Kirchenformen regiert das Geld die Religion und umgekehrt. Bei denen besonders, fauchte John oft, wenn wir auf dieses Thema kamen.Die Fahrt dauerte nicht lange und wir standen vor unserem Hotel. Mitten in der Innenstadt nicht weit von der Nationalbibliothek entfernt. Nach der Unabhängigkeit 1783 von Großbritannien, war nun der neue Staat damit konfrontiert, ein Zuhause für die Regierung zu finden. Die Nord- und Südstaaten wollten die Hauptstadt auf ihren Territorien sehen. Der 100 Quadratmeilen große und genau zwischen dem Nordstaatengebiet Virginia und dem Südstaat Maryland gelegener Regierungssitz wurde von eleganten Hotels und prächtigen Regierungspalästen, die auf den von dem französischen Ingenieur Pierr L Enfant konstruierten breiten Straßen abgelöst.

Das Muster der Straßen ist auf genauen mathematischen und nach den Himmelsrichtungen ausgerichteten Berechnungen ausgelegt. So glauben noch heute einige Gruppen, das wenn man einen Ort kreiert, es wichtig ist, durch das benutzen von verschiedenen Symbolen und Ausrichtungen auf bestimmte Gebäuden eine Kraft entsteht, die nutzbar gemacht werden kann.

Salt-Lake-City

Stewart saß in der Küche und wartete darauf das die Mikrowelle endlich sein Mittagessen erwärmt. Als das Telefon klingelte.

„Hallo!" am anderen Ende war nur ein gleichmäßiges Knacken zu hören, als das Licht in der Küche sich löschte.

„Hallo? Scheiße!" er warf den Hörer auf die Gabel. Niemals wird jedoch das Geräusch des klappernden Hörer an sein Ohr dringen. Ein Feuerball zerriß seinen Körper und löste in Sekunden das Fleisch von seinen Knochen. Später las man folgenden Artikel in der Zeitung:

„Explosion im Wohnhaus Gestern gegen Mittag starb ein 73 jähriger Mann in den Trümmern seines Hauses. Eine undichte Gasleitung entzündete den Gebäudekomplex. Vermutlich hat der geistig verwirrte, alleinstehende Mann selbst versucht die Leitung zu reparieren. Andere Opfer sind nicht zu beklagen."

Da Stewart keine Nachkommen hatte und seine Frau schon vor Jahren an Krebs gestorben war, stellte auch niemand Fragen. Vor allem stellte niemand die eine und wichtige Frage. Stewart hatte keinen Gasanschluss.

4.

Das kleine Hotelzimmer besaß die europäisch gewollte, aber amerikanisch gekonnte Atmosphäre. Die Klimaanlage funktionierte jedoch ohne Probleme und ließ endlich eine Pause zu. Ich lag auf dem Bett, während John im Bad eine Dusche nahm. Als es an der Tür klopfte, rief ich:

„Herein, es ist offen."

„Guten Tag, Mrs. Smith", sagte ein schlanker, junger Kellner mit kurzem schwarzen Haar und südländischem Teint. Er trat ein und musterte mich, wie ich auf dem Bett lag. „Äh, Entschuldigung, wo kann ich den Begrüßungsdrink abstellen?", fragte er verwirrt.

„Sie brauchen sich nicht zu entschuldigen. Stellen Sie es einfach hier auf den Nachtisch", antwortete ich entzückt.

„Ja, Miss." Er kam quer durch den Raum, ohne mich auch nur einen Moment aus den Augen zu lassen, und stellte eine Flasche Champagner und zwei Gläser ab. Noch bevor ich irgendetwas sagen konnte, öffnete sich die Badezimmertür, und John trat, nur mit einem kleinen Handtuch bekleidet, in den Raum.

„Hi, Champagner? Gut, warte einen Moment, Junge", sagte John. Er ging zu seiner Jacke, nahm seine Geldbörse heraus – nicht ohne die ganze Zeit sein Handtuch festzuhalten – und reichte dem jungen

Kellner, der ein Gesicht machte, als ob der Ausdruck „Junge" ihm missfiel, einen Schein.

„Danke, Sir. Mrs." Als die Tür ins Schloss fiel, warf John mir dieses Grinsen zu, das mir immer den Anschein gab, er hätte mich wieder entlarvt, wenn mir ein anderer Mann gefiel.

„Nun gut. Was sind die Pläne für heute?", meinte ich und sah John fragend an.

„Ich denke, wir sollten uns etwas entspannen", antwortete er. Sein Handtuch fiel auf den Boden, und er sprang zu mir ins Bett, setzte sich mir zu Füßen.

„Heute Abend gehen wir in die Bibliothek. Das Archiv hat auf Anfrage rund um die Uhr geöffnet, und heute Nacht haben wir gewiss Ruhe", antwortete ich ihm, noch bevor er sich auf mich stürzte. Das waren auch die letzten Worte, die wir in den nächsten Stunden wechselten. Die Flasche war schnell geleert, der Raum war kühl, doch davon spürten wir den ganzen Nachmittag nichts mehr.

20:46 zeigte die mächtige alte Uhr, die dort in der Hotelbar stand – vielleicht schon seit Bestehen des Hauses. Wir nahmen einen Drink und setzten uns vor ein Panoramafenster, bestellten uns etwas zu essen. Wir hatten beschlossen, in der Öffentlichkeit das Thema nicht mehr anzuschneiden. Die Bar begann sich zu füllen; eine Gruppe von Urlaubern mit einer fremd klingenden Sprache – vielleicht Norweger, meinte John – stürmte an die Theke. Das Essen wurde serviert, doch wir beide konnten an nichts anderes als die Bibliothek denken, die, wenn wir aus dem Fenster sahen, uns zu locken schien.

Das Dinner war gut, und aufgetankt mit frischer Energie fuhren wir schließlich mit dem Aufzug in die Empfangshalle. Draußen war das Klima angenehmer als heute Mittag.

„Die Kriminalitätsrate ist in den letzten Jahren hier in Washington gestiegen", meinte John und blickte über die Straße. Ich blickte zu John und dachte mir, was nun das wieder sollte.

„Na, bei den Politikern, die hier hausen, ist das ja kein Wunder", antwortete ich. John lachte, und wir rannten über die Straße.

Die Nationalbibliothek ist ein alter Bau, der an einen griechischen Tempel – oder so – erinnerte. Alles hier war ziemlich „alt". Die schwere, eisenbeschlagene Holztür, die diese Hallen verschloss, öffnete sich. Links war das Wärterhäuschen.

„Guten Abend. Kann ich Ihnen helfen?", fragte der Wärter mit mechanischer Stimme durch einen Lautsprecher hinter seinem Panzerglasfenster.

„Wir hatten angerufen. Hier ist die Legitimation und mein Ausweis", antwortete John und schob die Papiere durch einen Schlitz ins Wärterhäuschen. Der Wärter nahm die Papiere, blickte auf mich und sah John fragend an.

„Meine Frau", sagte John und zeigte sein „Guten Abend, Officer, Sir"-Lächeln.

„Im vierten Stock, Zimmer 416. Wenn Sie irgendetwas benötigen, rufen Sie die zehn. Ein Apparat ist in jedem Raum", antwortete der Wachmann und notierte sich auf einem Bogen unsere Namen.

„Vielen Dank", sagte John, nahm seine Papiere an sich, drehte sich um und zog mich hinter sich durch die summende Sicherheitstür.

Wir durchquerten die Halle und betraten die ausschweifende Treppe. Im ersten Stock wurde die Treppe schon kleiner, und irgendwie kamen wir im vierten Stock an. Hier oben war es schon wärmer, da sich die Tageshitze staute. Die Klimaanlage war ausgefallen, und insgeheim hoffte ich, dass wir die Papiere schnell finden würden. Johns

Legitimationspapiere wiesen uns als Mitarbeiter der Union Railways Bahngesellschaft aus, und dass wir im Auftrag von Stewart Dokumente über die Bahngeschichte zusammenstellen sollten. Da Stewart bekannt war, gab es keine Probleme, die ehrwürdigen Hallen zu betreten. Die Dokumente wurden noch in Salt Lake City ausgestellt.

„Zimmer 416 – Bahngeschichte", stand auf dem Schild. Wir öffneten die Tür und betraten einen Raum, der bis auf die Fensteröffnungen und den Eingang mit Bücherregalen zugestellt war. In der Mitte befand sich ein großer Tisch, auf dem ein Telefon stand.

„So, Herr, lass uns diesen Vertrag finden", sagte John. Er legte den Aktenkoffer auf den Tisch und schritt die Regale ab. „Wo sollen wir anfangen?", fragte er, breitete die Arme aus und zog die Schultern hoch.

„Ja, am besten unter –V– wie Verträge", meinte ich und ging rechts an den Regalen vorbei. John ging ebenfalls weiter, blieb jedoch ruckartig stehen. Seine Hand stieß nach oben und zog einen riesigen Band heraus, ließ ihn auf den Tisch fallen.

„Na gut. Was sagt das Inhaltsverzeichnis?", fragte er und blätterte, bis die Seite kam. Ich schaute ihm dabei über die Schulter.

„Ja, lass mal sehen. Hier steht was. DuPernes. Stewart hat mit seiner wilden Geschichte recht – der Name taucht hier auf. Okay, Seite 36." John blätterte wie ein Wilder.

„31, 32, 33 … so ein Mist, die Seite fehlt." Niedergeschlagen sahen wir uns an. Das war es also, was wir suchten – hatte schon jemand vor uns entnommen. Der lange Weg war umsonst.

„Ist da nicht mehr? Schau mal, sind da nicht mehr Bücher?", meinte ich und ertappte mich mal wieder dabei, dass ich zu schnell aufgab. John drehte sich um.

„Nein, das ist das einzige unter Verträge.“

„Und unter DuPernes?“, sagte ich. John stand auf und schob den Ordner wieder zurück ins Regal.

„Warte.“ Er ging langsam an den Regalen vorbei, blieb stehen. „Ja, hier!“ John zog einen Ordner heraus. Als er ihn öffnen wollte, fiel uns auf, dass eine Art Kordel den Ordner verschlossen hielt. Wir drehten ihn um und erkannten ein Siegel, dessen Schrift nicht zu erkennen war.

„Was meinst du, sollen wir das mal öffnen?“, fragte mich John.

„Mach schon, deshalb sind wir hier“, sagte ich fast schon genervt.

„Dann haben wir uns halt vertan.“ John riss an der Schnur, das Siegel zerbrach, und wir öffneten den Ordner. –TOP SECRET– stand auf dem Innendeckel.

„Dass die das Zeug immer für jeden herumliegen lassen“, grinste John. Wir saßen nebeneinander und begannen, den Ordner zu studieren.

Wir hatten vorher über ein Computernetzwerk versucht, etwas herauszufinden, jedoch überhaupt nichts gefunden.

„Na, wer sagt's denn.“ Eingeschweißt in einer Folie lag das Stück der Begierde. Ein roter Stempel auf dem Plastik deutete uns an, dass wir hier mehr als Glück hatten. ZUM VERNICHTEN FREIGEGEBEN 18.05.1963 – und eine Unterschrift.

„Da hat also ein Staatsangestellter 30 Jahre geschlafen“, sagte John triumphierend. Das Papier war gelblich und rissig, und ohne die PVC-Hülle wäre es vielleicht schon unleserlich. Unter dem Adler, der die Symbole der Macht in den Klauen hielt, und über der Davidsstern wie ein Heiligenschein leuchtete, zeigte sich, wonach wir so lange gesucht hatten. In einem kurzen Text kamen die Parteien zur Übereinkunft, dass die Erforschung und Kolonisation des Kontinents höchste Priorität besaß. Abgesehen vom Regierungssystem, das gerade an der Macht war, erlaubte es dieser Vertrag, mithilfe der Bank von Amerika der Gesellschaft DuPernes, dieses Vorhaben durchzuführen. Die einzige Loyalität galt dem Land und dessen Erschließung. Ablaufdatum und Pachtende wurden mit dem 31.12.1993 angegeben – eine unglaublich lange Zeitspanne im Vergleich zum Vertragsbeginn, der den 01.12.1793 markierte. Fast schon ehrfürchtig blickten wir auf die Unterschrift von George Washington, dem ersten Präsidenten der Vereinigten Staaten.

„Nimm den Kopierer aus der Tasche", sagte John und betrachtete fasziniert den Vertrag, der all das enthielt, was wir erhofft hatten. Den tragbaren Kopierer hatten wir in der Aktentasche verstaut, sodass niemand uns aufhalten konnte. Da es nicht erlaubt war, widerrechtlich Kopien anzufertigen, nahm John den Vertrag vorsichtig aus der Hülle, stellte die Anzahl auf zehn und kopierte den gesamten Vertrag, der 20 Seiten enthielt. Wir starrten stumm auf das Gerät und warteten. Als ein glänzender, heller Lichtstrahl den Raum erleuchtete.

5.

Ich erwachte sitzend mit der Stirn auf dem Tisch. Im ersten Moment konnte ich mich nicht bewegen. Mein gesamter Nacken-, Hals- und Schulterbereich schmerzte. Meine Muskeln und Nerven schienen zu brennen. Langsam hob ich den Kopf. John war nicht mehr da. Voller Panik stand ich auf, doch der Schmerz ließ mich wieder in den Stuhl fallen, der hinter mir stand. Als ich wieder meine Augen öffnen konnte, schaute ich langsam im Raum herum. Da lag John vor dem Fenster; ich konnte nur seine Füße sehen. Langsam versuchte ich zum zweiten Mal aufzustehen. Es gelang mir, und nur dem Tisch hatte ich es zu verdanken, dass ich nicht gleich umgefallen bin. Ich ging vorsichtig, um nicht ruckartig die Muskeln zu bewegen. Ich sah immer noch nur seine Füße, dann seine Arme, seinen Körper.

Sein Gesicht war blutverschmiert, aber er schien noch zu atmen. Seine Nase war gebrochen, auf der Stirn hatte er eine tiefe Platzwunde, und eine kahle Stelle auf dem Kopf zeigte, dass ihm dort ein Büschel Haare fehlte. Panik kam in mir auf. Mit meinem Halstuch wischte ich das Blut aus seinem Gesicht.

„John, hörst du mich? John!!!" Seine Augen begannen zu zittern. Ich traute mich nicht, ihn zu schütteln, da ich nicht wusste, ob er sonst wie verletzt war. Ich wusste auch nicht, ob meine Kraft dafür ausgereicht hätte. Er öffnete seine Augen.

„Was…" Er hatte keine Schneidezähne mehr und begann, Blut zu spucken.

John richtete sich mit einem Ruck auf und saß nun vor mir. Mit dem Tuch tupfte ich sein Gesicht ab.

„Was ist passiert?", fragte er mit einer Stimme, die ich niemals zuvor gehört hatte.

„Keine Ahnung. Ich bin gerade wach geworden, da lagst du hier." Meine Stimme klang sehr besorgt und auch nicht besser. John stand auf und sah sich um. Nichts deutete auf einen Kampf hin.

„Wo sind die Ordner?", fragte ich weiter, als ich mich ebenfalls umsah und den leeren Tisch erblickte. Unser Aktenkoffer nebst Kopierer war verschwunden. Im Bücherregal klaffte eine Lücke.

„Scheiße, nochmals Scheiße. Was geht hier vor?", sagte John und blickte auf die Uhr.

„Wie lange haben wir hier gelegen?" Die Uhr zeigte 4:27 Uhr, langsam dämmerte es draußen.

„Lass uns von hier verschwinden", meinte John und tastete dabei seine Nase ab.

„Hilf mir, ich kann schlecht laufen", bat ich John, der mich in die Arme nahm. Er löschte das Licht und schloss die Tür hinter uns.

„Da ist eine Toilette. Lass uns erst mal ansehen, ob wir so überhaupt unter Menschen gehen können", sagte ich und gab John einen Stoß in Richtung der Waschräume. Der weiß gekachelte Raum machte mir Angst. Ich hatte niemals zuvor Angst vor einem Bad. Das Spiegelbild ließ uns erstarren. Arm in Arm standen wir da und sahen aus, als ob wir eine Katastrophe überstanden hätten.

John wusch sich sein Gesicht, konnte jedoch nicht viel verändern, da alles geschwollen war. Mein Nacken brannte wie Feuer.

„Komm, lass uns verschwinden", sagte ich. „Bist du in Ordnung?"

„Ja, bis auf eine gebrochene Nase und dass mein Kopf halb weg ist, geht es", erwiderte er und versuchte zu grinsen.

„Ich glaube, ich brauche eine Aspirin", meinte ich, und beim Anblick dieses zerschundenen Gesichts flog ein Lächeln über meine Lippen.

„Okay, ich glaube, ich kann auch wieder laufen. Lass uns gehen", sagte ich weiter, hakte mich bei John ein, und wir gingen – oder besser gesagt, versuchten, ohne die Treppe herunterzufallen, heil unten anzukommen. Der Wärter schlief. Wir öffneten die Tür und traten in die kühle Nachtluft.

Im Hotel angekommen, ließ der Portier vor Schreck fast seine Tasse voll dampfenden Kaffees fallen, als er uns sah. Er kam hinter der Theke hervor und lief uns entgegen.

„Mein Gott, was ist denn Ihnen passiert? Soll ich die Polizei rufen?", fragte er mit großen Augen.

„Nein, schon in Ordnung, nur ein kleiner Unfall", meinte ich und versuchte zu grinsen.

„Was? Unfall?", fragte er noch verwirrter, während wir an ihm vorbeigingen.

„Könnten Sie vielleicht Verbandsmaterial auftreiben?", fragte ich ihn.

„Und eine große Schachtel Aspirin", stöhnte John; es hörte sich gespielt an.

„Äh, ja. Wollen Sie nicht lieber einen Arzt verständigen?", fragte der Nachtportier noch besorgter. Diesmal war ich überzeugt, dass er es auch wirklich war. Er reichte mir die Zimmerschlüssel.

„Ja, vielleicht später. Ich bin viel zu müde für so eine Aktion", meinte John und drängte zu den Fahrstühlen.

„Wir gehen schon mal hoch. Könnten Sie die Sachen hochbringen?", fragte ich ihn.

„Ja, bin sofort unterwegs." Der Portier verschwand in seinem Büro mit einer solchen Geschwindigkeit, dass ich überzeugt war, er würde sich an seinem heißen Kaffee verbrühen.

Im Zimmer angekommen, stand auch schon der Portier in der Tür.

„Kann ich nicht irgendwie helfen?", meinte er und blickte hilflos auf John.

„Nein, danke. Vielleicht veranlassen Sie, dass wir um zehn Uhr geweckt werden. Ach ja, und einen Termin im nächstgelegenen Krankenhaus, das aber auch eine Dentalabteilung hat. Sonst wäre alles in Ordnung", sprach ich, ohne ihn anzusehen, und legte John aufs Bett.

„Sie waren wirklich sehr hilfsbereit", meinte ich und versuchte, ihn unverkrampft anzusehen.

„Noch eine ruhige Nacht", sagte er zum Schluss, nickte und schloss die Tür.

John schlief ein, während ich seine Platzwunden versorgte. Ich nahm eine Aspirin und schlief auch neben ihm mit pochenden Schmerzen ein.

„Das weiße Licht. Wo bin ich? Ich kann mich nicht bewegen. Wo ist John? Was geht hier vor? Ich sehe nichts. Weißes Licht."

Irgendwie so kann man beschreiben, was mir in meinem ersten Albtraum widerfuhr. Ein kaltes, entsetzliches Gefühl, als ob das eigene Ich aufgelöst wird, man trotzdem weiterlebt, willenlos, und wenn man sich fallen lässt, fühlt man nichts mehr, sondern absorbiert nur noch.

6.

Diesmal erwachte ich ohne Schmerzen und eigentlich ziemlich erholt. John lag neben mir, seine Nase war ziemlich groß. Die Platzwunde auf der Stirn war grün und blau umrandet. Wir sollten ins Krankenhaus fahren, wenn er wach wird, und die Wunde nähen lassen.

Ich stand auf und nahm eine Dusche. Als ich zurück ins Zimmer kam, ging es mir deutlich besser. John saß vor dem Spiegel und grinste mich mit seiner klaffenden Zahnlücke an.

„Ganz egal, was passiert ist – wir hatten den Beweis in den Händen. Autsch!!!" John fuhr sich über die Nase. „Anyway, in der Akte stand, dass die Familie DuPernes in St. Louis wohnt. Wir werden denen mal einen Besuch abstatten", sagte John immer noch mit dieser komischen Stimme, die scheinbar durch seine Zahnlücke verursacht wurde.

„Aber vorher möchte ich wissen, was gestern Nacht geschehen ist", meinte ich, schon ein wenig wütend.

„Ich weiß gar nicht, was du hast. Wir werden wohl nie erfahren, was wirklich geschehen ist. Aufhalten wird man mich nicht. Wir leben, und das zeigt mir, dass wir auf dem richtigen Weg sind", sagte John und versuchte mit meinem Gesichtswasser seine Wunden zu reinigen.

„Ich will mich nicht mit dir streiten. Ich weiß nur, wenn wir jetzt tot wären…", warf ich ein.

„Was dann? Sind wir aber nicht. Wir bleiben am Ball. So schnell gebe ich nicht auf", unterbrach mich John, und ich sah ein, dass er nicht aufgeben würde.

„Wir wurden irgendwie betäubt, oder so. Das nächste Mal töten sie uns vielleicht", sagte ich und setzte mich zu ihm.

„Wen meinst du mit ‚sie'?", fragte er und drehte sich zu mir, sah mich fragend an.

„Weiß ich nicht. Ich weiß nur, dass jemand etwas dagegen hat, wenn wir in dieser Angelegenheit unsere Nase reinstecken", meinte ich und nickte ihm ins Gesicht.

„Oh, Michel, du hast ja recht. Lass uns hier verschwinden", sagte er zynisch.

„Aber erst ins Krankenhaus", unterbrach ich ihn.

„Alles klar." Er sprang auf, und wir packten unsere Sachen zusammen. Während John noch eine Dusche nahm, versuchte ich, Stewart zu erreichen, um ihn zur Vorsicht zu mahnen, doch der Anschluss war tot. Ich nahm an, wir hatten die falsche Nummer notiert. Mir war auch irgendwie klar, dass man solche Dinge nicht über Telefon besprechen konnte.

Als John fertig war, fuhren wir in die Empfangshalle hinunter. Die Leute schauten John mit Entsetzen an, und einige gingen schnell zur Seite, als ob er eine ziemlich ansteckende Krankheit hätte. Der Portier sah uns erstaunt an, stellte aber keine weiteren Fragen. Er teilte uns noch mit, dass im St. Martin Hospital Termine für uns freigehalten wurden. Wir zahlten die Rechnung in bar und verließen das Hotel. Draußen war es ziemlich warm für die frühe Tageszeit. Ich winkte ein Taxi herbei. Der Taxifahrer war gar nicht verwundert, dass wir ins Krankenhaus wollten.

In der Notaufnahme war gähnende Leere, sodass wir nicht warten mussten. John wurde nach den schriftlichen Formalitäten in den OP gebracht, und ich wartete, bis ich zum Röntgen eingelassen wurde. Nach fünf Minuten kam ich in einen nach Desinfektionsmittel stinkenden Raum.

„Was haben wir denn gemacht?", fragte mich ein scheinbar aus dem Orient stammender Arzt.

„Wir hatten einen Unfall", log ich frei heraus, da ich selbst keine andere Erklärung hatte.

„Ja, ja, ich sage ja immer: Autofahrer, fahren Sie das nächste Mal etwas langsamer, dann passiert nicht so viel", sagte der Arzt. Er legte mir einige Bleiwesten um und verließ den Raum, ließ mich vor einem riesigen summenden Gerät allein. Ein Klicken und Summen gab der große Kasten von sich.

Die schwere Tür zum Laboratorium öffnete sich wieder, und der Herr in Weiß kam herein. „So, das war's. Warten Sie bitte draußen, Doktor Clark ruft Sie dann."

„Dankeschön", erwiderte ich und verließ diesen stinkenden Raum. Das Wartezimmer hatte sich mittlerweile gefüllt. Ich begann aus Langeweile, den Wartenden ihre Krankheiten zuzuschreiben: Da war ein Armbruch, ein Beinbruch, ein Mann mit ziemlich grünem Gesicht und jemand, der zusammengezogen auf seinem Stuhl saß.

Vier Stunden später, als sich das Wartezimmer langsam leerte, kam John mit einem großen Pflaster auf der Stirn und einem Verband auf der Nase herein. Er grinste über beide Ohren, stolz wie ein Schuljunge, zeigte seine neuen Schneidezähne und sah eigentlich wieder gut aus.

„Na, alles klar?", meinte er und setzte sich neben mich.

„Keine Ahnung, ich warte noch. Du siehst besser aus", gab ich zu.

„Und du erst", sagte John. Er rutschte unruhig auf seinem Stuhl hin und her. „Hast du mal Stewart angerufen?", fragte er mich und blickte in den Spiegel an der gegenüberliegenden Wand.

„Ja, aber ich glaube, wir haben die falsche Nummer. Der Anschluss war tot", sagte ich, und das letzte Wort machte mir Angst.

„Das kann aber nicht sein, er hat die Nummer selbst aufgeschrieben. Na, wir werden sehen. Was…“, John wurde unterbrochen, als ein Herr in weißem Kittel vor uns stand.

„Mrs. Smith?“, fragte der Arzt.

„Ja?“, fragte ich, und in meiner Stimme war die Nervosität zu hören.

„Kommen Sie bitte mit, ich habe das Ergebnis“, meinte der Herr mit Namensschild.

„Gut, bis gleich“, winkte John mir nach.

Ein Arztzimmer wie jedes andere ließ mich in dieser Atmosphäre noch nervöser werden.

„Und, was habe ich?“, fragte ich ihn und machte es mir in einem breiten Besucherstuhl bequem.

„Nichts, absolut nichts. Keinen Bruch, keine Verzerrung. Vielleicht sind nur Ihre Nerven gereizt. Denn das Röntgenbild zeigte keinen Befund im rechten Schulterbereich oder am Schädel“, sprach er mit ruhiger Stimme.

„Kann ich es nochmal sehen?“, fragte ich ihn, und in meiner Stimme war meine Ungläubigkeit zu hören.

„Oh, Entschuldigung. Ich habe einen Blick darauf geworfen und nichts festgestellt. Die Bilder sind ins Archiv geordert worden“, behauptete er und ließ erkennen, dass die Entscheidung nicht zu ändern war.

„Na, da kann man nichts machen“, gab ich resigniert auf.

„Ich empfehle Ihnen einige Tage Ruhe, dann wird alles vergessen sein.“

„Danke, Doktor“, sagte ich, reichte ihm meine Hand, und wir verabschiedeten uns.

Entweder wollte dieser Arzt nichts feststellen, oder er konnte es aus irgendeinem erdenklichen Grund nicht. Jedenfalls war mir die Sache nicht geheuer. John stand auf, als ich das Wartezimmer betrat.

„Und?", fragte er besorgt.

„Alles in Ordnung, meint der Doktor", erwiderte ich.

„Gut, dann können wir gehen", sagte John. Er nahm mich in die Arme, und wir gingen zurück durch ein Labyrinth von Gängen nach draußen.

„Ich glaube dem Arzt nicht, oder zumindest glaube ich nicht, dass alles in Ordnung ist", sagte ich und atmete die frische Luft ein.

„Hm, warten wir mal ab, vielleicht wird es besser. Was machen wir jetzt?", fragte John. Er stand neben mir, mit dem Koffer und zwei Reisetaschen in den Händen, und sah so aus, als ob er auf eine Antwort wartete.

„Erst mal zum Flughafen. Ich kann diese Stadt nicht mehr ertragen", sagte ich und winkte ein Taxi herbei.

Am Flughafen angekommen, schlossen wir unser Gepäck ein und schlenderten durch die Hallen.

„Was haben wir noch zu erledigen?", fragte John.

„Zuerst brauchen wir Tickets für St. Louis und die Adresse der Familie DuPernes", sagte ich und wies auf die Airline-Counter, die in einer langen Reihe nebeneinander auf Kundenfang waren.

„Gut, da ist ein Telefon. Lass uns die mal anrufen", sagte John und kletterte in die kleine Zelle. Ich wartete draußen. Nach einigen Minuten kam John heraus.

„Und? Was sagen sie?", fragte ich aufgeregt.

„Wir können uns, wenn wir in St. Louis sind, umgehend bei diesem Herrn melden. Er wundert sich zwar, was ein Anwalt von ihm will, aber er empfängt uns", sagte er und strahlte, dann umarmte er mich.

„Hört sich gut an. Lass uns was essen gehen, ich habe einen Appetit, ich könnte dich fressen", flüsterte er in mein Ohr und begann hineinzubeißen. John knurrte mich an, ich löste mich aus der Umarmung, griff nach den Reisetaschen und lief schreiend, halb lachend, ihm davon. Die Leute im Flughafen machten einen verwirrten Eindruck, als ein Mann mit Verbänden am Kopf knurrend einer scheinbar lachenden Frau hinterherlief, wild einen Koffer schwenkend, die sich schließlich in ein Restaurant flüchtete.

Wir nahmen Platz und bestellten uns etwas zu essen. John bat mich in der Zwischenzeit, Tickets für die nächste Maschine nach St. Louis zu kaufen. Nach gut vier Stunden Wartezeit bestiegen wir unser Flugzeug nach St. Louis. Stewart meldete sich immer noch nicht. Die Maschine hob ab, und ich beschloss zu schlafen, da John mit dem Sitznachbarn die letzte Footballsaison kommentierte.

– Weißes Licht. Wo bin ich, John? Das blendende Licht nahm etwas ab, trotzdem erkannte ich meine Umgebung nicht. Ich hatte das Gefühl, dass meine Beine und Arme an den Gelenken befestigt waren. Die Panik, die ich zuerst verspürte, klang ab, bis ich diese Augen sah, die plötzlich vor meinem Gesicht erschienen. Sie waren groß und irgendwie insektenhaft. Ich begann zu schreien. –

Und schrie immer noch, als John mich aufweckte.

„Ganz ruhig, ganz ruhig, nur ein Albtraum, ganz ruhig", sagte John und nahm mich in die Arme. Mein Nacken versprühte wieder dieses Feuer, das meinem ganzen Körper höllische Schmerzen zufügte. Tränen liefen mir die Wange herunter. John tröstete mich. Es wurde besser, und ich berichtete ihm von diesem Traum, der mich zum zweiten Mal heimsuchte und anscheinend stärker wurde. Eine Stewardess kam vorbei und fragte, ob sie helfen könne, doch John lehnte dankend ab.

„Diese Augen, grässlich, ich habe Angst", sagte ich. Die Leute um uns herum müssen mich für verrückt gehalten haben, so wie wir aussahen.

Schweigend zog unser „freies Land" unter uns vorbei. Wir wussten, was geschehen würde. Wir waren uns nicht im Klaren, was all dies bedeutete. Ich hatte nur das sichere Gefühl, dass unser Albtraum nicht zu Ende war. Irgendetwas pochte in meinem Nacken, so als ob sich etwas darin befände. Nur eines war mir klar: Niemand würde uns glauben.

Das Abendessen wurde serviert, es wurde dunkel draußen, und am Horizont, so schien es, brannten die Wolken lichterloh. Ich musste an Stewart denken.

7.

Landeanflug auf St. Louis. Als wir die Maschine verließen und das Gepäck holen wollten, wurden wir von zwei Männern aufgehalten.

„Guten Abend, Sicherheitsinspektion. Würden Sie uns bitte folgen?", sagte ein Herr im dunklen Anzug. John und ich starrten uns ziemlich geschockt an.

„Sicherheitsinspektion? Wofür? Warum? Weshalb?", fragte John und mimte den Überheblichen. Doch der Mann in Zivil ließ nicht locker.

„Würden Sie uns bitte erst mal dort entlang folgen", sagte er und wies dabei auf eine dunkelrote Tür.

„Ich folge niemandem, wenn ich nicht weiß, worum es sich dreht. Zeigen Sie mir erst mal Ihre Ausweise. Dann sehen wir weiter", sagte John und blickte die beiden Männer voller Erwartung an. Fast auf Kommando zückten beide ihre Marken aus der Tasche, die sie als Sicherheitsinspektoren des Flughafens auswiesen.

„Warum eigentlich wir?", fragte ich fassungslos. Die beiden blickten sich an und steckten ihre Marken wieder ein.

„Weil mir Ihre Nase gefällt", antwortete grinsend der andere, der vorher schweigend vor uns gestanden hatte. John strafte ihn mit einem Blick. „Folgen Sie uns jetzt? Oder muss ich Hilfe holen?"

„Ja!", zischte John den beiden Männern entgegen und blickte mich beruhigend an.

„Gib mir die Taschen, Michel."

Rechts ging es durch eine Tür. Mir war klar, dass dies hier kein Zufall war. Wir hatten unsere Nase zu tief in fremde Angelegenheiten gesteckt.

„Mein Herr, gehen Sie bitte hier hinein. Meine Dame, bitte hier", sagte der Sicherheitsinspektor, der eben schon diesen Humor an den Tag gelegt hatte, und zeigte grinsend auf zwei Türen, die sich in dem langen, schmalen Gang gegenüberstanden.

„Wir werden getrennt? Warum?", fragte John.

„Ja, und wenn Sie weiter so Anstalten machen, wird es noch länger dauern", grinste der Humorvolle.

John schaute zu mir und versuchte zu lächeln. „Bis gleich!"

„Ja, bis gleich", sagte ich mit einem Gefühl von Resignation. John trat durch die geöffnete Tür und schloss sie hinter sich. Ich öffnete die andere, ohne mich zu diesen beiden Kerlen umzudrehen, und betrat ein kleines Büro, wo eine etwa 50-jährige, untersetzte Frau am Schreibtisch saß.

„Setzen Sie sich", sagte sie, ohne aufzublicken. Ich fühlte mich ziemlich unbehaglich. Sie schaute auf.

„Identifikationskarte, bitte", forderte sie mich auf. Ich reichte ihr meinen Reisepass, den ich aus alter Gewohnheit stets bei mir habe.

„Michel Smith, geboren am 26.04.1962, wohnhaft in Salt Lake City, Beruf Anwältin. Ist das richtig?", fragte sie und blickte mich mit ihren kalten grünen Augen an.

„Ja", sagte ich kurz.

„Gut. Was machen Sie in St. Louis?", sprach sie und musterte mich dabei.

„Wir wollen einige Tage entspannen, die Kultur genießen, halt die Stadt erleben", antwortete ich. Das Grinsen kostete sehr viel Kraft, aber ich glaube, es schien echt.

„Nun gut. Ziehen Sie sich bitte aus und legen Sie Ihre Sachen dort drüben auf den Stuhl", sagte sie in einem Kommandoton und wies auf die Ecke hinter mir.

„Wie bitte?", fragte ich perplex und stand mitten im Raum.

„Eine Leibesvisitation. Ihr Gepäck wird auch gerade untersucht. Also, würden Sie sich jetzt ausziehen, oder muss ich Hilfe holen?", fragte sie mit sprühenden Augen.

„Ich verstehe nicht, warum. Könnten Sie mir erklären, wofür dies alles?", fragte ich hilflos und stotternd.

Genervt und aggressiv sprang die untersetzte Frau auf, kam um den Schreibtisch herumgesprungen und baute sich wie eine Wand vor mir auf. Irgendwie musste ich über die unbeholfene Art grinsen, und mir war klar, dass ich das Gespräch weiter an mich reißen musste. Noch bevor das süßlich stinkende Parfüm mir in die Nase stieg, begann ich ruhig zu sprechen und blickte ihr dabei tief in die Augen, da sie ja sowieso nur etwa zehn Zentimeter vor meinem Gesicht stand.

„Ein Beschuldigter ist so lange unschuldig, bis seine Schuld bewiesen ist. Das ist ein Gesetz in diesem freien Land", sagte ich und war von meinem Mut selbst überrascht.

„Ich weiß, dies ist ein freies Land. Ich weiß auch, dass jeder etwas dazu beitragen muss, aber manchmal sieht der Beitrag etwas verrückt aus. Jedenfalls, wie meine Kollegen Ihnen sicherlich schon mitgeteilt haben, ist dies eine Sicherheitsinspektion. Was wir hier tun, trägt auch zu Ihrer Sicherheit bei. Glauben Sie, ich würde das hier gerne machen? Also stellen Sie sich nicht so an und lassen Sie das hier einfach ablaufen, dann wird keine Seite Probleme machen", sagte sie nun schon etwas ruhiger.

„Na gut", gab ich ungern zu.

Ich begann mich auszuziehen. Meine Sachen wurden kontrolliert, und als ich nackt im Raum stand, durchbrach die Stimme dieser Frau die Stille, die den bis dahin stillen Vorgang begleitet hatte.

„So, und nun das vielleicht Unangenehme. Ich führe jetzt eine Anal- und Vagina- bzw. Oral-Untersuchung durch. Bleiben Sie ganz locker." Ich war mir sicher, dass mir nichts anderes übrig blieb, als das hier zu ertragen.

Nun verstand ich das Gefühl, wenn Vergewaltigungsopfer berichten. Ich fühlte mich unendlich schmutzig, bloßgestellt und willenlos. Als ich wieder angezogen vor dem Schreibtisch stand, durfte ich ein Dokument unterschreiben, das besagte, dass ich diese Sicherheitsinspektion akzeptiert hätte und keine Ansprüche stellen würde.

„Bedanken kann ich mich zwar nicht, und ‚Auf Wiedersehen' möchte ich auch nicht sagen. Deshalb wünsche ich Ihnen einen ruhigen Tag." Sie schaute mich wortlos an. Da sie mir nicht antwortete, öffnete ich die Tür und betrat den Flur.

John stand am Ende des Ganges und sah zu mir herüber. Wortlos nahmen wir uns in die Arme. Er hatte unser Gepäck erhalten, und wir schlenderten langsam zum Ausgang.

Einen schöneren Empfang kann man sich auf dem Lambert St. Louis International Airport kaum vorstellen. Das hektische Treiben dieses Flughafens glich eigentlich jedem großen Airport. Doch wenn man ganz genau hinsieht, fallen einem doch einige Einzelheiten auf. An- und abfliegende Reisende konnte man daran gut erkennen, dass sie aus St. Louis stammten oder besser gesagt aus Missouri, dem Grenzstaat der Südstaaten, dass sie diesen freien, fast schon europäischen Lebensstil verbreiteten. Die Frauen trugen helle, weite Kleider, auch die Männer waren in frische, helle Sommeranzüge gekleidet und trugen hier und da einen Strohhut. Mit Stolz wiesen noch heute einige Südstaatler auf ihre Eigenständigkeit hin. Auch wenn die Vergangenheit nicht immer für jeden so frei war, wie es beschworen wird.

Mit seinem über 200 Meter hohen, monumentalen Stahl- und Betonbogen, dem Gateway Arch, symbolisiert St. Louis den fast schon religiösen Glauben an die Zukunft Amerikas – und natürlich den Aufbruch der Siedler Richtung Westen.

Ein Franzose namens Pierre Laclède gründete diese Stadt als Poststation zwischen den Flüssen Mississippi, Missouri und dem Illinois River. Diese gute Lage zog viele Siedler an, die hier an den fruchtbaren Ufern der Flüsse siedelten. Es waren zum großen Teil reiche Franzosen, die im alten, festgefahrenen und viel zu kleinen Europa keine Zukunft sahen. Durch die Versklavung Tausender Afrikaner wurde dieses Land schnell reich – reich, aber abhängig von Washington. Na ja, wir hatten diese Macht gerade selbst erfahren.

„Alles klar?", meinte John, als wir schließlich im Taxi zum Hotel saßen.

„Na, wie es halt so geht. Ich denke, du hast das Gleiche wie ich durchgemacht", antwortete ich ihm und sah dabei aus dem Fenster.

„Erst mal zum Hotel", sagte er und gab mir zu verstehen, dass er jetzt keine Einzelheiten besprechen wollte.

Als wir endlich im Hotelzimmer waren, zog mich John ins Badezimmer. Er drehte alle Wasserhähne auf und zog sich aus.

„Lass uns eine Dusche nehmen. Ich will diesen Dreck von mir haben. Es hört sich verrückt an, und ich glaube, ich habe zu viele Agentenfilme gesehen, aber fließendes Wasser soll diese Überwachungsgeräte stören", meinte er und schob den Duschvorhang zur Seite.

„Welche Geräte?", fragte ich John und zog mich aus und stieg ebenfalls unter den brausenden Wasserstrahl.

„Na, vielleicht haben wir eine Wanze an uns oder im Gepäck. Ich traue mittlerweile keinem mehr", sagte John. Er drehte die Hähne auf, und warmes Wasser sprühte uns ins Gesicht.

„Meinst du wirklich?", fragte ich und blickte John an. Seine Verbände wurden nass, und das Wasser spülte Blut aus.

„Ja, vielleicht, vielleicht auch nicht. Das kann aber alles ein Zufall sein", antwortete John, von dem ich gar nicht gewohnt war, dass er von Zufall sprach.

„Du hast recht. Und was jetzt?", fragte ich weiter und begann, John mit dem hoteleigenen Duschgel die Haare zu waschen.

„Morgen kaufen wir uns neue Sachen zum Anziehen und neues Gepäck, und von einer Telefonzelle rufen wir diese Familie an. Und dann sehen wir weiter", sagte John, der das Massieren genoss.

„Du bist sicher, dass du weitermachen willst? Das nächste Mal finden die einen Grund, uns einzusperren."

„Wir müssen sehr vorsichtig sein, aber im Interesse aller sollten wir das hier durchziehen", sagte John und spülte sich den Schaum vom Kopf.

„Du weißt, dass ich dir vertraue. Lass uns auf jeden Fall sehr wachsam sein", meinte ich zu John, der mich aus verkniffenen Augen ansah.

„Gut, ich dachte schon, du hättest genug von all dem. Wir sprechen morgen mit den DuPernes, und dann...", sagte John und stockte.

„Ja, und dann?", fragte ich, während ich mich einseifte.

„Dann sollten wir jemanden finden, der uns hilft, die Dinge an die Öffentlichkeit zu bringen", sagte John. Er stieg aus der Dusche, schaute mich an und wartete auf eine Antwort.

„Wir müssen mit den Franzosen reden, bevor wir weiterplanen", meinte ich. Wir trockneten uns ab und fühlten uns besser.

Langsam verschwand das grelle weiße Licht. Endlich sah ich, wo ich mich befand. Meine Arme und Beine waren mit Metallschellen an ein Gestell befestigt. Der Raum bestand selbst aus Metall, der Boden, die Wände waren jedoch aus einem Material, das ich noch nie gesehen hatte. Es schien, als ob dieser Raum selbständig leuchtete. Ich lag hier mitten in einem hellen Lichtkreis. Eine Decke konnte ich nicht erkennen. Das Gestell, auf dem ich lag, war eine Art Urologenstuhl. Meine Beine waren abgewinkelt, und meine Arme zeigten verdreht mit den Händen nach hinten. Ich hatte das Gefühl, nur wenn ich ganz locker liegen würde, keine Schmerzen zu haben.

Eine Tür öffnete sich, und John wurde hereingeführt. Zwei Männer in schwarzen Uniformen, die einreihig waren, betraten mit ihm den Raum. Er schrie, als er mich sah, doch kein Laut drang an mein Ohr. Zwei weitere Männer betraten den Raum; sie schienen höheren Ranges zu sein. Auch sie hatten schwarze Uniformen an. Sie unterschieden sich von den beiden anderen: Auf der Brust hatten sie ihre Hoheitsabzeichen. Nie zuvor hatte ich solche Soldaten gesehen. Auf der Brust prangte eine goldene Pyramide, im Inneren war eine Art Drache zu sehen, der ein rotes Auge hatte. Darunter stand in goldenen Buchstaben das Wort FEMA.

Was bedeutet dieses Wort? War das die Abkürzung für eine Organisation? Beide sahen zu mir herüber und begannen zu sprechen. Der eine war Amerikaner, das hörte ich sofort. Der andere jedoch hatte diesen harten, abgehackten Ton eines Deutschen; seine Ausstrahlung war korrekt und sehr kalt. Ich fühlte tief im Inneren, dass es keine Chance gab, Kontakt mit diesen beiden aufzunehmen. John wurde von Uniformierten festgehalten und sah zu mir herüber.

Die Tür öffnete sich zum zweiten Mal, und ein Ton erfüllte den Raum. Diese FEMA-Leute nahmen Haltung an, und nun erschien das Unglaubliche. In der Tür erblickte ich eine etwa 1,5 Meter große, fahle Gestalt mit dünnen Armen und Beinen, einem schmalen Körper und einem großen, insektenähnlichen Kopf mit großen Augen.

Wenn ich nicht genügend Science-Fiction-Filme gesehen hätte, wäre ich jetzt mit Sicherheit vor Angst gestorben. Da dies aber alles so realitätsfern war, konnte ich nicht glauben, was da mit fast schwebenden Bewegungen auf mich zukam. Ich sah in diese riesigen Augen, und das Wesen berührte mich mit einem Finger. Mein Herz raste, doch irgendwie strahlte dieses Wesen eine Ruhe aus, die mich ängstlich machte.

Eine Bewegung hinter diesem Fremden ließ mich aufschrecken. Zugleich drehte sich dieses Wesen herum, und ich sah das Hässlichste, was ich je erblickt hatte. Ein zweites Wesen war von mir unbemerkt in den Raum getreten. Ich wollte schreien, konnte jedoch nicht. Es sah unförmig, fast rund aus, hatte kurze, dicke Stummelbeine, war jedoch fast zwei Meter groß. Der Kopf, wenn man ihn so bezeichnen kann, bestand aus einer Fressöffnung mit scharfen, dünnen, langen Zähnen. Augen, die um diesen Schädel herumführten und abwechselnd von Klappen verdeckt wurden. Der ganze Körper war mit einem Fell bedeckt, das nicht weich, sondern eher wie Stacheln wirkte. Ein Speichelfluss lief ohne Unterlass aus diesem Maul und tropfte zu Boden. Dann sprach es und richtete seine Worte an mich. Ich verstand nichts, aber die Laute schmerzten mir in den Ohren. Die beiden FEMA-Männer schauten herüber und verzogen keine Miene. John war damit beschäftigt, sich von seinen beiden Bewachern loszureißen, schaffte es jedoch nicht.

Als ich zurück auf dieses Wesen blickte, sah ich, wie es etwas in den Klauen hielt. Die andere hagere Gestalt nahm meinen Kopf und drehte ihn zur Seite. Es drückte meinen Kopf so herunter, dass ich es kaum wagte, mich dagegen zu wehren, da ich annahm, es würde mir sonst das Genick brechen. John versuchte verzweifelt, sich zu befreien. Dieses haarige Wesen kam mit dem Gegenstand in der Hand näher und zischte fürchterlich, während es seine zweigeteilte Zunge zeigte. Eine Art Spritze mit langer, metallischer Kanüle kam meinem Nacken bedrohlich näher. John riss sich los, rannte quer durch den Raum und sprang das Wesen mit der Spritze an. Doch bevor er es erreichen konnte, schlug dieses zu und traf ihn mitten ins Gesicht.

Durch den gewaltigen Schlag wurde John wieder zurück an die Stelle geschleudert, wo er zuvor gestanden hatte, und knallte mit dem Kopf hart auf den Boden auf. Eine Blutlache bildete sich unter ihm. Ich wollte schreien, ihm zu Hilfe eilen, doch ich war unbeweglich. Langsam kam die Klaue mit dieser Spritze meinem Nacken näher. Ich fühlte einen brennenden, heißen Schmerz, als das Metall mir tief in den Nacken gesteckt wurde.

Ich erwachte und saß kerzengerade im Bett. John schlief neben mir. Die Klimaanlage summte. Johns Gesicht sah nun besser aus als in diesem Traum. Traum? War es wirklich ein Traum?

8.

John erwachte um acht Uhr. Während er eine Dusche nahm, bestellte ich das Frühstück. Als der morgendliche Verkehr unter unserem Fenster erwachte, erzählte ich die Ereignisse der letzten Nacht.

„Außerirdische? Du spinnst wohl. FEMA? Ich glaube, du warst zu oft im Kino", sagte John und blickte mich mit großen Augen an, während er den Kopf schüttelte.

„Dann erkläre du mir, was in der letzten Nacht mit uns geschehen ist", sagte ich sauer, weil er mir nicht glaubte. „Ich werde die Beweise schon finden, warte ab. Die haben mir etwas injiziert, und ich will es aus meinem Körper haben."

John sah mich skeptisch an. „Lass mal sehen." Er stand auf, kam hinter mich und tastete meine Schulter und meinen Nacken ab. „Sag Stopp, wenn ich die Stelle erreicht habe." Er stoppte von selbst, als er unter der Haut einen Knubbel direkt neben dem Schlüsselbein ertastete, der tief im Fleisch zu sitzen schien. „Du hast recht, da ist etwas." Er drückte mit dem Finger darauf herum, und es bewegte sich.

„Siehst du? Das war kein Traum. Vielleicht will mir einfach mein Unterbewusstsein mitteilen, was in dieser Nacht geschehen ist", sagte ich und nahm Johns Hand von meiner Schulter.

„Es würde auch meine Platzwunde erklären", meinte John nachdenklich und fuhr sich über die Nase. Der Kaffee war heiß und stark, aber nicht stark genug, um uns in die Realität zurückzubringen, die ich vom bisherigen Leben her kannte.

„Wenn das die Wahrheit ist, erklärt sich, warum wir am Flughafen kontrolliert wurden. Vielleicht, ich habe ja keine Ahnung, haben die uns erkannt. Das heißt, was du da im Körper hast, könnte so eine Art Sender sein. Nun wissen die, wenn du eine Kontrollschranke durchschreitest, wer du bist", überlegte John.

„Und warum haben die dir nicht so ein Ding eingepflanzt?", fragte ich.

„Die gehen davon aus, dass wir uns nicht trennen", sagte John hinter mir. Ich drehte mich zu ihm um. Tränen liefen über meine Wangen.

„Bitte, John, verlass mich nie." John nahm mich in die Arme, bis ich wieder klar war.

„Lass uns ab heute sehr vorsichtig sein. Wir dürfen niemandem vertrauen", meinte John.

„Ja, du hast recht. Ich habe versucht, Stewart anzurufen. Der Anschluss ist aufgelöst. Stewart ist tot, das habe ich im Gefühl."

John sah mich mit versteinerter Miene an. „Ja, vielleicht. Das darf uns aber nicht abbringen."

„Die sind zu allem fähig. Ich glaube, die spielen mit uns. Vielleicht finden wir jemanden, der uns weiterhelfen kann?", hoffte ich.

„Ja, das wäre gut", gab John zu.

Schweigend saßen wir vor dem großen Fenster, und die Welt da draußen schien ihren normalen Gang zu gehen. Als wir das Hotel verließen, beschlossen wir, erst einmal die Hauptstraße entlang zu gehen. John wollte wissen, ob uns jemand verfolgte. Irgendwann, ich stand gerade vor einem Elektronikfachgeschäft, winkte John ein Taxi herbei. Wir fuhren in die Villengegend von St. Louis. Der Wagen hielt vor einem großen Tor.

„Hier sind wir. Sie haben mächtig reiche Freunde", sagte der Taxifahrer.

„Wir haben keine Freunde", gab John zurück, drückte ihm den Fahrpreis in die Hand und stieg aus. Ich kletterte hinterher und schloss die Tür.

„Nun gut, auf in den Kampf." Eine Klingel war links am Tor angebracht. Auf einer bronzenen Tafel war der Name DuPernes geschrieben. John klingelte. Ein Licht ging an, und wir hörten das Summen einer Kamera, die sich über uns aufrichtete.

„Ja, bitte?", tönte eine Stimme aus dem Lautsprecher.

„John Smith ist mein Name. Ich bin Anwalt und hatte gestern angerufen."

„Ja, gut. Ich habe bereits gehört, dass Sie kommen", sagte die Stimme aus dem Kasten. Das große Tor öffnete sich und gab den Blick auf einen großen, weiträumigen Park frei. Ein Kieselweg führte durch die

Anlage. Leise schloss das Tor hinter uns. Ein Wachmann nickte uns zu und wies ganz nebenbei auf die Richtung. Rechts und links waren alte Pappeln, die im weiten Bogen standen und als Allee zum Haus führten.

Das Gebäude, so schien es, war ein Ableger des Weißen Hauses – nicht ganz so groß, aber schon sehr imposant. Ein Herr im schwarzen Frack kam auf der breiten Treppe uns entgegen.

„Mrs. Smith, Mr. Smith, bitte folgen Sie mir." Der Butler drehte sich um und ging die Stufen wieder hinauf.

„Dankeschön", antwortete John, der die Gepflogenheiten der Reichen nicht kannte. Über die große Treppe zwischen den Säulen hindurch betraten wir die Eingangshalle des Hauses.

„Bitte hier entlang." Links wurde eine Tür geöffnet, und wir betraten einen Raum mit Kamin. Der Mann im Frack wies auf eine Sitzgruppe. „Machen Sie es sich bequem. Graf DuPernes wird Sie gleich empfangen." Er drehte sich auf dem Absatz um und schloss die Tür hinter sich.

„Graf?", fragte ich erstaunt und machte es mir auf dem gemütlichen Sofa bequem, während ich mein Kleid zurechtzupfte. Ich war sehr erstaunt; sonst liest man nur in irgendwelchen schlechten Zeitungen etwas über den Adel, und hier in Amerika war diese Art von Menschen sowieso selten.

„Wir sind an der richtigen Adresse", sagte John und setzte sich in einen Sessel. Das Empfangszimmer war mit teuren Teppichen ausgelegt. Ein großer Schreibtisch stand vor einem Fenster, das in den Park zeigte. Ein Gärtner schnitt eine Rosenhecke. Die Tür öffnete sich, und ein hochgewachsener, schlanker Herr Mitte siebzig betrat den Raum.

„Mrs. Smith?", fragte der Graf und kam auf mich zu. Ich reichte ihm meine Hand. Mit einem Handkuss begrüßte er mich. So etwas war mir noch nie vorgekommen, und ich errötete. Er wandte sich John zu, der aufgestanden war.

„Guten Tag, Mr. Smith." Sie reichten sich die Hände. „Willkommen in meinem Heim. Was kann ich für Sie tun?" Er setzte sich in einen Sessel, der uns gegenüberstand, und blickte abwechselnd interessiert von John zu mir.

„Wir sind Anwälte aus Utah, aus Salt Lake City, um genau zu sein. Wir sind durch einen Kaufvertrag zwischen der Bahngesellschaft und der Stadt Frames, den wir aushandeln, auf Ihren Namen gestoßen. Sie sind wohl der rechtmäßige Besitzer der United Railways?", fing John an.

Der Graf schaute uns an, stand schweigend auf und ging zum Fenster.

„Ja, das ist richtig", sagte er mit dem Rücken uns zugewandt. Er drehte sich um und blickte uns mit funkelnden Augen an. „Wie kann ich Ihnen weiterhelfen?"

„Ja, vielleicht können wir Ihnen helfen", sagte John. Er nahm den Aktenkoffer mit den restlichen Unterlagen, begann darin zu blättern und zu erzählen.

„Durch die besonderen Umstände, auf die wir gestoßen sind, sind Sie wohl der rechtmäßige Eigentümer oder besser gesagt Pächter der USA." John blickte auf. Er war mit der Tür ins Haus gefallen und wartete auf eine Reaktion. Der Graf kam herüber und setzte sich John gegenüber.

„Wie bitte? Soll das ein Scherz sein?", antwortete er.

Entweder hatte der Graf schauspielerische Talente, oder er wusste wirklich nichts von seiner Position.

„Nun gut. Lassen Sie mich erst einmal berichten, wie wir auf Sie gestoßen sind", sagte John. Er begann zu berichten, wie wir den Auftrag erhielten, was wir herausgefunden hatten, wie wir nach Washington geflogen waren, in der Nationalbibliothek den Vertrag in den Händen gehalten hatten und wie wir schließlich hierher gekommen waren. Er ließ natürlich alle Widrigkeiten aus, da das zu diesem Zeitpunkt nicht gut gewesen wäre.

Als John geendet hatte, lehnte sich der Graf zurück, faltete seine Hände vor das Gesicht und begann vertieft zu sprechen.

„Das ist schon alles richtig. Nur dass dieser Vertrag heute noch Bestand hat, ist mir nicht bekannt. Wenn das aber stimmt, und davon gehe ich jetzt mal aus, dann haben Sie sich einige Feinde geschaffen. Wenn das hier an die Öffentlichkeit kommt – oder glauben Sie nicht, dass die Regierung alles versuchen wird, es zu verhindern? Eine gefährliche Angelegenheit. Sie sehen ja, ich habe ein Heim, mir geht es nicht schlecht, ich habe ein Alter erreicht, das ich auch Ihnen wünsche. Deshalb lassen Sie es einfach sein, vergessen Sie, was Sie wissen. Aus meiner Erfahrung kann ich Ihnen sagen, es wird das Beste sein."

„Sie haben also kein Interesse?", antwortete John.

„Interesse? Interesse habe ich schon. Nur wenn Sie glauben, Kapital aus dieser Sache zu schlagen oder auch nur die Öffentlichkeit aufzurütteln, so glaube ich, werden Sie nur Wasser auf die Mühlen der Gegner unserer freien Gesellschaft geben. Die Leute wollen in Ruhe leben. Keiner wird etwas merken, und das Leben geht seinen Gang. Lassen Sie den Leuten den schwachen Glauben an dieses Land. Sie zerstören nur noch mehr, als Sie vielleicht retten wollen."

„Sie haben resigniert!", sagte John fassungslos.

„Resigniert? Nein! Ich bin Amerikaner. Meine Familie hat dieses Land mitbegründet, und ich bin stolz darauf. Ich würde gar nicht existieren, viele Menschen würden gar nicht leben, wenn das nicht geschaffen worden wäre. Es ist nicht der richtige Zeitpunkt, die Wahrheit zu berichten. Behalten Sie es für sich, das wird das Beste für Sie und uns alle sein."

„Ich habe Zweifel, dass Sie die Situation in unserem Land richtig bewerten. Ich möchte Ihnen gar nicht darlegen, welche Schwierigkeiten wir bis jetzt hatten, nur weil wir Interesse an diesem Thema haben. Sie sagen, Sie wären stolz, ein Amerikaner zu sein, und ich schätze Ihre Aufrichtigkeit. Nur mit Ihrer Hilfe könnte Schlimmeres verhindert werden – oder haben Sie vollends Vertrauen in das System, das Ihre Familie mitgeschaffen hat?", fragte John und wollte nicht locker lassen.

Der Graf sah uns schweigend an, begann dann zu sprechen.

„Sie sind jung und voller Energie, nur das hier ist eine Nummer zu groß für Sie. Wie glauben Sie, könnte ich Ihnen helfen?"

„Sie sollten an die Öffentlichkeit treten und die Wahrheit erzählen. Sie müssten wissen, dass ich bis heute nicht politisch interessiert war, wie viele andere. Der Preis der Wahrheit ist immer hoch, doch er ist es wert – für uns heute und spätere Generationen. Diesem Land fehlt es an Hoffnung und damit an Zukunft. Wenn jedoch dem Volk klar wird, dass es in einem freien Land lebt, dann, aber nur dann, können wir nach vorne blicken", sagte John immer eindringlicher.

„Weise und einfache Worte. Ich kann Ihnen jedoch nicht helfen. Mir sind die Hände gebunden. Und außerdem, wie sagt Ihre Jugend noch, ist es mir zu – heiß –, so etwas anzugehen. Ich wünsche Ihnen viel Glück und bitte mich jetzt zu entschuldigen."

Der Graf stand auf, reichte John die Hand, beugte sich zu mir herunter, nahm meine Hand und gab mir diesen ungewöhnlichen Handkuss, dann verließ er den Raum. Wir blickten uns an. In Johns mittlerweile abgeschwollenem Gesicht stand die Enttäuschung in großen Lettern geschrieben. Schweigend saßen wir hier in dem Haus des rechtmäßigen Eigentümers dieses Landes und mussten feststellen, dass unsere Arbeit und unsere Schmerzen umsonst gewesen waren.

„Und jetzt?", fragte ich John, der mich mit leeren Augen anblickte.

„Zweites Frühstück, was sonst?", sagte John. Er stand auf, nahm meine Hand, zog mich hoch zu ihm und gab mir einen Kuss.

„Wir haben es bis hierher geschafft. Wir haben alles herausgefunden, und das ist unser Erfolg."

„Damit aber auch alles", sagte ich enttäuscht.

„Lass uns gehen und nachdenken." Wir öffneten die Tür zur Eingangshalle und schritten hinaus auf die Treppe in den Park. Der Gärtner war immer noch mit seinen Rosen beschäftigt. In der Ferne war ein Rasenmäher zu hören. Irgendwie ging es mir besser. Wir hatten zwar alles erreicht, aber auch nichts alles verloren. Eine neue Zeit brach an, und wir waren dabei, sie zu ändern.

9.

Ein kleines, nobles Restaurant am Eingang zu diesem Villenviertel lud uns zur Einkehr ein. Ein reichhaltiges Frühstücksbüffet war aufgetischt, und wir stärkten uns mit den besten Pancakes und dem schwärzesten Kaffee seit langem.

„Was sind deine Pläne?", fragte ich John, der mich mit diesen leuchtenden Augen ansah, die etwas zu verbergen versuchten.

„Wenn dieser Mann uns nicht helfen will, dann brauchen wir ihn gar nicht", sagte er. Er steckte sich den letzten Bissen seiner Pancakes in den Mund und sprach dabei weiter. „Nehmen wir mal an, es ist viel zu gefährlich, die Wahrheit in die Welt zu tragen, und nehmen wir einmal an, man würde uns sogar beiseite schaffen wollen. Es bleibt uns so oder so nichts anderes übrig, als unser Wissen mit jemandem zu teilen. Dann würde es auf jeden Fall nicht vergessen werden."

„Und wem willst du berichten? Einer Zeitung oder was?", fragte ich ihn.

„Nein, noch nicht. Lass uns vorsichtig nach Hause fahren, unsere Sachen holen und nach Washington fahren."

„Zurück nach Washington? Was willst du da? Vielleicht dem CIA Bericht erstatten?"

„Nein, nicht nach Washington D.C., sondern in den Staat Washington. Dort werden wir Hilfe finden."

„Wir kennen niemanden dort oben", antwortete ich.

„Doch, ein alter Studienkollege von mir. So ein verrückter Aussteiger, lebt dort in den Bergen mit einem, so wie ich immer gedacht habe, wilden Haufen, die eine christliche Gemeinde gegründet haben. Die backen ihr eigenes Brot, leben halt in den Tag hinein. Charles, so ist sein Name, sagte einmal zu mir: ‚John, wenn du mal nicht mehr weiterweißt, komm einfach vorbei.'"

„Du willst dich mit einer Sekte einlassen?"

„Das ist keine Sekte. Ich weiß ja auch nicht, was die machen, aber wir sind auf jeden Fall willkommen. Bis Gras über die Sache gewachsen ist, können wir da bleiben."

„Na, wenn du meinst. Und wie kommen wir nach Salt Lake?"

„Wir mieten uns ein Auto oder so und fahren. Ich mag keine Flughäfen."

„Gut, du hast recht. Das nächste Mal werden die uns vielleicht nicht mehr gehen lassen", meinte ich überzeugt.

John winkte die Bedienung herbei.

„Wollen Sie bar oder per Karte zahlen?", fragte das junge Mädchen.

„Karte bitte", sagte John und reichte ihr die Karte. Sie verschwand hinter der Theke.

Wir ließen uns noch ein Taxi rufen und fuhren zurück zum Hotel. In der Hotelhalle veranlasste John, dass in zwei Stunden ein Mietwagen vor der Tür stehen sollte. Wir verzogen uns ins Zimmer und vertrieben uns die Zeit, bis der Wagen kommen sollte.

Ein blauer Chevy, frisch gewaschen, stand vor der Tür. Ein Straßenatlas war im Preis enthalten; für einen vollen Tank reichte der Service scheinbar nicht. Wir fuhren zur nächsten Tankstelle, versorgten uns mit Benzin und Reiseproviant, und fuhren auf den Highway Richtung Westen, der Nachmittagssonne entgegen.

Ich fiel in einen tiefen Schlaf, der mir die Abgründe meiner Seele auftat. Ich kann mein Spiegelbild nicht ertragen, nicht meine Stimme, nicht die Haut, die mich umgibt, nicht das Gefühl von Organen in meinem Körper, nicht einmal das Gefühl des Atems. Selbstaufgabe ist nur der Drang nach Neuem. Der Körper ist steuerbar, der Geist nicht.

Die Bilder wurden klarer, die vor meinem inneren Auge auftauchten. Die Sonne brannte vom blauen, wolkenlosen Himmel. Ich lag auf dem Rücken und hob schützend die Hand, um das grelle Sonnenlicht zu verringern. Ich rollte mich auf die Seite, um meine Umgebung zu erkennen.

Wüste, nur karge Büsche waren in der hügeligen Landschaft verteilt, und eine atemlose Stille beherrschte die Szenerie. Ich saß hier allein im heißen Sand, die Sonne stand hoch am Himmel. Wie war ich hierher gekommen, und vor allem, wo war John? Ich stand auf und streckte mich. Fit und ausgeschlafen fühlte ich mich. Sicher, in einem Traum zu sein, blickte ich an mir herunter. Graue Stoffschuhe, eine abgewetzte Armeehose und ein T-Shirt schützten mich vor der immer heißer werdenden Sonne. Weit und breit war kein Mensch zu sehen. Nicht einmal Spuren im Sand waren zu erkennen. Wie war ich hierher-gekommen, und wohin jetzt?

Da ich keine Himmelsrichtung feststellen konnte, beschloss ich, auf den nächsten Hügel zu klettern, um eine bessere Übersicht zu haben. Der weiche Sand machte das Laufen zur Qual. Hier gab es Schlangen oder weiß Gott was für andere giftige Viecher. Mir schauderte bei dem Gedanken, hier weitab von allem einer Vergiftung zu erliegen. Noch vorsichtiger lief ich weiter. Schweiß überströmt erreichte ich den Hügel. Nichts. Kein Haus, kein Mensch. Vielleicht bald kreischende Geier, die sich um meine Knochen streiten würden, wenn ich nicht langsam etwas Wasser finde.

Man verliert knapp einen Liter Flüssigkeit bei allzu großer körperlicher Anstrengung bei diesen Temperaturen ungeschützt, wie ich in einer Stunde. Meine Überlebenschancen standen nicht gut, wenn ich die Ebene vor mir durchqueren wollte, um über die nächste Hügelkette zu blicken. Um vielleicht dort das gleiche Bild zu haben. Ich beschloss zunächst, einen schattigen Platz zu suchen, um die größte Tageshitze abzuwarten. Doch wo, wenn es nur kniehohe Büsche gab? Ein warmer Wind strich durch mein Haar, und diese Stille war friedlich. Wie auf einem Friedhof, dachte ich, und ich war die einzige angehende Leiche weit und breit, wenn nicht etwas geschehen würde.

Der heiße Sand glitt einer Lawine gleich vor mir den Hang hinunter, und ich folgte dieser immer wieder von mir ausgelösten Woge den Hügel hinunter. Mittlerweile klebte mein T-Shirt auf meiner Haut, und ich wäre sicherlich ein schönes Bild für John gewesen, wenn er hier wäre – oder wenn überhaupt jemand hier wäre.

Mit gesenktem Kopf schritt ich weiter. Es gab hier Ameisen, die sich vielleicht mit Freude auf mich stürzen würden, wenn ich mich niederließ. Also lief ich weiter Richtung Hügelkette. Die Sonne brannte mir auf den Kopf, und langsam merkte ich, wie mein Hirn langsam leer wurde. Ich hatte mal gelesen, dass man nach einiger Zeit ungeschützter Sonnenbestrahlung wie betrunken und dem Wahn nahe einfach weiterlaufen würde, bis man schließlich zusammenbrach. Ich weiß nicht, wie lange ich hier irrte, doch als ich meinen Kopf hob, um zu sehen, wie weit ich es mittlerweile gebracht hatte, sah ich diesen dunklen Fleck am Horizont. Die Sonne stand mir nun im Rücken, und ich war auf dem Weg Richtung Nordost, nahm ich jedenfalls an.

Entweder hatte ich Halluzinationen oder eine Fata Morgana spielte mir etwas vor, oder da kam wirklich etwas auf mich zu. Ich hielt inne und versuchte etwas zu hören, doch außer dem Nichts und einer schwachen, mittlerweile heißen Brise war nichts zu vernehmen. Meine Beine fühlten sich schwer an, meine Kehle war nur noch ein ausgetrockneter Kanal und schmerzte beim Schlucken. Meine Lippen waren rau und spröde. Langsam ging ich weiter in Richtung des dunklen Klecks, der sich durch die Luft auf mich zubewegte.

Ein Helikopter oder Flugzeug? Ich wühlte in meinen Taschen, doch nichts war in ihnen. Ich hoffte, ein Feuerzeug zu finden, doch mir fiel ein, dass ich ja gar nicht rauchte. Ein Feuer wäre schnell aus den trockenen Büschen errichtet, und der Rauch würde Aufmerksamkeit erregen. Oder wäre dies genau das Falsche? Der Fleck wurde größer und kam näher. Noch immer war kein Laut wahrzunehmen. Langsam hatte ich genug von diesem Traum und wollte erwachen, doch keine Chance – das hier war zu real. Ich zwickte mich in den Arm, es tat weh, sollte es ja auch, aber wach wurde ich trotzdem nicht.

Der Fleck kam näher, wurde größer, und ich erkannte endlich die Umrisse. Es war kein Helikopter oder Flugzeug, es war überhaupt nichts, was ich jemals gesehen hatte. Man könnte es vielleicht mit einem quer fliegenden Zeppelin vergleichen. Ein UFO oder was? Quatsch.

Ich hatte den Gedanken noch nicht ganz ausgedacht, als das Objekt näher kam und in Bodennähe auf mich zukam. Es war schnell und kam genau in meine Richtung. Rechts und links neben dem „Ding" flogen Büsche in die Luft, und es wurde jede Menge Sand aufgewirbelt. Ich war mir sicher, dass nichts auf der Welt mit dieser Geschwindigkeit mehr anhalten konnte, ohne über mich hinwegzufegen. Das Objekt war etwa 50 Meter breit – also eine Wand bewegte sich auf mich zu und würde mich treffen. Ich sah mich schon gleich einer Fliege auf der Windschutzscheibe eines Autos enden.

Als ich rechts neben mir eine Sandkuhle erblickte – das Loch war etwa 15 Meter entfernt –, sprintete ich los, nicht ohne den Flugkörper, oder was es auch immer war, aus den Augen zu lassen. Ich hatte das Gefühl, dass es mir folgte. Kurz vor dem Loch blieb ich stehen. Wenn dieses Objekt mich treffen wollte, dann traf es mich auch. Also blieb mir nur übrig, im letzten Moment in die Kuhle zu springen, die vielleicht 1,50

Meter tief war – also tief genug, um mich aufzunehmen. Ich nahm nicht an, dass das Objekt oder der, der es steuerte, aus seiner Position dieses Loch erkennen konnte.

200 Meter, 150 Meter – es waren keine Fenster zu sehen, nur diese skurrile Wand, wie aus einem surrealistischen Bild entsprungen. 100 Meter – irgendwie musste ich grinsen. Da denkt man, die Rettung ist nah, und der Tod klopft an, oder so.

50 Meter – dieser Traum ist ätzend, dachte ich und machte mich zum Sprung bereit. Ich spürte den Luftdruck, der von dem Objekt mir entgegenströmte, und ich sprang.

Es wurde dunkel, nur ein Rauschen war zu hören. Vorsichtig öffnete ich die Augen.

Ein sanftes Schaukeln empfing mich, und John, der angestrengt auf die nächtliche Fahrbahn blickte. Ich war schweißnass, mein Nacken pochte, und Sand knirschte zwischen meinen Zähnen.

10.

Langsam rappelte ich mich auf. Ich lag mit angezogenen Beinen auf der durchgehenden Sitzbank.

„Na, gut geschlafen?", fragte John und blickte kurz zu mir rüber. Aus dem Lächeln wurde ein besorgter Blick. „Bist du in Ordnung? Du bist krank?" Er langte mir auf die nasse Stirn. Mir war immer noch heiß, aber langsam wurde mir besser.

„Nein, mir ist nur furchtbar heiß, und ich habe Durst." Ein schwerer Truck donnerte rechts an uns vorbei. Ich griff nach hinten und zog aus der Kühlbox eine eiskalte Cola heraus, nahm einen großen Schluck.

„Ah, das ist besser. Ich hatte nur einen wilden Traum, aber ich bin okay."

„Bist du sicher?", sagte er, der gerade damit beschäftigt war, ein schweres Wohnmobil zu überholen.

„Ja. Wo sind wir?", lenkte ich ab und leerte die Dose in einem zweiten Zug.

„Richtung Westen, irgendwo. Willst du übernehmen?" John wies auf das Lenkrad.

„Willst du die Nacht durchfahren?", fragte ich, denn die Uhr zeigte 22:30 Uhr.

„Das wird wohl am besten sein, dann sind wir schneller zu Hause." Er blinkte und bog von der Fahrbahn auf den Standstreifen ab. „Alles klar, ich gehe auf den Rücksitz." Er gab mir einen Kuss und öffnete die Tür. Das Donnern der Fahrzeuge brach ins Innere des Wagens, und die kühle Nachtluft weckte mich nun richtig. Ich rutschte ans Steuer. John öffnete die hintere Tür und kletterte hinein.

„Weck mich, wenn du nicht mehr kannst, okay?"

„Ja, alles klar. Süße Träume", wünschte ich ihm ganz vom Herzen.

„Danke dir, ich liebe dich." John sank in die Polster, schloss die Augen, und noch bevor ich auf der Fahrbahn war, schien er schon eingeschlafen zu sein. Eine Gabe, um die ich ihn beneidete, die mich aber manchmal ziemlich nervte.

Meilen um Meilen schienen wir die letzte Zeit hinter uns zu lassen. Mir kamen die letzten Tage wie Jahre vor, denn so viel wie in der letzten Zeit hatten wir schon lange nicht erlebt. Trotzdem machte ich mir nach diesem weiteren Traum langsam Gedanken um meine Zurechnungsfähigkeit. War es dieses Ding im Nacken, das mich verrückt zu machen schien, oder machte ich das nur selber? Wir hatten so viele Fragen gelöst und dabei festgestellt, dass sich unendlich viele neue Fragen bildeten, auf die wir keine Antworten hatten.

Waren wir entführt worden? Wer waren die? War dieser Vertrag noch wichtiger, als wir dachten? Was hatte ich im Körper? Warum hatte John nichts injiziert bekommen? Was war Wirklichkeit, was war Unwirklichkeit? Gab es diese Welt von früher überhaupt, oder war sie nur der Rahmen für etwas ganz anderes?

Wir rasten weiter durch die Nacht. Regen setzte ein, und die Fahrbahn spiegelte unsere Scheinwerfer wider. Kurz hielt ich an einer Tankstelle an, um zu tanken. John schlief friedlich im Auto. Der Kassierer stand hinter einer Panzerglasscheibe und sprach mit blecherner Stimme durch einen Lautsprecher. Ich zahlte bar. Was ist aus diesem Land geworden? Sicherheitskontrollen, Sicherheitsglas gegen Überfälle, kein Glauben mehr unter den Menschen – oder war es jemals besser? Wohin wurden wir gesteuert? Der Mensch ist ein Gewohnheitstier, nur Gewohnheiten sind leicht zu ändern. Oder?

Der Motor sprang an, und ich fuhr von dieser erleuchteten menschlichen Basis auf die leere Interstate hinaus. Langsam dämmerte es; die Uhr zeigte 4:30 Uhr, und meine Augen wurden schwer. Der nächste Rastplatz war 15 Meilen entfernt. Ich beschloss, dort zu halten und John zu wecken, um etwas zu essen. Um das Gebäude waren Trucks wie eine Wagenburg aufgestellt. Einige Motoren liefen, und es dröhnte durch die frische Morgenluft. John wurde wach und kletterte noch vor mir aus dem Wagen. Ich schloss ab. John schwankte wortlos zu den Toiletten an der Seite des Hauses. Ich fühlte mich nicht besser und erreichte die große Tür, die sich vor mir zur Seite schob. Ich betrat die Halle des Restaurants. Frischer Kaffeeduft und Countrymusic aus einer Jukebox empfingen mich. Ich suchte mir einen Tisch vor einem der großen Fenster aus. Einige Fahrer saßen an der Theke und sahen zu mir rüber. Ich hatte das Gefühl, dass diese weitab von zu Hause befindlichen Kerle mich mit ihren Blicken schon ausgezogen und in ihrem Truck sahen. Doch bevor irgendeiner von denen beschloss, rüberzukommen, betrat John den Raum, blickte kurz in die Runde, bis er mich sah, und kam rüber.

„Guten Morgen, Schatz." Er setzte sich neben mich und gab mir einen Stoß mit seiner Hüfte, sodass ich weiterrutschte.

„Hast du gut geschlafen?", fragte ich ihn, und er blickte mich mit aufgequollenen Augen an. Ich musste lachen, da er nicht danach aussah.

„Wo sind wir?", fragte er und nahm sich eine der Speisekarten, die auf dem Tisch lagen.

„Keine Ahnung. Irgendwo und nirgends", antwortete ich und gab ihm die gleiche Antwort, die er mir auch gegeben hatte.

„Auch ein schöner Platz", grinste John. „Lass uns was frühstücken." Er winkte die Bedienung herbei. Eine von vielen Nachtschichten und vor allem vom vielen Zigarettenrauch dünne und graue, rothaarige Frau kam mit zwei Tassen und einer dampfenden Kanne Kaffee herüber.

„Guten Morgen, ihr beiden. Frühstück?" Sie stellte die Tassen ab, schenkte den Kaffee ein, und beinahe wäre die Asche ihrer im Mundwinkel klemmenden Zigarette in die Kanne gefallen.

„Morgen, das ist schon mal gut", meinte John, wies auf den Kaffee und ließ Milch aus einem Plastikdöschen in den Kaffee tropfen. „Und eine große Portion Ham and Eggs nach Art des Hauses."

Sie schrieb es in ihren Block und schaute mit ihren grünen, blau umschminkten Augen mich lächelnd an.

„Das Gleiche, danke", erwiderte ich.

„Kommt sofort", meinte sie nur kurz, nahm die Kanne und wackelte auf ihren viel zu hochhackigen Schuhen und einer großen Rauchwolke hinter ihr davon in die Küche. John blickte ihr hinterher; auch die Fahrer waren scheinbar von diesem Wesen entzückt.

„John?", fragte ich, und er blickte verwirrt zu mir.

„Ja? Was ist?", immer noch müde nippte er an dem Kaffee.

„Was ist, wenn wir in Salt Lake sind?", fragte ich ihn.

„Wir packen unsere Sachen und verschwinden nach Washington", antwortete John und nahm einen großen Schluck Kaffee.

„Willst du alles aufgeben? Was ist mit dem Vertrag? Sollen wir nicht Mr. Kinston Bescheid sagen?", gab ich zu bedenken, denn über die uns bevorstehende Zukunft machte ich mir Sorgen.

„Das ist keine gute Idee, glaube ich. Wenn die hinter uns her sind, werden die früher oder später bei diesem linientreuen Mormonen auftauchen, und der sollte nicht wissen, wo wir sind oder was wir vorhaben." John sah entschlossen aus.

„Du meinst also wirklich, dass – die – uns suchen?"

„Ich gehe davon aus. Die Sache ist zu wichtig, als dass die uns weiter frei herumlaufen lassen."

„Die hätten uns aber schon am Flughafen kassieren können", meinte ich.

„Na ja, vielleicht hatten wir Glück, und die wussten nicht, wer wir waren."

Stumm blickten wir uns an. Die Sonne ging gerade auf, und die ersten Strahlen kamen durch das Fenster. John stand auf.

„Ich hole mal eine Zeitung." Er schritt auf den Kasten links an unseren Tisch zu, warf Kleingeld ein und zog eine USA TODAY heraus. Das Essen wurde serviert, und wir lasen gemeinsam die neuesten Nachrichten.

Unter anderem fiel uns ein Artikel ins Auge, der mir das Blut in den Adern gefrieren ließ. In einem kurzen Abschnitt, wie es in diesem Blatt immer üblich ist, wurde über ein Experiment aus Los Angeles berichtet, wo man stolz verzeichnete, dass die Entführung eines Säuglings erfolgreich verhindert wurde, weil diesem nach der Geburt ein Mikrochip eingepflanzt wurde, der die jeweilige Position eines

Menschen mittels Satellitennavigation überall ermöglichte. Unter einem Bild, das die Mutter strahlend mit ihrem wiedergefundenen Säugling darstellte, stand kurz beschrieben, dass 10.000 Kleinkinder letztes Jahr mit diesem neuen Chip ausgestattet wurden und die Entführungsrate bei Kleinkindern um 40 % gesunken sei.

Es wurde auf die Freiwilligkeit der „Markierung" hingewiesen und ein Lob über die friedliche Nutzung einer Technik aus militärischem Bereich ausgesprochen. Weiterhin wies der Bericht darauf hin, dass das Experiment nun von der Testphase in die Serienreife eintrat und nicht nur in Kalifornien, sondern staatenweit eingesetzt werden soll. Sogar die Regierung von England zeigte an dieser Technik Interesse. Nur, so beschrieb der Artikel mit höhnischem Unterton, gäbe es einige Gesetze im Königreich, die so eine „Markierung" nicht zuließen. Eine Änderung dieser sei jedoch in Vorbereitung. Dieser kleine Bericht wies, wenn man nur ein wenig nachdachte, darauf hin, dass wir auf dem besten Weg waren, ein totalitärer Überwachungsstaat zu werden.

Doch niemand würde momentan an die Aufrichtigkeit unseres Systems zweifeln. Nur einige wenige – und wir gehörten nun dazu – wussten über einige Dinge Bescheid. Mein Drang, dieses Ding aus dem Körper zu bekommen, wurde immer stärker. Jedenfalls wussten wir jetzt, was es sein könnte, und wenn die da „oben" schon so viel „Mut" hatten, ihre Erkenntnisse zu veröffentlichen, dann mussten wir noch mehr auf der Hut sein und nicht sofort auffallen.

Wir zahlten und verließen den Truck Stop. Ich lag auf dem Rücksitz und konnte nicht einschlafen, weil meine Gedanken am Rasen waren, jedoch keinen Halt bekamen. Die Wolken waren golden gefärbt, und wir zogen langsam an ihnen vorbei, bis ich schließlich in den Schlaf fiel.

Mit einem harten Schlag an den Kopf wurde ich aus meinem tiefen Schlaf gerissen. Ich lag im Fußraum und blickte vorsichtig auf. John war laut am Fluchen und beschimpfte mit groben Worten den vermeintlichen Autofahrer, der ihn zu einer Vollbremsung gezwungen hatte. Ich blickte auf; wir waren mitten in Kansas. Die Sonne stand hoch am Himmel. Den ganzen Vormittag hatte ich verschlafen. Das Land war flach, die Silos der Farmer waren die einzige Abwechslung in diesem Bild. Sie sahen jedoch alle irgendwie gleich aus. Hier war das Herz Amerikas.

Einfache Menschen, denen die tägliche harte Arbeit wohl wichtiger war als irgendeine Systemveränderung. Da hatte der Graf wohl recht. Die Landschaft wurde hügelig, ein wogendes Grasmeer lud zum Verweilen ein.

„John?", sagte ich. Er drehte sich kurz um.

„Entschuldige, dass ich dich so unsanft wecken musste. Aber die Trucks veranstalten scheinbar ein Rennen hier und bremsten sich gegenseitig aus. Bist du in Ordnung?"

„Ja, alles klar", antwortete ich. Mein Kopf dröhnte. John setzte den Blinker und fuhr auf einen Rastplatz.

An diesem frühen Nachmittag hatten sich einige Fahrzeuge hier in den endlosen Weiten getroffen, um eine Pause zu machen. Wir stellten den Wagen ab. John nahm meine Hand, und wir gingen auf eine Wiese zu, die abseits der Raststätte lag und deren Einsicht durch eine große Hecke erschwert wurde. Wir setzten uns beide nebeneinander und blickten in die Weite. Der Wind zerzauste mir mein Haar, ein tiefes Rauschen drang in mein Ohr – der Wind spielte Musik mit dem Gras. Ich legte mich auf den Rücken und sah den vereinzelten Schäfchenwolken zu, wie sie über mich hinwegtrieben.

Was wohl die ersten Siedler gedacht haben, als man endlich nach großer Mühe Rast in dieser Landschaft hielt. Jedenfalls waren die Ureinwohner ziemlich ungehalten, als sie feststellten, dass diese Bleichgesichter hier mit Gewalt ihre Büffelherden dezimierten und wenig Arbeit damit hatten. Später mussten sie selbst daran glauben. John erschien in meinem Sichtfeld.

„Na du, keine Lust mehr zum Fahren?", mit seinem koketten Lächeln sah er mich an.

„Wollte mal eine Pause machen. Hier ist es so schön, vor allem grün." Ich hatte ganz vergessen, wie es ist, wirklich echtes Grün um mich herum zu haben. Das Leben in der Wüste ließ so etwas nicht zu. Wir lagen nebeneinander und blickten nach oben in den blauen, freien Himmel.

„Ob irgendwann alle Menschen frei leben können und niemand wegen seines Glaubens oder einer Bestimmung verfolgt wird?", sagte ich hinauf.

„Ich glaube schon", antwortete John. „Jeder muss nur einen kleinen Beitrag leisten."

„Ist unser Beitrag so klein?", meinte ich.

„Wir haben zu tun, was wir tun müssen", antwortete John.

„Und was sollen wir tun?", fragte ich weiter.

„Na, rate mal!", meinte John, stürzte sich auf mich, und man kann froh sein, dass kein Sheriff vorbeikam und endlich einen Grund bekam, seine Zellen zu füllen, denn öffentliche Liebe war in unserem Land verboten.

Nachdem wir uns mal wieder ungesetzlich benommen hatten, fuhren wir weiter Richtung Westen.

11.

Es dämmerte, die Sonne ging in einem Feuerregen unter, mit einer prachtvollen Schönheit, so als ob sie beschlossen hätte, dass dies der letzte Tag sei, und vergiss diesen Moment nie. So wie die Sonne unterging, begann das blaue Leuchten der Wohnzimmer, an denen wir vorbeifuhren, wo sich das Volk allabendlich versammelte, um sich manipulieren zu lassen.

Irgendwelche Spielshows, bei denen man mit dem simplen Zusammensetzen eines Puzzles eine Yacht oder eine Südseeinsel gewinnen konnte – oder Geld, Gold, ein sorgenfreies Leben. Oder mal auf den nächsten Kanal: Musik, MTV, mal gerade hören, was jetzt in ist und was man kaufen sollte. Oder doch lieber Nachrichten, mal hören, was jetzt beschlossen wurde, dem Volk zu verkündigen. Ein bisschen Blut, etwas Krieg, eine Kindesentführung („Mit diesem winzigen Gerät finden wir sie und ihre Liebsten überall auf diesem Planeten. Lassen Sie sich überraschen für nur 99,98 Dollar – und das ist unser Sommerangebot, nur gültig einen Monat in allen K-Marts"). Mal wieder schlechte Wirtschaftsdaten („Mr. Präsident, wir müssen das Volk dazu bringen, mehr zu arbeiten, mehr zu essen, schneller krank und wieder schnell gesund zu werden. Es muss mehr konsumieren. Jeder liebt Geld, oder?").

Natürlich das Wetter – manche behaupten sogar, dass NBC ein besseres Wetter machen würde als CNN. Lokale Nachrichten mehr als sogenannte Weltnachrichten – wir sind schließlich Amerikaner, was geht uns der Rest der Welt an? Und wenn jemand Probleme mit unserer Einstellung hat: „Get the fuck out. I'll kick your ass out of this place."

Und die ganzen Programme und Sendungen, die einem richtig Angst machen, ins Ausland zu fahren. Manchmal glaube ich, dass die da oben ja nicht wollen, dass wir das Land verlassen. Wir haben zwar das Recht zu reisen, aber es wird ständig darüber berichtet, wie gefährlich es doch im Ausland ist. Dabei würden sich viele Amerikaner weigern, eine ganze Nacht auf den Straßen von New York, Los Angeles oder Miami zu verbringen. Zwischendurch natürlich ein bisschen Werbung, damit man weiß, was man zu essen und zu trinken hat. Immer schöne, schlanke Menschen, die für Bier oder Fastfood Reklame machen und den Blick auf die Wirklichkeit – den Alkoholabhängigen, der noch nicht einmal weiß, dass er abhängig ist – verschleiern.

Wenn jemand in diesem Land nur ein wenig nachdenken würde, würde er sich bei dem Gedanken, dass ein junger Mann in die US-Army mit 18 Jahren eintreten kann, fragen, ob die Selbstbestimmung geblieben ist. Wir geben unseren jungen Menschen in diesem Land die Möglichkeit, sich zu entscheiden, ob sie in einem Krieg sterben möchten, jedoch verbieten wir ihnen vorher, sich zu betrinken, um diese Entscheidung mit klarem Kopf zu bedenken.

Sind die Leute wirklich so dumm, oder glauben sie wirklich, was sie da sehen? Oder merken sie schon gar nicht mehr? Oder können sie gar nichts merken? Das Letzte trifft wohl zu, denn man sollte bedenken, dass in diesem Land – das heißt in allen Staaten – die unterschwellige Werbung erlaubt ist.

Unterschwellige Werbung? John fand es mal heraus, als unser Fernseher kaputt war. Man sollte wissen, dass im Vergleich zum Kinofilm, der 24 Bilder die Sekunde hat, der Fernseher nur 16 Bilder die Sekunde aufbaut (von System zu System unterschiedlich). Wenn nur ein Bild der Träger einer Botschaft ist, wie zum Beispiel eine Coca-Cola-Flasche oder ein Wort, so erkennt das träge menschliche Auge dieses Bild nicht. Jedoch registriert das Unterbewusstsein die Bombardierung und gibt die Botschaft weiter. Natürlich funktioniert auch die Stimulierung für ein Produkt mit dem Ton, der unterlegt wird. Verschiedene Schallwellen verursachen im Gehirn verschiedene elektrische Impulse; man kann sein „Opfer" fröhlich machen, ihm Angst einjagen (wie zum Beispiel in einem Horrorfilm) oder ihn einfach apathisch vor dem Bildschirm setzen lassen und für weitere Botschaften vorbereiten.

Da die meisten nur glauben, was sie sehen, lassen sie sich so einfach manipulieren. Und wenn diese nun gemütlich ohne große Vorahnung durch einen Supermarkt geht und diese Botschaft real vor sich sieht, greift sie automatisch zu. Es hört sich zu einfach an, aber in der Masse funktioniert es.

Jedenfalls war unser Fernseher nicht in der Lage, diese 16 Bilder aufzubauen, und zeigte stattdessen weniger Bilder in der Sekunde, die dafür länger. Als John das bemerkte und wir herausfanden, dass diese Methode sogar legal ist, verschwand unser Fernseher, und wir legten uns ein Aquarium zu, was uns mehr erfreute als dieses uralte amerikanische Werkzeug.

Aber amerikanisch ist dieses Gerät ja gar nicht. Die ersten Förderer dieses Massenmediums haben sich einiges dabei gedacht. Ein Mann, der überhaupt die moderne Gesellschaftsmanipulation erklärte und begründete, hatte vorher mit dem Radio schon sehr große Erfolge feiern können. Mit Hilfe seiner Kumpane schaffte er es sogar, ein ganzes Volk willig für ihre Absichten zu machen und einen großen Krieg heraufzubeschwören.

Sein Name war Joseph Goebbels, und einer seiner Auftraggeber war Adolf Hitler. Nicht, dass das Volk von den Absichten wusste – nein, diese Herren waren von sich so überzeugt, dass sie vorher in einem Buch ihre Absichten veröffentlichten; Jahre bevor sie überhaupt an die Macht kamen. Jeder Bürger hatte dieses Buch zu Hause, jeder wusste, wenn er mal einen Blick hineingeworfen hatte, was geschehen sollte.

Die Medienwelt ist auf Manipulation aufgebaut. Man versucht, die Urinstinkte wie Liebe, Hass, Leben und Tod für sich und seine Ziele zu nutzen. Meistens geht es um Gewinnmaximierung oder, wie mein Vater immer gesagt hatte: „Die Umlaufhäufigkeit des Kapitals zu erhöhen." Was auf der Strecke bleibt, ist die Wahrheit. Es bleibt übrig: Gefühlskälte und Einsamkeit.

Das lässt sich wiederum nutzen, und wir hängen in einem Teufelskreis. Man sollte alle dazu bringen, diesen Kasten – und wenn es nur für einen Tag ist – abzuschalten, um ein Zeichen zu setzen. Dann hätte man auch viel mehr Zeit für sich selbst oder für die Familie.

Wahrscheinlich würde die Geburtenrate steigen, und im schlimmsten Fall müssten wir ein Atomkraftwerk abschalten, da diese Geräte sehr viel Energie verbrauchen.

Mir kam das wie ein Horrorszenario vor, und ich versuchte, den Gedanken an stumme, mit weit aufgerissenen Augen und Popcorn kauende Familien zu vergessen, die vor der schwarzen Mattscheibe saßen und auf die nächste Simpsons-Folge warteten. Die Tränen in den Augen der Kinder, die nie mehr ihre Lieblingssendung sehen konnten, und die Ehefrau, die unglücklich allein in der Küche saß. Früher war ihr Mann immer zu Hause gewesen, hatte Football oder einen anderen Mist gesehen, und sie konnte wenigstens in den Werbepausen kurz mit ihm sprechen, ob er vielleicht ein Bier oder sonst etwas haben wolle. Jetzt, seitdem das TV abgeschafft war, hing er immer nur in der Bar um die Ecke herum – oder war da vielleicht eine andere im Spiel?

Unsere Gesellschaft verdammt Drogen, dabei ist diese Fernsehdroge wohl die weitverbreitetste. Jedenfalls wäre dieses Land von einer Plage befreit.

Es war eine klare Nacht, über uns unvorstellbar viele Sterne, die mir sagten, wie klein, aber auch wie bedeutend jeder einzelne war. Wir stoppten an einem Truck Stop, um zu tanken und in einem nahe gelegenen Restaurant unser Abendessen einzunehmen.

Als John die Tür zum Restaurant öffnete, schlug uns eine Welle von ohrenbetäubender Country- oder war es doch Western-Musik entgegen. Hier war eine Party im Gange, und ich war froh um diese Abwechslung. Wir bahnten uns einen Weg durch die quirlige Masse zu einem freien Tisch, der uns einen Ausblick auf die Band und die Tanzfläche gab. Wir hatten kaum Platz genommen, als auch schon ein junger Kellner uns einen Bierkrug und vier Gläser auf den Tisch stellte und mit den Worten „Bin gleich wieder zurück" im Stich ließ.

Eine Weile beobachteten wir das Treiben, als mich eine Stimme hinter mir aus den Träumen riss.

„Kann ich Ihnen helfen? Sie sind auf der Suche, oder?"

Ich drehte mich um, und auch John blickte auf. Ein etwa 25-jähriger Mann mit einer braunen Lederhose und Indianerschmuck um seinen Hals musterte uns mit Interesse.

„Darf ich mich setzen?", fragte er nochmals, und John winkte mit der Hand auf einen Stuhl neben ihm. Ich blickte John an, und er sah genauso irritiert zu mir zurück. Der junge Indianer ergriff das Wort.

„Ich kann es Ihnen nicht erklären, man kann ja nicht alles erklären, aber ich sah, wie Sie hereinkamen, und Sie haben dieses Schimmern um sich. Es mag vielleicht für Sie verrückt klingen, und wenn ich mich täusche, verschwinde ich sofort. Aber Sie…", er blickte zu John, „…sehen im Gegensatz zu Ihrer Frau gesund aus. Aber Sie…", nun blickte er mir tief in die Augen, „…haben etwas Bedrohliches, wenn nicht Böses in Ihrem Körper. Ich weiß jedoch, dass Sie dafür nichts können. Man hat Ihnen Leid angetan. Vielleicht kann ich Ihnen helfen."

„Wie kommen Sie darauf?", wandte sich John an ihn.

„Mein Name ist Geronimo", er reichte John die Hand, „ich bin ein Creek, wenn es Ihnen was sagt. Also ein blutreiner Amerikaner." Er brachte uns zum Lächeln. „Mein Großvater zeigte mir einige Sachen, wie das richtige Sehen. Ich sehe, dass Ihre Aura am Glänzen ist und weit offen. Sie kommen von weit her und haben noch einen weiten Weg vor sich, und Sie sind auf der Suche nach einer großen Wahrheit. Etwas Besonderes, etwas Allumfassendes, etwas sehr Wichtiges."

„Ja, das stimmt", gab John zu.

„Gut, ich bin froh, dass Sie so offen sind. Meine Kraft ist noch jung und unerfahren, ich lasse mich leicht täuschen." Er lächelte zufrieden und blickte kurz in die Runde, dann wandte er sich an mich. „Sie jedoch – und das hat mich sehr erschreckt –, in Ihnen ist ein böser Geist, der Sie verlassen muss." Er hob seinen Arm und berührte mit seinem Zeigefinger die Stelle an meinem Nacken, die mir seit Washington höllische Schmerzen zufügte. „Hier sehen Sie meinen Arm." Er wies mit einem Nicken auf seinen muskulösen Bizeps, der zu zucken begann. Der ganze Arm überzog sich mit einer Gänsehaut. Er nahm die Hand zurück, das Zucken und der Ausschlag verschwanden.

„Was ist mit Ihnen geschehen?", fragte Geronimo. John schenkte unserem Gast ein Glas Bier ein.

„Mein Name ist John, das ist Michel. Erzählen Sie uns zuerst einmal, was es heißt – richtig Sehen. Und es stimmt, dass wir ein Problem hatten oder vielleicht noch haben."

„Richtig Sehen heißt, Dinge in ihren Zusammenhängen zu begreifen", begann Geronimo. „Alles Lebendige umgibt ein Feld. In Ihrer Sprache nennt man es Plasma oder wie auch immer. Wenn jemand krank ist, so erkennt man dies an verschiedenen Farben, die dieses Feld aussendet. Mein Großvater war ein Schamane oder Medizinmann, wie Sie es nennen. Er sagte, dass alles seine Zusammenhänge hat. Einiges kann man selbst beeinflussen, anderes wird von einer höheren Macht bewirkt. Nur wenn man sich von allen irdischen Zwängen befreit und lernt, wird man verstehen – und doch nicht verstehen. Es gibt Menschen, die verweilen stetig an einem Ort, andere wiederum reisen ihr Leben lang umher, um Erfahrungen zu sammeln. Ich bin ein Reisender und sah schon so viele Dinge. In Ihnen sehe ich etwas, was ich noch niemals zuvor bei einem Weißen sah. Es gibt eine Legende, die sich durch alle Stämme zieht, die besagt, dass eines Tages, nachdem der weiße Büffel geboren wurde, dort, wo die Sonne aufgeht, ein Volk erscheinen würde. Nur wenige würden überleben, doch es wird die Zeit kommen, wo aus diesem Volk, wiederum nach der Geburt eines weißen Büffels, das Verderben und die Angewohnheit, sich selbst zu zerstören, eine...", Geronimo strahlte, „...Kraft zur völligen Veränderung sich auftut. Großvater sagte, dass nur wir als Einwohner dieses Landes diese Kraft sehen könnten. Und dass es der Anfang vom Wiederaufblühen unseres Lebens sein würde. Ich sehe diese Kraft in

Ihnen." Ich sah John an, der nicht recht wusste, was er davon zu halten hatte.

„Wir hatten eine Begegnung mit... Es klingt verrückt, aber...", ich erzählte nun die ganze Geschichte von dem Vertrag und der Begegnung mit den Außerirdischen, meinen wilden Träumen oder Visionen, dass Stewart tot war, bis hin zu DuPernes, der sich geweigert hatte, mitzuhelfen. Als ich fertig war, fühlte ich mich wohler, endlich jemandem hiervon berichtet zu haben. Da John mich nicht unterbrach, nahm ich an, dass auch er gut fand, unsere Geschichte zu erzählen. Geronimo hörte erstaunt zu und nickte hier und da.

„Ich denke, ich kann Ihnen helfen. Aber zunächst sollte dieses Ding", er wies auf meinen Hals, „so schnell wie möglich aus Ihrem Körper verschwinden. Kommen Sie mit." Er stand auf.

„Wohin?", fragte John.

„Zu mir nach Hause. Haben Sie ein Auto?", fragte er und bahnte sich schon einen Weg durch die Menge. John legte zehn Dollar auf den Tisch, und wir bahnten uns ebenfalls einen Weg nach draußen. Es war kühl, doch die Nachtluft schmeckte würzig. Wir saßen im Wagen und verließen die Stadt Richtung Osten.

Geronimo erzählte, dass er seit zehn Jahren durch das Land zog, hier und da arbeitete und sehr glücklich war, da er wusste, dass sein Großvater, der „hinaufgestiegen" war, ihn immer begleitete. Er erzählte vom Willen zum Erfolg und dass man damit alles erreichen konnte. Drei Meilen hinter der Stadt wies er John an abzubiegen. Ein Feldweg ohne Beschilderung führte zu einem Waldstück. Erst jetzt kam mir der Gedanke, dass wir viel zu schnell Vertrauen in einem Fremden hatten, und ich sagte dies Geronimo. Er war froh, dass ich dies sagte, griff in seine Jackentasche und zog ein großes, mit Schmuck verziertes Messer heraus und gab es mir mit den Worten: „Das ist meine Waffe, nehmen Sie sie. Ich vertraue Ihnen." Doch bevor ich etwas sagen konnte, wies er John an zu halten und stieg aus.

„Hier wohne ich, kommen Sie mit." Geronimo verschwand in der Dunkelheit. John stieg aus, öffnete mir die Tür, nahm mich in den Arm, und wir folgten unserem Indianer in den dunklen Wald. Es war unmöglich, etwas zu sehen, doch ein Licht flammte auf. Geronimo zündete eine Fackel an, und im Schein erkannten wir ein Tipi, das allein im Schein stand.

„Es ist zwar kein Palast, und erlaubt ist es auch nicht. Aber ich fühle mich in einem Haus nicht wohl. Hinein mit euch!" Wir traten ein. Geronimo begann, ein Feuer zu entfachen, in der Mitte des Zeltbodens, und es wurde warm und behaglich. „So, und nun keine Fragen. Seht, erkennt und wisst."

John hockte neben mir und sah gespannt auf unser Gegenüber. Unser junger Freund griff in einen Beutel, den er um seinen Hals trug, nahm etwas heraus, reichte es uns und deutete an, es zu essen. Was hier in meiner Hand lag, sah aus wie getrocknete Pflanzen, zu einem daumendicken Ball gerollt. John schluckte es herunter, ich tat es ebenfalls. Geronimo hatte nun eine Trommel in der Hand und begann, begleitet von einem Singsang, monoton Rhythmen zu schlagen.

Ich weiß nicht, wie lange wir da saßen und dem Gesang zuhörten, als plötzlich der Raum sich bewegte und Farbexplosionen auftauchten. Geronimo wurde mal groß, mal klein. John saß mal neben mir, mal weit entfernt. Langsam zeigten diese Bällchen ihre Wirkung. Oder war es der Gesang und die Trommel, die diese Trance hervorrief? Mein Nacken pochte wie verrückt, und ich sah so viele Dinge. Ich sah Stewart, der aus den Flammen des Feuers mich anlächelte. Einen Berg, der golden schien. Sterne, die so nah waren. Kinder, die um mich herum tanzten. Wasser, das auf mich stürzte und erfrischte.

Dann sah ich Geronimo, der mal jung, mal sehr alt aussah. Er kam mit dem Messer auf mich zu. John lag neben mir, seine Augen waren geschlossen, und er atmete ruhig. Ich saß da wie versteinert. Ich spürte nicht, wie Geronimo das Messer tief in meinen Nacken steckte und es wieder herauszog. Seine Hand tauchte in meinem Gesichtsfeld auf; ein grüner Kristall, ähnlich einer Schneeflocke, lag in seiner Hand. Doch bevor ich danach greifen konnte, löste sie sich in einem grauen Nebel auf.

„Das wird dich immer beschützen", hörte ich noch, bevor die Welt in einem Strudel verschwand und es dunkel wurde.

12.

Ich erwachte vom Knurren meines Magens. Es war taghell, und ein Dach aus grünen Blättern und Ästen war über mir. Ruckartig setzte ich mich auf. John lag neben mir auf dem Waldboden und schlief fest. Hier war kein Zelt, keine Feuerstelle, kein Geronimo – nur unser Auto stand keine 20 Schritte von uns auf einem Feldweg. Ich rüttelte John wach, der sofort aufstand und sich umschaute. Als er mich entdeckte und aus seinen verschlafenen Augen sah, murmelte er nur: „Wow, war das ein Zeug!" Er klopfte den Dreck von sich und half mir aufzustehen. Wir hielten uns in den Armen.

„Du hast eine Narbe am Hals", meinte er und fuhr mit den Fingern darüber. Ich befreite mich und tastete nach der Stelle, wo vorher die Schmerzen aufgetreten waren.

„Ja, richtig. Geronimo hat es herausgeschnitten. Aber von der Wunde ist fast nichts mehr zu sehen", sagte ich fasziniert und blickte auf die Stelle.

„Wo ist der Kerl?", fragte John und blickte um sich. „Wo ist das Zelt?" Er sah mich an. „Was ist geschehen?"

„Keine Ahnung. Lass uns gehen, ich habe Hunger." Schon wieder eine Sache, die wir nicht erklären konnten.

„Na gut. Wenigstens haben wir noch den Wagen."

Wir gingen zum Auto. John öffnete die Tür und sprang hinein. Nochmals blickte ich zurück, aber da war sonst niemand. „Danke!!! Vielen Dank. Ich hoffe, wir sehen uns wieder", rief ich in den Wald. Nur ein paar Vögel flogen auf. Ich stieg ein.

„Verrückte Sache, was?", meinte John und ließ den Motor an.

„Ja, aber eigentlich kommt mir so was langsam ganz normal vor", sagte ich. John wendete den Wagen, und in holpriger Fahrt ging es zurück zur Hauptstraße.

Früher dachte ich einfach. Heute scheint mir diese Welt viel verschlungener und komplizierter. Wenn man auch nur einmal ein Stück vom Großen erkannt oder vielleicht nur erspürt hat, muss man für sich selbst entscheiden, ob man nun das Leben eines Ahnungslosen, aber glücklichen Menschen vorzieht oder ob man den schwierigen Weg des Lernenden und Wissenden geht, der weiß, dass er stets ruhelos auf dieser Welt wandeln wird, ohne das Ziel erreicht zu haben.

Es gab schon immer Ungerechtigkeit. Doch wie dies heute im globalen Sinne geschieht und ohne Zweifel noch in der Zukunft größere Ausmaße nehmen könnte, bis zu dem Punkt der Selbstvernichtung – so weit hatten wir es noch nie gebracht.

Zukunft – wie kann ich mir eine Zukunft mit diesem Wissen vorstellen? Sollte ich genauso handeln wie viele vor uns, die ihren Kindern später erzählen: „Was sollte ich allein dagegen tun?" Sollten wir nicht lieber sagen: „Was kann ich allein dafür tun?" Sollte ... ach, es stimmt doch irgendwie: Allein steht man vor einer Wand des Schweigens, des stillen Respektierens.

Vielfach stand ich im Laufe meiner Anwaltskarriere vor der Entscheidung: Verteidige ich das Recht oder meinen Geldbeutel? Wir wissen allzu gut, dass Gesetze Auslegungssache sind. Dass heute ein Gesetz gilt und morgen schon kann es das Gegenteil bezwecken. Wir leben in einer Welt, wo Sicherheit verkauft wird. Man hat etwas zu einer Ware erklärt, was nur in unserem Glauben besteht. Wie schnell ist diese Sicherheit dahin, wenn es die Weltwirtschaft verlangt?

Der Mensch ist ein Gewohnheitstier, so sagt man einfach. Aber wie schnell kann er sich doch anpassen! Hält man nicht heute noch ganze Völker bewusst träge und versucht, ja nicht irgendwelche Gewohnheiten zu ändern? Da der Mensch das ja gar nicht will, so sagen die Verantwortlichen. Nur um ihn auf der anderen Seite durch diesen Umstand einfacher kontrollieren zu können.

Wenn wir die Welt geistig gemeinsam immer „kleiner" werden lassen – das würde voraussetzen, dass man global allen Bildung zukommen lässt und jedem die Selbstverantwortung zurückgibt. Ein reger Austausch würde entstehen – so würde es nach dem Ausdehnungsprinzip einen großen Knall geben. So würde sich eine neue Gesellschaftsform oder was auch immer bilden, die wir noch gar nicht beschreiben können. Davor haben die Mächtigen Angst. Lieber verfährt man im alten Denk- und Verhaltensmuster. Die sind überschaubarer, auf eine Weise auch absehbarer. Mit „Ihr habt uns doch die Verantwortung gegeben, so zu handeln", kann man sich leicht herausreden. Diese Zeit atmet nur ein, übersättigt sich und will nicht ausatmen.

Ich stoppte diese Gedankengänge, weil sie mir morgens um acht Uhr vor dem Frühstück wirklich zu wild erschienen.

„John? Da vorne ist ein Denny's Restaurant. Lass uns halten, ich habe Hunger", meinte ich und freute mich schon auf die Toilette.

„Willst du so wie wir aussehen in ein Restaurant?", fragte John, setzte den Blinker und sah kurz zu mir rüber.

„Ja, warum nicht?", antwortete ich ihm.

John steuerte den Wagen auf den Parkplatz und stellte den Motor ab. Das Restaurant war voll mit Familien, die hier Sonntagmorgens vor dem Kirchgang frühstückten. Jetzt wurde mir erst Johns Frage bewusst.

Er wusste, dass man sonntags an solchen Orten etwas gepflegter auftrat. John ließ sich einen Platz zuweisen. Ich wollte mich vorher etwas frisch machen. Ich öffnete die Tür zur Damentoilette. Das Spiegelbild log mich an. Ich hätte doch besser den Kosmetikbeutel aus dem Auto mitgenommen. Ich wusch mir mit abwechselnd warmem und kaltem Wasser die letzte Nacht aus dem Gesicht. Die Frisur war auch keine mehr. Streng nach hinten band ich die Haare zu einem Zopf. Ich sah nun besser aus, als ich mich fühlte.

John nahm mir die schwere Entscheidung ab, was ich heute frühstücken sollte. Kaffee, Cheeseburger, French Fries lagen aufgetürmt zu einem Berg vor John, der mich erstaunt ansah und sich den Ketchup aus dem Mundwinkel wischte.

„Wie schaffst du es eigentlich immer in so kurzer Zeit, so gut auszusehen?", fragte er mich.

Mit einem gespielten, beleidigten Gesicht erwiderte ich, dass ich schließlich eine Frau wäre und immer gut aussehen würde.

Das warme Essen tat gut, auch wenn es dieses Fast Food war. Nachdem John die Straßenkarte aus dem Wagen geholt hatte und mit freundlichen, aber betonten Bitten am Tresen einen großen Becher Kaffee nachfüllen ließ, weil er nicht auf die hier wirklich langsame Bedienung warten wollte, beschlossen wir, wohin die Reise heute gehen sollte.

Da waren wir also, hier in der geographischen Mitte der USA. Durch diese Lage war Kansas schon früh zur Hauptverbindung zwischen Ost und West und Nord und Süd geworden. Familien, die auf der Suche nach einer neuen Heimat auf dem Oregon- oder Santa-Fe-Trail Richtung Westen waren, trafen hier in Städten wie Cowtown, Dodge City (in der die Legenden Wyatt Earp und Bat Masterson für Recht und Ordnung sorgten) auf die aus dem Süden kommenden Cowboys, die nach langer, beschwerlicher Reise ihre Rinderherden in Zügen verluden, die die Schlachthöfe von Chicago mit Fleisch versorgten. Die nun auf der Suche nach Vergnügen und mit Taschen voller Geld die Bars und schließlich auch die Totengräber reich werden ließen.

Die Ureinwohner wehrten sich vehement gegen dieses brutale Eindringen in ihr Land. Doch durch das Militär und die besser bewaffneten Siedler wurden sie immer mehr in die für ihre Kultur ungeeigneten Gebiete im Westen vertrieben – wenn sie überhaupt überlebten.

Nach blutiger Abschaffung der Sklaverei trat Kansas 1861 als freier Staat der Union bei. Um das Jahr 1879 starb auch der letzte freilebende Büffel in einem Gemetzel. Bis dahin wurden mehr als 3 Millionen Tiere den Schlachthöfen oder Jagdgesellschaften der neuen Herren geopfert. (Wenn eine Null anzufügen ist, kann man sie sich ja denken.) Damit war auch die Kultur der Ureinwohner vollends vernichtet. Niemals wird man mehr das Schauspiel erleben, wenn Herden von bis zu 10.000 Tieren über die Prärie donnern und einen glauben lassen, ein Erdbeben und ein fürchterliches Gewitter seien im Anmarsch.

Heute bestimmt die Farmindustrie das Leben der Einwohner. Kansas ist heute eine Kornkammer. Die herrlichen blauen Sommer und eiskalten Winter, der stetige Wind, lassen nur erahnen, welches schöne, harte, aber freie Leben hier die Ureinwohner hatten – bevor das Land eingezäunt, durchtrennt von Straßen, zerfurcht von Gleisen wurde.

Wir beschlossen, erst einmal auf die Interstate 70 zurückzukehren, um Richtung Westen Denver zu erreichen, wo John mir versprach, ein Hotelzimmer zu nehmen, um endlich einmal richtig auszuschlafen – bzw. um eine Dusche zu nehmen.

13.

John saß am Steuer und versuchte schon seit zwei Stunden, einen normalen Radiosender einzustellen. Doch hier in Redneck-Country gab es nur Country-Western-Musik oder lokale Wetterberichte für Farmer.

„Würdest du bitte aufhören mit dem Geräusch? Es macht mich völlig verrückt!"

John hörte auf, blickte mich mit einem genervten Blick an, drückte auf den Aus-Knopf und lehnte sich zurück.

„So, und nun?", sprach er und spielte nun den Beleidigten – oder war er es wirklich?

„Weißt du, was wir vergessen haben?", fragte ich ihn.

„Keine Ahnung. Oder hast du schon wieder das Bügeleisen angelassen?", grinste er endlich wieder.

„Nein. Wir wollten doch neue Sachen kaufen. Komm, lass uns anhalten und uns neu einkleiden. Lass uns irgendwas Lustiges machen.", bat ich ihn, um auf andere Gedanken zu kommen.

„Lustig? Das kannst du haben." John gab Gas. Ich drehte das Radio auf, und wir versuchten, den Text eines Liedes laut mitzusingen. Die nächste Stadt war nur wenige Meilen entfernt. John fuhr vom Highway herunter, und an einer Tankstelle hielten wir an.

„Siehst du eine Mülltonne?", fragte er und blickte sich um.

„Nein, fahr doch um das Gebäude herum.", sagte ich und wunderte mich, was John nun wieder vorhatte. Wir fuhren in eine Art Hinterhof. Da stand auch eine schwarze Mülltonne zwischen alten Autoreifen und leeren Ölfässern.

„So, mein Schatz, lass uns das alte Leben wegwerfen." John stieg aus. Was er damit nun wieder meinte, dachte ich mir und stieg ebenfalls aus. Er hatte den Kofferraum geöffnet und nahm gerade den Koffer heraus.

„Was machst du da?", fragte ich ihn, als er den Container öffnete und gerade dabei war, den Koffer hochzuheben.

„Das brauchen wir nun nicht mehr. Wer weiß, wenn die dir schon so ein Ding eingesetzt haben, werden die bestimmt auch unsere Sachen markiert haben."

Es gab einen lauten Schlag, als der schwere Koffer in die große Mülltonne fiel.

„Aber, aber da...", ich fing an zu stottern, „... da sind meine ganzen Sachen drin. Meine Kleider, mein Schmuck, mein Make-up, die Schuhe. Weißt du eigentlich, was das alles gekostet hat?" Ich stand wie verloren vor John und konnte kaum fassen, was er da tat. Er nahm die beiden Reisetaschen und warf auch diese hinein.

„Hör zu...", er stemmte seine Hände in die Hüften und kam auf mich zu. „... ganz langsam wird mir klar, was hier vor sich geht. Ich habe überhaupt keine Lust, dass mir jemand nochmals die Nase bricht oder meine Zähne ausschlägt. Und ich habe auch keine Lust, dass die es schon wagen, dir etwas einzupflanzen. Dann wird es für die auch kein Problem sein, die Taschen oder was auch immer zu markieren. Also müssen wir die Sachen loswerden, auch was wir anhaben." John zeigte auf meine Bluse.

„Okay, okay, lass mich nur meine Papiere aus der braunen Tasche herausnehmen."

John griff in die Tonne und zog meine teure Wildlederreisetasche heraus. Er stellte sie vor mir auf den Boden. Ich bückte mich und nahm meine Geldbörse heraus.

„Lass mal sehen.", sagte John. Ich reichte ihm meinen Beutel, und er kramte darin herum.

„Was machst du da?", fragte ich verwirrt.

„Ich will nur sehen, ob hier irgendetwas drin ist, was nicht hineingehört.", antwortete er und wühlte im Kleingeldfach.

„Das kann ich schon selbst.", ich riss die Börse aus Johns Händen.

„Entschuldige, aber lass mir wenigstens ein paar Geheimnisse. Schau lieber in deine eigene.", sagte ich, um die Situation zu entspannen.

„Hast ja recht.", gab John zu. Er bückte sich, hob die Ledertasche auf und warf sie wieder in den Container. Wir standen hier in einem Hinterhof, und wenn jemand diese Szene beobachtete, würde er sicherlich glauben, dass wir Beweismaterial verschwinden ließen.

Wir fanden nichts Ungewöhnliches in unseren Papieren. John stieg wieder in den Wagen. Ich fühlte mich irgendwie leer. Wie man doch an materiellen Dingen hängt, dachte ich mir. Man versucht das ganze Leben ständig, immer mehr zu horten. Wenn man etwas verliert, geht es einem schlecht. Eigentlich Blödsinn. Doch darauf ist ja die Gesellschaft aufgebaut. Eigentum verpflichtet, sagt man doch.

Wir fuhren die Hauptstraße dieser kleinen Stadt herunter und suchten einen K-Mart oder ein Warenhaus. Doch hier war das Leben noch etwas „kleiner". Hier gab es keine Malls oder große Einkaufszentren. Kleine Geschäfte reihten sich nebeneinander.

„Lass uns einfach aussteigen und zu Fuß mal auf und ab gehen. So finden wir eher etwas. Ich habe außerdem Hunger.", meinte ich, und John sah zu mir rüber und lachte.

„Alles klar.", meinte er und parkte vor einem Farmer-Ausrüstungsgeschäft.

„Ich habe lange keine Jeans mehr getragen. Komm, wir gehen mal da hinein." John wies auf das Geschäft und stieg aus. Die Ladentür öffnete sich mit einem Klingeln. Der Duft von Leder, Saatgut und Holz ließ uns in die Gründerzeit zurückversetzen. Der Boden bestand aus groben Balken, die vom jahrelangen Fegen und Bohnern glatt und glänzend eine warme Atmosphäre ausstrahlten.

Das Geschäft war nicht allzu groß. Rechts neben uns waren Ständer mit Baumfällerhemden, Hosen, T-Shirts, Blousons und Kleidern – kurz alles, was ein Farmer oder die Menschen, die hier in der Region täglich arbeiteten, anzogen.

„Hallo, guten Tag. Kann ich euch helfen?", fragte eine ältere Dame, die hinter dem Tresen hervorlugte. Sie rückte ihre Brille zurecht, und ein kurzer, erstaunter Blick huschte über ihr Gesicht, als sie John mit der grün-blauen Nase und dem nicht mehr allzu sauberen Anzug sah. Man erkannte sofort, dachte ich mir, dass wir nicht aus der Gegend stammten. Und vielleicht waren wir die einzigen Stadtmenschen, die seit langer Zeit in diesen Laden einkaufen wollten.

„Ja, wir sehen uns ein wenig um.", antwortete John und blickte freundlich zum Tresen.

„Sie haben eine große Auswahl an Blousons hier, sehe ich.", sagte ich, und die ältere Dame lächelte und kam zu mir herüber. John war damit beschäftigt, Hosen und Hemden nach seiner Größe aus dem Ständer zu sortieren. Er gab mir einen kurzen Wink und verschwand mit einem kleinen Stapel in eine Umkleidekabine.

„Wo kommen Sie denn her?", fragte mich die Verkäuferin.

„Salt Lake City. Wir sind auf dem Weg nach Hause und dachten uns: Lass uns anhalten und ein paar Sachen einkaufen.", antwortete ich ihr und hielt mir eine blau-weiße Bluse mit Fransen vor den Oberkörper.

„Ja, das steht Ihnen. Ich habe noch einen Rock, der genau dazu passt." Sie drehte den Ständer herum, griff zielgenau hinein und zog einen langen Rock heraus. „Probieren Sie den mal an. Dort ist die Umkleidekabine.", meinte sie und wies auf eine der in die Wand eingelassenen alten Schwingtüren.

Wir suchten noch zwei Jeans und drei Paar Schuhe für mich aus, und ich probierte meine neuen Sachen an. Das Spiegelbild zeigte mir eine Frau, die bestimmt keine Stadtbewohnerin war, sondern auf dem Land die Hühner fütterte. Mir gefiel der Gedanke. Auch die Jeans gaben mir einen jüngeren Eindruck. John sah in Jeans, Baumfällerhemd, Baseballkappe und Cowboystiefeln nicht gerade wie jemand aus, der mir auf den ersten Blick gefallen würde. Was Kleidung doch ausmacht.

Jedenfalls waren wir schließlich neu eingekleidet. John kaufte noch einen kleinen Rucksack und eine Tasche für mich. Ich stürzte mich auf die Drogerieabteilung und kaufte all die Dinge, die für John nur Ballast waren. Wir fragten, wo wir hier gut zu Mittag essen könnten, zahlten – John war entsetzt, was man für Make-up, Haarspray, Zahnpasta, Zahnbürsten usw. zahlen musste. Wir bedankten uns und verließen den kleinen Laden. In einer Tüte hatten wir unsere alten Sachen verstaut. John warf diese in eine Mülltonne an einer Straßenecke. Ich legte unsere neue Tasche in den Kofferraum des Autos. Das kleine Restaurant lag drei Blocks die Straße herunter.

Als wir eintraten, saßen an einer langen Theke einige Männer, die sich hier zur Mittagspause trafen. Es roch nach French Fries und gebratenem Fleisch. Wir setzten uns ebenfalls an die Theke. John reichte mir die Karte. Sogleich begann sein Nachbar in einem Kauderwelsch, einer Mischung aus Englisch und was weiß ich, auf John einzureden. Er dachte wohl, dass wir auch aus der Gegend stammten, und fing an, eine wirre Geschichte zu erzählen, während wir auf unser Essen warteten.

„Hey, Mann, was hältst du davon?", fragte der Typ neben John. Er hatte einen braunen UPS-Anzug an.

„Wovon?", John war gerade damit beschäftigt, sein Glas mit Eiswasser zu füllen.

„Na, von den halbierten Kühen, die hier auf den Feldern rumliegen.", er sah John an, „Oder seid ihr nicht hier aus der Gegend?"

„Wir sind nur auf der Durchreise, aber was ist denn los?", fragte ich.

„Ihr wisst also überhaupt nichts." Er drehte sich wieder um und machte sich über sein Essen her.

„Halbierte Kühe? Erzähl mal, was geht hier ab?", nun wollte John es aber wissen.

„Na, seit einiger Zeit finden die Farmer hier in der Gegend übel zugerichtete Kühe auf den Feldern. Irgendein Verrückter trennt denen die Geschlechtsteile aus oder schneidet ganze Teile heraus.", sagte er mit vollem Mund.

„Hört sich ja eklig an.", meinte ich. „Sind denn keine Spuren zu sehen?"

„Nein, noch nicht einmal Blut oder Fußabdrücke sind festzustellen.", meinte er und sah mich mit einem Blick an, der mir wohl mitteilte, dass das hier ein Männergespräch war. Er wandte sich an John und redete weiter: „Wer das auch immer ist, der muss die Tiere an einem anderen Ort bringen und dort behandeln. Wissen Sie, ich habe ja schon viel gesehen, aber so was? Ein Chirurg kann noch nicht einmal so präzise Schnitte ins Fleisch schneiden. Mein Cousin Fred ist Metzger, und der sagt, dass unmöglich ein Messer benutzt wurde."

Wir bestellten uns eine große Portion French Fries. Ich nahm einen Salat, und John einen Hamburger nach Art des Hauses.

„Gibt es denn keine Zeugen, oder hat die Polizei noch keine Verdächtigen?", sagte John und nahm den Hamburger in die Hand.

„Die Polizei? Hey, weißt du, wir sind hier auf dem Land. Die macht sich hier nicht mehr Arbeit, als notwendig. Der Sheriff meint nur, das könnten irgendwelche verrückten Teufelsanbeter sein, die schwarze Messen feiern und Kühe opfern. Damit ist der Fall erledigt, und wenn das nur vereinzelt auftritt und nicht zur Regel wird, würde er nicht eingreifen."

„Das hört sich an, als ob jemand etwas verschleiern will.", wandte ich ein.

„Ja, Lady, so kommt mir das auch vor. Wissen Sie, es ist schwierig, diese Gegend zu überwachen, da die Felder so groß sind und die Kühe frei herumlaufen."

„Was meinst du, was hier vor sich geht?", fragte John.

„Wenn du mich fragst, dann sind das Regierungsleute, die irgendwelche Waffen testen oder Versuche durchführen und sich das Geld für Versuchstiere sparen. Hier sind einige Militärbasen in der Nähe, und für die wird es kein Problem sein, mit einem Hubschrauber oder so die Tiere abzutransportieren."

„Na, bestimmt mit diesen schwarzen Helikoptern, die wie aus dem Nichts stumm über die Stadt fliegen.", meinte eine Stimme aus der Küche.

„Hört sich ziemlich wild an. Und was wollt ihr nun dagegen machen? Beweise habt ihr ja keine.", antwortete John.

„Einige der Farmer wollen sich auf die Lauer legen und mit Nachtsichtgeräten auf den Hügeln ringsherum abwarten.", sagte ein Herr neben Johns Nachbarn.

„Das kann aber lange dauern. Gibt es einen Zyklus, ich meine, ist eine Regelmäßigkeit der Vorfälle zu erkennen?", fragte John, der mit seinem Essen fertig war.

„Die Fälle treten seit beinahe zehn Jahren vereinzelt in verschiedenen Staaten auf. Soviel ich weiß, waren die ersten Fälle in Wyoming, und nun sind sie hier. Jedenfalls eine eklige Angelegenheit. Weißt du, wenn man mit Kühen aufwächst, dann lernt man das Verhalten dieser Tiere kennen. Ein guter Farmer erkennt, wenn eines seiner Tiere Schmerzen hat oder krank ist. Der Ausdruck im Gesicht einer Kuh, wenn er vorhanden ist, zeigt, dass sie unendlich große Schmerzen ertragen hat. Wer das auch immer ist, er hat keinen Respekt vor dem Leben und muss über eine unbekannte Technologie verfügen."

John blickte mich mit diesem „Ich weiß was."-Ausdruck an. Diese Geschichte hörte sich für jemanden, der sich im normalen Leben befand, sehr unglaubwürdig an.

„Jetzt, wo Sie mit dem Essen fertig sind,", der Mann fasste in seine Brusttasche, „kann ich Ihnen ein Foto zeigen." Er reichte John ein Bild von einer Kuh, die aufgebläht auf dem Rücken lag. Ein großes Loch klaffte zwischen den Hinterbeinen. Die halbe Schnauze war entfernt worden. Es sah aus wie ein Bild aus einem Computertomographen, nur dass es echt war und nicht auf einem Bildschirm erschien. Um die Kuh herum war das Gras nicht plattgedrückt, und es war auch kein Blut zu sehen. Es sah so unwirklich aus.

Mir kam wieder das Bild des hellen Raumes aus meinem Traum in Erinnerung. Für mich gab es nur eine Erklärung: Wer das hier auch immer getan hatte, stand im Kontakt mit denselben Leuten, die uns auch entführt hatten.

„Hat die Presse darüber berichtet?", fragte John und reichte mir das Foto.

„Klar, nur will man hier kein großes Aufsehen haben. Für die Leute hier ist die ganze Angelegenheit schon schrecklich genug. Man will hier keine herumschnüffelnden Journalisten haben, die den normalen Gang stören."

„Verstehe.", meinte John und gab das Foto wieder zurück. „Dann wünsche ich viel Glück beim Jagen.", meinte er, denn der Herr war aufgestanden und legte Geld auf den Tresen.

„Danke und gute Weiterreise.", antwortete er, winkte der Bedienung und verließ das Restaurant.

„Was hältst du davon?", fragte mich John. Ich war gerade mit meinem Salat fertig.

„Scheint so, als ob –die– was damit zu tun haben. Ziemlich perverse Angelegenheit. Wir können froh sein, dass das nicht mit uns geschehen ist.", meinte ich und nickte.

John blickte mich an: „Lass uns von hier verschwinden."

Wir zahlten. Als wir wieder im Auto auf dem Highway Richtung Westen fuhren, blickte ich auf die Felder, wo die Kühe friedlich grasten, und dachte mir: Wenn –die– keine Skrupel haben, Tiere brutal niederzumetzeln, dann werden die das auch mit Menschen probieren.

14.

Kurz vor Denver stoppte uns die Highway Patrol.

„John, ich sagte dir doch, du sollst nicht so schnell fahren. Die haben hier nichts anderes zu tun, als auf dem Highway Strafzettel zu verteilen.", fauchte ich ihn an, der genervt den Blinker setzte und kurz hinter dem leuchtenden Streifenwagen auf dem knirschenden Seitenstreifen stehen blieb.

Die Türen des schwarz-weißen Autos vor uns öffneten sich, und zwei offensichtlich gut gerüstete Beamte stiegen aus. Der jüngere Beifahrer trug lässig eine Schrotflinte über der Schulter, zog seine Schirmmütze tiefer ins Gesicht und ging langsam auf uns zu.

„Michel, bleib ganz ruhig. Ich regel das schon.", meinte John und zeigte mir sein aufgesetztes, heldenhaftes und über alles erhabenes Gesicht.

„Ja, großartig. Bin gespannt, was jetzt wieder kommt.", sagte ich, legte die Hände auf das Lenkrad und wartete mit großen Augen ab.

Da kam er nun – vom langen Sitzen im Streifenwagen oder vielleicht vom vielen guten Essen oder beidem – schien seine Uniform kurz vor dem Platzen zu sein. Den Knöpfen seines Hemdes traute man kaum zu, dass sie einen tiefen Atemzug dieses schwergewichtigen Sheriffs aushalten würden. John kurbelte die Scheibe herunter.

„Sheriff, Sir. Wie kann …", wollte John höflich sagen, als er unterbrochen wurde.

„Aussteigen. Aber ganz langsam, bitte. Lady, Sie bleiben sitzen. Jim, behalten Sie sie im Auge.", befahl er im Kommandoton, griff an seinen Pistolenhalter und entsicherte die Waffe.

„Alles klar, Boss. Ich habe jeden Körperteil im Blickfeld.", meinte der Jüngere und griff sich provozierend in den Schritt.

John stieg langsam aus. Der „Schwere" – ich hatte ihn in Gedanken schon „Hoss" getauft – wich einen Schritt zurück.

„Okay, Mister, umdrehen und die Hände auf das Dach. Aber ganz vorsichtig."

John baute sich vor dem Schwergewicht auf und wollte gerade sagen: „Was soll das? So behandelt man doch niemanden…"

Wie Hoss zum Sheriff geworden ist, wurde mir jetzt klar. John hatte den Satz noch nicht beendet, als schon der Schlagstock, den Hoss mit unglaublicher Geschwindigkeit aus der Halterung gezogen hatte, ihn in den Unterleib rammte. Er klappte nach vorne, landete auf den Knien und brach stöhnend und nach Luft ringend zusammen. John blieb mit dem Gesicht kurz vor den Stiefeln des Sheriffs liegen.

„Jim! Hast du gesehen? Die Sau wollte mich angreifen!", brüllte der Riese und spie eine schwarze Flüssigkeit auf John. Das geschah alles so schnell, dass es mir vorkam, als ob ich in Zeitlupe einen schlechten Film betrachten würde.

„Ja, Boss. Pass lieber auf, der hat bestimmt eine Waffe. Und du,", er zielte nun mit der Pumpgun auf mein Gesicht, „bleibst ganz ruhig sitzen. Und komm ja nicht auf die Idee, mich mit deinen Titten abzulenken."

„Hey, Jim! Halt's Maul!", erwiderte Hoss. Ich blickte von der schwarzen Öffnung, die mich bedrohlich angrinste, wieder zurück zu John, der sich langsam wieder aufrichtete.

„John? Alles klar?", traute ich mich zu sagen. Er richtete sich langsam auf. Auf den Knien drehte er seinen Kopf zu mir, und ich sah, dass der Sheriff ihm auf die Wange gespuckt hatte und die schwarze, klebrige Flüssigkeit nun am Kinn heruntertropfte.

„Mrs., seien Sie lieber ruhig. Ihr Stecher hier hat gerade einen großen Fehler gemacht. Begehen Sie lieber keinen weiteren. So...", Hoss packte John an den Haaren und zog ihn nach oben. „... jetzt werden wir noch mal von vorne anfangen." John schrie auf und war bemüht, schnell genug aufzustehen, ohne einen weiteren Büschel Haare zu verlieren. Hoss warf John gegen die hintere Tür, riss seine Arme auseinander, hämmerte den Kopf zweimal so auf das Autodach, dass ich mir sicher war, dass nicht nur das Dach eine Beule hatte.

„So, du Bastard, jetzt fehlt nur noch eins ...", der schwere Sheriff trat einen Schritt zurück und trat Johns Beine so zur Seite, dass er mit dem Oberkörper am Fahrzeug herunterrutschte, mit verzerrtem Gesicht an der Scheibe festzukleben schien und in einem halben Spagat stehen blieb.

„Ja, so sieht ein guter Adler aus.", sprach Hoss und spuckte wieder aus. Ich konnte noch nie diesen Kautabak ertragen.

„Sir, Sheriff. Entschuldigen Sie, aber würden Sie...", wollte John nochmals sagen.

„Du bist jetzt lieber still. Denn alles, was du jetzt...", bla, bla, bla, Hoss zitierte seinen Spruch, und mir ist eigentlich schleierhaft, wie dieser hirnlose Mensch überhaupt etwas behalten konnte. Mein Großvater meinte immer: „Trau keinem, der noch nicht einmal seiner eigenen Hose traut", in Anspielung auf Hosenträger. Und dem Sheriff seine waren auch wirklich nötig. Nachdem John untersucht war, hörte ich nur, wie Handschellen klickten.

„So, jetzt komm mal brav mit.", Hoss packte John an den Haaren und zog ihn mit sich zum Streifenwagen. Ich blickte wieder in dieses schwarze Loch, das mich noch immer angrinste. Hoss kam wieder zu unserem Wagen herüber und setzte sich mit seinem Schwergewicht neben mich auf den Fahrersitz. Das Lenkrad ächzte unter dem Druck des gewaltigen Umfangs.

„Lady! Wir werden wohl keine Probleme haben, oder? Nun erzähl mal, wie heißt du denn, wo kommst du her, wo willst du hin, und was ist überhaupt mit deinem Stecher los?"

„Soll ich das alles in dieser Reihenfolge erzählen? Oder darf ich zuerst eine Frage stellen?", hatte ich noch nicht ganz ausgesprochen, als mir klar wurde, dass meine Antwort falsch war. Denn das schon große Gesicht von Hoss wurde noch größer. Besser gesagt, es schwoll so rot an, dass ich glaubte, es könnte explodieren. Und das tat es auch. Er schrie los und spuckte dabei mir – unabsichtlich, denke ich mir – seinen halben Kautabak über.

„Du kleine Nutte. Ich werde dich mitnehmen, dann wollen wir mal sehen, wie lange du es in meinen Zellen aushältst. Jim!!!", brüllte Hoss. Jim riss die Tür auf und hielt mir die Schrotflinte an den Kopf.

„Hände auf das Dach. Gesicht nach unten und die Beine breit. Aber das kennst du ja schon." Ich stieg aus und bemühte mich, es so schnell, aber ohne hektische Bewegungen auszuführen. Die Autos, die an uns vorbeifuhren, zeigten alle erstaunte Gesichter. Mir war klar, dass die meisten, die diese Situation – wenn auch nur kurz – sahen, davon ausgingen, dass die Beamten schon ihre Gründe hätten, das Auto mit den Verbrechern anzuhalten.

Jim hatte riesigen Spaß dabei, mir die Mündung der Pumpgun in den Nacken – fast schon an die Stelle, wo der Chip gewesen war – zu pressen und dabei mir an den Hintern, in den Schritt und an den

Busen zu greifen. Mittlerweile war auch Hoss aus dem Inneren geklettert, um den Wagen herumgekommen und betrachtete das Schauspiel. Klickend schlossen sich die Handschellen um meine Gelenke.

„Darf ich eine Frage stellen?", meinte ich, als wir auf dem Weg zum Streifenwagen waren. Jim blieb stehen, packte mich an einer Schulter, so dass ich auch stehen bleiben musste.

„Klar doch. Alles, was du willst.", grinste er mit der Schrotflinte auf der Schulter.

„Ach, vergiss es.", meinte ich nur, da mir klar war, dass diese Situation nur noch komplizierter werden würde. Jim lächelte nicht mehr, sondern stieß mich in den Streifenwagen und knallte die Tür hinter mir zu.

John schaute mich an: „Na, du Schwerverbrecher. Wie geht es dir?", meinte er und verzog das Gesicht zu einer Grimasse.

„Wie komme ich eigentlich zu dieser Ehre, dass mich heute jeder anders nennt?", sagte ich noch und wies mit einem Kopfnicken auf unsere neuen Freunde, die sich vom Streifenwagen entfernt hatten, uns auf der von einem Käfig umgebenen Rückbank zurückließen, um sich unserem Wagen zuzuwenden.

„Fuck, ich hoffe, dass wir hier so schnell wie möglich rauskommen.", sagte John, doch ich kannte ihn viel zu gut, um nicht in seiner Stimme die Verzweiflung herauszuhören.

„Ist sonst alles in Ordnung, John?", fragte ich ihn.

„Ja, alles klar. Was suchen die eigentlich?", lenkte er ab. Wir blickten beide durch die Rückscheibe. Jim kam wieder zum Streifenwagen, stieg ein und griff nach dem Funkgerät.

„Wagen zwei an Zentrale. Wir haben hier einen K16, wir brauchen einen Abschleppwagen. Highway 70, Höhe Goodvill Town, Richtung Denver."

„Positiv, K16. Abschleppwagen kommt in ca. 30 Minuten.", antwortete die Stimme am anderen Ende. Jim blickte uns an.

„Hey, du, wie heißt du?", richtete der Beamte die Frage an John.

„John Smith.", antwortete er neben mir und sah ihn auffordernd an.

Krachend zerschmetterte zum zweiten Mal das Nasenbein von John. Blut schoss aus der Nase, vermischte sich mit dem übrigen Kautabak und tropfte auf den Wagenboden.

„Ich habe gefragt, wie du heißt, Mann!", schrie der junge Mann und wollte schon zum zweiten Schlag ausholen, als Hoss die Fahrertür öffnete.

„Was ist denn hier los?", brüllte das Schwergewicht.

„Der hat sein Gesicht gegen die Scheibe geschlagen. Mann, Boss, der will uns etwas anhängen.", log er grinsend.

„Schon gut, Jim. Das wird alles im Bericht erscheinen.", Hoss hatte unsere Papiere gefunden. Moderne Streifenwagen haben einen Computer, so dass eine Personenidentifizierung heutzutage gar kein Problem mehr ist. Währenddessen Hoss unsere Daten eingab, blickte Jim mich grinsend an.

„Also, Herr und Frau Smith.", begann das Schwergewicht mit dröhnender Stimme, ohne vom Bildschirm aufzublicken. „Wir werden Sie beide zu unserer Polizeistation bringen. Und da werden Sie so lange bleiben, bis geklärt ist, warum eine Fahndung gegen Sie in Kansas läuft." Hoss blickte zu John. „Mit Ihnen stimmt was nicht. Wissen Sie, das rieche ich. Sie sollten mit uns kooperieren und keine weiteren Versuche machen, hier den Starken zu spielen." Jim sah überrascht aus, dass Smith unser richtiger Name war.

„So, Sie wissen, dass wir Sie mit überhöhter Geschwindigkeit und ohne einen in Colorado zugelassenen Führerschein erwischt haben. Weiter ist das nicht Ihr Fahrzeug."

„Wir haben den Wagen in St. Louis gemietet. Ist das strafbar?", fragte ich.

„Nein, das Mieten eines Wagens ist nicht strafbar.", antwortete Jim, der gerade dabei war, die Fahrzeugpapiere zu überprüfen und sie mit den Daten im Computer zu vergleichen. „Nur ... Boss, der Wagen ist als gestohlen gemeldet."

Ich sah John an, der sich gerade mit der Schulter das Blut aus dem Gesicht wischte und mich geschockt ansah.

„Also, ihr beiden, Bonnie und Clyde, was habt ihr noch so ausgefressen? Am besten sagt ihr gar nichts mehr und wartet auf euren Anwalt.", meinte grinsend Hoss.

„Da kommt der Abschleppwagen, Boss.", meinte der Jüngere. Wir saßen ziemlich in der Patsche, und langsam wurde mir auch klar, weshalb. Wir waren jemandem auf die Füße getreten. Wenn diese Situation nicht so absurd gewesen wäre, hätte ich die Fahrt durch diese schöne Landschaft und den Anblick der alten Stadt, in die wir hineinfuhren, genossen.

Wir wurden wie Vieh aus dem Wagen gezerrt, die Stufen zur Wache hochgeschubst und standen nun in der kleinen Polizeistation.

„Oh, was habt ihr denn für einen Fang gemacht?", fragte ein älterer Herr in Uniform, stand auf und kam um den Schreibtisch auf uns zu.

„Die beiden werden in Kansas gesucht und haben sich auch nun hier strafbar gemacht. Eigentlich ein Fall für das FBI, aber wir sollten erst einmal abwarten, was sie sonst noch so erzählen. Haben wir noch zwei Zellen frei, Clint?", fragte Hoss.

„Klar, kommt mit.", erwiderte der Ältere dem vom Jagdglück strahlenden Jim.

Wir gingen quer durch den Raum auf eine große schwarze Stahltür zu, die Hoss mit einem Schlüssel öffnete.

„Rein mit euch in euer neues Zuhause.", grinste der Sheriff. Ein schmaler Gang zeigte sich, in dem ich fünf Zellen erkannte. Der alte Herr öffnete die erste, und John wurde hineingestoßen.

„Oh, vielen Dank.", meinte John. „Wann werden mir die Handschellen abgenommen?"

„Wenn wir dich verhört haben. Halt's Maul und setz dich.", meinte Jim.

Clint sah sehr erstaunt zu mir, blickte zu Hoss und meinte: „Was ist eigentlich geschehen, dass ihr so mit den beiden umspringt?"

„Der hat mich angegriffen, und anschließend hat er sich selbst die Nase an der Wagenscheibe blutig geschlagen. Auf den müssen wir besonders aufpassen.", sagte Hoss und spuckte angewidert in die Zelle. Das Schloss rastete ein, und John war eingesperrt.

„So, Lady,", ich wurde zwei Zellen weiter geführt. Die vergitterte Tür öffnete sich. „Gehen Sie rein, bleiben Sie in der Mitte des Raumes stehen, Gesicht zur Wand.", meinte Clint. Ich hörte, wie die Tür hinter mir verriegelt wurde. „So, jetzt kommen Sie rückwärts zur Tür."

Ich tat, was die Stimme mir sagte. Durch die Gitter spürte ich, wie jemand meine Handschellen öffnete. Ich drehte mich um.

„Würden Sie wenigstens einen Arzt für meinen Mann holen?", fragte ich den älteren Mann.

„Ja, werde ich veranlassen.", sagte er nur kurz. Das Dreigespann verließ schweigend mein Blickfeld. Ich hörte nur noch, wie die schwere Stahltür geschlossen wurde. Wir waren endlich wieder allein. Der Gestank von Urin und Erbrochenem tat das Letzte dazu, dass ich mich mehr als unwohl fühlte.

„John? Sag was. Was ist los? Bitte sprich mit mir!", rief ich nochmals in die Einsamkeit. Ich hörte ein Schluchzen, und mit weinender Stimme antwortete er:

„Was kann ich denn dafür, dass ich Smith heiße? Scheiße, ich will hier raus. Womit haben wir das verdient?", er fing an laut zu weinen.

„Reiß dich zusammen.", sagte ich und versuchte, meiner Stimme einen starken Klang zu geben.

„Wir müssen jetzt klaren Kopf bewahren. Das Wichtigste ist, dass wir zusammenhalten, komme, was wolle." Doch John hörte mich nicht, und sein Weinen brachte mich fast um den Verstand. Ich legte mich auf die harte Bank und hielt mir die Ohren zu. So nah und doch unendlich weit waren wir voneinander getrennt. Ich wollte ihn trösten und festhalten.

15.

Es war so unendlich still, als ich erwachte. Ich sah auf meine Uhr. Fast zwei Stunden hatte ich geschlafen. Der Gestank und das Summen der Neonröhre kamen mir wieder in die Sinne. Es war kein Schluchzen mehr zu hören. John war ebenfalls eingeschlafen, so dachte ich. Was hatten die mit uns vor? Ich setzte mich auf und blickte mich in der Zelle um. So sah also ein Gefängnis in echt aus. Wann erhält man schon die Möglichkeit als ehrlicher Bürger, so etwas zu erleben? Was man im Fernsehen sieht, kann man in Wirklichkeit nur erfahren, wenn man mal hier ist. Ein in die Wand eingelassener Klapptisch und Klappstuhl und die in der Ecke frei stehende Toilette waren die einzigen Luxusgüter, die hier in einer blau gestrichenen Zelle mir das Leben erleichtern sollten.

Ich musste so dringend, dass niemand mich so sah, wurde abrupt beendet, als ich hörte, wie die Stahltür sich öffnete.

„Aufwachen! Mach, dass du aufstehst, das ist kein Hotel hier!", schrie Hoss, dessen Stimme mir schon vertraut vorkam. Ich zog mich schnell an, betätigte die Wasserspülung, als schon dieser mächtige Riese im Blickfeld erschien.

„Hallo, Lady, auf zum Verhör." Er öffnete die Gittertür. „Nun komm raus da."

Irgendwie war ich froh, endlich die Zelle zu verlassen. Ich schritt den Gang entlang.

„John? Alles klar?", fragte ich beim Vorbeigehen. Er hockte immer noch mit den Armen auf dem Rücken gefesselt auf der Pritsche und sah mich mit traurigen Augen an.

„Ich komme gleich wieder.", meinte ich noch, als ich durch die Stahltür schritt.

„Du weißt ja, wo ich bin.", hörte ich noch, als die schwere Tür sich hinter mir schloss. Jim nahm mich in Empfang und zeigte mir einen Stuhl, auf den ich mich setzen sollte. Er nahm gegenüber, vor einem Computer, Platz und schaltete diesen ein. Draußen war es bereits dunkel. Auf dem Nachbartisch lagen all unsere neuen Sachen. Nun sah ich auch, dass die restlichen uns noch erhaltenen Papiere und Dokumente auf dem Tisch vor mir lagen.

„Name?", fragte Jim grinsend.

„Michel Smith.", gab ich kurz zur Antwort. Ich öffnete mein Haarband und ordnete meine Haare, da das Spiegelbild im Fenster neben mir eine Person darstellte, die mir nur ein wenig bekannt erschien.

„Geburtsdatum?", fragte er kurz weiter und blickte dabei starr auf den Bildschirm. Jim gehörte auch zu der Art von Menschen, die bei großer geistiger Anstrengung ihre Zunge aus dem Mund hängen ließen.

„Muss ich das alles nochmals erzählen? Sie haben doch meinen Ausweis?", fragte ich ihn nur, um seine Reaktion zu testen.

„Geburtsdatum?", wiederholte er, und mir wurde klar, dass ich hier sein Spiel spielen musste. Also gab ich ihm die Informationen. Ich erzählte ihm, dass wir Anwälte sind, die auf dem Weg von St. Louis nach Salt Lake City waren, um einen Auftrag auszuführen.

„Um was für einen Auftrag handelt es sich?", fragte Hoss, der sich hinter seinem Schützling aufgebaut hatte.

„Das muss ich Ihnen nicht sagen. Das sind Geschäftsgeheimnisse, die ich niemals..."

„Hör zu, Kleines," unterbrach mich Jim, „wenn wir wollen, werden wir jedes Geheimnis aus dir herauskriegen."

Mit versteinertem Blick sahen mich diese beiden an.

„Ich sage nichts mehr ohne einen Anwalt.", sagte ich und blickte zu Boden.

„Nun gut, wie du willst. Dann müssen wir halt...", meinte Hoss. Ich war froh, dass der ältere Polizist gerade mit einem weiteren Mann den Raum durch den Haupteingang betrat.

„Sheriff, ich habe den Doktor mitgebracht. Ist das in Ordnung?", fragte der ältere Herr und wies auf den Mann mit einer Tasche neben ihm.

„Ja, geht klar. Hier ist der Schlüssel." Hoss warf den Bund quer durch den Raum seinem Bediensteten zu. Die Stahltür schloss sich hinter den beiden.

„Ich setze Sie davon in Kenntnis, dass morgen Herren vom FBI hier sein werden, um Sie abzuholen. Aber bis dahin verbleiben Sie hier bei uns. Sie können von Glück reden, dass die so ein Interesse an Ihnen haben. Sonst dauert das nämlich viel länger." Hoss machte ein unzufriedenes Gesicht. Die Stahltür öffnete sich. John kam immer noch gefesselt herein, gefolgt von dem Arzt, der einen wütenden Eindruck machte.

„Können Sie Ihrem Gefangenen mal befreien? Ich weigere mich, einem gefesselten Mann zu versorgen.", sagte der Arzt in einem ruhigen, aber bestimmten Ton.

„Na gut.", meinte Hoss und ging sichtlich schweren Schrittes auf den Nebentisch zu, an dem John auf einem Stuhl Platz genommen hatte.

„Karl, pass auf ihn auf, mit dem ist nicht zu spaßen.", meinte der Sheriff. John stand auf, drehte sich um. Die Handschellen gaben mit einem Klicken nach.

„Vielen Dank.", meinte John und setzte sich wieder aufrecht hin. Er blinzelte mir mit den Augen zu und rieb sich dabei sein Handgelenk. Der Arzt öffnete seine Tasche und begann auf dem Tisch Mullbinden, Tupfer und Desinfektionsmittel zu verteilen. Hoss kam wieder zu Jim rüber und stellte sich hinter seinen jungen Freund.

„Was ich schon Ihrer Frau gesagt habe: Morgen werden Beamte vom FBI Sie abholen. Die werden sich dann um Sie kümmern. Wollen Sie etwas zu Ihrer Verteidigung sagen oder wollen Sie die Aussage verweigern?"

„Wissen Sie, was Sie mich können?", sagte John so höhnisch, dass mir selber bang wurde. Ich sah John wieder in Handschellen am Boden liegen und Hoss auf ihm herumtrampeln. Hoss lief wieder rot an. Ich nahm an, dass er jetzt endgültig platzen würde. Doch dazu kam es nicht.

John sprang auf, zog mit der linken Hand den Revolver aus dem Halfter des neben ihm stehenden Beamten, riss den Arm hoch und gab mit einem laut krachenden Geräusch Karl einen Schlag mit der Waffe auf das Kinn. Er wirbelte herum, und noch bevor der Sheriff reagieren konnte, schoss John zweimal. Hoss wirbelte ebenfalls herum und landete mit einem lauten Schmatzen auf dem Bauch und blieb regungslos liegen.

Das geschah alles so schnell, und ich weiß bis heute nicht, woher ich den Mut nahm, den Monitor des Computers nach vorne zu stoßen, um ihn vom Stativ direkt ins Gesicht von Jim zu befördern.

„Nimm seine Waffe!", brüllte John, der in Deckung gegangen war und auf den Hilfssheriff zielte. Jims Nase blutete fürchterlich. Ich sprang über den Tisch, nahm den Revolver aus Jims Holster. Karl lag auf dem Boden und war, so wie es aussah, bewusstlos. Der Sheriff lag auf dem Boden und regte sich nicht.

„Nimm auch dem Dicken seine Waffe.", brüllte John. Er zielte nun auf den Arzt.

„So, ich möchte Ihnen nichts tun, also hören Sie gut zu.", sagte John in einem ruhigen Ton. „Er hier," und er wies auf den Älteren, „er hat noch seine Handschellen, fesseln Sie ihn!"

„Sie machen nur alles schlimmer.", meinte der Arzt. „Nun gut." Er beugte sich zu dem Bewusstlosen, nahm dessen Hände und rastete die Handschellen auf dessen Rücken ein. Der Arzt richtete sich wieder auf und hob die Hände in den Nacken. Aus dem Augenwinkel sah ich, während ich Hoss entwaffnete, wie sich der Arzt bereitwillig hinkniete.

„Michel, hast du die Waffen?", sagte John in einem ruhigeren Ton.

„Ja, alles klar. Und jetzt?", fragte ich.

„Dein junger Freund soll jetzt den Sheriff fesseln.", meinte John und wies mit dem Revolver grinsend auf Jim. Ich richtete ebenfalls die Waffe auf Jim, der sich wimmernd seine aufgeplatzte Nase hielt.

„Alles klar. Mach, was er sagt.", meinte ich, und mir wurde gerade erst bewusst, was wir hier angestellt hatten. Jim stand auf und beugte sich über seinen Boss.

„Ihr Schweine, ihr habt ihn umgebracht.", wimmerte er und nahm die Handschellen aus seiner Halterung. Er legte die Arme des Sheriffs auf dessen Rücken und schloss die Schellen. Eine Blutlache kam unter dem mächtigen Bauch von Hoss zum Vorschein. John hatte dem Sheriff zweimal in die rechte Schulter geschossen und dabei ein Loch in den Rücken gerissen. Nur langsam atmete Hoss noch.

„Gut gemacht.", meinte John, der nur kurz vom Arzt wegblickte.

„Michel, fesseln Sie ihn mit den Schellen, die auf dem Tisch liegen, an den Sheriff.", rief John, der nun wieder auf den Arzt zielte. Jim kniete sich bereitwillig vor seinen Chef. Den zweiten Revolver legte ich außer Reichweite auf einen Tisch und steckte den anderen mir in den Hosenbund. Ich griff nach den Schellen und ließ sie um Jims Handgelenke und um die Schellen des Sheriffs klicken.

„Doktor, stehen Sie auf.", wandte sich John an ihn. Er erhob sich, immer noch mit den Händen im Nacken. „Sind Sie mit Ihrem Wagen gekommen?", fragte John.

„Ja, der steht draußen vor der Tür.", antwortete der Doktor verunsichert.

„Gut, kommen Sie mit, ich werde ihn mir borgen.", gab John nun hektisch von sich. Ich ging zum nächsten Telefon und riss die Leitung aus der Wand. „Oh, eine gute Idee. Das Funkgerät auch noch.", meinte John, und ein erleichterndes Lächeln erhellte sein Gesicht. Das Funkgerät krachte auf den Boden und zersprang in viele Einzelteile.

„Kommen Sie schnell, Michel, komm!", John packte den Arzt und stieß ihn nach vorne Richtung Ausgang. Die Nachtluft schmeckte würzig und frei.

„Wo ist Ihr Auto?", fragte John, und der Doktor wies auf einen weißen Geländewagen direkt vor uns.

„Steigen Sie ein, geben Sie mir die Schlüssel.", befahl John und stieß den Arzt Richtung des Wagens.

„Was ist mit den Verletzten? Lassen Sie mich wenigstens um sie kümmern.", erwiderte der Doktor in dem Ton, den wir vorher schon von ihm vernommen hatten. John blickte zu mir. Ich nickte, denn einen Mord wollte ich nicht begangen haben.

„Keine Polizei. Sonst kriegen Sie Ihren Wagen nicht an einem Stück wieder.", meinte John.

„Alles klar. Sie trauen mir, ich traue Ihnen. Sie können gar nicht so verkehrt sein. Danke.", sprach der Doktor und verschwand in der Polizeistation. Ich sprang auf den Beifahrersitz, und John gab Gas.

16.

Als die Lichter von Goodvil Town hinter uns lagen und wir uns in den Strom der Autos auf dem Highway 70 Richtung Denver eingereiht hatten, fasste ich allen Mut zusammen, zog den Revolver aus meinem Hosenbund, kurbelte die Scheibe herunter und warf die Waffe im hohen Bogen aus dem Wagen.

Wir hatten noch kein Wort gesprochen, seitdem wir die kleine Stadt verlassen hatten. – „Don't litter" –, meinte John, was so viel wie „Verschmutze die Umwelt nicht" heißt, und versuchte ein Grinsen aufzusetzen. Das misslang ihm, denn seine Nase ließ solch schwierige Bewegungen nicht zu.

„Jetzt haben die uns dahin gebracht, wo sie uns mit aller Härte jagen können.", sagte ich und versuchte meinen Körper zu lockern.

„Scheiße.", sagte John und ging vom Gas, um die erlaubte Höchstgeschwindigkeit einzuhalten. „Es war die einzige Möglichkeit."

„Du weißt, dass wir jetzt nie wieder nach Hause können. Was sollen wir machen?", antwortete ich John. Mein Kopf war leer, ich fühlte mich wie in Trance, als ob das hier gar nicht die Wirklichkeit wäre. John saß wie versteinert vor dem Lenkrad. Mir wurde bewusst, dass man diesen friedliebenden Mann nie mehr zum Weinen bringen durfte. Wenn es einer tat, dann musste er mit allen Konsequenzen rechnen.

„Scheiße,", sagte er nochmals, „wir haben kein Geld, keine Papiere, und die Dokumente sind auch weg."

„John,", ich griff in meine Hosentasche und zog unsere beiden Börsen heraus. „Ich weiß zwar nicht, wie ich noch daran denken konnte, aber hier sind sie.", antwortete ich John, der kurz erstaunt mich ansah und wieder auf die Fahrbahn blickte.

„Gutes Mädchen. Sieh nach, ob was fehlt. Wie viel Bargeld haben wir?"

Ich öffnete die Börsen. John enthielt 170 Dollar und seine Kreditkarten, jedoch keine Papiere. Meine enthielt gerade mal 40 Dollar. Ich hatte jedoch noch meine Schecks und die Karten.

„Weißt du, was wir jetzt tun werden? Wenn wir in Denver sind, werden wir den Wagen abstellen. Mit einem Taxi zum Bahnhof fahren. Dort die Geldautomaten plündern und ein Ticket nach... wo wolltest du immer schon mal hin?", sagte John.

„Nach Kanada.", antwortete ich.

„Also gut. Karten nach Toronto oder so."

„Das werden die aber auf kurz oder lang herausfinden.", gab ich zu bedenken und sah mich wieder in so einer Zelle.

„Das sollen die ja auch. Wenn wir mit Kreditkarten zahlen, sowieso. Nur dort hinfahren werden wir nie."

„Also gut, verstehe. Und weiter?", meinte ich. Die ganze Sache hörte sich viel zu einfach an.

„Wenn die uns bis dahin nicht haben, fahren wir weiter mit dem nächsten Taxi zur Greyhound-Station. Nehmen den nächsten Bus nach Salt Lake..."

„Damit rechnen die doch, dass wir zu Hause auftauchen.", meinte ich, denn dieser Plan hörte sich völlig unmöglich an.

„Mag schon sein. Dort werden wir aber Hilfe erhalten. Lass uns mit Phil in Provo reden." Johns Idee schien viel zu riskant.

„In Ordnung, hoffen wir nur, dass alles gut geht.", meinte ich. Ich hatte mit ihm schon einige riskante Klettermanöver geschafft, die auf den ersten Blick unmöglich erschienen, also traute ich ihm. Langsam entkrampften sich meine Muskeln. Ein noch nie dagewesenes Gefühl kam in mir hoch. Ich hatte plötzlich unbändige Kraft und war entschlossen, nie wieder in die Gewalt dieses Staates ohne Gegenwehr zu geraten. Zuerst hatte sich unsere gedankliche Welt zu unserem Leben in diesem Staat verändert. Damit blieb nicht aus, dass wir auch körperlich dem Staat zeigten, dass es so nicht weitergehen konnte. So fühlten sich also Staatsfeinde.

Es war viel zu dunkel, um die traumhafte Landschaft rund um Denver wahrzunehmen. Unsere Gedanken waren auch auf unser Überleben gerichtet, uns blieb gar keine Zeit, etwas anderes zu erkennen. John bat mich, auf dem Rücksitz und im Kofferraum nach Brauchbarem zu suchen. Ich fand eine Arztasche und durchwühlte sie. Verbandsmaterial und Schmerzmittel verblieben in der Tasche, den Rest warf ich in den Fußraum. Auf dem Rücksitz lag eine Bomberjacke und mehrere Einkaufstüten. So schlimm die Situation war, es kam mir doch wie Weihnachten vor, als ich Schokoriegel, Getränkedosen, Obst und Kekse in die Arzttasche verstaute, um auf der Flucht wenigstens etwas Proviant zu haben. Sogar eine nicht mehr ganz so neue Jeansjacke war für mich dabei.

Da wir davon ausgingen, dass nach uns gefahndet wurde, hatten wir wenigstens etwas anderes an. Mit Johns Verband im Gesicht fielen wir zwar sofort auf, aber das war uns in diesem Moment nicht bewusst. So saßen wir in diesem neuen Jeep, jeder mit einer Dose Cola in der Hand, Kekse essend, und John rauchte sogar eine Zigarette, was er schon seit Jahren aufgegeben hatte, und fuhren durch die Suburbs von Denver. An den großen, breit leuchtenden Reklameschildern vorbei, die den einfahrenden und ausfahrenden Autos aufforderten, Benzin, Wasserbetten oder billigen Fast Food schnell zu kaufen. Vor uns lag die glitzernde Metropole Colorados. Die Einwohner von Colorado sind heute noch sehr stolz auf ihren Staat, wo die Luft, wegen der weitgehend in den Rocky Mountains gelegenen besiedelten Gebiete, sehr dünn ist. Hier fliegen Golfbälle weiter, Eier brauchen länger zum Kochen, und Besucher ringen um ihren Atem, wenn sie aus dem Bett steigen. Hier liegt auch das Trainingszentrum vieler US-Athleten, die in der dünnen Höhenluft ihre Lungen auf den Wettkampf vorbereiten. Denver ist auch die höchstgelegene Hauptstadt der USA. Um Denver liegt eine atemberaubende Natur, die schon die frühen Siedler zu zerstören versuchten, um nach Gold und Silber zu graben.

1858 erreichte der Goldrausch seinen Höhepunkt, sodass 1860 sich zwei Goldsiedlercamps zu einer Stadt vereinigten, die man nach dem Gouverneur von Kansas, James W. Denver, nannte. 1853 und 1867 brach eine Art politischer Krieg zwischen den Städten Golden und Denver aus, um den Titel der Landeshauptstadt. Heute ist Golden die Stadt, die am meisten Bier für die Region braut, und Denver die am schnellsten wachsende Metropole in den Rockies. Und trotzdem immer noch mit dem Charakter einer Cowboy- und Westernmentalität behafteten Bevölkerung. So weit das Auge reicht, sieht man die Lichter der Suburbs, und man wundert sich, woher all diese Menschen kommen und was sie hier in dieser Stadt wohl arbeiten? Es waren kaum zwei Stunden vergangen, seitdem wir Goodvil Town verlassen hatten.

Ein Schild wies auf den Bahnhof hin, und so erreichten wir ohne Zwischenfall das erste Ziel unserer Etappe.

„Wir sollten einen Dankesbrief schreiben. Meinst du nicht auch?", sagte ich und schaute im Handschuhfach nach Papier und einem Stift.

„Michel, wir sind nun Kriminelle. Da schreibt man keinen Dankesbrief, wenn man einen Polizisten angeschossen hat, einen Wagen gestohlen hat und gerade auf der Flucht ist.", meinte John und fuhr um das Bahnhofsgebäude herum, um nach Polizei Ausschau zu halten.

„Ich meine nur, dass es anständig wäre, wenigstens dem Doktor zu danken. Wir haben ja schließlich seine Sachen entwendet." Irgendwie sollte ich meine Schuldgefühle loswerden.

„Wenn du meinst. Du wirst schon Recht haben.", meinte John desinteressiert. Wir fuhren gerade in eine Parklücke, als ich mit den Dankesworten fertig war. Ich legte noch 40 Dollar in einen Umschlag, der im Handschuhfach lag, und steckte die Danksagung dabei. John stieg aus. Ich packte unsere Habseligkeiten zusammen und legte den Brief auf den Fahrersitz. Wir ließen den Schlüssel stecken. John sah in der Bomberjacke ziemlich erschreckend aus, mit dem Verband im Gesicht. Gar nicht wie ein Anwalt, der in einem aufgeräumten Büro dem Gesetz nachgeht. Die Jeansjacke stand mir gut, und ich war froh, dass ich mich noch mittags umgezogen hatte. In Bluejeans und mit diesem Outfit kam ich mir wieder jung und in meine Studentenzeit zurückversetzt vor. Wie einfach war das doch damals gewesen. Keine Kleidervorschriften, und niemand schaute dich schief an, wenn man nicht frisch frisiert und mit dem neuesten Style bekleidet war.

Wir überquerten die lebhafte Straße. John nahm mir die Tasche ab. Die große Bahnhofsuhr zeigte 10:30 Uhr.

„Was nun, John?!", fragte ich ihn. Mit einem nervösen Hin- und Herblicken und mich scheinbar gar nicht registrierend, antwortete er:

„Lass uns einen Geldautomaten suchen." Wir traten in die Bahnhofshalle ein. Hier war nicht viel los. Leider fahren heute nicht mehr viele Leute mit dem Zug. Fast jeder hat ein Auto, und die Freiheit, wohin und wann zu fahren, ist viel wichtiger geworden, als vielleicht das Gespräch mit einem völlig Fremden, mit dem man von einem Ort zum anderen reist. Ich kann mich noch gut an alte Filme erinnern, wo das Reisen im Zug noch ein Abenteuer war, und welcher Junge zu dieser Zeit wollte nicht Lokomotivführer werden? In einer Ecke des Innenraumes standen mehrere Automaten nebeneinander. Wir nahmen unsere Kreditkarten heraus.

„Alles?", flüsterte ich zu John, der neben mir stand und gerade dabei war, die Geheimnummer einzugeben.

„So viel du kriegen kannst. Das hier ist die letzte Möglichkeit, an Bargeld heranzukommen. Wir müssen uns beeilen, denn die werden schneller, als du denkst, herausfinden, wo wir das letzte Mal Geld abgehoben haben. Die werden sowieso auf kurz oder lang den Zugriff sperren." John warf mir einen Blick zu, den ich noch nie gesehen hatte.

Da wir brave Amerikaner waren und immer kreditwürdig waren, besaßen John und ich zusammen rund 22 verschiedene Karten. Manche Leute haben noch mehr, die sammeln scheinbar diese bunten Karten, die einem die Welt versprechen. Nach ungefähr 15 Minuten war der erste Automat geleert, und John wechselte zum nächsten, um seine drei letzten Karten zu nutzen. Manche Karten ermöglichten uns nur 500 Dollar abzuheben, andere nur 300. Die besten waren jedoch diese, die uns bis zu 1000 Dollar entnehmen ließen. Zum guten Schluss hatten wir alle Automaten geleert und 16.000 Dollar zusammen. Wir verstauten das Geld in ein Seitenfach der Aktentasche. John nahm mir meine Karten ab und warf alle in eine Mülltonne neben den Automaten. Wir könnten sowieso nichts mehr damit anfangen. Ich hoffte nur, dass niemand uns beobachtet hatte. Ein kleiner Straßendieb könnte uns noch richtig Ärger einbringen.

„Michel, geh du bitte die Tickets kaufen und schau nach, wann der nächste Zug Richtung Kanada geht. Zahl mit Kreditkarte.", er reichte mir die letzte übrig gebliebene. „Ich muss dringend auf Toilette." John gab mir einen Kuss auf den Mund, drehte sich um und ging schnellen Schrittes mit dem Koffer in der Hand Richtung Waschräume.

Einen kurzen Moment dachte ich nur, wie es wohl wäre, wenn John jetzt einfach verschwinden würde und mich allein in der Halle stehen ließe und auf kurz oder lang die Polizei hier aufkreuzte. Ich ließ den Gedanken keinen weiteren Lauf, sondern drehte mich um und wandte mich dem Schalter zu, an dem ein älterer, untersetzter Herr mit Brille einsam auf Kundschaft wartete.

„Guten Abend, wie kann ich Ihnen helfen?", fragte er freundlich.

„Ich hätte gerne Karten für den nächsten Zug Richtung Toronto. Für zwei Personen gerne ein eigenes Abteil.", antwortete ich, und mein Lächeln zeigte keine Anspannung mehr.

„Oh, Sie haben ja eine große Reise vor. Lassen Sie mich mal sehen, was ich noch frei habe." Er tippte auf einem Keyboard herum und starrte auf den Monitor. „Jetzt habe ich es. Also, der nächste Zug verlässt morgen Abend um 19:00 Uhr Denver, und ich habe gerade noch ein Schlafabteil für Sie übrig. Ist das Ihnen recht?", antwortete er mir.

„Ja, das ist fein, dann haben wir noch einen ganzen Tag, um Denver anzusehen.", erzählte ich ihm mit der Gewissheit, er würde das auch weitererzählen.

„Machen Sie Urlaub hier?", fragte er und begann wiederum auf dem Keyboard herumzuhacken, um die Tickets auszudrucken.

„Wir machen so etwas wie unsere zweite Hochzeitsreise und möchten Verwandte in Toronto besuchen. Mit dem Zug zu reisen war schon immer mein Traum, man kommt viel erholter an. Ach, ich zahle mit Karte." Ich schob meine Mastercard zu ihm. Er nahm sie auf und schob sie in eine Maschine.

„Dann wünsche ich Ihnen viel Spaß auf der Reise." Der Computer piepste auf, der Drucker begann zu tickern und spuckte die Tickets aus.

„So, Frau Smith, bitte hier unterschreiben. Das macht 462 Dollar, ist das so recht?", fragte er noch.

„Vielen Dank." Ich nahm die Tickets an mich und die Karte.

„Dann wünsche ich Ihnen noch einen schönen Abend. Ich werde jetzt Schluss machen und nach Hause gehen, ich bin sowieso schon länger hier als nötig. Gute Reise.", antwortete er freundlich.

„Wiedersehen.", sagte ich noch und drehte mich um.

Mit den Tickets in der Hand wandte ich mich den Toiletten zu. John war immer noch nicht zu sehen. Mit frisch gewaschenem Gesicht, die Haare nass nach hinten gekämmt, mit frischen Verbänden, trat John aus dem Waschraum. Mit den Verbänden sah John noch gefährlicher aus. Doch sein breites Grinsen und seine leuchtenden Augen verrieten mir, dass es ihm jetzt besser ging.

„Lass uns schnell hier verschwinden." Er nahm meine Hand, und wir verließen den Bahnhof. Vor dem Gebäude standen einige Taxen. John klopfte an die Scheibe eines gelben Chevrolets. Der Fahrer blickte auf und winkte uns in den Wagen. Wir stiegen hinten ein.

„Zur Greyhound-Station.", sagte John, und ohne zu antworten, schaltete unser Chauffeur den Taxameter ein und fuhr los. Es war kein weiter Weg zum Busbahnhof, nur einige Blocks. John reichte einen Zwanziger dem Fahrer, der sich erfreut über das hohe Trinkgeld – die Uhr zeigte gerade mal 8,50 Dollar an – bedankte. Wir stiegen aus.

„Lass uns schnell die Tickets holen. Da vorne steht ein Bus nach Salt Lake zum Abfahren bereit. Die steigen schon ein, ich warte da auf dich." John wies auf die wartenden silber-blau-weißen Gefährten. Ich lächelte John zu und ging schnellen Schrittes in die Halle hinein. Ich zahlte für uns beide 108 Dollar, wurde noch aufgefordert, mich zu beeilen, da der Bus schon Verspätung hatte, und rannte zu John, der vor dem Bus mit dem Fahrer sprach. Endlich saßen wir im Bus. Bis jetzt schien alles perfekt zu laufen. Als ich neben John im klimatisierten Bus In den bequemen Sitz zurücklehnte, fuhr der erste Streifenwagen mit laut heulenden Sirenen am Busbahnhof vorbei. Der Greyhound setzte sich in Bewegung, und ich schloss die Augen.

17.

Meine Gedanken rasten im Kopf herum. Es machte mir Kopfschmerzen, auch nur einen Moment etwas festzuhalten. Ein Sturm von Emotionen überkam mich. Das Schaukeln des Busses war wohl das Einzige, was berechenbar war.

Ich lag im Schoß von John, als ich langsam wieder klar wurde. Was sollte aus uns nur werden? Jetzt, da wir unsere Zukunft in dieser Welt verspielt hatten, blieb uns nur noch die Flucht. Aber wie lange sollten wir flüchten? Ich dachte an diese Fernsehserie, wo dieser Arzt ständig in Angst, erkannt zu werden, kreuz und quer durch dieses Land reiste, nur weil die Polizei glaubte, dass er seine Frau umgebracht hatte. Mir war auch klar, dass es nur eine Möglichkeit für uns gab, aus diesem Dilemma auszubrechen. Entweder mussten wir eine andere Identität annehmen und trotzdem ständig mit der Erkenntnis leben, festgenommen zu werden. Oder – und das erschien mir am härtesten – wir sollten alle Anstrengungen darauf richten, ein weltweit operierendes System von der Erde zu verbannen, um endlich wieder frei zu sein.

Mir war klar, dass es ein großer Fehler war, diesen Sheriff anzuschießen. Doch ich bin mir sicher, dass wir mit diesem Wissen niemals mehr die Sonne ohne Gitterstäbe gesehen hätten. Und um dieses Ziel zu erreichen, bedarf es der Mitarbeit von allen Menschen auf dieser Welt. Fast aussichtslos, oder? Doch Selbstaufgabe ist auch eine Art von Mord. Wir mussten unsere Gedanken zusammenhalten, vorsichtig sein und – leider – konnten wir jetzt noch niemandem trauen. Die Menschen um uns herum kamen mir vergiftet vor. Vergiftet von einem System, das ihnen erzählt, dass es sich um jeden Einzelnen kümmert. Doch in Wahrheit saugt es jeden nur aus und benutzt uns für seine Zwecke.

Wie ein Drogenabhängiger, der alles für seinen nächsten Schuss macht, ist jeder bestrebt, nur sein Auskommen zu sichern. Nur in seinen Landesgrenzen zu denken und zu handeln, ohne auch nur einen Moment die Chance zu haben, eine globale Denkweise anzustreben. Wir alle wissen vom Hunger in der Welt, und jeder denkt: „Was soll ich dagegen tun?" Es wird viel geredet – „doch ihr werdet sie an ihren Taten erkennen." – Schließlich war das Schaukeln des Busses und das monotone Brummen der Dieselmaschine stärker, und ich fiel in den Schlaf.

Es war warm und gemütlich. Ich öffnete die Augen und lag mit dem Gesicht im Sand. Schreckte hoch, hier war ich also wieder und blickte an mir herunter. Die beige Armeehose und das Hemd waren mir vertraut. Die Sonne stand tief am Horizont. Ich hatte scheinbar mehrere Stunden in diesem Loch verbracht. Der Flugkörper war verschwunden, und ich stand wieder allein in der Wüstenebene. Meine Kehle war so trocken wie ein Flussbett in der Kalahariwüste, und es schmerzte. Es war nicht mehr so heiß wie vorher. Ich beschloss, weiter die Ebene zu durchqueren, um über den nächsten Hügel zu blicken. Langsam ging ich los. Der Hügel war, wenn man in dieser klaren Luft Entfernungen schätzen kann, vielleicht vier Meilen entfernt. Das heißt, ich würde ungefähr eineinhalb Stunden benötigen.

Mit einem Auge auf den Himmel gerichtet und mich ständig umdrehend, stolperte ich mit dem anderen Auge auf den Boden gerichtet durch die Ebene. Diese Stille saugte meine Gedanken auf. Ich verstand ein wenig die Leute, die sich wochenlang hier in dieser Landschaft aufhielten, um zu meditieren. Nur für mich, in dieser Situation, war das nichts, vor allem ohne Vorbereitung.

Woher kam ich eigentlich? Und wohin gehe ich überhaupt? Und warum? War das hier ein Traum? Es fühlte sich so real an. Ich zwickte mich in den Oberschenkel, und es tat weh, aber – wach – wurde ich nicht. Ich durchquerte gerade ein ausgetrocknetes Flussbett, und ich war mit den Gedanken beschäftigt, wie erfrischend doch jetzt ein Bad wäre, als ich dieses Grollen hörte. Ich blieb stehen. Ich hatte mehr als die Hälfte durchquert. Am Horizont, wo das Flussbett im Nichts verschwand, sah ich eine Bewegung. Nicht schon wieder dieses Ding, dachte ich und schaute mich nach Deckung um. Das Grollen schwoll an, begleitet von einem lauten Klingeln, so als ob viele Steine gegeneinander rollen und schlagen würden. Diese Wand schob alles vor sich her. Mir war klar, dass ich diesmal keine Chance hätte, mich in einem Loch zu verstecken. Ich musste hier schnell weg und das nahe Ufer erreichen.

Ich rannte los, sprang über die Steine. Doch so einfach, wie ich mir das vorstellte, war meine Flucht diesmal wohl nicht. Ein Steilufer stand ebenfalls wie ein unüberwindliches Hindernis vor mir. Ich suchte nach einer Möglichkeit, das Ufer an einer flacheren Stelle zu erreichen. Vielleicht eine Meile den Fluss hinunter gab es eine andere. Die grollende und donnernde Steinwand war gerade eine Meile entfernt. Also beschloss ich, den Steilhang hinauf zu klettern. Der Hang sah nicht allzu sandig aus. Ich war froh, eine geübte Kletterin zu sein. Und die ersten drei Meter waren einfach. Hier hing ich also mitten in der Wüste an einer Wand. Schnell kletterte ich weiter.

Dieses Donnern war unglaublich und dröhnte in den Ohren. Ich hatte den Kamm noch nicht ganz erreicht, als die Steilwand von den ersten Ausläufern getroffen wurde. Als ob ein Güterzug unter mir vorbeidonnerte. Der ganze Berg vibrierte und erschwerte mir, Halt zu finden. Endlich hatte ich den Kamm erreicht. Außer Atem stand ich auf und drehte mich um. Unter mir waren die brodelnden Wassermassen. Brauner Schlamm trieb mit einer unglaublichen Geschwindigkeit unter mir her. Ich dachte mir nur, dass man lieber aufpassen und vorher überlegen sollte, bevor man sich etwas wünscht. Wasser zum Schwimmen und Trinken hatte ich nun genug. Dieser Strom kam wohl aus den Bergen und mündete bestimmt in einen anderen, und da werde ich jemanden finden, dachte ich nur noch, als der Boden unter meinen Füßen nachgab. Der ganze Hang rutschte in diese brodelnde Masse.

Für mich gab es nur eine Möglichkeit. Da der Berg im Umkreis von ca. 15 Metern wegrutschte und ich an der Klippe stand, sprang ich nach vorne in die Fluten. Was kann mir schon in einem Traum passieren? Ich flog durch die Luft und schrie.

Etwas schüttelte mich, und ein monotones Dröhnen und Rauschen umgab mich. Ich hörte meinen Namen.

„Hey, Michel!", langsam öffnete ich meine Augen. Regen klatschte gegen die Scheibe des Busses. John blickte mich von oben her an. Ich lag mit angezogenen Beinen, mit dem Kopf in seinem Schoß.

„Alles klar mit dir?", fragte John. Sein Gesicht wurde mal hell, mal dunkel. Wir waren irgendwo auf dem Highway, und die vorbeifahrenden Autos erhellten sein Gesicht. Es war still im Bus, niemand redete.

„Habe ich geschrien?", fragte ich John und richtete mich auf.

„Ja,", meinte John, „du hast aber unruhige Träume." Er strich meine Haare aus dem Gesicht. „Du bist ja klatschnass geschwitzt." Seine Hand lag nun auf meiner Stirn. „Komisch, Fieber hast du aber keines. Ist alles in Ordnung?" Ich blickte an mir herunter und stellte nun selber fest, dass meine Bluse sich sehr klamm anfühlte.

„Ja, ist schon gut.", meinte ich. „Ich hatte nur wieder diesen Traum. Aber wie lange habe ich geschlafen?"

John blickte mich mit diesem blinkenden, besorgten Gesicht an. „Fast vier Stunden, und ich bin froh, dass ich mich wieder bewegen kann." Er streckte sich aus.

„Wie lange haben wir noch nach Salt Lake?", fragte ich. John blickte auf seine Uhr.

„Wir haben jetzt zwei Uhr, und wenn alles gut geht, sind wir um acht Uhr in Salt Lake. Aber…", und er sprach nun leise, „wir werden in Provo aussteigen, das ist sicherer. Phil wird uns wohl am ehesten helfen." Ich nickte. John zwinkerte mir mit einem Auge zu.

Der Bus hielt an einem Truck Stop. John war eingeschlafen, und ich stieg aus. Einige Fahrgäste standen vor dem Bus und rauchten. Der Busfahrer deutete an, dass wir hier zwanzig Minuten Pause haben würden. Die Raststätte war um diese Zeit spärlich besucht. Ich suchte die Toiletten und fand sie schließlich im hinteren Teil des Gebäudes. Schloss die Tür hinter mir und trat ans Waschbecken.

Und sah fürchterlich aus. Meine langen Haare, die ich eigentlich immer zu einer ordentlichen Frisur geföhnt trug, standen mir vom Kopf ab. Ich roch nach Schweiß und sah erschreckend aus. Das Wasser war warm, und ich begann, mich auszuziehen und zu waschen. Es klopfte an der Tür.

„Wie lange wollen Sie noch den Waschraum besetzt halten?", rief eine unfreundliche Stimme.

„Einen Moment noch, bitte, bin gleich fertig.", sagte ich laut durch die geschlossene Tür. Zum ersten Mal war es mir wirklich egal, was andere dachten. Ich hoffe, dass meine gute Erziehung nicht auch noch verloren geht. Ein letzter Blick in den Spiegel – was ein bisschen Seife und ein Haarband doch ausmachen können. Ich öffnete die Tür. Meine nochmalige Entschuldigung wurde gar nicht wahrgenommen.

Ich nahm mir einen Kaffee und ein Sandwich. Meine letzten Geldscheine wanderten über den Ladentisch. Die nächtliche Wüstenluft war frisch, der Himmel war sternenklar. Nur das Dröhnen der Dieselmaschine unseres Greyhounds störte.

18.

Weiter ging der Ritt durch die Nacht. Ich wollte nicht mehr einschlafen. Seit diesen wirren Ereignissen hatte ich nicht einmal im Schlaf Ruhe.

Was würde wohl ein Psychiater zu den Träumen sagen? Oder war es überhaupt ein Traum? Schade, dass es so dunkel war, sonst könnte ich wenigstens die Landschaft genießen. Grand Junction lag hinter uns, und wir fuhren über eine weitere Staatsgrenze. Nun waren wir für „die" wirklich ein größeres Problem geworden.

Ich war mir sicher, dass die nicht so schnell handeln konnten. Wir waren ein Fall für das FBI, wenn die vielleicht nicht auch noch einen übergeordneten Vorgesetzten hatten. Bis jetzt schien unsere Flucht gut zu laufen. Zurück in der Heimat, dachte ich. Zurück im Mormonenstaat, der reich durch seine Landschaft geworden ist. Hier waren auch die ältesten Gebäude der USA zu besichtigen. Es war schon länger her, seitdem wir hier im Osten von Utah an der Grenze zu Arizona die Ruinen der Anasazi-Indianer besucht hatten.

Ich kann mich noch gut erinnern. Es war ein wirklich heißer Tag, als John und ich im Nationalpark ankamen. Wir hatten mal wieder den falschen Tag erwischt, um uns in Ruhe diese unglaublichen Ruinen anzusehen. Im Besucherzentrum waren einige Schulklassen damit beschäftigt, die Aufgaben der Lehrer zu lösen. Und diese Kinder rannten, jeder mit einem Block in der Hand, aufgeregt umher.

Diese Urväter, oder wie die Indianer sie nannten, Anasazi – die, die vor uns hier waren und verschwunden sind – hatten hier in einer unwirklichen Wüstenlandschaft auf einem Hochplateau eine feste Kultur gebildet. Als die Europäer in diese Gegend kamen, trafen sie nur auf Nomadenstämme, die im Land umherzogen, um zu jagen. Diese Anasazi jedoch waren Farmer, bauten Mais an und lebten in festen Steinhäusern, die sie unter Felsvorsprünge bauten. Dort waren ihre Kornspeicher. Man weiß heute, dass sie sich über große Entfernungen mittels Rauch oder Spiegeln Nachrichten zukommen ließen. Wenn man von der heißen Wüstenhitze des Plateaus in die Canyons steigt und dann in die Felsenhöhlen klettert, wird einem bewusst, wie angenehm doch hier die Temperatur ist, im Vergleich zur Wüste ringsherum.

Doch das Verrückte an diesen Steinhäusern und kleinen Städten, die manchmal hoch im Fels liegen und wie eine Hochkultur hier gelebt hatten und plötzlich verschwunden waren. Wohin, weiß niemand. Man vermutet, dass einige in New Mexico sich ansiedelten, da diese Kulturen etwas Ähnlichkeit aufweisen. Aber was wirklich geschehen ist, weiß niemand.

Ich verliebte mich sofort in diese raue Landschaft, wo man in einer kleinen Stadt, die sich Moab nennt, im Frühjahr Mountainbike fahren kann oder das ganze Jahr über mit den verrücktesten Menschen, die ich je getroffen habe, den Green River oder den Colorado hinunterfahren kann. Wildwasser, Mountainbiking, Freeclimbing, Motocross waren einige Aktivitäten, die Tausende im Frühjahr und im Sommer hierher verschlug. Aber das Faszinierendste ist die Landschaft.

Als die ersten Siedler das hier sahen, glaubten sie, vor den Ruinen einer untergegangenen Kultur zu stehen. Wenn man vor den Steinbögen, die mitten aus der Landschaft ragen, steht, kann man das gut nachvollziehen. Oder man glaubte, Zion gefunden zu haben, da sich in einem Wüstental ein unglaublich fruchtbares Paradies, mitten in dieser trockenen Gegend gelegen, den hier zuerst ankommenden Mormonen aufzeigte. Es war auch der Grund, weshalb wir uns die Gegend ausgesucht hatten, um uns niederzulassen.

Uns war San Francisco zu wild geworden. Nachdem John es endgültig aufgegeben hatte, auf jeder Party im Studentenviertel anwesend zu sein, um jede Menge Pot zu rauchen. Nachdem wir schließlich unsere Prüfung in der Tasche hatten und ich John so weit brachte, ein gemeinsames Leben zu führen, beschlossen wir, da zu dieser Zeit der Grundstücksmarkt in Utah zu boomen begann, uns hier ein neues Zuhause zu schaffen. Hatte ich etwa Heimweh? So lange waren wir gar nicht weg gewesen. Doch mir wurde klar, dass wir dieses Zuhause verloren hatten und nun einen neuen Ort finden mussten. So tief in meinen Gedanken versunken, blickte ich Richtung Osten, wo langsam die Sonne einen neuen Tag ankündigte.

Es gibt eigentlich kein schöneres Vorspiel, als den Moment, den man abwartet, bis der erste klare Sonnenstrahl die Augen trifft. Voller Hoffnung, was da kommen mag, erwartete ich die Sonne. John schlief immer noch. Er sah entspannt aus. Ein wenig lächelte er. Dafür, dass John gestern noch einen Polizisten angeschossen hatte, strahlte er eine eigenartige Ruhe aus. Hoffentlich ging es Hoss gut, dachte ich, und strich diese Ereignisse aus meinem Gedächtnis. Wir durchfuhren gerade die Berge, als John erwachte und ganz erstaunt um sich blickte.

„Wow, hier sind wir." Ganz verschlafen nahm er mich in die Arme. „Alles klar?", flüsterte er in mein Ohr.

„Ja.", log ich verzweifelt. „Es ist nicht mehr weit bis Provo."

John rieb sich die Augen und stand auf und ging schwankend zur Bustoilette. Die meisten Fahrgäste waren noch am Schlafen, und es hing der Duft von vielen verschiedenen Menschen in der Luft. Die Täler wurden weiter, und die Ebene von Provo lag vor uns.

Der Busfahrer machte einen erstaunten Eindruck, als er sah, dass wir hier schon ausstiegen. Endlich wieder Heimatboden unter den Füßen, dachte ich noch, als John mich an der Hand fasste und um den Bus herumzog.

„Wir müssen ganz unauffällig hier verschwinden,", sagte John und wies auf eine Werkstatt, die neben unserer Haltestelle lag. „Lass uns hier durchgehen und nicht den Haupteingang benutzen."

Ich nickte, und John zog mich hinter sich her. Glücklicherweise war niemand in der Halle, und so standen wir also auf der Rückseite des Busbahnhofes in einer kleinen Gasse, die rechts und links mit Müll fast zugestellt war.

„Komm!", John ließ mich los und ging schnellen Schrittes voraus. Wir waren auf einer Hauptstraße.

„Lass uns noch was einkaufen.", meinte ich. John blickte mich fragend an. „Ich brauche eine Schere und Tönungsmittel.", antwortete ich auf seinen Gesichtsausdruck.

„Michel, was soll das nun schon wieder? Wir haben keine Zeit für deine Extrawünsche." Er machte eine verärgerte Bewegung und schüttelte mit dem Kopf.

„John, sieh,", ich zeigte auf meine langen blonden Haare. „Sieh genau hin. Die suchen einen Mann mit einer Frau, die lange blonde Haare hat.", gab ich zu bedenken.

„Und was hast du nun vor?", sagte er und zog mich weiter.

„So hart das klingt, aber ich habe letzte Nacht beschlossen, sie abzuschneiden und schwarz zu färben."

John blieb stehen, sah mich mit traurigen Augen an. „Tu mir das nicht an, bitte!"

„Es bleibt uns nichts anderes übrig.", meinte ich und zog ihn weiter. Rechts auf der anderen Straßenseite sah ich ein Payless Drug.

„Du solltest dir auch mal überlegen, wie du dein Äußeres verändern kannst."

„Also, wenn du dir die Haare abschneidest und färbst, dann lass ich mir einen Bart wachsen.", gab John zur Antwort. Wir rannten über die breite Straße, auf der der morgendliche Berufsverkehr erbarmungslos eingesetzt hatte.

„Nun gut.", gab ich fürs Erste nach. Er wusste ganz genau, dass ich unrasierte Männer nicht leiden konnte. „Es ist ja nicht für die Ewigkeit.", sagte ich noch und bat ihn, vor dem Geschäft zu warten und mir vorher Geld aus der Tasche zu geben.

Als ich wieder in die Morgensonne trat, war John verschwunden. Ich blickte mich um, doch er war nicht zu sehen. Ich setzte mich auf eine Bank neben den Eingang und wartete. Nach zehn Minuten sah ich ihn endlich. Er kam aus einem Restaurant von der gegenüberliegenden Seite. In seinen Jeans und Cowboystiefeln sah er wirklich fremd für diese Gegend aus.

„Wo warst du?", fragte ich und wollte schon anfangen, ihn darauf hinzuweisen, dass ich, was immer er auch sagt, verärgert war. Als er außer Atem mir erzählte, dass er Phil angerufen hatte – unter anderem

Namen natürlich – und dass wir vorbeikommen sollten. Ein Taxi wäre gerade auf dem Weg, uns abzuholen.

Der Duft von Kaffee und frisch gebackenen Pfannkuchen erfüllte die Küche in Phils Haus. Er und seine Frau Maggi waren hoch erfreut, wenn auch sichtlich erstaunt über den frühen morgendlichen Besuch. Sie hatten vier Kinder, die uns mit ihren Streitereien am Frühstückstisch erst richtig weckten. Maggi fragte mich, ob wir uns im Badezimmer frisch machen wollten. Erfreut stimmte ich zu und nahm meine erste Dusche seit Tagen. Schnitt und färbte mir die Haare und fühlte mich wie neugeboren.

Wir drei machten uns im Wohnzimmer bequem, nachdem die laute Bande mit dem Schulbus abgeholt worden war. Phil und Maggi hatten einen eigenen kleinen Installateurbetrieb und beschlossen, diesen Tag frei zu machen, nachdem John nur das „Problem" angeschnitten hatte. Maggi schaltete die Klimaanlage ein, denn draußen wurde die morgendliche Kühle von der Hitze eines Wüstentages abgelöst.

„Man hört ja wilde Geschichten über euch.", begann Maggi.

„Was für Geschichten?", fragte John erstaunt, und auch ich war gespannt, ob etwas über uns in den Medien bekannt gemacht worden war.

„Wie, ihr wisst nichts von dem Haftbefehl wegen Steuerhinterziehung?", rief Maggi wieder aus der Küche, die mit dem Abwasch beschäftigt war.

„Steuerhinterziehung? Das ist wohl ein Scherz.", meinte ich.

„Malcom, mein Nachbar. Ihr wisst doch, der Dicke, der auf einer unserer Partys volltrunken den Grill fast in die Luft gejagt hatte. Er ist Polizist in Salt Lake und berichtete mir ganz nebenbei, ob ich euch gesehen hätte bzw. ob ich Kontakt mit euch hätte. Er sagte irgendetwas von schwerer Steuerhinterziehung und dass es ihm irgendwie leid täte, so eine schöne Frau wie Michel im Gefängnis sehen zu müssen. So, und jetzt frage ich euch, ist an der Geschichte etwas dran?", fragte Phil, der uns gegenüber saß.

„Äh, zuerst ist das euer Nachbar von nebenan?", meinte John.

„Nein, nein, er wohnt neben meiner Werkstatt in der Wendson Avenue. Aber sag nun, was ist los?", Phils Stimme war entschlossen.

„Phil, was ich dir jetzt erzähle, sollte unter uns bleiben. Denn ich weiß, dass du mir weiterhelfen kannst." John sah zu mir herüber. „Michel, erzähl es ihm."

Ich begann nun mit der ganzen unglaublichen Dingen, die sich zuge-tragen hatten. Vom Auftrag über den Verkauf des Bahnhofs, über unsere Odyssee durch halb Amerika, bis hin zur Feststellung, dass es bald keinen Privatbesitz mehr geben würde. Zum Schluss beteuerte ich, dass wir niemals Steuern oder Ähnliches hinterzogen hätten und dass dies nur ein weiterer Baustein wäre, um uns mundtot zu halten. Von der Schießerei erzählte ich ihnen lieber nichts, das hätten sie jetzt nun wirklich nicht verstanden. Gut eine Stunde erzählte ich Phil und Maggi, die ihre Hausarbeit unterbrochen hatte.

Phil stand auf, als ich fertig war, sah John verzweifelt an und sagte: „Packt eure Sachen zusammen, ihr müsst sofort hier verschwinden. Alles weitere erzähle ich euch später. Maggi, ich bringe die beiden zur Staatsgrenze nach Idaho. Wenn irgendetwas sein sollte, sag, ich wäre arbeiten, und du wüsstest nicht, wo ich bin, und lass niemanden herein." Er gab ihr einen Kuss, und sie nickte. „Ich hoffe, dass ich heute Nacht noch wieder komme, sonst sehen wir uns morgen." Es war zwar etwas plötzlich, dass wir so auf diese Art und Weise von Phil gezwungen wurden, weiterzuziehen, doch für unsere und vor allem für seine Sicherheit war es wohl das beste.

Ich stand auf. „Ich danke dir für alles. Vielleicht sehen wir uns nochmals und haben mehr Zeit zum Reden.", sagte ich zu Maggi, und wir verabschiedeten uns mit einer Umarmung.

„Können wir endlich?", rief Phil, der schon in der Tür stand. Die Tageshitze schlug uns entgegen. Wir saßen in Phils Van, die Klimaanlage lief auf Hochtouren.

„Na, wie schon gesagt. Ich glaube, es ist besser, dass ihr mal für eine Zeit verschwindet. Ich bringe euch nach Boise. Dort lebt ein alter Freund von mir, der euch ein Auto besorgt. Du wolltest doch schon immer mal ans Meer zurück, was haltet ihr von Washington?", sagte Phil und klopfte John auf die Schulter.

„Genau darauf wollte ich dich ansprechen. Hast du noch Kontakt zu Charles?", meinte John und grinste. Phil blickte von der Straße weg zu John.

„Das war auch meine Idee. Klar, ich gebe dir die Adresse. Du wirst später verstehen, warum diese Leute in Yelm froh sein werden, euch zu sehen."

19.

Wir waren schon etwas verrückt, als wir beschlossen, doch in Richtung unseres Apartments zu fahren. John wollte wissen, ob die unsere Wohnung verplombt hatten. Wir warteten auf einem gegenüberliegenden Parkplatz unseres Apartmentkomplexes auf Phil, den wir leicht überreden konnten, einen kurzen Blick auf unsere Tür zu werfen. Er hatte seinen Arbeitsanzug übergestreift, einen Werkzeugkoffer in der Hand und sah aus wie jemand, der auf dem Weg zu einem Kunden war.

Phils Van war groß und komfortabel eingerichtet. Die Rückbank war umklappbar und bildete ein großes Bett. Die Fenster waren mit Vorhängen gegen die blendende Sonne geschützt. John kam zu mir nach hinten, wir machten uns auf der Rückbank bequem. Sogar einen Fernseher war in der Decke eingelassen. Wir schalteten ihn ein. Ich suchte die Kanäle nach Nachrichten durch. Auf Kanal 25 hatte ich endlich Glück. Gerade wurde die Vorschau auf die Nachrichtensendung gezeigt. Eine Stimme unterlegte, im abgehackten, reißerischen Ton, die dahinrasenden Bilder. Politische Nachrichten, Sport, Regionales – und zum Schluss, wir konnten es kaum fassen, erschien Johns Bild auf dem Monitor.

„Dieses Anwaltsehepaar aus Salt Lake City wurde gestern kurz vor Denver von der Highway Police gestoppt. In der Polizeistation überwältigte das Duo die Beamten und erschoss diese. Schwerverletzt konnte ein anwesender Arzt fliehen. Weiteres nach der Werbepause." Die Bilder zeigten kurz das Innere der Polizeistation. Man sah drei Körper auf dem Boden liegen. Dann war auch schon die kurze, aufreizende Sequenz vorbei. Wir blickten uns an. Von nun an waren wir also dreifache Polizistenmörder. Dieser Fall wird im ganzen Land für Aufsehen sorgen, und unsere Fahndungsfotos werden überall aushängen. Mit einer dementsprechenden Belohnung werden wohl die meisten Bürger sofort zum Hörer greifen, wenn sie uns erkannten. Schon verständlich – wer Polizeibeamte sogar im eigenen Revier umbringt, gehört hinter Gitter und gejagt. Ohne auch nur ein Wort zu wechseln, warteten wir auf den Beginn der Nachrichten.

Zwei scheinbar fröhliche Moderatoren erschienen auf dem Bildschirm, begrüßten die Zuschauer und begannen vorzutragen, was man wissen sollte. Da der Präsident mal wieder schwer mit dem Senat zu kämpfen hatte – zum Wohle der Steuerzahler – waren wir erst als zweite Nachricht vorgesehen. Es wurde live nach Goodvill Town geschaltet, wo ein Reporter mit ernster Stimme den beiden Moderatoren die gute Laune für einen Moment vertrieb. Er berichtete, dass ein Anwaltsehepaar aus Utah während einer Verkehrskontrolle den Beamten Widerstand leistete. Unser Leihwagen wurde kurz gezeigt. Beamte in FBI-Jacken untersuchten gerade das Innere, nahmen Fingerabdrücke und suchten nach Spuren.

Die Bilder zeigten nun das Innere der Polizeistation. Wiederum FBI-Agenten waren mit der Spurensuche und mit dem Herausragen von

Körpern auf Bahren beschäftigt. Natürlich sah man nicht die Gesichter der Toten. Es lag jede Menge Blut auf dem Boden. Kurz wurden die Fotos von Hoss, Jim und dem älteren Cop gezeigt. Der Reporter berichtete noch, dass die Polizisten mit ihren eigenen Dienstwaffen und in Handschellen erschossen wurden. Der anwesende Arzt, der gerade den männlichen Verdächtigen ärztlich versorgen wollte und in der Schießerei schwer verletzt wurde, lag im Krankenhaus und rang um sein Leben.

Zwischendurch wurden immer wieder unsere Bilder eingeblendet. Es waren Passbilder, und ich lächelte sehr freundlich. Weiter wurde berichtet, dass wir auf der Flucht wären, sehr gefährlich und bewaffnet seien. Weitere Informationen über den Fall in den nächsten Sendungen. Der Moderator machte noch einen kurzen Kommentar, dass alle mithelfen sollten, diese beiden Mörder zu fassen, und ging zum Sport über.

„Aha, so sieht das also aus.", meinte John und schaltete den Fernseher aus. Er setzte sich auf. „Was wissen die wohl jetzt über uns?", fragte John. Nachdenklich sprach er versunken weiter. „Vielleicht haben sie den Jeep in der Nähe des Bahnhofs gefunden. Vielleicht wissen sie schon, dass wir Geld an den Automaten abgehoben haben und Tickets gekauft haben."

„Oh John, die werden sogar wissen, dass wir ein Taxi zur Greyhound-Station genommen haben.", warf ich ein.

„Nicht unbedingt, der Fahrer war von der Nachtschicht und wird wohl am Schlafen sein und noch keine Nachrichten gehört haben.", antwortete John.

„Jedoch die Frau, die mir die Tickets verkauft hat, wird sich vielleicht erinnern. Oder der Busfahrer, ganz bestimmt die Fahrgäste.", meinte ich.

John saß immer noch nachdenklich und mit leeren Augen in die Ferne blickend da. „Lass uns weiter überlegen. Du hast noch was eingekauft. Vielleicht werden die sich auch an dich erinnern.", sagte John weiter.

„Ja, und du bist in dem Restaurant gewesen und hast ein Taxi bestellt."

Langsam bildete sich ein nahezu lückenloser Weg, der „die" auf unsere Spur brachte.

John schreckte hoch, blickte mich an. „Maggi! Auf kurz oder lang werden sie herausfinden, dass wir dort waren. Mann, sind wir unvorsichtig gewesen." Er sah zu Boden. Ich richtete mich ebenfalls auf und legte meinen Arm um seine Hüften.

„Es war aber eine gute Idee von mir, dass wir zwei Blocks von Phils Haus ausgestiegen sind. Die Spur wird sich also erstmal verlieren." Ich lächelte und versuchte so, ihn aus seinen Gedanken zu reißen.

John entspannte sich. „Ja, du hast recht. Das war eine gute Idee, und bis die dahinterkommen, sind wir schon verschwunden."

„Wir müssen nur einen klaren Kopf bewahren und in der Zukunft vorsichtiger sein. Phil sollte jedoch die Wahrheit erfahren. Es ist keine gute Idee, dass er uns weiterhilft. Lass uns mal überlegen.", meinte ich und versuchte, meine Gedanken zu ordnen. „Vielleicht mieten wir uns einen kleinen LKW, der fällt nicht so auf. Denn wenn die über Phil Bescheid wissen, werden sie nach ihm fahnden. Es ist wohl besser, wenn sie ihn in seiner Werkstatt allein finden."

„Gut, und er kann den Truck für uns mieten. Das fällt am wenigsten auf. Lass uns ihn fragen. Das wird der beste Weg sein. Ich hoffe nur, dass sein Freund in Boise mitspielt.", sprach John.

„Ja, wir werden das schon hinkriegen." Ich schob einen Vorhang zur Seite und sah nach draußen. „Da kommt er."

John kletterte wieder nach vorne. Außer Atem sprang Phil herein. „Und?", fragte John.

„Ich möchte ja gerne wissen, was ihr angestellt habt.", sagte Phil und stellte seine schwere Tasche hinter den Fahrersitz. „Also, eure Wohnung ist verplombt und mit einem FBI-Siegel versehen. Da kommt ihr nicht mehr so leicht herein. Ich bin auch nur kurz vorbeigegangen, weil ich auf dem Parkplatz einen Streifenwagen mit zwei Kaffee trinkenden Cops gesehen habe. Und was weiß ich, vielleicht haben sie auch Kameras installiert. Ich glaube, die haben wirklich was gegen euch. Ist da mehr, was ich erfahren sollte?", Phil blickte mich an und drehte seinen Fahrersitz in meine Richtung.

„Ja, wir haben es gerade in den Nachrichten gesehen!", sagte ich, um so die Sache vorwegzunehmen. Ich erzählte ihm die ganze Geschichte von dem Moment an, wo wir angehalten wurden, bis hin zum Taxifahrer, der uns in Phils Nähe abgesetzt hatte.

„Du kannst davon ausgehen, dass –die– die drei Beamten erschossen haben. Der Arzt wird auch nicht überleben. Wenn das nicht eine gut gemachte, erfundene Story ist, um uns mit Hilfe der Bevölkerung zu suchen. Das hört sich nach einem guten Plan an. Phil, der Fakt, dass es in der nächsten Zeit kein Privateigentum mehr gibt, ist äußerst brisant, und die werden alles tun, um uns zu finden.", sagte John.

„Und ihr seid sicher, dass diesmal die Wahrheit ist? Und ihr habt auch nichts vergessen?", in Phils Stimme klang ein wenig Verzweiflung.

„Doch, eines haben wir vergessen.", meinte John, und Phil drehte sich zu ihm um. „Du kannst uns nun nicht mehr nach Boise bringen. Das wäre zu gefährlich für dich. Meinst du, das ist der letzte Gefallen, um den ich dich bitte, du könntest uns einen U-Haul-Truck oder Auto mieten?"

„Hey, Mann, ich hoffe, dass ich hier keinen Fehler mache. Aber kein Problem." Er drehte sich wieder mit seinem Fahrersitz in die Fahrtrichtung. „Da ist eine U-Haul-Station in der Nähe des Highways." Er startete die Maschine, und die Klimaanlage blies wieder kalte Luft ins Innere. „Wir müssen uns nur beeilen, ich will zurück nach Hause."

„Das hat wirklich keinen Spaß gemacht.", meinte John und versuchte, Phil aufzuheitern.

„John, weißt du, hättest du mir das vorher erzählt, dann...", er hielt inne, bremste und bog in eine breite Hauptstraße ein. „Dann hätte ich dir vielleicht nicht geholfen. Aber so bleibt mir wohl nichts anderes übrig."

„Ich wollte dich nicht belügen, mir war es jedoch lieber, du weißt nichts davon, dann brauchst du auch nicht zu lügen, wenn man dich nach uns fragt.", Johns Stimme klang nach Enttäuschung, doch er wusste, dass die Freundschaft zu Phil damit nicht enden würde.

„Ich habe Familie und kann es mir nicht leisten, in großen Ärger zu geraten. Aber wir werden euch schon sicher von hier weg bringen. Wenn es der Wahrheit entspricht, dass unser Präsident so korrupt ist, dann bleibt auch mir keine andere Wahl. Und jetzt lass uns die Angelegenheit vergessen. Ich bin froh, euch lebend zu sehen, und macht, dass wir uns irgendwann wiedersehen." Phil lächelte, und John war sichtlich froh.

Wir fuhren noch einige Zeit durch die Stadt. Ich verabschiedete mich in Gedanken von den vielen Orten, an denen wir vorbeifuhren und die ich kannte. Salt Lake City war unsere Heimat gewesen, und so schnell werde ich diesen Ort, an dem wir sehr glücklich waren, nicht vergessen.

Phil erzählte während der Fahrt, dass Stewart – er kannte ihn von einigen Partys, auf die wir den sich nur für sein Hobby interessierenden alten Mann oft mitgeschleppt hatten – in seinem Haus verbrannt war. Es tat Phil so unendlich leid, doch als John ihm erzählte, dass Stewart keine Gasleitung im Haus hatte, begann auch er langsam, die Wahrheit zu erkennen.

Kurz vor dem Highway bog Phil in eine U-Haul-Station ein. „Ich bin gleich zurück. Wie wäre es mit einem Van? Die haben jetzt für die

Touristen ein Spezialangebot. Was denkst du, Michel? Du siehst müde aus."

In der Hoffnung, schlafen zu können und dabei unterwegs zu sein, stimmte ich zu. Phil stieg aus und ging über den Vorplatz in das Büro. „Hört sich gut an, oder?", meinte John und kletterte wieder zu mir nach hinten.

„Du siehst wirklich müde aus. Wenn das hinhaut, dann werde ich die nächsten Stunden fahren." John machte diese flehenden Augen, die jetzt wirklich nicht angebracht waren. Er umarmte mich. Erst jetzt merkte ich mein Zittern. John hielt mich fest, und mein Körper kam zur Ruhe.

„Nur keine Angst.", flüsterte er mir ins Ohr. „Ab heute brauchen wir keine Angst mehr zu haben, es gibt nichts mehr zu verlieren." Er hatte Recht. Dieses Gefühl entsteht sowieso nur aus Programmierung und Einschüchterung. Still saßen wir nebeneinander und warteten, bis Phil wieder aus dem Bürogebäude kam. Er schwenkte Schlüssel und Wagenpapiere in der Hand und kam auf uns zu. Er öffnete die Tür.

„So, alles klar." Er warf den Schlüssel John zu. Er fing ihn auf. „Siehst du da rechts neben dem Gebäude den silbernen 93er Chevy-Van? Der gehört nun erstmal euch."

„Sieht gut aus. Ist er vollgetankt?", fragte John.

„Vollgetankt und frisch staubgesaugt.", antwortete Phil grinsend und startete die Maschine und rollte langsam auf den Chevy zu.

„Was bekommst du von mir?", fragte John, griff in die Arzttasche und zog seine Geldbörse heraus.

„150 Dollar pro Tag. Aber ihr wollt sicherlich woanders hin als nach Boise, oder?", meinte Phil und parkte neben dem Mietwagen.

„Nein, wenn dein Freund uns weiterhelfen kann, dann geben wir den Wagen an einer U-Haul-Station ab. Sonst schicke ich dir das Geld für die Tage, die wir brauchen."

„Das ist ein Deal.", sagte Phil, nahm die Geldscheine entgegen, die John ihm reichte. „Das ist zu viel.", meinte er und wollte schon den Rest zurückgeben.

„Vergiss es.", antwortete John. „Gib mir nur die Adresse von deinem Kumpel, und wir sind quitt. Dann mach, dass du nach Hause kommst."

„Wenn du meinst." Phil schrieb auf einem Block die Adresse auf. „Ich rufe vorher an und sag ihm, dass alles in Ordnung ist. Sonst meint er noch, ihr wolltet ihn berauben, wenn er euch sieht. Aber der schaut sowieso kein Fernsehen."

„Ich danke dir für alles. Ich mach es wieder gut, versprochen.", sagte John und reichte ihm die Hand.

„Jetzt hört schon auf. Verschwindet lieber, bevor ich es mir anders überlege." Er lächelte mir zu.

„Danke, Phil.", meinte ich noch. John öffnete die Tür, und wir stiegen aus. Hier draußen war es mittlerweile fürchterlich heiß. Wir stiegen in unseren neuen Wagen ein. Phil war schon verschwunden. John saß am Steuer und ließ den Motor anspringen. Ich legte die Rückbank um und legte mich auf die gemütlichen Polster.

„Alles klar da hinten?", fragte John und fuhr auf die Fahrbahn.

„Alles klar. Pass auf und weck mich, wenn…", manchmal schlafe ich doch schneller ein.

Dunkelheit umgab mich. Langsam öffnete ich die Augen. Es war immer noch dunkel, aber ich erkannte und fühlte, wo ich war. Vorsichtig richtete ich mich auf. Ein schwerer, großer Baumstamm war der einzige Halt, den ich hatte. Zurück in der Twilight-Zone, dachte ich und hielt mich an einem herausstehenden Ast fest. Langsam trieb der

Baum den Fluss hinunter. Ich konnte mich sogar erinnern, wie ich ins Wasser gefallen bin.

Als die Klippe unter mir nachgab, sprang ich nach vorne und landete in den Fluten. Als ich wieder auftauchte, kämpfte ich wohl eine halbe Stunde um nicht wieder in die Tiefe gerissen zu werden. Als mich meine Kräfte schon langsam verließen und es mir bis dahin nicht gelungen war, das Ufer zu erreichen – ich war schon froh, dass es mir erspart geblieben war, diese breiige Brühe aus meinen Lungen herauszuhalten – wollte ich schon aufgeben.

Als mich etwas mit voller Wucht an der Schulter traf. Ich wurde zur Seite gedrückt und hatte schon die Befürchtung, nach unten gezogen zu werden. Die Wucht des Aufschlags ließ mich jedoch um die eigene Achse drehen. Ein schwerer Baumstamm glitt an mir vorbei. Und noch ehe ich nachdenken konnte, verfing ich mich auch schon in den Ästen, wie ein Fisch im Netz. Instinktiv versuchte ich mich an den Ästen festzuhalten und ließ mich mittreiben.

So konnte ich neue Kräfte sammeln und zog mich auf den Baumstamm. Ich war überrascht, dass sich mein Floß so gut in den Fluten verhielt. Ja, und irgendwann bin ich wohl vor Erschöpfung eingeschlafen.

Der Sternenhimmel über mir war klar und hell. Es war kein Mond zu sehen. Auch das Donnern und Dröhnen hatte nachgelassen. Also machte ich es mir bequem und wartete, was da kommen mag. Am Horizont ging der Mond auf und erleuchtete die Landschaft.

Ich erwachte am späten Nachmittag. John fuhr vom Highway ab und bog in eine kleine Stadt ein, die scheinbar vom Highway lebte. Die unterschiedlichsten Tankstellenketten rangen hier um die Kunden. Die Reklamesäulen schienen sich gegenseitig ein Rennen gegen den Himmel zu liefern. Er holperte über den Gehweg und lenkte den Van an eine Tanksäule.

„John?", ich war von hinten nach vorne geklettert.

„Oh, endlich, du bist wach." Er gab mir einen Kuss. „Gut geschlafen?"

„Ja, danke. Aber ist es nicht gefährlich, hier auszusteigen und zu tanken? Wir sind doch auf allen Kanälen zu sehen.", gab ich zu bedenken.

„Mach dir keine Sorgen…", er drehte die Scheibe runter. „Siehst du den Jungen mit dem Fahrrad? Der wird das für uns erledigen. Ich war auf der Suche nach jemandem, deshalb bin ich so lange an den Tankstellen vorbeigefahren. Geh nach hinten, sonst sieht er dich noch." Er gab mir mit einem Nicken zu verstehen, dass er die Angelegenheit schon regeln wird. „Hey! Kannst du mal bitte herkommen?", John winkte den dunkelhaarigen Jungen herbei. Er sah zu ihm rüber, setzte sich auf sein Fahrrad und fuhr langsam an den Van. „Willst du dir was verdienen? Ich kann nicht aussteigen. Kannst du für mich tanken?"

„Klar, Sir.", antwortete er mit einer Stimme, die gerade am Brechen war.

„Das ist nett von dir.", reichte ihm die Schlüssel durch das Fenster. „Weißt du, ich hatte einen Unfall." Er deutete auf seine Nase. „Und kann auch noch schlecht laufen." Der Junge schaute ihn skeptisch an, nahm die Schlüssel und wiegte sie in der Hand.

„Was bekomme ich denn dafür?", meinte er und grinste John an, während er die Schlüssel in einer Hand hochwarf.

„Du willst also verhandeln? Nun gut. Wie wäre es denn mit fünf Dollar?"

„Fünf jetzt und fünf später, Sir.", sagte er und versuchte, seine Stimme zu senken.

„Du bist ja ziemlich teuer.", sagte John und lächelte ebenfalls.

„Umsonst ist der Tod, Sir.", er grinste nun noch breiter.

„Also gut.", John nahm seine Geldbörse heraus und gab ihm fünf Dollar. „Volltanken, bleifrei, bitte."

„Ist doch ganz einfach, Sir.", sprach der Junge, steckte sich das Geld ein, hüpfte vom Fahrrad und ging zur Tanksäule. „Mächtig großen Van haben Sie. Wo wollen Sie denn hin?", fragte er und steckte den Zapfhahn in die Öffnung.

„Du stellst aber Fragen.", antwortete John und lehnte sich aus dem Fenster und schaute ihm zu.

„Ist das ein Geheimnis?", antwortete er.

„Hey, willst du um fünf Dollar wetten? Wenn du erraten kannst, wo ich hinfahre, verdopple ich. Wenn nicht, verlierst du.", stichelte John weiter.

„Mister, ich bin doch nicht blöd. Ist mir sowieso egal, wo Sie hinwollen.", die Zapfsäule gab ein Klicken von sich. „So, der Tank ist voll. 23,95, äh, 25 Dollar."

„Also gut, hier sind 25 Dollar. Wenn du mir die Quittung bringst, bekommst du den Rest.", sagte John und reichte das Geld aus dem Fenster.

„Sind Sie sich sicher, dass ich damit nicht verschwinde?", fragte der Junge, und sein Grinsen wurde größer. John startete die Maschine.

„Ich bin es, denn ich bin auf jeden Fall schneller als du.", John wies auf den Zaun, der die kleine Tankstelle umgab. „Ich überfahre dich einfach.", Johns Stimme klang ernst. Der Junge schluckte, so mutig war er scheinbar doch nicht.

Ich sah von hinten, wie er John für einen Moment mit seinen großen, klaren Augen tief in die Augen zu blicken schien.

„Bis sofort wieder da.", antwortete der Junge, und die Stimme war wieder hoch. Langsam ging er zur Kasse rüber.

„Was ist denn das für einer?", fragte ich. John drehte sich um.

„Ich glaube, das war eine typische Männerangelegenheit. Wer ist hier der Stärkere, oder so. Und ich glaube, ich habe gewonnen. Na jedenfalls muss ich zahlen.", antwortete er.

Der Junge in seinen weiten Hosen sprang aus dem mit Junk-Food vollgestopften Gebäude und kam an Johns Fenster.

„Hier ist die Quittung.", er reichte ihm den Schein.

„Danke.", meinte John und wollte schon Gas geben.

„Moment mal, Sir, meine fünf Dollar.", seine Stimme piepste nun.

„Oh, ja, ganz vergessen.", John grinste ihn an und reichte ihm das Geld. „Danke nochmals.", meinte John, gab Gas und brauste davon. Ich blickte noch aus dem Fenster und sah, wie der Junge das Geld nachzählte, sich auf das Fahrrad schwang und mit einem Freudensprung davonfuhr.

„Die Jugend von heute.", meinte John und ließ die Scheibe hochfahren.

„Ich möchte dich mal in dem Alter gesehen haben. Du warst bestimmt süß.", sagte ich, setzte mich neben ihn und grinste ihn an.

„Was soll denn das nun schon wieder bedeuten?"

„Ach, nichts.", meinte ich.

Wir waren wieder zurück auf dem Highway. Wir diskutierten über die Möglichkeiten, die wir nun alle verloren hatten: gesicherte Krankenversicherung, Rentenversicherung, Lebensversicherung, Kapitalversicherung usw. Diese ganzen für viele anderen so „wichtigen" Dinge des Lebens waren für uns nun in weiter Ferne gerückt. Sollte das für uns eine Lehre sein? Wir sahen es ja selbst an uns. Nicht jeder kommt in so eine verrückte Situation, aber wie schnell hat man doch sein Eigentum verloren. Und wie sehr ist man doch genau darauf eingestellt.

John beklagte sich, dass er sein geliebtes Cabriolet, in das er so viel Zeit und Geld gesteckt hatte, nun für immer aufgeben musste. Ich dachte an all die Kleider, den Schmuck, die Wohnungseinrichtung, all die Dinge, für die wir sehr hart gearbeitet hatten. Wofür dies alles? Nur für eine verrückte Idee, die wir hatten. Eigentlich doch nur, um einmal im Leben das große Geld zu verdienen. Dem großen Traum nachzujagen.

Doch bei uns schien die ganze Sache nach hinten losgegangen zu sein. Wir stellten fest, dass es wohl kein Privateigentum an Land mehr gab und dass unser Land in einer miserablen Lage war. Und wir waren zum Feind der Heimat geworden. Und wo sollten wir hin? Unsere ganze Hoffnung lag nun auf Phils Freund in Boise.

20.

Wir fuhren über eine weitere Staatsgrenze nach Idaho hinein. Idaho war der einzige Staat der USA, der niemals von einer anderen Nationalität besetzt oder unabhängig war. Hier schien die Welt noch stillzustehen. Es waren ja erst 190 Jahre her, seit Lewis und Clark als erste Weiße 1805 dieses Gebiet erforschten. Heute ist Idaho für seine Kartoffeln berühmt. Hier gibt es kaum Industrie. Landwirtschaft prägt das Bild, und im Norden erstrecken sich die dichten Wälder bis an die kanadische Grenze. Hier scheint die Natur noch in Ordnung. Doch so, wie mir Bekannte erzählt haben, trügt dieses Bild. Da alle glauben, dass hier die Luft sauber und der Boden noch gesund ist, stellen trotz allem nur wenige die Frage, warum gerade hier die Krebsrate unter der Bevölkerung besonders hoch ist. Durch die niedrige Einwohnerzahl pro Quadratmeile und die einfache Bildung der Farmer hat sich hier ein besonders gutes Klima geschaffen, um ohne Widerstand der Bevölkerung Mülldeponien anzusiedeln. Hier in dieser Farm- und Waldlandschaft liegt wohl mehr Atom- und Chemiemüll vergraben als sonst wo in den USA. Die Leute wissen sich nur nicht zu wehren, dachte ich mir, als wir eine Schulfreundin in Coeur d'Alene, mitten in den Wäldern an einem See gelegen, besuchten. Sie wusste davon und hatte in dem Landesvermessungsbüro, in dem sie arbeitete, geeignete Gebiete für Auffüllarbeiten ausgesucht. Wenn ich so richtig darüber nachdenke, waren wir öfter in Geschichten verwickelt, die eigentlich zu einem Aufrütteln der Bevölkerung hätten führen können, wenn wir uns wirklich dafür eingesetzt hätten. Jedenfalls wissen wir, dass wir auf der richtigen Spur waren. Wenn ich zurückblicke, hatten wir überhaupt keine Ahnung, in was für ein Wespennest wir da gestoßen waren.

Wir wechselten die Fahrerplätze, denn John war zu müde und legte sich hinten auf die Rückbank und streckte sich aus. Stunde um Stunde vergingen. Die Landschaft wechselte von hügelig bis zum flachen Farmland, das vertrocknet von der Sonne in einem merkwürdigen Ocker leuchtete. Mittlerweile strahlten schon die Radiostationen unsere Suchmeldung aus. Wenn ich es nicht besser wüsste, würde ich als Unbeteiligter die Situation genauso auffassen, wie sie von „denen" bekannt gegeben wurde.

Man hatte nun alle Highways und Hauptstraßen, die von Colorado nach Utah und in die angrenzenden Staaten führen, gesperrt und Kontrollen eingerichtet. Hätten wir Salt Lake City auch nur eine Stunde später verlassen, wären wir sicherlich schon festgenommen worden. John berichtete mir, dass er, während ich schlief, am „Haus" von Stewart vorbeigefahren war und nur einen von Planierraupen niedergewalzten Platz vorfand. Man hatte hier ganze Arbeit geleistet, um alle Spuren zu verwischen. Uns war nun klar, dass Stewart tot oder verschwunden war.

Boise war gerade noch zwanzig Meilen entfernt. Ich weckte John, indem ich die Musik aufdrehte. Er kam nach vorne und setzte sich verschlafen auf den Beifahrersitz.

„Schau mal bitte im Handschuhfach nach, wo hier die nächste U-Haul-Station ist. Meinst du, wir könnten... wie heißt Phils Freund eigentlich?", fragte John.

„Tom Harris", antwortete ich und nahm das Servicebuch aus dem Handschuhfach.

„Meinst du, wir könnten ihn anrufen, dass er uns von dort abholt?", wiederholte ich meine Frage.

„Klar. Wir können es auf jeden Fall versuchen", meinte John. „Die zweite Ausfahrt vom Highway 84 ab. Dann rechts, nach zwei Blocks links und dann die dritte Straße wieder links", las John aus dem Handbuch vor und schaute zurück auf die Straße.

„Wie spät ist es eigentlich?"

„Schon zehn Uhr. Ich hoffe, das ist nicht zu spät, um Tom Harris anzurufen", überlegte ich.

„Ja, du hast recht. Lass uns im Auto schlafen und morgen in seiner Firma vorbeischauen", sagte John und rieb sich die Augen.

„Ja, gut. Lass uns morgen früh kurz vorher anrufen, dass er Bescheid weiß. Phil hat ihm sicherlich eine Nachricht zukommen lassen", sagte ich noch und setzte den Blinker, um die Ausfahrt in die Stadtmitte zu nehmen.

So kamen wir in Boise an. Diese Stadt hat noch etwas Besonderes aufzuweisen. Hier gibt es eine Straße, die sich Warm Spring Avenue nennt, in der man gut erhaltene und herausgeputzte Häuser aus der Gründerzeit bewundern kann. Das ist nichts Besonderes, jedoch werden diese Häuser von warmen Quellen, die diese Vulkanlandschaft zu bieten hat, beheizt. Und das nicht erst seit neuerer Zeit, nein, sondern seit fast 100 Jahren. Hier haben sich also Menschen angesiedelt, die sich schon vor der Ölkrise und der Umweltverschmutzung Gedanken um Energiequellen gemacht haben. Die Straßen hier waren sauber und ordentlich. Es gab so gut wie keinen Verkehr. Boise ist eine Stadt der Familien und Einkaufszentren. Hier gibt es noch keine berechenbare Kriminalitätsrate.

„Das wird sich auf kurz oder lang ändern", sagte John und wies auf die vielen Zuwanderer aus Kalifornien hin. Die, aus den Ballungsräumen von den noch günstigen Bodenpreisen angezogen und des Smogs und der Gefahren müde, von Los Angeles bis San Diego hier eine neue Heimat suchten. Die Preise für alle Dinge des Lebens stiegen seit zwei Jahren fast auf das Doppelte, und die Stadt wuchs.

Da Kalifornien sehr viel Trinkwasser benötigt, beschloss man Mitte der 80er Jahre, große Pipelines zu bauen, um Wasser aus Idaho tausende von Meilen quer durch die USA an die Küste zu bringen, um dessen durstigen Schwamm zu versorgen. Da Idaho eine geringe Einwohnerzahl hat und deshalb in Washington, D.C., nur wenige Stimmen hatte, um einen solchen Beschluss zu verhindern, begann man mit der Planung. Die Kosten waren schließlich zu hoch, und der Trend in der Bevölkerung, von Kalifornien wegzuziehen, gab den letzten Anstoß, dieses Projekt auf Eis zu legen. Also waren auch die Kartoffelfarmer wieder glücklich. Bis zu dem Punkt, wo alle Kalifornier hierherzogen und die Preise verdarben.

In der hügeligen Landschaft rund um Boise gibt es noch eine Besonderheit. Wenn man über diese braunen, im Sommer von der Hitze grauen Hügel schaut, erfasst das Auge einen einsamen, saftig grünen Hügel mit einem großen Haus, thronend wie ein Adlerhorst, und einem riesigen Fahnenmast mit einer amerikanischen Fahne. Hier lebt wohl der reichste Kartoffelfarmer der Welt. Dieser Mann brachte es fertig, in all den Jahren aus Idaho den „famous Potato State" zu kreieren. Wobei wohl mehr Zuckerrüben als Kartoffeln hier angebaut werden.

Es gibt noch eine lustige Anekdote über diesen Mann und sein Haus zu berichten. Da hier stetig eine Brise weht, bewegt sich seine überdimensionale US-Flagge. Ein schöner Anblick für viele, nicht jedoch für seine Nachbarn, die um den Hügel in der Villengegend herum wohnen. Durch das Schlagen im Wind verursacht das Freiheitssymbol Tag und Nacht so einen Lärm, dass seine Nachbarn dagegen vor Gericht zogen. Schließlich bat der Richter den reichen, aber nicht dummen Bauern, die Fahne wenigstens nachts einzuholen. Denn niemand kann etwas gegen die eigene Nationalflagge sagen. Also müssen die Nachbarn den freien, stolzen Lärm nur tagsüber ertragen. Die Gerichtskosten wurden aufgeteilt, und so endete dieser Akt. Wir leben schließlich in einem freien Land. Nur wer kann sich schon so einen Fahnenmast leisten?

Ich lenkte den Van in den Stadtpark, der nahe an einem Fluss, der die Stadt durchfloss, gelegen war. Wir stiegen aus und setzten uns auf eine Bank und genossen die Kühle der Nacht.

21.

Ohne zu träumen, erwachte ich in Johns Armen. Graues, fahles Licht fiel durch die Vorhänge des Vans. Ich sah auf die Quarzuhr, die über dem Cockpit blinkte. Es war halb acht. Langsam befreite ich mich aus der Umklammerung. Mein Magen schmerzte vor Hunger. Ich griff zur Arzttasche und nahm die letzte Dose Cola und einen Apfel heraus. John bewegte sich, seine Arme tasteten das Klappbett ab.

„Michel…? Wo…", er richtete sich auf. „Ach da. Guten Morgen", sagte er verschlafen.

„Guten Morgen. Willst du auch?", hielt ich ihm die Dose hin.

„Danke", sagte er und trank den Rest in einem Zug. Ich nahm den Apfel in die Hand und setzte mich auf den Fahrersitz. Heute war also der große Tag. Der Tag der Entscheidungen, so fühlte ich. Der Motor sprang an, und ich lenkte den Van vom Parkplatz auf die Straße. Dort war der morgendliche Berufsverkehr, der meine volle Konzentration verlangte.

„Wo fährst du hin?", fragte John und setzte sich neben mich.

„Ich suche ein Telefon, um Tom anzurufen", sagte ich mit vollem Mund.

„Gute Idee. Ich hoffe, dass er in Ordnung ist", meinte John und schnallte sich an.

„Das hoffe ich auch. Er ist unsere einzige Hoffnung", sagte ich überzeugt.

Die Morgensonne schien, und wenn ich es nicht besser gewusst hätte, hätte ich gedacht, ich würde Urlaub machen. Einfach in einem Wohnmobil durch das Land ziehen und in den Tag hineinleben. Das war wieder dieser Gedanke. Man sollte aufpassen, was man sich wünscht. Ich veränderte mich. Zuerst dachte ich, dass es mit dieser Situation zusammenhing, doch irgendwie wurde mir langsam klar, dass wir hier nicht nur an einem Scheideweg im Leben angekommen waren, da sich unsere äußeren Umstände änderten. Nein, mir wurde auch bewusst, dass sich tief in mir, in meinen Gefühlen und in meinem Denken eine große Veränderung zu entwickeln begann.

Ich blickte zu John herüber. Er saß locker, mit ausgestreckten Beinen, immer noch als Cowboy gekleidet, im Beifahrersitz und schaute aus dem Fenster. Ob er genauso dachte? Aber es war schon immer schwierig gewesen, ihn dazu zu bringen, seine innersten Gefühle preiszugeben. Vielleicht war er dazu noch nicht bereit, und ich wollte ihn so früh am Morgen nicht mit meinen Gefühlen konfrontieren.

„Ich habe ein gutes Gefühl, wenn ich an Tom Harris denke", antwortete John, als ob er meine Gedanken gelesen hätte.

„Ich glaube, das wird noch ein lustiger Tag. Was meinst du?"

„Ja, genau, alles, was du willst", sagte ich zu ihm und war froh, dass wir uns nach all dem so gut verstanden. Da war eine Telefonzelle. Ich parkte den Van so, dass niemand sehen konnte, wer in dem Häuschen telefonierte.

„Hast du Kleingeld?", fragte ich John. Er nickte, öffnete die Tür und sprang aus dem Wagen.

Es waren wohl die längsten drei Minuten meines Lebens, und mir fiel ein ganzer Berg vom Herzen, als John strahlend wie ein Baby in den Van stieg.

„Touchdown! Uhuhu!!!", rief John und zeigte das Victory-Zeichen. „Gib Gas." Er drehte das Radio auf und begann, auf dem Sitz hin und her zu hüpfen und sang das Lied mit. Ich wollte ihn wirklich nicht unterbrechen. Er gab mir auch keine Gelegenheit, denn er lotste mich mit Handzeichen durch die Stadt. Erst als wir im Industriegebiet vor dem Tor eines riesigen Schrottplatzes standen, drehte er die Musik leise und kam zur Ruhe.

„Da sind wir. Hupe genau fünfmal." Mit einem Nicken gab er mir zu verstehen, dass ich es tun sollte. Die Hupe war laut, und keine zehn Sekunden später öffnete sich das große Tor wie von Geisterhand. Langsam fuhr ich hinein.

„Nach rechts", wies John auf eine große Schrottpresse. „Dann müsste irgendwann ein Haus kommen." Durch den Rückspiegel sah ich, wie sich das Tor wieder schloss. Wir fuhren an Bergen von Autoreifen, verrosteten Stahlträgern und zu Wänden aufgetürmten, halbierten Autos vorbei, die in allen Farben schimmerten und mit traurigen Augen von glücklicheren Zeiten zu erzählen schienen.

Unser Van wurde von mehreren kläffenden Hunden verfolgt, und ich musste aufpassen, dass ich keinen von ihnen überfuhr, denn Angst schienen sie vor uns nicht zu haben. John fasste mich an der Schulter und bat mich, nach vorne zu blicken. Vor uns, zwischen all dem Unrat, dem ölverschmierten Boden und der nach altem Eisen stinkenden Luft, stand ein so schönes, zweistöckiges, weiß gestrichenes Haus, umgeben von einer grünen, halbhohen Hecke. Ich parkte direkt neben dem weiß gestrichenen Tor.

„Komm mit", rief John und sprang schon aus dem Van. In diesem Haus müssen wohl nette Menschen wohnen, dachte ich mir, als wir Hand in Hand durch die Hecke in den Vorgarten traten, der mit bunten Blumen und einem kleinen Springbrunnen geschmückt war. Der Rasen schien frisch gemäht, und hier duftete es nach Rosen, die an der Eingangstür an einem Gitter nach oben wuchsen.

Harris stand an der Tür. Da es keine Klingel gab, klopfte John an. Die Tür öffnete sich. Im ersten Moment schreckte ich zurück, doch als ich das Lächeln im Gesicht dieses über zwei Meter großen Mannes mit wilden Haaren und einem langen Bart, der ihm bis auf die behaarte Brust reichte, sah, wusste ich, dass wir in Sicherheit waren.

„Kommt herein, fühlt euch wie zu Hause", sagte er. Er griff nach vorne, und seine großen Hände zogen uns an Johns Schulter hinein in eine Küche, in der es nach frischem Kaffee duftete.

„Danke", sagte ich und schloss die Tür hinter mir.

„Setzt euch", wies er auf einen gedeckten Frühstückstisch. „So, da seid ihr ja endlich. Ihr habt bestimmt Hunger. Kaffee?", fragte er. John blickte mich mit einem breiten Grinsen an.

„Oh ja, bitte", sagte ich erfreut und bemerkte die liebevolle Atmosphäre, die dieses Haus ausstrahlte. Tom kam mit einer Kanne dampfenden Kaffees zum Tisch, setzte sich und schenkte uns ein.

„Hier ist Toast, Ham and Eggs, Erdnussbutter, Brownies, Rolls, Milch, Obst, und wenn ihr Flakes haben wollt oder etwas anderes, lasst es mich wissen", sagte Tom und setzte sich zu uns an den Tisch. „Dankt nicht mir. Dankt meiner Frau. Die hat mich schon frühzeitig aus dem Bett geworfen, um aufzuräumen, weil wir ja Gäste erwarteten. Sie fährt gerade unseren Jüngsten zur Schule", lächelte er mich an.

„Ich muss mich wirklich entschuldigen, dass wir dich damit hineinziehen, aber Phil hat gesagt, wenn man sich auf jemanden verlassen kann, dann auf dich", begann John zu erzählen.

„Ach, glaub dem ja kein Wort", lachte Tom. „Er gab mir nur einen alten Army-Code durch, und ich wusste, dass ein Freund von Phil in

Schwierigkeiten ist. Ich habe nur eine Frage: Habt ihr irgendwelche Papiere wie Ausweise oder Kreditkarten bei euch?", fragte Tom.

„Nein, warum?", antwortete John erstaunt.

„Nun, weil die markiert sind und man euch leicht finden kann, via Satellitensystem. Ich hatte schon Phil gefragt, aber dem ist ja nicht so. Dann seid ihr bei mir sicher wie in Abrahams Schoß."

„Was sagst du da? Die haben die Ausweise markiert?", sprach John mit vollem Mund und machte große Augen dabei.

„Ja, seitdem die neue Generation von Mikrochips auf dem Markt ist. Diese Chips sind hauchdünn und senden, wenn eine bestimmte Frequenz den Mechanismus trifft. Ganz einfach gesagt: Dann sendet dieser Chip deine Daten zurück, wie ein Spiegel", nickte Tom uns zu. „Eigentlich eine alte Technik. Die Computerchips, die heute in Geräte eingesetzt werden, sind nur Abfallprodukte von ganz anderen Systemen, die für den normal Sterblichen nicht zugänglich sind."

„Das heißt also, dass jeder Bürger überall gefunden werden kann, wenn der Staat das für nötig hält", wandte John ein.

Tom schenkte uns Kaffee nach. „Ja, das ist richtig. Nur gibt es halt verschiedene Systeme. Das hängt ganz davon ab, wie alt dein Ausweis oder Führerschein ist. Natürlich benötigen die ein ungefähres Suchgebiet, und der Gesuchte sollte sich nicht an einem Ort aufhalten, zu dem die Frequenzen keinen Zugang haben. Die neueren speichern sogar Informationen über deinen Umgang. Das heißt, wo du dich normalerweise aufhältst und sogar mit wem. Das hängt natürlich wiederum davon ab, dass man immer seine Papiere bei sich hat."

„Das ist jedoch Gesetz, denn ohne Führerschein darf man gar nicht fahren", sagte ich und lächelte Tom an. „Die haben uns ganz schön unter Kontrolle."

„Mehr als uns lieb ist. Ich bin für ‚die‘ immer unterwegs. Mein Führerschein liegt im Truck meines Bruders, und der ist irgendwo in den USA. Aber macht euch mal keine Sorgen und relaxt erst einmal."

„Wir haben eigentlich nur eine Sache zu erledigen", meinte John und wechselte das Thema. „Der Van, der draußen steht, muss an einer U-Haul-Station abgegeben werden."

„Macht euch mal keine Sorgen, das wird erledigt. Phil hat gemeint, dass der Wagen besser in Salt Lake abgegeben werden solle, aber das erledigen wir schon. Und jetzt entschuldigt mich, ich muss nur kurz rüber ins Büro und meinen Neffen wecken, der soll den Van von euch wegbringen. Geht das in Ordnung?", Tom war schon aufgestanden und stand vor unserem Tisch.

„Ja, prima, eine wirklich gute Idee. Wir haben nur eine Arzttasche hinter dem Fahrersitz, die brauchen wir noch", sagte John und wollte schon aufstehen.

„Nein, ist in Ordnung, ich hole sie schon. Macht euch frisch. Hinten rechts ist ein Badezimmer. Da liegen auch neue Sachen zum Anziehen für euch. Lenore hat sie ausgesucht, also gebt mir keine Schuld. Ich bin in etwa einer Stunde zurück. Fühlt euch einfach wohl und macht euch keine Gedanken", sagte er und ging zur Haustür. „Ach ja, sagt meiner Frau bitte, dass ich bald zurück bin. Sie wird schon auf dem Rückweg sein. Bis nachher", sagte er und war schon verschwunden.

„Na, was denkst du?", fragte mich John und fasste meine Hand.

„Besser kann es uns gar nicht gehen", sagte ich und legte meine andere Hand auf seine.

„Weißt du, was das Wichtigste ist?", John schüttelte den Kopf.

„Freunde, die in der Not für einen da sind", antwortete ich auf meine eigene Frage.

John nahm eine Dusche, und ich begann, den Frühstückstisch abzuräumen und das Geschirr in die Spülmaschine zu räumen, als sich die Haustür öffnete.

„Hallo, ihr seid sicher angekommen? Ich bin Lenore", stellte sie die Tüte ab und reichte mir die Hand. „Es freut mich, euch hier zu haben."

„Vielen Dank für den lieben Empfang", sagte ich und blickte in ihre großen grünen Augen. „Es ist gut zu wissen, dass man willkommen ist."

„Das ist wohl das Geringste, was wir tun können. Wir haben euch schon in der Nacht erwartet. Aber so ist es auch gut", sagte Lenore und setzte sich an den Tisch. Sie nahm eine Zigarette aus ihrer Tasche und zündete sie an.

„Oh, John, mein Mann, ist im Badezimmer, und Tom ist unseren Van am Abgeben oder ist zu seinem Neffen. Jedenfalls meinte er, er wäre in einer Stunde zurück", sagte ich und setzte mich ebenfalls zu ihr an den Tisch. Sie bot mir eine Zigarette an, die ich dankend ablehnte.

„Alles klar, und er hat euch genug zum Essen gegeben?", fragte sie und lächelte.

„Ja, danke. So etwas haben wir gar nicht erwartet", sagte ich und war froh, endlich mal wieder mich mit einer Frau zu unterhalten.

„Ich bin ja mal gespannt, was ihr zu erzählen habt. Was da im Radio über euch gesagt wird, ist ja erschreckend", zog sie an der Zigarette und blies Ringe in die Luft.

„Meine ganze Welt ist zusammengebrochen", sagte ich und war froh, endlich mit jemandem locker reden zu können. „Alles Lüge, die sind zu allem fähig."

Wir saßen uns nur einen Moment schweigend gegenüber, und ich wollte schon alles von der Seele sprechen. Lenore unterbrach mich und meinte nur, dass ich mich doch erst mal frisch machen sollte. Sie führte mich nach oben in den ersten Stock. Dort war ein weiteres Badezimmer direkt neben dem Schlafzimmer. Lenore bat mich, ruhig etwas aus dem Kleiderschrank zu nehmen, und ließ mich einfach stehen.

Sie hatte wirklich recht. Als ich mein Spiegelbild sah, wurde mir einiges klar. All der Ärger, der Stress und die Angst waren mir ins Gesicht geschrieben. Da stand ich also in einem sauberen, weißen Badezimmer.

Ich ließ Wasser in die Wanne laufen und zog mich aus. Millionenfach platzten die Schaumblasen, und dieses leise Knistern ließ mich zur Ruhe kommen. Der Duft des Bademittels beruhigte mich. Mein Körper nahm sich endlich eine Pause. Alle Muskeln lockerten sich. Ich schloss die Augen. Ich weiß nicht, ob ich eingeschlafen war, doch das Wasser kam mir kühl vor. Ich wusch mir die Haare und stellte zum ersten Mal fest, dass ich einen ganz anderen Typ mit schwarzen Haaren darstellte. Ich fand sogar Make-up und Haarstylingmittel. Als ob aller Ärger und die letzte Zeit von mir abgewaschen waren, stieg ich mit einer neuen Hose und einem grünen T-Shirt die Treppe herunter.

Rechts hörte ich Johns Stimme aus einem Raum kommen. Das Wohnzimmer war groß und modern, spärlich eingerichtet. Ich dachte mir nur, wenn man den ganzen Tag zwischen all dem Schrott herumläuft und arbeitet, will man sicherlich in seinem Zuhause von nicht allzu vielen Dingen umgeben sein.

Tom und Lenore saßen zusammen auf einer Couch, blickten kurz auf und lächelten mir zu. John war rasiert und sah um Jahre jünger aus. Seine Nase hatte einen frischen Verband. Er war so tief in seine Erzählungen vertieft, dass er mir nur einen kurzen Blick zuwarf und ohne Unterbrechung fortfuhr. Ich setzte mich neben ihn, und er legte seinen Arm um mich.

„…das hat natürlich zur Folge, dass alles im Umkreis von 20 Meilen um eine Stromleitung Eigentum bzw. Pachtgegenstand dieser Gesellschaft der Familie Du Pernes ist."

„Dann zahle ich also Steuern für ein Grundstück, das mir gar nicht gehört?", meinte Tom.

„Ja, genau. Und wenn der Vertrag ausgelaufen ist, dann kann der Staat, der nun das Besitzrecht hat, mit deinem Grundstück machen, was er will. Du hast nicht einmal das Recht, deinen Besitz mit einer Waffe oder mit Gewalt zu verteidigen", sprach John weiter.

„Das hört sich an", warf ich ein, „wie ein ‚gutes kommunistisches System'. Alles gehört dem Staat bzw. der Regierung. Die Regierung wiederum wird vom Volk getragen. Was völlig im amerikanischen Gedankengebäude absurd ist."

„Da seid ihr beide aber auf eine brisante Sache gestoßen. Kein Wunder, dass man euch verfolgt…", sprach Lenore und sah sehr besorgt aus.

„Meine Geschichte ist ähnlich verlaufen, nur dass ich nicht so viel Glück hatte", begann Tom zu erzählen. „Mitte der 60er Jahre trat ich in die US-Army ein. Ich war ein junger, sportbegeisterter Mann und wurde aufgrund meiner physischen und psychischen Kondition in eine Spezialeinheit aufgenommen. Ich absolvierte das wohl härteste Training, das ein Soldat hier in den USA erhalten kann. Ich wurde als Navy Seal, Ranger und in CIA-Methoden bzw. Guerillataktik ausgebildet. Die ersten Jahre verbrachte ich in Vietnam, eigentlich mehr hinter den Linien und im angrenzenden Kambodscha. Wir bildeten dort Einheimische aus, die für uns die Drecksarbeit verrichteten. Für den CIA bekämpften wir den dortigen Drogenmarkt, nur um ihn unter Kontrolle und für unsere eigenen Interessen zu nutzen. Und so weiter und so weiter. Jedenfalls verdiente ich mir jede Menge Orden und Aberkennungen. Ich war drei Monate ‚Missing in Action', das heißt, auf mich allein gestellt. Nur mit einem Messer ausgerüstet, schlug ich mich zurück zu unseren Linien – der einzige Überlebende eines Sonderkommandos.

Als ich wieder in die Zivilisation zurückkehrte, verbrachte ich einige Monate in Krankenhäusern. Meine Füße waren in die Sohlen meiner Stiefel gewachsen, und ich musste neu laufen lernen. So kam ich als hochdekorierter Soldat zurück in die Heimat. Da ich als zuverlässig galt, erhielt ich den wohl brisantesten Auftrag, den man sich nur vorstellen kann. Ich kam von einem Krieg und sollte nun den eigenen Krieg gegen das eigene Volk vorbereiten. Wir waren eine Truppe von Menschen, die so eingeschworen auf dieses Land waren, dass wir alles taten, um den Feind zu bekämpfen. Unsere Aufgabe war es nun, den Feind im eigenen Land ausfindig zu machen, die Festnahmen vorzubereiten und ‚umzuerziehen'. Einfacher gesagt: Wir bildeten Konzentrationslager für Regimegegner auf Militärgelände in den gesamten USA.

Diese militärische Operation trägt den Namen Roman Numeral Six 0 300th Military Prisoners of War Command (300. Militärkriegsgefangenenkommando) und wurde aufgrund der Genfer Konvention von 1949 gegründet. Diese Konvention ermöglicht einem Staat, noch bevor ein Konflikt innerhalb des Landes zwischen zwei rivalisierenden Parteien, Völkern, Kulturen oder Glaubensrichtungen ausbricht, Zivilisten auszusondern, um sie in Lagern unterzubringen und den Konflikt zu entschärfen. Die Genfer Konvention geht sogar so weit, dass sie einem Staat ermöglicht, Mitbürger, die auch nur einen möglichen inneren Konflikt planen, festzunehmen. Sie spaltet fremde Kriegsgefangene, eigene Kriegsgefangene und Zivilisten. Das lässt sich natürlich nicht mit der Verfassung vereinbaren und bedeutet, dass es keine freie Meinungsäußerung gibt. Also Fakt ist: Jedes Land, das der Genfer Konvention beigetreten ist, hat die Möglichkeit, alle Grundrechte aufzuheben, wenn es für nötig erscheint. Eigentlich nur ein kleiner Teil der sogenannten Neuen Weltordnung."

„Das heißt also, dass du in diese Planung verwickelt warst", unterbrach ihn John. Wir saßen beide erstaunt nebeneinander auf der Couch und konnten es kaum für möglich halten, was wir da hörten.

„Wie heißt die Organisation, die diese Operation leitet?", sprach John weiter, nachdem Tom ihm zugenickt hatte.

„Der Projektname REX 84 ist die interne Bezeichnung der Federal Emergency Management Agency für diese Lager", sagte Tom und zog die Augenbrauen hoch.

„Ich schnellte nach vorne und wäre fast aufgesprungen. Was hast du da gesagt?", bat ich Tom zu erwidern.

„Die Projektleitung hat die Federal Emergency Management Agency, auch FEMA genannt", wiederholte er.

Das war nun der Beweis. Zum ersten Mal hörten wir aus dem Mund eines „Fremden" den Namen, den ich auf den Uniformen der schwarzen Soldaten gesehen hatte.

„Das Symbol der FEMA ist eine goldene Pyramide mit einem Drachen darin, der ein glühendes rotes Auge hat", fragte ich Tom.

„Ja, woher weißt du das? Das ist das Symbol der Führungsebene, und ich habe nur davon gehört und es niemals gesehen. Woher hast du diese Informationen?", fragte Tom verblüfft. Er war sichtlich aufgeregt. Ich erzählte von der Nacht in der Nationalbibliothek in Washington, D.C., und dass John und ich fast sechs Stunden bewusstlos gewesen waren oder dass uns jemand an einen anderen Ort gebracht hatte, wo ich diese Außerirdischen und die FEMA-Leute gesehen hatte.

Ihn für Außerirdische zu begeistern, war wohl der falsche Weg, und er überging dies. Jedoch der Fakt, dass ich über intimste FEMA-Informationen verfügte, erstaunte ihn. Nun wussten wir, dass es kein Traum war oder eine Fantasie von mir.

„Ihr seid da auf eine ganz heiße Sache gestoßen, und ihr könnt froh sein, dass die euch noch nicht gefunden haben. Die kennen einige Methoden, um Leute wie euch für immer zum Schweigen zu bringen. Aber zurück zu den Lagern", meinte Tom und fuhr fort. „Das Projekt REX 84 ist in zwei Säulen aufgeteilt. Die erste ist die Erfassung. Wir richteten ein Daten- und Nachrichtensystem ein, in dem alle Bürger gespeichert sind, die sich in politischen Vereinigungen oder sonst wie mit einem Thema beschäftigen, was dem Staat gefährlich werden könnte.

Die zweite ist die Inhaftierung. Wir richteten auf Militärbasen, wie z. B. Fort Chaffee in Arkansas, Fort Drum in New York, Indian Gap in Pennsylvania und Camp A.P. Hill in Virginia, Lager ein, die jeweils bis zu 25.000 Zivilisten aufnehmen können. Andere, kleinere Lager, die nur bis zu 15.000 Zivilisten aufnehmen können, wurden in z. B. Oakland in Kalifornien, Eglin Air Force Base in Südflorida, Vandenberg AFB in Kalifornien, Fort Huachuca in Arizona und unter anderem das als Justizgefängnis bekannte Camp Krome nahe Miami in Florida eingerichtet.

Eine Vereinigung von FBI, CIA, den US Marshals, der Einwanderungsbehörden, dem Zoll und der Küstenwache ist es offiziell erlaubt, diese Lager als Auffanglager für Flüchtlinge oder Durchgangslager für illegale Einwanderer zu nutzen. Aber das ist nur die offizielle Version, denn bis zum heutigen Tag ist so ein Fall niemals eingetreten.

Der NSC (Nationaler Sicherheitsrat) beschloss schon Ende der 30er Jahre, solche Lager einzurichten. Man lernte schnell von den Österreichern, die in der damaligen Zeit begannen, Anhänger der Nationalsozialisten in Lager zu sperren, um dieses Denken aus dem eigenen Staat fernzuhalten. Die Geschichte lehrt uns etwas anderes. Im Übrigen sind diese Methoden recht normal in unserer Welt. Großbritannien nutzte Australien als ‚Gefängnisinsel'. Die Franzosen hatten ähnliche Projekte, sowie die Spanier usw. Ich möchte nur kurz darauf hinweisen, dass die Erschließung der USA am Anfang nicht nur durch Freiwillige geschehen ist. Und so lernten also die Deutschen dieses System kennen und bauten es später zu einer perfekt organisierten Industrie aus.

Die ersten Lager wurden hier gleich nach dem Angriff auf Pearl Harbor durch die Japaner eingerichtet. Hier wurden ausschließlich Zivilisten japanischer Herkunft durch die US-Regierung deportiert, um so etwaige Spione auszuschalten. Also eigentlich kein neuartiges System, doch Mitte 1984 gab Präsident Reagan den Auftrag, neue Lager und Transportmöglichkeiten bzw. schnelle Festnahmen im Sicherheitsnotfall zu planen. So wurden auch die ersten Züge entwickelt, die eine Firma in Oregon fertigstellt, um massenweise Menschen zu den Lagern zu transportieren. Nicht in Viehwagen, sondern in schallisolierten und mit Fuß- und Handschellen ausgestatteten Waggons, um so stets Zugriff auf eine bestimmte Person zu erhalten. Diese Züge sind so ausgerichtet, dass sie nicht nur zum Transport, sondern auch als rollendes Gefängnis nutzbar sind."

„Das hört sich wie ein Horrorszenario an. Und du hast das mitorganisiert?", fragte ich Tom.

„Ja, und es war eine Selbstverständlichkeit, da es ja um die nationale Sicherheit geht."

„Und wie kamst du dazu, einen Schrottplatz zu führen? Ich meine, mit diesen Informationen bist du doch ein gefragter Mann?", fragte John.

„Gute Frage. Was meinst du wohl, was die mit mir angestellt haben? Meinst du, die haben mich einfach gehen lassen? Nein, die haben mich, nachdem die grobe Arbeit getan war, in so ein Lager gesteckt. Mich und all die Leute, die an dem Projekt REX 84 beteiligt waren, mit Drogen und Suggestion umprogrammiert und im Land verteilt. Das heißt, mich haben sie hier nach Boise gebracht und mir diese Aufgabe gegeben. Was mit den anderen ist, weiß ich nicht. Jedoch vor zwei Jahren begannen meine Alpträume, und ich erinnerte mich an das

Leben, das ich vorher geführt hatte. Vielleicht geht es den anderen genauso. Nur weiß ich, dass, wenn ich den Lebenswandel, der mir jetzt zusteht, ändere, sie sehr schnell dahinterkommen werden, dass ich wieder ‚erwacht' bin. Und ihr könnt euch wohl denken, was die wieder mit mir anstellen werden. Das ist auch der Grund, warum ich euch helfe. Ich kann keine Veränderung durchführen, das könnt nur ihr."

„Du hast leicht reden. Nachdem, was du berichtetest, muss man ja noch vorsichtiger sein", sagte ich. Wir wechselten das Thema und begannen zu diskutieren, was wohl das Beste wäre, um von hier zu verschwinden.

22.

Die nächsten Tage brachten uns wieder in ein normales Leben zurück. Wir lebten wie eine große Familie zusammen in dem weißen, ordentlichen Haus inmitten eines riesigen Autofriedhofs. Wir lernten Chris kennen, Toms Neffen. Er war 26 Jahre alt und eigentlich immer noch ein nervöser Teenager. Er arbeitete im Büro und versuchte, den ganzen Betrieb aufrechtzuerhalten. Er war einer von denen, die sich besser im Büro zurechtfanden als mit Werkzeug auf einer Baustelle oder als Mechaniker. Er war ein genialer Organisator und fand sogar ein altes Wohnmobil auf dem Gelände, das noch einen passablen Eindruck machte.

So fanden wir uns, nachdem der Schrottplatz nach Feierabend geschlossen war und die Mitarbeiter nach Hause gegangen waren, jeden Abend in der Werkstatt ein, wo unser Dodge-Sportsman-Wohnmobil stand. Es war weiß mit einem orangenen Rallyestreifen an den Seiten. Das Dach hatte einige Löcher, und das eingedrungene Regenwasser richtete einen ziemlichen Schaden an. So mussten wir die Inneneinrichtung erneuern und anschließend das Dach abdichten.

Nachdem die grobe Arbeit außen und innen getan war, begannen John, Tom und Chris, den Motor auszubauen und auseinanderzunehmen, um ihn zu reparieren. Lenore und ich waren damit beschäftigt, die Möbel neu zu lackieren und das Badezimmer, das sich im hinteren Teil befand, zu säubern. Wir schafften es sogar, zum Erstaunen unserer Männer, die Wasserpumpe auszubauen und den Herren zu überreichen. Der Ofen funktionierte, die Herdplatten waren auch in Ordnung, und nachdem wir die Gasleitungen auf undichte Stellen abgesucht hatten, war ich auch sicher, dass wir nicht ersticken oder uns in die Luft jagen würden, wenn wir einen Kaffee kochen wollten.

Nachdem wir die Polster herausgerissen hatten – und das dauerte, da wir erst einmal den Mäusedreck wegwischen mussten –, fanden wir sogar neuen Schaumstoff in einer Ecke der Halle. Tagsüber verbrachten wir damit, Stoff für die Gardinen und die Polster zu schneidern. Wir rissen sogar den Teppichboden heraus und legten, nachdem der Boden getrocknet war, neuen hinein. Nachdem die Männer die Maschine wieder zusammengesetzt, die Bremsen, das Getriebe, die Aufhängung und den Auspuff repariert hatten, neu lackiert und mit schönen breiten Reifen ausgestattet, waren wir nun stolze Besitzer eines neuen Motorhomes.

Ein Haus mit einer 450 PS, 6,5-Liter-Maschine, stark und, wenn man will, für so ein Gefährt sehr schnell. Es war eine Woche her, seit wir hier angekommen waren. Wir veranstalteten eine Hausparty in der Werkstatt, nachdem alle Arbeit getan war. Wir standen um unser Heim herum und tranken Bier. Lenore brachte sogar eine Sektflasche aus der Stadt mit, und so tauften wir es unter dem Namen „Freedom" (Freiheit).

Wir saßen nun im Kerzenschein, jeder mit einer Dose in der Hand, in der Werkstatt. Das große Tor war offen, und die kühle Nachtluft wehte hinein. Mit leicht angetrunkenem Verstand beschlossen wir, wie es weitergehen sollte.

„Wisst ihr, das hat wirklich Spaß gemacht. Die letzte Woche war zwar mühsam, aber es hat sich gelohnt", sagte Chris und wies auf das

Wohnmobil, während er sich die langen braunen Haare aus dem Gesicht strich.

„Ja, für dich vielleicht. Ich habe dich die letzte Zeit nicht so viel arbeiten sehen. Ich wünschte, du wärst immer so begeistert", ärgerte ihn Tom.

Nachdem, was er und sie in letzter Zeit nachts nach der Arbeit am Wagen im Wohnzimmer noch alles erzählt hatten, waren unsere Befürchtungen, dass sich unser Land in eine Diktatur verwandeln würde, noch gewachsen. Tom erzählte, dass diese Konzentrationslager keine Vernichtungslager wie in Nazideutschland darstellten, sondern eher Umerziehungs- oder Verwahrungsanstalten waren. Er war sich nicht sicher, ob einige schon in Betrieb waren, doch man könnte davon ausgehen. Was sehr erschreckend war: Als man mit den Vorbereitungen zum Bau der Lager begann, zeigte sich die chemische Industrie sehr interessiert. Wenn man sich vorstellt, dass viele Menschen auf einem kleinen, beschränkten Raum eingesperrt sind und die Öffentlichkeit keine Notiz davon nehmen kann, dann öffnet sich ein weites Feld von Möglichkeiten, verschiedene Experimente mit den Insassen durchzuführen.

Er berichtete von Versuchen, bei denen reguläre Häftlinge in Staatsgefängnissen ihre Haftzeit verkürzen konnten, wenn sie sich als Probanden zur Verfügung stellten. Dasselbe sollte zwangsweise auch in den Lagern durchgeführt werden. Eine seiner letzten Aufgaben war es, den Kontakt mit Firmen herzustellen, die biologische Kampfstoffe herstellten, um diesen ein Versuchsfeld bereitzustellen.

Aber so schrecklich das alles auch war, wir wussten, dass wir jetzt keine Möglichkeit hatten, gegen diesen Machtapparat anzukämpfen. Wir waren auf der einen Seite froh, Informationen aus erster Hand zu erhalten. Auf der anderen Seite gab mir das doch recht zu denken, und ich vermisste immer mehr mein altes Leben. Es kam mir vor, als ob ich von der Kindheit wieder die Pubertät durchwanderte, zum Erwachsenen heranreifte. Besser gesagt, zum Erwachenden, der die

Zusammenhänge begreifen lernt und versteht. Und in der Zukunft, das wurde mir bewusst, kam die Zeit des Handelns.

Doch das war noch weit weg. Wir mussten unser Leben planen, um zu überleben. John war von der Idee begeistert, dass Chris mit uns reisen wollte, um uns Sicherheit zu geben. Tom war nicht so begeistert, doch als Chris den Wunsch äußerte, seine Mutter in Alaska zu besuchen, und da Washington auf dem Weg lag, konnte er ihn nach langer Zeit und einigen Dosen Bier überreden. So wurde aus der Einweihungsfeier doch noch eine kleine Abschiedsfeier. John begann sogar zu singen, und das war immer das Zeichen, dass er zu viel getrunken hatte.

Am nächsten Morgen wachte ich mit schwerem Kopf neben John im Wohnmobil auf. Es war schon später Vormittag, und ich war froh, dass Tom das Werkstattstor geschlossen hatte, denn die Temperaturen waren immer noch sehr hoch. Ich realisierte, dass wir mittlerweile schon August hatten und dass wir vor dem Winter einen Platz finden sollten. Unsere Planung war nun so: In der kommenden Nacht wollten wir mit Chris losfahren. Meine Aufgabe war es, noch eine Liste aufzustellen, was wir alles auf dem Weg benötigten. Wir hatten einen 240-Liter-Tank mit Wasser und einen Kühlschrank, der uns leer entgegensah. Für drei Personen war genügend Platz. Chris beschloss schon frühzeitig, über dem Fahrerraum zu schlafen und uns das große aufklappbare Bett zu überlassen.

Wir hatten im mittleren Teil, wo mal ein Schrank gestanden hatte, eine Kiste gebaut, in der John und ich im Notfall Zuflucht suchen konnten, wenn man uns kontrollierte. Sogar eine Klappe war eingebaut, sodass wir unerkannt das Wohnmobil nach unten verlassen konnten. John wurde wach, sein Gesicht war zerknautscht und angeschwollen, und er sah aus, als ob er einen solchen Alkoholkonsum nicht mehr vertrug. Ich fand sogar Kaffee, den Lenore scheinbar hier vergessen hatte.

So saßen wir das erste Mal seit langem in unseren eigenen vier Wänden, tranken Kaffee und wurden wach. Wir mussten abwarten, bis Toms Mitarbeiter in die Mittagspause gingen, und so hatten wir genügend Zeit, unsere Liste durchzugehen. John blickte auf verschiedene Autokarten, um wohl die beste Route herauszufinden – wo wir übernachten könnten und wo dieses Yelm in Washington lag. Ich war etwas skeptisch und mir nicht so sicher, ob es eine gute Idee war, in eine Kommune mit den unterschiedlichsten Menschen zu leben. Doch John war überzeugt, dass Charles die einzige wirkliche Chance für uns war, unterzutauchen.

Phil schrieb uns sogar einen Brief und entschuldigte sich, dass er sich nicht schon früher gemeldet hatte. Doch er war viel zu sehr mit seinem Leben beschäftigt, dass er es nicht einmal wagte, etwas Auffälliges zu tun. Die Polizei war nicht bei ihm gewesen, aber das könnte ja noch geschehen, deshalb wollte er sich so normal wie immer verhalten, um „denen" keine Möglichkeit zu geben, in sein Leben einzudringen, wenn er beobachtet wurde. Er wünschte uns viel Glück und war gespannt, uns wiederzusehen.

Als wir im kühlen Haus saßen, um das letzte gemeinsame Mittagessen einzunehmen, wurde ich sehr traurig und musste meine Tränen zurückhalten, denn so eine liebenswerte Umgebung hatte ich noch nie erfahren. Ich vermisste jetzt schon den kleinen Aaron, der seinen Eltern Tom und Lenore jetzt schon das Leben schwer machte. Ich kann mich noch gut an den Blick erinnern, den John mir zuwarf, als ich beide fußballspielend im Garten beobachtete. John war sehr glücklich, und in seinen Augen las ich den Wunsch, eigene Kinder zu haben. Doch das sollte noch längere Zeit in Anspruch nehmen.

Es dämmerte schon, als wir die letzten Sachen in unser Wohnmobil verstauten.

„Ihr habt einen vollen Tank, und damit werdet ihr sicher nach Oregon kommen", sagte Tom, der gerade dabei war, die Maschine zu starten.

„Ihr wisst gar nicht, wie dankbar wir für eure Hilfe sind. Irgendwann werden wir das wiedergutmachen", sagte ich und versuchte, das Motorengeräusch zu übertönen. Lenore stand neben mir, und ich drehte mich zu ihr um. Wir umarmten uns. Ich hatte lange keine richtige Freundin gehabt und war so unendlich froh, dass ich die letzte Zeit jemanden zum Reden hatte. Diese Woche Ruhepause von dem ganzen Stress, dem wir ausgesetzt waren, half mir, wieder mich selbst zu finden. In Lenore hatte ich einen Menschen gefunden, den ich ganz fest in mein Herz geschlossen hatte. Der Abschied tat weh, doch ich war auch froh, wieder unterwegs zu sein. Das Leben im Wohnmobil war eine neue Herausforderung, und ich spürte, dass da noch einige Erlebnisse auf uns zukommen würden.

Chris packte seinen Rucksack vom Boden auf und hievte ihn durch die hintere Tür in die „Freiheit".

„Wenn wir in Washington sind, schreibt eine Karte und passt auf euch auf. Viel Spaß noch", sagte Tom und umarmte mich. John verabschiedete sich und kletterte ins Wohnmobil. Abschied nehmen ist keine einfache Sache. Langsam holperten wir über den Vorplatz. Chris hupte, und wir winkten den beiden Rettern, bis sie hinter einer Wand aus Schrott aus unserem Blick verschwanden. Das große Tor öffnete sich, und wir fuhren auf die breite Straße hinaus.

„Wie fühlt ihr euch?", fragte Chris und blickte durch den Rückspiegel. Wir hatten uns in der Sitzecke bequem gemacht.

„Prima, was will man mehr? Neues Fahrzeug und einen Chauffeur dazu – und das halbe FBI und wer weiß wen noch alles im Nacken. Besser kann es einem doch gar nicht gehen", sagte John gut gelaunt und kitzelte mich.

„Hey, pass auf, was du tust", meinte ich, und der anschließende Kampf endete auf dem Boden. Ich saß auf John und drohte ihm, auf die Nase zu hauen, als Chris uns aufforderte aufzuhören.

„Wo wollt ihr eigentlich hin? Ich meine, welche Richtung soll es gehen?", fragte Chris. Ich ließ John frei, er kletterte nach vorne auf den Beifahrersitz.

„Danke für die Hilfe", sagte John außer Atem und nahm sich die Straßenkarte. „Zuerst auf den Highway Richtung Baker City. Und dann habe ich mir gedacht, fahren wir den Columbia River herunter bis nach Portland."

„Hört sich wie ein Plan an", meinte Chris.

„Unterwegs haben wir genügend Gelegenheit, Sehenswürdigkeiten zu sehen", sagte John, der in Urlaubsstimmung zu sein schien. „Was denkst du? Du kennst dich ja hier aus. Was würdest du dir gern ansehen?", fragte John Chris.

„Ghost Towns", antwortete er, ohne von der Fahrbahn aufzublicken.

„Ghost Towns?", jetzt hatte es auch mich gepackt. „Wo sind denn die?"

„Eigentlich nicht auf unserer Route. Wir müssten hoch in den Norden in die Wälder fahren, da finden wir noch einige", antwortete Chris.

„Wo genau?", fragte John und hatte nun eine Taschenlampe in der Hand und eine Landkarte von Idaho auf den Knien.

„Hoch im Norden bei Deadwood", antwortete Chris.

„Ach ja, hier. Oh, das ist aber ein gewaltiger Umweg", gab John zu bedenken und sah zu mir nach hinten.

„Habt ihr nun Zeit oder nicht?", fragte Chris.

„Zeit haben wir genug. Let's go, das hört sich gut an", entschied ich. Damit war auch John überzeugt. Und wieder änderten wir unsere Pläne und bogen an der nächsten Highwayausfahrt Richtung Norden ab.

Wir waren hier im Farmland, und Kühe hatten hier auf den Straßen Vorfahrt. Ein altes Gesetz besagt, wenn man eine Kuh anfährt, muss man für den Schaden aufkommen. Diese hochgezüchteten, lebenden Hamburger waren recht teuer. Wenn man mal Bilder gesehen hat von Autos, die in einen Unfall mit so einem bis zu 800 kg schweren Tier verwickelt waren, dann weiß man oder kann sich wenigstens denken, was für einen Einschlag bei etwa achtzig Stundenkilometern zu spüren ist. Deshalb fuhr Chris langsam, denn in der Dunkelheit waren diese Tiere schlecht auszumachen.

Da es schon spät war, stoppten wir in einer kleinen Stadt namens Emmet. Wir fuhren durch die Hauptstraße. Hier waren noch keine blinkenden Reklamesäulen, und um diese Zeit war auch niemand mehr auf der Straße.

„Ich glaube es kaum, seht mal, da ist ein alter Drive-In. Ob die wohl hier noch in Rollschuhen das Essen servieren?", sagte Chris aufgeregt.

„Fahr mal an so eine Sprechsäule, und lass es uns ausprobieren", meinte John. Unser Wohnmobil konnte nicht unter dem Vordach des Roe Ann parken. Also mussten wir an die Seite fahren. Chris musste unsere Bestellung zu Fuß aufgeben.

Hier war die Zeit scheinbar stehen geblieben. Die Jugend traf sich hier mit ihren hochglanzpolierten Autos. Die jungen Männer hatten ihre College-Jacken an. Ein Husky war wohl das Symbol ihrer Footballmannschaft. Die Mädchen hatten zwar keine Petticoats an, waren jedoch nach ihrem Benehmen immer noch „brav" vom Lande. Wir hatten lange genug Zeit, uns das Treiben anzusehen. So fanden wir schnell heraus, dass es hier drei verschiedene Gruppen gab. Einmal die vom College, die kurze Haare und Sportwagen hatten und scheinbar mehr auf Blond standen. Und da waren die Cowboys, die mit ihren Pick-ups, die nicht weniger schnell waren, und großen Hüten. Die sich über das Zureiten von Bullen unterhielten und das ganze Getue des Kinderspiels Football lächerlich machten. Schließlich die letzte Gruppe: die Freaks oder Punks, wie man sie auch nannte. Normalerweise bestellten sie hier nichts, das war uncool. Autos hatten sie scheinbar auch keine, oder wenn, dann hätten diese sowieso keine Chance gegen die hochfrisierten Fahrzeuge der anderen. Ja, hier wurde ein Streit zwischen den Gruppen noch friedlich mit einem

Rennen auf der Landstraße ausgetragen. Der eigentliche Feind war der Sheriff, denn jeder kannte ihn sowieso vom sonntäglichen Kirchgang.

Chris kam heil wieder zurück, denn er sah eher wie ein Freak aus und musste die Kommentare der Kleinstadtjugend ertragen. Die Milkshakes schmeckten fast wie hausgemacht, und die Pommes frites waren knusprig und richtig dick. Ich lehnte dankbar den eigentlich lecker riechenden Hamburger ab. John machte den Kommentar, dass ihm auffiel, dass ich wohl langsam zum Vegetarier mutierte. Da hatte er wohl recht. Seitdem ich realisierte, wie viel Land doch eine Kuh benötigt, um hier in der spärlichen Vegetation zu fressen, und wie viel Getreide verfüttert wird, um die Tiere schnell wachsen zu lassen, wurde jeder Bissen „Fleisch ist ein Stück Lebenskraft" (was an etwas offensichtlich wirklich Totem – lebend – sein soll, weiß, wer will) zum Gewissensbiss.

Um ein Kilogramm Rindfleisch „herzustellen", werden bis zu 26 kg gutes, kostbares Getreide zusätzlich verfüttert. Ohne die ganzen Aufputschmittel, Hormone, Impfungen und Kraftfutter dazu zu nehmen. Doch nach meinem Befinden sollte das jeder selbst entscheiden. Ich denke mir nur, dass ein Nachdenken über die eigene Ernährung einsetzen müsste. Vielleicht würden einige Krankheiten seltener, auf jeden Fall wäre dieser Verschwendung von Ressourcen ein Ende gesetzt. Ich hatte mal einen Bericht in einer dieser Zeitungen gelesen, die an den Kassen zur schnelleren Mitnahme ausliegen.

Dass nach groben Schätzungen 20 % der Gase, die die Ozonschicht vernichten, aus den Mägen der vielen Rinderherden stammen. Die furzen uns an, und wir bekommen Hautkrebs von der Sonne. Ich wollte den beiden jedoch den Appetit nicht verderben, also blieb ich still.

Nachdem wir dieses Mahl zu uns genommen hatten, fuhren wir wieder aus der Stadt heraus. Wir fanden schließlich einen kostenlosen, nur für Wohnmobile ausgeschilderten Parkplatz. Hier gab es sogar die Möglichkeit, seine Abwassertanks zu leeren und frisches Trinkwasser aufzunehmen. Wir stoppten, schalteten den Motor ab, und nach kurzer

Zeit war schon das friedliche Zirpen der Grillen zu hören. Chris kletterte in seine Schlafkoje. John reichte ihm noch ein Bier hinauf. Der Tag war lang und anstrengend gewesen, und so schlief auch ich schnell ein.

Als ich nach einem tiefen, traumlosen Schlaf erwachte, roch ich schon frisch gebrühten Kaffee. John stand in der Küche und war gerade dabei, einen Pancake-Teig so leise wie möglich anzurühren. Scheinbar hatte sich einiges geändert, denn das letzte Mal, wo er morgens das Frühstück zubereitete, war schon lange Zeit her.

Chris war nicht in seiner Koje. Ich stand auf, gab John einen Kuss in den Nacken und öffnete die beiden Schwenktüren, die aufgeklappt das Badezimmer bildeten. Nach einer heißen Dusche setzte ich mich an den Tisch. Chris war mittlerweile aufgetaucht. Er war zum nächsten Geschäft gejoggt, um frische Milch zu kaufen. Wie eine Familie frühstückten wir gemeinsam und planten den Tag.

„Also, Deadwood ist noch ungefähr 110 Meilen entfernt. Wenn wir uns beeilen, sind wir zur Mittagszeit dort", meinte John.

„Und was gibt es dort zu sehen?", fragte ich.

„Atmosphäre", sagte Chris geheimnisvoll.

So brachen wir schließlich auf. Wir ließen das trockene, hügelige, fast schon steppenähnliche Farmland hinter uns und fuhren in die kühlen Wälder hinein. Auf einigen Bergen war noch Schnee zu sehen. Traumhafte, endlose Waldlandschaften, kleine Städte – ich meine wirklich klein. Chris hielt zum Tanken an einem Haus, umringt von hohen Bäumen. Als er wieder in den Wagen stieg, sagte er nur beiläufig, dass das hier eine Stadt wäre. Das Haus beherbergte die Tankstelle, Poststation, Polizeiwache, Restaurant, Supermarkt, Bücherei und den Gemeindesaal, wo sich die Einwohner der Umgebung versammelten.

Hier war noch das wahre Amerika zu spüren. Weiter ging die Fahrt, bis schließlich Chris von der Straße in einen Waldweg bog. Unsere „Freiheit" holperte mit Getöse über diesen unwirklichen Weg. Die schier endlose Fahrt ging knapp zwei Stunden durch den Wald, bis wir an einer Lichtung anhielten.

„Hier?", fragte John. „Wo ist die Stadt?"

„So einfach ist das nicht. Das ist kein Disneyland, ihr müsst schon zu Fuß weiter. Ist nicht weit, vielleicht eine Viertelstunde. Kommt ihr?", Chris war schon ausgestiegen.

„Willst du nicht abschließen?", rief John ihm hinterher und kletterte mit mir Hand in Hand aus dem Wohnmobil.

„Hier ist sowieso niemand. Kommt endlich."

So schlenderten wir über diese Spätsommerwiese. Eine friedliche Landschaft mit duftenden Blumen und einem leisen Summen in der Luft. Hier und da war ein Vogel zu hören. Chris verschwand im Dickicht des Waldes. Als wir ihm folgten und es merklich kühler wurde, drang ein diffuses Licht durch die dichten Baumkronen. Schon im ersten Moment kam mir die Atmosphäre seltsam vor.

Chris wartete keine zwanzig Meter entfernt, an einem Baum gelehnt, auf uns.

„So, da sind wir", sprach er leise.

„Und wo ist die Stadt?", fragte John genervt.

„Wir stehen mitten drin. Seht mal da vorne", er zeigte nach rechts. Inmitten des fahlen Lichts erkannte ich einen großen Schatten. Langsam gewöhnten sich unsere Augen an die Dunkelheit. Er hatte recht. John nahm meine Hand und zog mich mit sich. Wir standen vor einem alten Holzhaus. Die Fenster waren noch ganz, nur das Glas sah fahl aus. Nun fielen mir auch die anderen Gebäude auf. Wir standen mitten in der Hauptstraße.

„Wow", meinte John und öffnete die Tür und blickte hinein. Es war ein alter Saloon. Wir traten ein. Die groben Holzbalken waren noch gut erhalten. Die Theke stand wie ein schwerer Klotz an der gegenüberliegenden Seite. Ein blinder Spiegel klotzte uns entgegen. Es standen sogar Gläser auf den Tischen, und eine Reihe von Flaschen mit unlesbaren Etiketten und braunem Inhalt standen da und warteten auf Kundschaft.

„Ich würde es nicht glauben, wenn ich es nicht mit eigenen Augen sehen würde. Es scheint so, als ob die Menschen gerade erst den Saloon verlassen haben", sagte John begeistert. Ich hatte ein seltsames Gefühl und sah mich genauer um.

„Wir haben das hier auf einem Jagdausflug entdeckt, vor fast zehn Jahren. Ich kann euch sagen, hier hat sich nichts verändert", Chris blickte im Raum herum. John wollte hinter den Tresen gehen und griff schon zu einer alten Flasche, als Chris ihn zurückrief.

„John, fass bitte nichts an! Eine Regel. Mein Vater sagte mir, dass man die Ruhe dieses Ortes nicht stören sollte. Hier ist etwas Seltsames geschehen. Ihr werdet verstehen, warum. Kommt mit."

Wir verließen den Saloon und standen wieder auf der Straße. Jetzt wurde mir bewusst, was mich so nervös machte: Es war still hier, kein Laut war zu hören, nicht einmal die Baumkronen bewegten sich. Durch das dichte Netz fiel wenig Regen und Licht auf den Boden, und so wurden alle Dinge hier vor Korrosion geschützt. Jedenfalls meinte John das.

In den Häusern standen Teller auf den Tischen und Töpfe auf den Herden. Es waren noch nicht einmal Spuren von Tieren zu sehen, die sonst in unbewohnten Häusern eindrangen. Das war wirklich eine Geisterstadt. Es sah so aus, als ob die Einwohner plötzlich von hier verschwunden waren. Sogar der alte Krämerladen war noch mit allen möglichen Utensilien ausgestattet, nur in den Gläsern und offenen Fässern, wo vorher Korn oder Süßigkeiten aufbewahrt wurden, stand eine schwarze Masse. Wir verbrachten fast drei Stunden hier. John war begeistert von all den Antiquitäten. Das hier war eine Goldgrube für jeden, der sich für Geschichte interessiert. Chris hatte jedoch recht: diesen Ort sollte man in Ruhe lassen.

Es gibt sogar ein Buch, so fanden wir später heraus, in dem einige dieser Geisterstädte verzeichnet sind. Nur dass die Touristen keinen großen Respekt an den Tag legen, und wenn jemand hier davon wüsste, wäre bald von dieser Stadt nichts mehr übrig. Als wir wieder auf die Lichtung traten und die blendende Sonne uns in die Realität zurückbrachte, hörte ich auch wieder das Singen der Vögel und das Summen der Insekten. Chris berichtete, dass es hier in der Gegend sehr viele Minen gab. Es wurde Gold, Silber und andere Metalle gefördert. Er erzählte sogar, dass einige der Ghosttowns wieder hergerichtet wurden, da man wieder Gold in den alten Stollen fand und nun wieder Wohnungen für Arbeiter benötigte.

Als wir im Wohnmobil wieder über den holprigen Weg zurück auf die Straße fuhren, beschlossen wir, den Tag an einer heißen Quelle enden zu lassen. Es gab einige hier in den Bergen. So fanden wir uns Stunden später wieder, durch den Wald laufend, auf der Suche nach der Quelle, bei Abenddämmerung, in einem nach Schwefel riechenden Loch im Boden. Es war angenehm, und die Haut fühlte sich weich und geschmeidig an. Naturverbunden, wie wir wieder wurden, lagen wir stumm im Wasser und blickten in den Sternenhimmel.

23.

Wir fühlten uns trotz der engen Verhältnisse im Wohnmobil sehr wohl. Chris hatte ein kleines Feuer entfacht. Wir kochten Kaffee auf die Art, wie die ersten Siedler, die durch diese Landschaft auf dem Weg nach Oregon waren. Sogar Pancakes zauberte er auf dem offenen Feuer. So saßen wir in den noch kühlen Morgenstunden um das Lagerfeuer herum und frühstückten.

Auf dem kleinen Campingplatz war sonst niemand. Die Urlaubszeit endete, und die Natur erholte sich wieder von dem normalerweise üblichen Ansturm von Familien, die hier sonst Erholung suchten. Nachdem wir das Feuer gelöscht hatten und auf der Straße unterwegs Richtung Westen waren, erzählte Chris die abenteuerliche Geschichte des berühmten Oregon Trails.

„Habt ihr euch je gefragt, warum vor über 150 Jahren ganze Familien ihr Hab und Gut verkauft haben, um es in Planwagen, Ochsen, Pferde, Getreide und Gewehre umzutauschen? Um dann mehr als 1500 Meilen vom äußersten Ende der Zivilisation im Westen quer durch unwirkliches, unwegsames und unbekanntes Gelände nach Oregon zu gelangen? Wisst ihr, wir sitzen hier gemütlich im Wohnmobil, fahren über einen gut ausgebauten Highway und können, wenn wir wollen, alle 40 Meilen tanken oder im Restaurant sitzen.

Warum haben die wohl diese beschwerliche Reise auf sich genommen? Die Indianer mochten diese Eindringlinge nicht, und es war eigentlich eine Reise auf Leben und Tod. Oregon war der große Traum. Hier war freies Land. Der Boden sehr fruchtbar, tiefe undurchdringliche Wälder und ein Klima, das nicht zu kalt war. Das Nordwest-Pazifik-Gebiet trägt viele Namen. Doch die beste Beschreibung ist wohl ‚Der immergrüne Spielplatz'.

Der starke Niederschlag, der das ganze Jahr nicht enden will, ist die majestätische Seele der Region. Als man erst die Rocky Mountains hinter sich hatte, war das Schlimmste überstanden. Doch habt ihr je von der Geschichte gehört, wo eine Gruppe von Siedlern in ihren Planwagen vom frühen Winter überrascht wurde und monatelang im Schnee stecken blieb? Abgesehen von den Temperaturen und den zur Neige gehenden Vorräten – all dies kann man irgendwie handhaben. Doch diese fast sechzig Personen lebten auf engstem Raum vier Monate zusammen. Irgendwann gab es einen ‚großen Knall', und die eigentlich friedlichen Farmer begannen, sich gegenseitig umzu-bringen.

Niemand überlebte. Zum Schluss aßen die Überlebenden die Toten. Sie wurden Kannibalen und töteten sich dann gegenseitig. Verrückte Geschichte, was?"

„Ja, habe schon mal davon gehört, dass es manchmal nur ein Wort braucht, um auszurasten, wenn Menschen auf engstem Raum eingesperrt sind. Fast schon wie im Gefängnis, die sind nicht gerade nett zueinander", sagte John.

„Aber ist es nicht erstaunlich, was die Siedler hier geschaffen haben? Dass dieser Traum von Freiheit langsam aber sicher vernichtet wird, ist nicht fair", meinte ich und ertappte mich dabei, dass ich immer wieder zu dem Thema zurückkehrte, was uns so viele Probleme geschaffen hat. Am Anfang war ich mir nicht sicher, ob wir unsere Nasen da hineinstecken sollten. Jetzt war ich es und wollte keinen Moment missen.

Wir fuhren wieder durch die weiten Steppenlandschaft. Wir erreichten La Grande und legten eine Pause zum Tanken ein. Ich bereitete ein Mittagessen aus Reis, Bohnen und Burritos. Es wurde schon dunkel, als wir endlich den Columbia River erreichten. An einem Parkplatz nahe am Ufer hielten wir an, um die Nacht zu verbringen. Der breite Strom zog träge dahin. Das Rauschen der Autos, die auf dem nahen Highway dahinrasten, störte die Ruhe. Ob die uns immer noch suchten oder schon aufgegeben hatten und auf einen groben Fehler von uns warteten? Ein schwerer Güterzug fuhr am gegenüberliegenden Ufer langsam vorbei.

Am nächsten Morgen stand ich schon früh auf. Beide waren noch fest am Schlafen. Die Luft war kühl, trotzdem beschloss ich, eine Runde zu schwimmen. Die Strömung am Ufer war nicht allzu stark, doch nach einigen Metern musste ich doch mehr Kraft einsetzen. Ich war völlig außer Übung, und meine Kondition war auch nicht die beste. Zurück am Ufer ruhte ich mich erst einmal aus. Das war gut, ich hoffte, dass wir bald in einen „normalen" Lebensrhythmus kommen. Dann hatte ich auch wieder Zeit, mehr zu trainieren. Ich zog mein T-Shirt wieder an. Es war immer noch kühl, nach ein paar Dehnübungen stieg ich ins Wohnmobil. Das heiße Wasser der Dusche tat gut, der ganze Lärm, den ich veranstaltete, weckte John und Chris auf.

„Wo hast du eigentlich die ganze Energie her?", fragte mich John beim Frühstück.

„Was ein Wunder, ich sollte euch beide mal allein lassen", antwortete Chris auf die Frage, und ich lachte.

Wir fuhren ohne Hast weiter. Das breite Tal, das der Columbia in die Landschaft geschnitten hat, lud zum Verweilen ein. Die größeren Städte, durch die wir fuhren, hatten alle einen Hafen und Industrie, denn dieser Fluss war für große Schiffe befahrbar. Es war schon Nachmittag, und mittlerweile war es heiß geworden, als wir in Hood River hielten.

Diese Stadt war das Mekka für Windsurfer. Durch die aufkommenden Fallwinde, die hier aus den umliegenden Bergen kamen, bot sich hier der jungen, flippigen Jugend eine Möglichkeit, ihren Sport auszuüben. Der Columbia war ziemlich breit an dieser Stelle, der Fluss war so weit man sehen konnte mit Segeln gespickt. Am Ufer hatten sich kleine Verleihfirmen für Surfbretter breitgemacht. Kleine Restaurants boten günstige Mahlzeiten an.

Ein kleiner Yachthafen bot Platz und Möglichkeit den Älteren und Reicheren, ihren Besitz darzustellen. In der Stadt selbst waren jede Menge Bars und Clubs, die allabendlich um die Gunst der Surfer wetteiferten. Ein großer Zeltplatz bot den Sportlern eine günstige Übernachtungsmöglichkeit. Zuerst dachten wir, hier wäre ein VW-Bustreffen, doch dann stellten wir fest, dass dieses Auto der feste Bestandteil und schon zur Ausrüstung eines Surfers gehörte.

Wir parkten unser Wohnmobil direkt an die Uferböschung und konnten den Ausblick genießen. Chris stieg aus und mischte sich unter die jungen Leute. War das jetzt die Zeit, um allein zu sein? John duschte sich gerade, und es wurde dunkel, als Chris zurückkam. Ganz aufgeregt erzählte er, dass es hier in der Nähe Höhlen gab, die man besuchen könnte. Keine mit Führung oder gar elektrischem Licht, sondern offene, für jeden zugänglich, der es wagt.

Also beschlossen wir, am nächsten Tag, bevor wir nach Portland aufbrachen, uns so eine Höhle mal anzusehen. Chris verschwand wieder und mischte sich unter das Volk in den Bars der kleinen Stadt. Das gab John und mir die Gelegenheit, allein zu sein und einige Dinge zu planen.

„So, gehen wir mal zum Finanziellen über", John legte das Geld aus der Arzttasche auf den Tisch. Wir hatten die Vorhänge zugezogen und die Türen verriegelt, sodass uns niemand stören konnte. „Nachdem wir unser neues ‚Haus' gekauft haben und bis hierher gekommen sind, verbleiben uns für die nächste Zeit zum Leben." John zählte die Geldscheine nach. „Genau 11.358 $."

„Das ist doch schon was. Damit kommen wir auf jeden Fall nach Yelm", meinte ich. Wir beschlossen, eine Buchführung einzurichten, und das wäre meine Aufgabe. Trotzdem wussten wir, dass wir auf längere Sicht gesehen auf irgendeine Weise Geld ‚machen' müssten, um in diesem System zu überleben.

Weiter beschlossen wir, von hier aus nach Portland zu fahren, um weiter an der Pazifikküste Richtung Seattle zu reisen.

Am nächsten Morgen erwachten wir. Chris war im Laufe der Nacht gekommen. John startete die Maschine. Von dem Lärm erwachte Chris, er war nicht so fit wie wir, trotzdem wollte er die Höhlen besichtigen, die am gegenüberliegenden Ufer in den Bergen versteckt in den Wäldern lagen.

Wir ließen die Stadt hinter uns und überquerten den Fluss über eine große Stahlbrücke und mussten sogar bezahlen. Wir hielten in einem kleinen Dorf, das sich Klein Bayern nannte. Es war ein wirklich ausschließlich auf reiche Touristen ausgelegter Ort. Die Häuser waren im Stil von Alpenhäusern gebaut, und sogar eine holländische

Windmühle versuchte verzweifelt, die so fremdartige europäische Kultur darzustellen. In einem kleinen Geschäft, das Kuckucksuhren, Trachten, Lederhosen und all den unnötigen Krimskrams verkaufte, den sich die Leute auf den Kaminsims stellen, fanden wir drei Taschenlampen und Batterien und zahlten dafür einen stolzen Preis. Wir verließen schnell diesen Ort, bevor sich John für so einen Hut mit Gamsbart entscheiden konnte.

Auf einem Zettel hatte Chris eine Wegbeschreibung. Nach eineinhalb Stunden erreichten wir den Parkplatz, wo wir halten sollten. Draußen war es schon sehr warm geworden. Wir stiegen aus und überquerten den Parkplatz, um durch einen schmalen Waldweg zum Eingang der Höhle zu gelangen. Es war eine Eishöhle, und ein gelbes Schild warnte jeden, die Höhle nur mit Helm, festem Schuhwerk und Bergsteigerausrüstung zu betreten. Darunter war in großen Lettern eine Telefonnummer geschrieben, mit einer nochmaligen Warnung, dass jeder Rettungseinsatz bezahlt werden müsste. John und Chris kletterten die Leiter, die in das schwarze Loch im Boden führte, hinunter. Ein kalter Luftzug wehte mir aus der Höhle entgegen. Als ich unten angekommen war, bemerkte ich die Stille. John und Chris waren einige Meter entfernt, und die Lichter der Taschenlampen tanzten in der Dunkelheit. Vorsichtig folgte ich den beiden. Im Licht der Lampe sah ich, dass der Boden und die Wände mit Eis bedeckt waren, und es funkelte wie Diamanten. Beide warteten auf mich. John flüsterte: „Na, wie gefällt dir das?"

„Solange die Decke nicht herunterkommt, ist alles in Ordnung", sagte ich laut, und das Echo hallte.

„Sieh hier vorne, da ist ein Eingang", Chris zeigte mit dem Lichtstrahl auf ein Loch in der Wand, das gerade mal groß genug war, um durchzukriechen.

„Der ist mir zu klein", meinte John.

„Ihr seid richtige Feiglinge", antwortete ich und ging in die Knie und zwängte mich in den Eingang.

„Hey, warte mal...", hörte ich noch Chris sagen. „...hier ist ein Schild... Nur mit richtiger Ausrüstung."

„Ist schon in Ordnung", meinte ich in die Dunkelheit. „Wartet ihr auf mich?"

„Klar", hörte ich John schon ganz dumpf sagen.

Ich rutschte auf dem Bauch durch die Röhre und dachte mir nur, warum ich das hier wohl auf mich nehme. Der Schacht machte einen Knick, und ich rutschte einen Meter nach unten und stieß mit dem Kopf gegen ein Hindernis. Ich leuchtete mit der Taschenlampe und stellte fest, dass es direkt steil nach oben weiterging. Wie eine Schlange zwängte ich mich weiter durch dieses U. Ich musste mich dabei auf den Rücken drehen, meinen Bauch noch mehr einziehen, und der Fels drückte trotzdem auf meine Oberschenkel.

Die Röhre endete, und ich leuchtete herum. Ich war in einer großen Halle angekommen. Im Licht der Lampe erkannte ich einige Öffnungen in den Wänden. Als ich in der Mitte des Raumes ankam und auf die wunderschönen Tropfsteingebilde, die von der Decke und vom Boden wuchsen, blickte, flackerte zum ersten Mal meine Taschenlampe. Ich schlug mit der Hand gegen die Lampe, und sie erlosch bei meinen Bemühungen, sie zu „reparieren". Dunkelheit umgab mich. Nicht die Art von Dunkelheit, die ich sonst gewohnt war, sondern ein schwarzes, undurchdringliches Etwas. Nicht einmal meine Hände konnte ich vor meinen Augen erahnen. Nun gut, dachte ich, und schlug weiter auf der Lampe herum.

„Nun komm schon. Mach. Mann, warum passiert mir eigentlich nur immer so etwas?" Nach einiger Zeit kam langsam Panik in mir auf. Ich merkte, wie mein Herz schneller schlug und meine Knie weich wurden. Vorsichtig ging ich Schritt für Schritt weiter. Nur nicht ausrutschen und von so einem Tropfsteingebilde aufgespießt werden. Die Dunkelheit drang in meine Gedanken, und ich musste sehr dagegen ankämpfen, mich nicht hinzusetzen und aufzugeben. Ich rief, ich schrie, doch John antwortete nicht, nur das tausendfache Widerhallen meiner Stimme drang zu mir.

Ich erreichte die Wand. Keiner hilft mir, dann muss ich mir selbst helfen. Denk nach, überlege, wo war der Ausgang? Langsam schritt ich die Wand ab. Eine Öffnung nach der anderen tat sich auf. Jede Möglichkeit könnte mich herausbringen oder tiefer in die Höhle führen. Ob Chris und John auf mich warteten? Warum kamen sie mir nicht hinterher? Nun suchte ich mit den Händen verzweifelt die Wand ab. Mein Kopf stieß nicht nur einmal gegen den Fels. Wirre Gedanken kamen mir beim Suchen nach dem richtigen Ausgang in den Kopf. Das hier war eine Sackgasse. Nachdem ich wieder aus dieser Röhre geklettert war, legte ich einige Steine vor den Eingang, um ihn zu markieren.

Nach zwölf weiteren Versuchen kam ich wieder am ersten markierten Gang an. Das hieß also, dass ich alle Möglichkeiten ausgenutzt hatte. Wo blieb eigentlich John mit dem Rettungskommando? Ach ja, die Ranger-Station war ja knapp drei Meilen die Straße hinunter. Ich setzte mich hin, um abzuwarten.

Diese schwarze Masse, die mich umgab, versuchte wieder in meine Gedanken zu dringen. Ich dachte sogar, einige Schatten bzw. Bewegungen in dieser Dunkelheit zu sehen. Wenn ich mir jetzt noch selbst einrede, dass ich hier nicht allein bin und dass irgendwelche Höhlenmonster mich beobachten, werde ich hier nicht mehr lebend herauskommen, entweder verrückt werden oder...

Diese Gedanken führte ich nicht mehr zu Ende, sondern stand auf. Ein Schlag durchzuckte mich. Ich war wieder mit dem Kopf an die niedrige Decke gestoßen. So schlimm kam mir dies jedoch nicht vor, sondern der Schmerz ließ mich nachdenken. Wer aufgibt, sich in der von ihm doch so schrecklich empfundenen Dunkelheit niederlässt und abwartet, dass ihm geholfen wird, ist so gut wie verloren.

Also begann ich wieder, die Gänge abzusuchen, besser als vorher, gründlicher und mit mehr Hoffnung und mit klarem Verstand. Ein Blinder findet sich zurecht, indem er seinen Tastsinn, Geruchssinn und das Gefühl für den Moment schärft. Ich tastete noch bevor ich in den Eingang eindrang, die Umgebung ab. So lernte ich mit neuen Augen zu sehen. Wenn der Gang zu lange war, kehrte ich wieder um und war froh, den nächsten Versuch zu wagen. Ich tastete wieder den Boden ab. In meiner Hand spürte ich eine Schnur oder Teil eines Seils. Wie ein Blitz durchzuckte mich der Gedanke, dass ich so ein Seil beim Hineinklettern gesehen hatte, und nun sah ich fast schon das Stück Hoffnung in meiner Hand. Der Wegweiser, den ich so lange gesucht hatte. Ich steckte es in die Tasche und rutschte in die Röhre. Nun fiel mir wieder ein, dass ich zuerst nach unten geklettert und dann direkt anschließend mich gedreht hatte und wieder nach oben gerutscht war, wie durch ein U. So fand ich auch meinen Rückweg wieder vor.

Ich rutschte kopfüber auf dem Rücken in den schmalen Gang. Ich hatte ein gutes Gefühl, als ich in der Senke mit dem Kopf gegen die Decke stieß. Das war der Weg. Nur mit aller Mühe zwängte ich meine Beine weiter. Der Schweiß rann mir von der Stirn. Wieder auf dem Bauch zog ich mich durch die Dunkelheit. Ich hatte das wohl strahlendste Lächeln, als ich wieder im Hauptgang stand. Wenn nur jemand hier gewesen wäre, um es zu sehen. John und Chris warteten nicht. Mir kam der verrückte Gedanke, dass ich vielleicht lange Zeit in der Höhle verbracht hatte und nun Jahre später wieder herausgeklettert war. Das schien mir doch zu unwahrscheinlich, und so stolperte ich langsam weiter. Immer noch ohne Licht. Erst jetzt bemerkte ich, wie kalt es hier in der Eishöhle war.

Dann sah ich Licht am Ende des Ganges. Erst grau, dann immer heller. Ich musste mich zurückhalten, um nicht loszurennen. Es blendete, und endlich stand ich in der großen Halle. Über mir die Öffnung nach oben. Ich hörte Vögel singen, sah die Baumwipfel und den blauen Himmel. Langsam kletterte ich die Leiter hinauf. Die Sonne blendete, und ich schloss die Augen mit der Gewissheit, dass ich, wenn ich sie öffnete, wieder sehen würde.

So legte ich mich auf den Rücken in die summende, zirpende Lichtung, spürte, wie die Sonne mich erwärmte, und war glücklich und neugeboren. Seit diesem Tag ist es mir bewusst, was es bedeutet: „Immer Öl in seiner Lampe" zu haben. Oder, in unserer Zeit übersetzt, immer frische Batterien in einer guten Lampe. Doch was dieses Erlebnis wirklich für mich bedeutete, zeigte sich erst viel später.

Chris und John saßen vor dem Wohnmobil und machten einen erstaunten Eindruck, als sie mich sahen. Erst jetzt realisierte ich, dass ich vollkommen mit einer Schlammschicht bedeckt war.

„Wo warst du?", fragte John.

„Auf dem Weg zum Mittelpunkt der Erde. Äh, habe mich dabei ein wenig verirrt." Ich klopfte den trockenen Schlamm von meiner Jeans.

„Aber ich habe wieder herausgefunden." John lachte, stand auf und nahm mich in die Arme. „Ich liebe dich", sagte er. Wir standen in der warmen Sonne. Ich schloss meine Augen und spürte seinen Herzschlag. Wie weit man doch voneinander getrennt sein kann. Chris erzählte, dass die Taschenlampen nicht funktioniert hatten und sie deshalb die Höhle frühzeitig verlassen hatten. Ich behielt meine Geschichte für mich. Nach einer Dusche fühlte ich mich ohnehin frischer. Auf dem Weg am Columbia River Richtung Portland, „The City of Roses", spürte ich dieses wunderbare Gefühl, am Leben und frei zu sein – stärker, als ich es jemals zuvor gefühlt hatte.

In Portland angekommen, erahnten wir sofort die Atmosphäre dieser alten Hafenstadt. Hier leben wohl die tolerantesten und offensten Menschen der Nordwestregion. Die Innenstadt bot für Nachtaktivisten jede Menge Livemusikclubs und kleine Restaurants. Hier konnte man an einem warmen Julitag morgens auf dem nahen Mount Hood Ski oder natürlich Snowboard fahren, abends am Strand in den Sonnenuntergang schwimmen und anschließend in einer kleinen

Hausbrauerei selbstgebrautes Bier trinken und dabei einer Jazzband zuhören.

Wir konnten jedoch nicht riskieren, einfach in der Öffentlichkeit herumzulaufen und vielleicht erkannt zu werden. Deshalb beschlossen wir, gegen das Gejammer von Chris, weiter Richtung Washington zu fahren. Wir überquerten den Columbia, um weiter Richtung Westen an der Küste nach West End zu reisen und dort am Meer die Nacht zu verbringen. Es wurde schon dunkel. Wir wechselten uns am Steuer ab, tankten, und wir merkten sofort, dass wir in einem neuen Staat waren, denn hier war wieder Selbstbedienung angesagt.

Ich kochte während der Fahrt, und wir waren wieder in diesem Drang, unser gestrecktes Ziel zu erreichen. Ich erwachte, als wir in West End ankamen.

Meine Uhr zeigte ein Uhr morgens. Die ersten Sonnenstrahlen weckten mich wieder. Ich war auf dem Beifahrersitz eingeschlafen. Mein Rücken schmerzte, John und Chris waren noch tief in ihren Träumen. Ich stieg aus. Unser Wohnmobil stand auf einem großen Parkplatz, der von einer hohen Mauer aus mächtigen Steinquadern umringt war. Möwen schrien laut, und die Luft roch nach Salz. Ein Grollen drang hinter dieser Mauer an mein Ohr. Ich kletterte über die Felsbrocken, und als ich den Kamm erreichte, sah ich den Pazifik. Es war schon sehr lange her, seitdem ich das letzte Mal das Meer gesehen hatte. An einem weiten Ausläufer der Mauer, der in den Ozean hineinragte, brachen sich die Wellen, und die Gischt spritzte hoch in die Luft. Kleine Fischerboote waren am Horizont zu erkennen. Eine frische Brise weckte mich. Mich überkam Kaffeedurst, und ich kletterte zurück die Mauer hinunter. John und Chris wurden von meinem Klappern in der Küche wach. Wir frühstückten, und Chris hatte die geniale Idee, für Dinner und Lunch zu sorgen, denn unser Kühlschrank war mittlerweile ziemlich leer.

Die darauffolgenden Wochen verbrachten wir mit Fischen. West End ist ein aufstrebender Touristenort. Mehrere Firmen werben um die ankommenden Besucher, um diese mit großen Booten hinaus aufs offene Meer zu bringen und dort nach Lachs zu angeln. Ein kleines Häuschen direkt am Steg gibt den meist angetrunkenen Männern die Möglichkeit, ihren Fang zu wiegen und ein Foto mit der Beute zu schießen, um den Daheimgebliebenen stolz zu zeigen, was für tolle Kerle sie doch waren. Der Stolz wurde jedoch von einem etwa zehnjährigen Jungen gebrochen, der einen 18 kg schweren Lachs aus dem Ozean zog und grinsend auf einem Foto die Besucher ansportte, den Rekord zu brechen.

Ein Drachenflugfestival am Strand zog am Wochenende Tausende Besucher in die kleine Stadt. Bunte Buden luden zum Kauf von Krimskrams oder Drachen ein. So ein Drachen kann einen schweren Mann, der ihn an einer Steuerstange festhält, schon durch den Sand ziehen. Es war erstaunlich, welche Flugmanöver diese Akrobaten der Lüfte ausführen konnten. Doch so richtig wollten wir uns nicht unter das Volk mischen. Wir mussten weiterhin vorsichtig sein und nicht allzu leichtsinnig. Es genügte nur ein Aufruf, und wir fanden uns in einer Zelle wieder. Chris hatte einen Fangkorb und Hühnerfleisch gekauft, um auf Krebsjagd zu gehen.

So standen wir frühmorgens oder am späten Nachmittag weit draußen auf dem langen Holzsteg und warfen den Korb an einer Leine ins Meer.

Wenn dieser Korb auf den Meeresboden landet, öffnet er sich und verbreitet durch das Hühnerfleisch einen unwiderstehlichen Duft. Die Krebse wandern in den Korb, und mit ein bisschen Glück zieht man einige aus dem Wasser.

Natürlich sind diese manchmal großen Tiere nicht so einverstanden, einfach eingefangen zu werden. Wir warfen alle weiblichen Krabben und die kleineren wieder zurück. Heute würde ich sicherlich nur noch im Notfall diese Tiere fangen und essen.

Im Wohnmobil gibt es dann nur noch zwei Möglichkeiten, diese Tiere zuzubereiten: Das Innere säubern oder sie lebend ins kochende Wasser werfen, wo sie, so Chris, an einem sofort eintretenden Schock sterben.

Die zweite Version schien mir sanfter zu sein. Um unseren Speiseplan noch reichhaltiger zu gestalten, sammelten wir in der Umgebung Brombeeren, die hier zu dieser Jahreszeit überall wie Unkraut wuchsen. Ich kann mich erinnern, dass ich in Salt Lake City für eine Schale frischer Brombeeren vier Dollar gezahlt hatte. Hier wuchsen diese Früchte, und sehr wenige pflückten oder sammelten das freie Gut.

Wir lebten wie die Könige: frischer Lachs und Krebsfleisch mit Brombeerkompott. Ich kochte Marmelade, backte Kuchen, und langsam füllte sich unser Vorrat wieder auf. Chris ließ den Lachs in der Stadt räuchern. Wir waren schon etwas stolz, dass wir es tatsächlich fertigbrachten, nur von selbstgefangenen oder gesammelten Lebensmitteln zu leben. John setzte sogar einige Flaschen Brombeerlikör an. Die beiden konnten es kaum abwarten, bis sie endlich den gärenden Saft trinken konnten. Aber das ließ noch einige Monate auf sich warten. So brachten wir, auf der berühmten Küstenstraße 101 folgend, eine atemberaubende Landschaft hinter uns. Nachdem wir die letzte größere Stadt, Aberdeen, hinter uns gelassen hatten und die traurige Atmosphäre dieser dunklen, tristen, sterbenden Hafenstadt vergessen hatten, erlebten wir die kleinen Fischerdörfer, die sich hier am Meer angesiedelt hatten.

Wir tauchten in die Wälder des Olympic National Parks ein. Hier standen die gigantischen Mammutbäume, die uns majestätisch zeigten, wie klein wir doch eigentlich sind. Die Wunden, die der Mensch in dieser Landschaft durch das Abholzen ganzer Regionen hinterlassen hatte, stimmten mich sehr traurig. Dichte Wälder, die plötzlich aufrissen und von einer Mondlandschaft mit kahlen Bergrücken, riesigen Hügeln aufgetürmter Baumwurzeln, neben denen die Stahlkolosse der Waldarbeiter standen, abgelöst wurden. Wir verbrachten eine Nacht direkt auf einem Sandstrand. Das Meer rauschte, und der Wind rüttelte an unserem Wohnmobil. Am Morgen, als wir erwachten und aus dem Fenster blickten, fanden wir uns mitten im Meer wieder.

Die Flut hatte über Nacht eingesetzt und so unser Haus bis fast zu den Türen unter Wasser gesetzt. John startete die Maschine und fuhr langsam aus dem Wasser ans nahe Ufer. Wir konnten von Glück sagen, dass unser Wohnmobil nicht in den weichen Sand eingesunken war. An diesem Tag erreichten wir den nördlichsten Regenwald der Welt im Olympic Nationalpark. Es war noch früh am Morgen, Touristen fanden sich noch nicht hier ein. Das gab uns die Möglichkeit, einen Lehrpfad, der nahe eines Parkplatzes angelegt war, zu besuchen. Dieser Wald war so feucht, dass es ständig unter dem Blätterdach zu regnen schien. Frische Luft und ein tiefes Grün umhüllten uns. Riesige Farne wuchsen dem von den Bäumen herunterhängenden Moos entgegen. Ein Märchenwald, undurchdringlich und geheimnisvoll. Diese Landschaft war der richtige Ort, um mit dem Zelt die fast 600 Meilen langen Wanderwege zu erkunden und Energie in dieser fast unberührten Natur zu sammeln. Wir reisten weiter an der Küste entlang und erreichten die nördlichste Spitze der USA, Alaska nicht eingerechnet. Es war ein Indianerreservat. Wir hatten sogleich die Möglichkeit, unsere Fluchtbox zu testen. Eine Polizeisperre war kurz vor der Einfahrt ins Reservat eingerichtet. Zusammengekauert lagen wir beide in der Kiste und hörten nur ganz dumpf das Gespräch zwischen Chris und dem Polizisten. Nachdem er die Fahrzeugpapiere und den Führerschein begutachtet hatte, fragte er noch, ob Chris Alkohol mit sich führe. Er verneinte, und der Beamte, der der örtlichen Indianerpolizei angehörte, sagte nur noch, dass Alkohol im Reservat verboten wäre, und ließ uns weiterfahren. John und ich kletterten aus der Box.

Es war schon früher Nachmittag, und wir beschlossen, in einem kleinen Restaurant unser Mittagessen einzunehmen. In dem kleinen

Raum waren nur wenige Tische. Niemand zeigte uns einen Platz, wo wir uns hinsetzen sollten, wie sonst üblich. Keine Neonreklame und kein Fernseher waren zu sehen. An den Wänden hingen Bilder und Kunstgegenstände des hier ansässigen Stammes. Eine in traditioneller Kleidung gekleidete ältere Dame sprach uns in einem ungewöhnlich klingenden Akzent an, um die Bestellung aufzunehmen. Wir bestellten eine Portion Catwurzeln, Pilze, Elchfleisch und natürlich frischen Lachs. Zum Dessert reichte man uns jeweils eine Portion Brombeeren. Das einzige Unindianische war ein großer Ball Vanilleeis, über dem die heißen Beeren gegossen wurden. Man ließ uns nicht gehen, bevor wir nicht von einem kleinen Mädchen, das auch traditionell gekleidet war, handgemachten Schmuck gekauft hatten. John wählte sich einen silbernen Ring aus, Chris eine Kette aus Muscheln, und ich einen Ohrring. Nun durften wir zahlen. Das Meer war stürmisch, und die kleinen Fischerboote tanzten auf den Wellen. Regen hatte eingesetzt, und so flüchteten wir schnell ins Wohnmobil. Weiter ging unsere Reise Richtung Port Townsend. Es war schon dunkel, als wir in dieser vom viktorianischen Stil geprägten Stadt ankamen. Wir parkten direkt am Meer an den Landungsbrücken der Fähren nach Kanada.

Wir beschlossen, am nächsten Tag mit der Fähre nach San Juan Island überzusetzen. Chris wollte unbedingt einen Orca-Wal sehen. Diese schönen schwarz-weißen Meeressäugetiere waren so etwas wie das heimliche Nationalsymbol dieser Region. Den Ureinwohnern war dieses Tier heilig, und man kann überall die Zeichnungen dieses Tieres auf T-Shirts oder gerahmt kaufen. Diese Inselgruppe, die wir am nächsten Tag besuchten, war wohl der Traum vieler Segler oder Kajakfahrer. Inmitten dieser Meerenge lagen diese grünen Punkte, umgeben von kaltem Wasser, in dem es nur so von Leben wimmelte.

Ich verliebte mich in diese Landschaft, wo es immer frisch und grün war. Im Gegensatz zu Salt Lake City, wo ein Boot schon ein besonderes Statussymbol ist, hatte scheinbar jeder hier ein Gefährt, um von Insel zu Insel zu fahren.

Voller Interesse besuchten wir den Ort, an dem ein Krieg zwischen den englischen und amerikanischen Truppen im 19. Jahrhundert ausgebrochen war. Kein richtiger Krieg, aber schon eine Konfrontation, die durch die „Ermordung" eines englischen Hausschweins durch einen amerikanischen Soldaten verursacht wurde.

Diese beiden Armeecamps wurden von örtlichen Gruppen renoviert und aufrechterhalten. Leider sahen wir keine Orcas oder Wale, und so verließen wir mit der Fähre diese Inselgruppe und beschlossen, auf jeden Fall wiederzukommen. Die Menschen in dieser Region sind von einer Gelassenheit geprägt, die man sogar in der großen Metropole Seattle spüren kann. Hier in der Boeing- und Bill-Gates-Microsoft-Stadt gibt es mehr zu sehen, als man sich vorstellen kann. Die aufstrebenden Basketball-, Baseball- und Footballmannschaften verbreiten den Ruhm dieser Region in der ganzen Nation.

Die Musik ist von der Melancholie der kurzen Sommer und der langen verregneten Winter geprägt. Die Sonne scheint selten, wenn sie scheint und die Luft ist klar, dann kann man „den Berg" sehen. Jeder nennt den majestätischen Mount Rainier nur in dieser Kurzform, und es klingt ein wenig Ehrfurcht heraus. Nur 60 Tage im Jahr ist „er" zu sehen. Die Stadt ist wohl die modernste Großstadt der USA. Modern in dem Sinne, dass die Leute hier Müsli essen und „Müll" trennen.

Umgeben von Meerwasser und Seen, über die schwimmende Brücken den nicht abreißenden Verkehr in die Stadt leiten, liegt Seattle eingebettet zwischen den beiden Bergketten Olympic Peninsula und den North Cascades, von den Indianern „Berge der Götter" genannt.

Der Name Seattle kommt vom letzten großen Stammesführer, der hier weise und friedlich mit den ankommenden Siedlern zu leben versuchte. Trotz alledem haben heute die Ureinwohner weniger Rechte als die übrige Bevölkerung. Seattle ist auch die Stadt der Segler. An klaren Herbsttagen kann man hunderte von Booten beim Manövrieren zusehen. Im späten August verlassen viele Boote diese Region, um wie die Zugvögel Richtung Süden zu ziehen und die Wärme zu suchen. Überall thront die Space Needle, ein Turm, der das Symbol der Weltausstellung 1962 war, und den Aufbruch in die Zukunft symbolisiert.

Der Internationale Distrikt lässt eine Reise rund um die Welt zu. Hier befindet sich wohl der größte asiatische Markt außerhalb von Asien. Man kann nur erahnen, wozu all die Gewürze und Zutaten verwendet werden. Der strenge Geruch an diesem Ort ist wohl unvergesslich. Ein kostenloser Busservice im Innenstadtbereich widerspricht dem kapitalistischen System, das sich in den hohen Wolkenkratzern hier manifestiert.

Trotz all der Widersprüche und der vielen Obdachlosen, die diese Stadt scheinbar anzieht, ist Seattle immer noch eine „kleine" Stadt geblieben. In all dem Trubel kann man sich noch zu Hause fühlen, im Gegensatz zu manch anderen Großstädten, in denen nur viele Namenlose wohnen. Es ist eine völlig normale Angelegenheit, hier im Regen kurze Hosen zu tragen. Regenschirme sind verpönt. Doch das fast schon europäisch gemütliche Flair zeigt sich in der Kaffeekultur der Stadt. Man braucht nicht lange zu suchen, um einen Espressostand oder ein kleines Café zu finden. Seattle ist die Kaffeehauptstadt der USA. Die vielen Sorten und Röstungen lassen einen schnell abhängig werden.

Wir ließen die Stadt von Jimi Hendrix, Nirvana („Hi Kurt, einige wissen, dass du dich mit der ganzen Kohle aus dem Staub gemacht hast"), Pearl Jam und Mudhoney hinter uns und fuhren weiter Richtung Süden. Nahe Tacoma, das auch schon bessere Zeiten erlebt hat und das ebenfalls einen indianischen Namen trägt wie viele Städte in der Region Nordwest, bogen wir vom großen Highway ab, um Richtung Yelm zu fahren. Wir tauchten in die Wälder und kleinen Ortschaften ein. Es war schon später Nachmittag, als ein grünes Ortsschild unsere neue Hoffnung ankündigte.

24.

Chris steuerte unsere neue „Freiheit" über die Hauptstraße des Ortes. Vorbei an einem Einkaufszentrum, kleineren Geschäften, Restaurants, und nach nicht einmal vier Meilen waren wir schon wieder am Ortsausgang. Wir drehten um, und John suchte verzweifelt die Adresse von Charles. Jetzt waren wir schon so weit gekommen, und nun sollte es an einer Telefonnummer scheitern? Schließlich fanden wir, tief vergraben in der Arzttasche, den kleinen Zettel, den Phil uns gegeben hatte. Wir suchten ein Telefon. Im Stadtpark, der von einem riesigen Wasserspeicher überragt wurde, fanden wir eine Telefonzelle und eine Möglichkeit, unsere Abwassertanks kostenlos zu entleeren.

Chris kümmerte sich um das Entleeren der Tanks und füllte Frischwasser ein. John stand in der Telefonzelle, und von weitem sah ich, wie er grinsend in den Hörer sprach. Um dem für uns so wichtigen Anlass eine richtige Note zu geben, zog ich mich um. Ich wählte ein einfaches, geblümtes Kleid aus und frisierte meine Haare. Die Beifahrertür öffnete sich, und John kletterte herein. Wortlos stand er vor mir und musterte mich von oben bis unten.

„Gut siehst du aus. Ich habe ganz vergessen, was für eine hübsche Frau ich habe", meinte er lächelnd. Ich nahm ihn an der Hand und zog ihn zum Spiegel im Badezimmer. Draußen war Chris mit dem Waschen des Wohnmobils beschäftigt. Wir standen vor dem Spiegel, der uns aufzeigte, dass wir uns wirklich äußerlich verändert hatten. John trug einen Bart und sah in seinen Cowboystiefeln und Bluejeans nicht wie ein Anwalt aus. Meine schwarzen, kurzen Haare, der braune Teint und die lockeren Gesichtszüge zeigten mir, dass ich sehr erholt aussah.

„Was meinst du, können wir uns so sehen lassen?", fragte ich ihn.

„Auf jeden Fall. Übrigens, Charles holt uns ab. Phil hat ihm einen Brief geschrieben, und er weiß Bescheid. Mir kommt es so vor, als hätten sie uns schon als neue Mitbewohner anerkannt", antwortete John.

„Warum denn das?", fragte ich weiter.

„Nun, Charles hat mich gefragt, ob wir einverstanden wären, uns in die Gemeinschaft der Kommune einzuleben. Das wäre Voraussetzung, dass er uns abholt." John kniff mir in die Seite.

„Und was hast du gesagt?", meinte ich und wehrte mich gegen seine Annäherungsversuche.

„Ich habe ihm verständlich gemacht, dass es kein Problem ist, alles miteinander zu teilen. Nachdem ich ihm gesagt hatte, dass wir ein Wohnmobil haben, war er sehr erleichtert, denn sonst hätten wir im ‚großen Saal' – was das auch immer heißen mag – wohnen müssen." Wir traten vom Spiegel zurück und sahen uns an.

„Weißt du...", ich blickte John in die Augen, „...so schlimm das alles ist, was wir bis jetzt erlebt haben, ich will mit niemand anderem auf der Flucht sein als mit dir. Wie sich doch alles regelt."

„Warte mal ab. Freu dich nicht zu früh. Ich habe lautes Kindergeschrei im Hintergrund gehört. Vielleicht kommen wir auf ganz andere Ideen, wenn wir in dieser Kommune leben." John lachte durch seinen Bart. Chris war fertig, und wir saßen zusammen und warteten auf Charles.

Es hupte draußen. Ein alter Pick-up hielt mit laut dröhnender Maschine neben uns. Es klopfte an der Fahrertür. Chris sprang auf und winkte Charles herein.

„Hallo!" Charles rutschte über den Fahrersitz und stand nun vor uns. Ich schätzte ihn auf Mitte vierzig. Er war etwas untersetzt und nicht allzu groß. Charles hatte schulterlanges, noch blondes Haar und war in einem einreihigen Fliegerkombi gekleidet.

„Willkommen in Yelm. Habt ihr eine gute Reise gehabt?", sprach er freundlich, und wir reichten uns die Hände.

„Setz dich, bitte", forderte John auf. „Ich habe schon viel über euch gehört. Alles nur Lügen, hoffe ich. Die anderen sind richtig gespannt, was ihr zu berichten habt. Phil hat mir nur kurz geschrieben, dass ihr etwas herausgefunden habt, was unser aller Leben verändern wird."

Charles schlug freundschaftlich John auf die Backe. „Mann, bin ich froh, dich mal wieder zu sehen. Du machst ja Sachen, dich kann man wirklich nicht aus den Augen lassen."

„Seid ihr euch sicher, dass wir keine Gefahr für euch sind?", fragte ich, um nur kurz die Wiedersehensfreude zu unterbrechen.

„Nein, nein...", Charles lachte, und sein ganzer Körper wippte im Rhythmus. „...wenn ihr erst mal länger hier seid, werdet ihr verstehen. Hier sind einige Leute, die für dieses System da draußen eine Gefahr bedeuten könnten. Deshalb macht euch mal keine Sorgen. Ihr führt keine Papiere oder Gegenstände mit, die vorher in der Hand des Staates waren, oder?", fragte Charles nun wieder ernst.

Zum zweiten Mal hörten wir diese Frage, und wir verneinten. Nur Chris gab zu, dass er immer noch den ganz normalen Lebensstil lebte und Papiere sowie einen Reisepass bei sich führte.

„Ich bin nur Fahrer und helfe ein bisschen aus. Eigentlich bin ich auf dem Weg nach Alaska, um meine Mutter zu besuchen. Wenn das ein Problem ist, dann deponiere ich meine Papiere in einem Schließfach oder so", gab Chris Charles zu verstehen.

„Ist schon gut. Solange nichts gegen dich vorliegt, kannst du dein Zeug bei dir führen. Du bist natürlich herzlich willkommen. Wollt ihr euer neues Zuhause sehen?", sagte Charles und machte große Augen.

„Klar", sagte John, „ich fahr dir hinterher."

Charles stieg wieder in seinen Pick-up. Auf der Ladefläche standen zwei Hunde, die interessiert in unser Fenster blickten. Zurück auf der Hauptstraße – dieser Ort hatte sogar zwei Ampelanlagen – bogen wir hinter dem Einkaufszentrum rechts in eine schmale Landstraße ein. Es war mittlerweile dunkel geworden. In den Häusern, die vereinzelt auf den Feldern standen, gingen die Lichter an. Nach fast elf Meilen bogen wir wieder links in eine Straße ein, die gerade mal breit genug war, um mit dem Wohnmobil hindurchzufahren, ohne die Bäume, die bis an den Straßenrand wuchsen, zu streifen.

Stumm und voller Aufregung saßen wir da und sahen, wie Charles rechts blinkte und durch eine breite Hecke aus unserem Blick verschwand. Langsam fuhren wir in die Einfahrt. Es war viel zu dunkel, um das Grundstück überblicken zu können. Nur vereinzelt sahen wir einige Lichter im Wald, die zu Häusern gehörten. Der Pick-up stoppte neben einem großen Haus, das auf Stelzen direkt an einem See stand und scheinbar weiter ins Wasser führte. Charles stieg aus und winkte uns herbei. Die beiden Hunde von der Ladefläche kamen auf unser Wohnmobil zugerannt. John stieg als Erster aus. Die beiden Hunde standen vor ihm und beschnupperten ihn.

„Die machen nichts", rief Charles. Er pfiff, und die Hunde gehorchten diesem Kommando und verschwanden in der Dunkelheit.

„Das ist unsere Halle", sagte er stolz, als wir neben ihm an einer Treppe standen, die hinaufführte. „Ich hoffe, die haben das Abendessen zubereitet."

Wir stiegen gemeinsam die Treppe hinauf. Charles öffnete die Tür. Es war kein Fenster auf dieser Seite zu sehen. Ein breiter Lichtstrahl fiel durch die Eingangstür. Wir traten in einen großen Kuppelsaal ein. Das war scheinbar so eine Art Rundbau, wie ihn die Hippies in den 60er Jahren errichteten. In der Mitte war ein Feuer entfacht worden. Darüber war ein breiter Kamin, der gerade bis zur Decke führte. Eine runde Glaskuppel zeigte schon die ersten Sterne am Himmel. Gegenüber der Eingangstür, wo wir standen, reichte die Glasfassade bis zum Boden und zeigte auf den See, wo gerade der Mond aufging und sich im Wasser spiegelte.

„Ihr seid ja was Besonderes", meinte Charles, dem auch diese Atmosphäre der Gespanntheit und doch Gelassenheit auffiel. Eine kleine Wendeltreppe führte an der rechten Seite auf eine Empore, wo ich Bücherregale erkennen konnte. Rechts und links auf unserer Ebene waren jeweils breite Türen. Bis jetzt war niemand zu sehen. Ein Geschrei von links unterbrach diese Ruhe und übertönte das Knistern des Feuers. Zwei blonde Kinder stürmten auf Charles zu und sprangen ihn an. Beinahe wäre er umgefallen, doch im letzten Moment hielt er sein Gleichgewicht. Er drehte sich zu uns um.

„Darf ich vorstellen: Tommy und Jimmy, meine beiden Söhne. Sagt Hallo", sagte Charles, der die beiden auf den Armen trug und sich bemühte, sie aus seiner Umklammerung freizubekommen. „Macht euch keine Mühe, sie auseinanderzuhalten. Ich versuche das schon seit ihrer Geburt." Sie begrüßten uns und waren schon wieder am Weglaufen.

„Ja, Kinder sind schon was Besonderes", blickte John mich grinsend an.

„Das ist wunderschön hier, eine atemberaubende Konstruktion. Wer hat das gebaut?", fragte ich Charles und schritt durch den Raum.

„Ich habe die Pläne gemacht, und wir, das heißt, alle Leute der Kommune, haben mitgeholfen." Er erzählte, dass der Bau nur aus Bäumen errichtet wurde, die hier auf dem Gelände gestanden hatten. Stolz berichtete er, dass kein Nagel in der Hauptkonstruktion steckte und dass es in diesem Raum keinen elektrischen Strom gab. Alles wurde nur mit Gas erhellt und beheizt.

„Aber lasst uns erst einmal was essen. Da vorne ist die Küche und der Speisesaal", sagte er und wies auf eine der beiden Türen, wo zuvor die beiden Zwillinge heraus- und wieder hineingelaufen waren.

Ein ebenfalls runder Kuppelsaal, nicht so hoch und groß wie der vorherige, beherbergte die Küche und den Speisesaal. An einer Reihe von Tischen saßen etwa vierzig Personen. Einige blickten auf und winkten zu uns herüber.

„Nehmt euch ein Tablett und bedient euch selbst", meinte Charles, reichte jedem von uns ein Holzbrett und schritt das Buffet ab. Porzellanteller, richtige Gläser, Metallbesteck und eine reichhaltige

Auswahl an Speisen und Getränken, die alle in Tongefäßen aufbewahrt wurden, zeigten uns, dass hier einiges anders war als sonst üblich.

„Es gibt kein Fleisch", sagte Chris und stupste John an.

„Macht nichts, dann gewöhnen wir uns halt um", antwortete John. Solche Töne war ich gar nicht von ihm gewöhnt, wollte jedoch nichts sagen und den Dingen ihren Lauf lassen. Charles führte uns an einen Tisch, der etwas abseits von den anderen gelegen war.

„Ihr müsst entschuldigen, dass ich euch von dem Rest erst einmal trenne", sagte er und deutete auf die Gruppe, die nun fast gleichzeitig zu uns herüberblickte und uns interessiert musterte. „Aber die lassen euch bestimmt nicht in Ruhe essen. Vielleicht könnt ihr nachher eure Geschichte erzählen. Dann habt ihr die erste Taufe schon hinter euch", schlug Charles vor.

„Alles klar", antwortete John.

„Gut, lasst uns beten." Charles zeigte uns eine Neuerung nach der anderen. Heute kann ich es mir gar nicht mehr vorstellen, ohne auch nur eine kurze Danksagung zu sprechen, etwas zu essen oder zu trinken. Etwas verwirrt, aber mit Respekt, sahen wir wohl in diesem Moment aus.

Nach dem Essen stand Charles auf.

„Könnt ihr mir mal eine Sekunde zuhören!", rief er in den Saal. Es dauerte nicht lange, und es wurde sehr ruhig im Raum. Eine ältere Dame brachte die Kinder nach draußen.

„Ich möchte nur ganz kurz unsere neuen Mitbewohner vorstellen: Michel und John Smith. Einigen von euch bestimmt ein Begriff, zumindest denen, die immer noch heimlich fernsehen. Ich weiß, dass ihr bestimmt einige Fragen an die beiden habt. Sie haben sich bereit erklärt, alles zu beantworten. Gleich nachher in einer Stunde im großen Saal. Geht das mit euch in Ordnung?", richtete er die Frage an uns. Wir nickten.

„Ach ja, ganz vergessen", sprach Charles weiter, „das ist Chris." Er zeigte auf ihn, und Chris lief rot an. „Er hat nichts mit dieser Angelegenheit zu tun. Wenn ihr ihm trotzdem etwas fragen wollt, nur zu. Unsere Gemeinschaft braucht immer frisches Blut, meine Damen." Der ganze Saal fing an zu lachen. Es war scheinbar auch das Aufbruchsignal für alle. Schnell leerte sich der Raum. Wir saßen nun allein mit Charles am Tisch. Nur in der Küche klapperte das Spülkommando.

„Blöde Frage, aber wo kommen eigentlich all die Leute her? Was hat sie an diesen Ort hier versammelt?", fragte ich ihn.

„Zuerst: Es gibt keine blöden Fragen. Und zum zweiten: Seit fast zwanzig Jahren, seitdem sich dieses New Age durchsetzt, zieht dieser Ort eine Menge von Menschen an, die sich für diese Religion interessieren", gab Charles zur Antwort.

„Religion? Ich wusste gar nicht, dass New Age zu einer Religion gezählt wird", warf John ein.

„Sagen wir mal so: Seitdem man erkannt hat, dass man mit einem ‚Neuen Denken' Geld verdienen kann, hat sich diese interessante Ansammlung von alten oder neuen Glaubensrichtungen zu einer Art Religion entwickelt. Für mich ist eine Religion in unserer Welt etwas, womit jemand durch die Manipulation von Menschen Macht und Geld verdient."

„Du hattest schon immer ein schräges Denken", sagte John zu ihm.

„Weißt du noch, als wir zusammen im College waren? Ich war in meinem letzten Jahr, und du ein blutjunger Anfänger", lenkte Charles John zu einem anderen Thema.

„Ja, das weiß ich noch. Du warst einer, der wirklich seltsam aus der Reihe tanzte. Ich meine, wer Religionswissenschaften studiert, muss schon auffallen. Du hast mein Weltbild damals völlig verändert. Ich meine, wer als angehender Priester oder so mit einer Harley Davidson,

Lederjacke und langen Haaren ins College kommt und auf dem Rücken ‚Born to Love' geschrieben hat, ist schon etwas wild, oder?", sagte John und klopfte Charles auf die Schulter.

Charles lachte laut. Ich war erstaunt, endlich mal Geschichten aus der Jugendzeit von John zu hören.

„Hey, das habe ich völlig vergessen. Gut, dass du mich daran erinnerst. Übrigens, ich habe es nie zu einem Priester gebracht. Nach dem College bin ich erst einmal gereist. Habe ungefähr fünf Jahre damit verbracht, Afrika, Asien und schließlich Südamerika zu bereisen, bis ich schließlich hier in Yelm hängen geblieben bin", begann Charles zu erzählen.

„Und was hat dich hierher gebracht?", fragte ich ihn noch mal.

„Vor fünfzehn Jahren hat sich hier eine New-Age-Gruppe breitgemacht, die sich mit verschiedenen Themen beschäftigt. Eine Frau ist das geistige Oberhaupt dieser – na ja, Sekte ist ein hartes Wort – Gruppe. Sie behauptet, die Wiedergeburt bzw. das Medium eines Kriegers aus Atlantis zu sein. Ramtha nennt sie sich. Irgendwie interessierte mich diese Sache, und ich blieb hier. Immer mehr Leute strömten in diese kleine Stadt, um den Lehren dieser Frau Knight zu folgen. Ihr seid bestimmt an der ‚Ranch' vorbeigekommen. Die haben sich da einen Hochsicherheitstrakt gebaut. Fast drei Jahre beschäftigte ich mich mit ihren Lehren, bis ich mir klar wurde, dass ein guter und wahrer Lehrer kein Geld für Weisheiten nimmt."

„Das ist also alles Bauernfängerei, oder?", warf Chris ein.

„Harte Worte. Ich weiß nicht. Jedenfalls kann man dort auf Seminaren einiges Interessantes erfahren. Nur unter 500 Dollar pro Seminar kommt ihr nicht davon."

„Du hast gesagt, du hast dich mal damit beschäftigt. Und was ist jetzt?", fragte ihn John.

„Der Weg, der breit und offen ist, ist der falsche Weg. So wie dieser. Ich habe zurück zu dem Glauben gefunden. Christus ist mein Lehrer, und ich brauche sonst keinen, für den ich Weisheiten bezahlen muss", sagte Charles und lächelte.

„Das ist wahr. Andere Frage: Wem gehört das alles hier?", fragte John weiter.

„Eigentum? Ihr müsst noch viel lernen", meinte Charles und schüttelte den Kopf. „Das Grundstück und alles hier haben wir gemeinsam erworben. Es blieb uns nichts anderes übrig. Es sind die unterschiedlichsten Leute hier vertreten. Wir haben Architekten, Ärzte und... ach, findet das einfach selber heraus. Jedenfalls werdet ihr noch einige unglaubliche Sachen sehen."

„Seid ihr hier eine christliche Gemeinde, oder gehört ihr zu den Ramtha-Leuten?", fragte Chris.

„Es ist jedem frei, zu tun, was er für richtig hält. Einige von uns besuchen die ‚Ranch'. Doch ich halte das für unnötig, da wir alle Weisheiten doch schon hier haben." Charles zog ein Buch unter dem Tisch hervor.

John streckte seinen Arm aus und legte ihn auf die Schulter von Charles.

„Ich bin froh, hier bei euch zu sein." Charles legte ebenfalls seine Hand auf Johns Schulter.

„Es tut gut, einen alten Freund wiederzusehen. Nun müsst ihr aber los. Die warten bestimmt schon in der Halle auf euch."

Wir stellten unsere Tabletts auf einen Tablettwagen ab. In der großen Halle hatte man das Licht gedämpft. Das Feuer brannte und warf die Schatten der Wartenden auf die Wände. Man hatte einen kleinen Tisch mit drei Stühlen vor die Fensterfront gestellt. Charles deutete an, dass wir uns dahin setzen sollten. Chris setzte sich auf ein Sofa rechts neben dem Fenster. Unsere Zuhörer hatten sich alle Stühle besorgt, und im flackernden Licht sah ich die gespannten Gesichter.

„Ich weiß gar nicht, wo ich anfangen soll", begann John. „Vielleicht stelle ich uns erst einmal vor. Mein Name ist John Smith, und das ist meine Frau Michel. Wir haben zusammen Rechtswissenschaften in San Francisco studiert und uns auf Erb-, Vermögens- und Grundstücksrecht spezialisiert. Wir hatten eine Kanzlei in Salt Lake City. Uns wurde von einem Bekannten, vor nun fast schon eineinhalb Monaten, der Auftrag erteilt, die Verkaufsunterlagen und anschließend die Verkaufsverhandlungen eines alten Bahnhofsgeländes nahe von Salt Lake in Frames vorzubereiten. Aus einem mir unverständlichen Umstand kamen wir auf die Idee, die Besitzverhältnisse nochmals zu prüfen. Aus den Unterlagen, die uns überlassen wurden, war nur zu erkennen, dass das Objekt der Bahngesellschaft gehörte. Die Stadt Frames wollte nun dieses Gelände kaufen. Also beschlossen wir, in der städtischen Bibliothek nach älteren Grundbuchauszügen zu forschen. Wir stießen auf eine unglaubliche Sache.

Ein alter Freund von uns, der mittlerweile an einem unnatürlichen Tod gestorben ist, half uns bei den weiteren Nachforschungen. Fakt ist also: Die meisten Städte sind früher um einen Bahnhof entstanden, oder ein Bahnhof wurde später eingerichtet. Die Bahngesellschaft hatte die Aufgabe, das Land zu besiedeln, also verkaufte sie im Namen der Regierung Land und verwaltete dies. Kein besonderer Umstand, oder? Schließlich fanden wir heraus, dass es einen Vertrag zwischen der ersten Bahngesellschaft und der Regierung gab. Eine französische Familie, die auf den letzten König Ludwig des 16. zurückzuführen ist, bot den damaligen Präsidenten ein Geschäft an. Mit einer Unsumme von Gold im Rücken unterzeichnete man im Jahre 1794 einen Vertrag, der der Regierung einen finanziell unpolitischen, starken und loyalen Partner zur Seite stellte.

Vertragsgegenstand war, dass diese Gesellschaft auf schnellstem Wege das Land erschließen sollte. Im Gegenzug verpachtete die US-

Regierung alles Land im Umkreis von 20 Meilen um eine Bahnschiene oder um ein vergleichbares System, was die Gesellschaft selbst oder im Auftrag Dritter errichtet hat, auf 200 Jahre an die Gesellschaft der Familie Du Pernes. Vertragsende wurde mit dem 31. Dezember 1993 angesetzt."

Ein Mann in der vorderen Reihe hob die Hand.

„Ja, bitte?", sagte John.

„Was ist ein vergleichbares System?", fragte er.

„Eine Telegrafenleitung, moderner gesagt eine Telefon- oder Datenleitung. Ich wiederhole nochmals: Alles im Umkreis von 20 Meilen um eine Leitung ist nun Pachtgegenstand der Familie Du Pernes. Deshalb konnten wir rechtlich den Bahnhof gar nicht an die Stadt Frames verkaufen, da die Stadt ja bereits der Bahngesellschaft gehörte. Und nur das Land zu verkaufen wäre reiner Blödsinn gewesen, da ja Strom- bzw. Telefonleitungen durch dieses Gebiet verlegt waren. Nur wenn diese mitverkauft werden würden und der Verkaufsgegenstand von keinem anderen Radius um ein System geschnitten wird, dann ist ein Verkauf möglich. Scheint mir jedoch unmöglich."

Eine weitere Hand hob sich.

„Sie haben gesagt, dass eine Vertragsdauer von 200 Jahren vorgesehen war. Das heißt, dass in knapp eineinhalb Jahren der Vertrag abläuft. Was geschieht dann?"

„Genau das war unsere Überlegung. Auf der einen Seite wussten wir, dass nach Ablauf rechtlich aller Grund und Boden dem Staat zufällt. Das bedeutet, dass es kein Privateigentum an Land mehr gibt. Auf der anderen Seite dachten wir uns, dass es vielleicht eine Möglichkeit gibt, diesen Vertrag zu verlängern oder eine Ablösesumme für den Pachtgegenstand zu verlangen, da er sich ja zum Gunsten des Besitzers verändert hat. Natürlich wäre eine Summe um den

Marktwert der gesamten USA festzulegen etwas schwierig und eigentlich unbezahlbar. Aber es würden sich ganz andere Möglichkeiten aufschließen. Es besteht die Annahme, dass, wenn es keinen Privatbesitz mehr gibt, alles dem Staat zufällt, und dieser würde es dem Volk ohne Forderungen auch zukünftig nicht zurückgeben. Dann wäre auch alles Fremdkapital – das bedeutet, das Weltbanksystem hätte keinen Einfluss mehr auf unsere Wirtschaft. Keine Hypothekenschulden usw., da der Dollar die Weltwirtschaft bestimmt, würde dieser von heute auf morgen kollabieren. Also am 1. Januar 1994, wenn unsere Volksvertreter so handeln, wie sie sollten. Unser erster Präsident, George Washington, hat schon frühzeitig erkannt, welche Macht das aufstrebende Weltkapital und deren Verfechter erlangt hatte und erlangen wollte. Er hat unserem Land die Möglichkeit gegeben, dieses Kapital zu nutzen, mit der Voraussicht, dass an einem bestimmten Tag dieses Land wieder befreit ist von der Obrigkeit. Unseren Gründungsvätern war bewusst, dass sie aus der alten Welt mit ihren Unterdrückern, sprich Kaiser und Könige, nie wieder dieses Geldsystem in unserem freien Land nutzen wollten. Wir haben die Möglichkeit, mit diesem Wissen die Welt neu zu gestalten und die Völker von der Knechtschaft zu befreien. Das wäre nun wirklich das Geschäft des Lebens. Wer hat schon die Macht in den Händen, den größten und modernsten Industriestaat mit der bestausgerüsteten Armee und natürlich der Weltwährung Nummer eins, dem Dollar, zu verkaufen oder es einfach sein zu lassen?"

„Nur ist dieser Vertrag nur aus Papier und bedeutet nicht viel", sagte eine Stimme aus dem Publikum.

„Das ist richtig. Nur ist nicht unser ganzes Wirtschaftssystem auf Papier aufgebaut und eigentlich nur ein Denkmodell? Auf diesen Glauben an die Macht des Geldes ist alles aufgebaut. Deshalb beschlossen wir, mit der Hoffnung, das Geschäft zu machen, nach Washington, D.C., zu fliegen, um dort den Originalvertrag zu suchen, um erstens den Beweis für die Richtigkeit unserer Recherche zu finden und um zweitens anschließend mit dem Vertrag in den Händen den

Besitzer der Bahngesellschaft, einen Grafen Du Pernes, wie sich später herausstellte, zu besuchen.

Irgendwas geschah in dieser Nacht, als wir in der Nationalbibliothek endlich das Original in den Händen hatten. Auf eine mir unerklärliche Weise verschleppte man uns. Wir erwachten Stunden später. Ich hatte die Nase gebrochen, und Michel klagte, dass sie Nackenschmerzen hatte. Wir verließen Washington, um St. Louis zu erreichen. Am dortigen Flughafen hatten wir die ersten Probleme mit der Polizei. Man durchsuchte unser Gepäck und führte an jedem von uns eine Leibesvisitation durch. Schließlich ließ man uns gehen. Am nächsten Tag suchten wir den rechtlichen Eigentümer der USA, laut des Vertrages.

Der Graf war leider nicht sehr einverstanden mit unserem Vorhaben und bat uns, doch Abstand von dieser Idee zu nehmen und die ganze Sache zu vergessen. Seitdem kommen wir von einer unglaublichen Geschichte zur nächsten. Ein Indianer schnitt Michel nachts in einem Zelt, ähnlich einer Zeremonie, einen Gegenstand aus der Schulter, der, wie wir später herausfanden, möglicherweise ein Mikrochip war, der ihr in der Nacht in der Nationalbibliothek von … sag du das bitte", bat John mich und stieß mich an.

„Ja. Wie schon gesagt, ich hatte Schmerzen in der Schulter, und dieser Indianer, den wir in einem Restaurant getroffen hatten, sagte, dass er mir helfen könne. Bei ihm zu Hause angekommen, gab er uns irgendwas zu essen, und ich fiel in eine Art Trance. Das Einzige, an das ich mich erinnern kann, ist, dass ich sah, wie er mit einem Messer aus meinem Nacken zwei Gegenstände herausschnitt, die wie große Eiskristalle aussahen und sich in Luft auflösten oder in den Händen des Indianers schmolzen."

Eine weitere Hand hob sich.

„Nur zu Ihrer Information, wenn Sie es nicht schon wissen: Diese Kristalle, von denen Sie berichten, sind real. Nur eine Frage: Haben Sie eine Erinnerung an das Einsetzen und welche?"

„Das ist wohl die verrückteste Sache, die ich je erlebt habe. In dieser Nacht erwachte ich in einem großen Saal und lag auf einer Art OP-Tisch. Im Hintergrund waren Männer in schwarzen FEMA-Uniformen, und diejenigen, die mir die Dinger in den Nacken eingepflanzt hatten, waren wohl Außerirdische", erzählte ich und blickte vorsichtig in die Runde, um die Reaktion zu sehen. Ein Nicken ging durch die Menge.

„Sie haben aber keine Erinnerung, dass man einen weiteren Chip in die Nase eingepflanzt hat?", sagte die gleiche Stimme wieder.

„Nein", antwortete ich.

„Nur zu Ihrer Information: ‚Die' haben scheinbar ein neues Verfahren, bei dem sie eine Nadel durch die Nase, durch eine bestimmte Knochenöffnung, direkt ins Gehirn führen können, um so den Chip ohne Chance auf Entfernung festzusetzen."

„So wie ich mich erinnern kann, haben die das nicht bei mir angewendet", sagte ich.

„Jedenfalls sind wir mit einem Leihwagen weitergefahren, bis uns ein Streifenwagen kurz vor Denver stoppte", berichtete John weiter.

Kurz umriss er die weiteren Vorgänge und unsere anschließende Flucht bis hierher. Nur kurz erzählte er von den Konzentrationslagern, denn dieses Thema war scheinbar schon bekannt. „Ja, und da sind wir jetzt. Verloren in einem Land, das uns nicht einmal gehört, und verfolgt von der halben Polizei, die es nicht besser weiß. Charles war unsere einzige Hoffnung, und ich hoffe, wir können noch viel voneinander lernen", schloss John. Kurz teilten wir mit, dass wir alles schriftlich nochmals aufschreiben würden, um jedem die Möglichkeit zu geben, sich in diese Materie einzuarbeiten.

„Was habt ihr nun vor?", fragte eine junge Dame, die sich neben Chris gesetzt hatte.

„Wenn es euch nicht allzu viel ausmacht", John grinste in die Runde, „dann möchten wir erst einmal hier bleiben."

„Das ist eine gute Idee, einer mehr zum Arbeiten", rief eine Stimme. Alle standen auf und kamen einzeln nach vorne, um uns zu begrüßen. Es war schon spät, und die meisten verabschiedeten sich und verließen die Halle. Sogar Chris war verschwunden.

„Wir sehen uns morgen früh. Frühstück gibt es bis zehn Uhr in der Küche. Gute Nacht!", sagte Charles und ließ uns allein. Arm in Arm verließen wir beide diese schwebende Kuppel und gingen langsam zum Wohnmobil.

„Weißt du, ich fühle mich irgendwie erleichtert. Nun, da wir unsere Geschichte erzählt haben. Weißt du, ich glaube, wir können hier noch viel lernen", sagte John.

„Das glaube ich auch", antwortete ich ihm. Wir legten uns schlafen. Endlich fühlte ich mich wieder zu Hause.

Das große Grundstück bot bei Tageslicht einen modernen und geordneten Eindruck. Ich stand vor dem Wohnmobil und wartete auf John, der sich gerade anzog. Chris war im Laufe der Nacht gekommen und hatte keinen Sinn für frühes Aufstehen. Auf dem See war ein Angler mit Warten beschäftigt. Nun konnte man auch die vielen verschiedenen kleinen Häuser sehen. Die meisten waren wohl diese mobilen Wohncontainer, die so verbreitet sind. Es waren jedoch auch einige Blockhäuser zu sehen. Das wohl interessanteste waren die großen Tipis. Ob jemand in diesen Zelten wohnt?

Wir waren schon etwas spät, und eine richtige Auswahl am Frühstücksbüffet war nicht mehr vorhanden.

„Was für einen Tag haben wir heute eigentlich?", fragte mich John.

„Samstag steht da vorne auf dem Kalender. Mann, wir haben total die Zeit vergessen", erwiderte ich. „Bin nur mal gespannt, was wir hier arbeiten sollen. Was meinst du?"

„Die haben bestimmt einiges für uns zu tun", sagte John. Der Kaffee war stark und gut. Charles kam in die Kantine und setzte sich zu uns an den Tisch.

„Habt ihr gut geschlafen?", fragte er uns.

„Ja, es ist so eine friedliche Atmosphäre hier", meinte ich.

„Das freut mich, dass es euch so gut gefällt. Wir hatten ein Treffen heute Morgen, und ich habe euch einfach mal für die nächste Woche zum Arbeiten eingetragen. Was hältst du von einem Kindergarten?", fragte er mich.

„So etwas habe ich noch nie gemacht. Hört sich jedoch gut an."

„Wir haben einen Kindergarten und eine Vorschule in der Stadt. Das ist ein Teil unseres Einkommens, und wir benötigen noch dringend eine Kraft. Das wäre ab Montag täglich von acht bis siebzehn Uhr. Geht das in Ordnung?", fragte er.

Ich blickte zu John, er lächelte. „Alles klar. Und wie komme ich dahin?", fragte ich glücklich.

„Wir haben eine Art Busservice. Es müssen einige von uns morgens in die Stadt. Dort drüben am schwarzen Brett ist alles angeschlagen", antwortete Charles und trank an seiner dampfenden Tasse.

„Na ja, da bleibt mir wohl nichts anderes übrig. Ein bisschen Training könnte ich ja schon vertragen", gab John zu.

Charles stand auf. „Ach ja, bevor ich es ganz vergesse: Heute Abend ist ein Treffen um neun Uhr. Wir haben jemanden eingeladen, der über das Lebensmittelproblem in Amerika spricht. Wird bestimmt interessant. Ich sehe euch dann." Charles winkte uns noch zu und war verschwunden.

Wir packten noch einige Sachen zum Frühstücken für Chris ein und wollten gerade die Kantine verlassen.

„Lass uns mal einen Blick auf das schwarze Brett werfen", bat ich John. Auf der Tafel waren neben den Arbeitsplänen – diese Kommune hatte einen Kindergarten, eine Baufirma, eine Gärtnerei, eine Wäscherei, eine Druckerei, einen Fahrradladen und ein Modegeschäft in der Stadt. Sogar Workshops wurden angeboten:

Überleben in der Wildnis

Töpferkurs

Atemtechnik

Rhetorik

Tanz

Wie repariere ich mein Auto?

Nähkurs

Bunkerbau + Hausbau

Angewandte Physik und vieles mehr. Meistens am Wochenende gelegen. Scheinbar kamen Interessenten von weit her, um hier die Kurse zu besuchen. Ein Plan einer Herberge, die man bauen wollte, hing an der Seite mit der Bitte, Ideen zwecks Gestaltung und Bauausführung in eine rote Box, die auch der Meckerkasten war, zu werfen. Es kam mir doch alles sehr durchdacht vor, und so wie es schien, hatten wir den richtigen Platz gefunden, unser Leben neu anzufangen.

25.

Den Tag verbrachten wir mit einem langen Spaziergang durch die Wälder. Wir hatten unser Wohnmobil an eine schöne Stelle nahe des

Sees gefahren. Wir lernten den Hausmeister kennen, und er half uns dabei, eine Stromleitung in unsere „Freiheit" zu legen. Später wollten wir uns an das Kanalisationsnetz der Kommune anschließen. Ich war erstaunt, als ich hörte, dass sogar ein kleines eigenes Klärwerk das Abwasser der Bewohner entsorgte. Chris wurde ebenfalls von Charles als Fahrer eingeteilt. Ein alter, klappriger VW-Bus war nun sein eigen, und man bat ihn, in der eigenen kleinen Werkstatt in der nächsten Zeit diesen wieder fit zu kriegen. Nur mit einem Handbuch in der Hand ließ Charles ihn stehen. Trotz alledem war ein Leuchten in Chris' Augen zu sehen. Er machte sich sofort an die Arbeit.

So verbrachten wir den ersten Tag in unserem neuen Zuhause. Wir versammelten uns nach dem Abendessen wieder in der großen Halle.

Mark McArthur war ein weiterer Zeuge, der dazu beitrug, dass sich langsam aus den vielen kleinen Steinen ein Mosaik der absoluten Herrschaft über ein Volk bildete. Mark arbeitete für die führende Lebensmittel produzierende und verarbeitende bzw. für die Verteilung und natürlich für den Preis verantwortliche Firma der USA.

„Das Ziel der AFF war die Marktbestimmung. Um es zu erreichen, ist es einmal notwendig, dass ein Plan ausgearbeitet wird und dass man ohne Kompromisse und Verantwortung für ‚Kunden' handelt. Sieh, es ist ganz einfach: Was ist das Wichtigste, was ein Mensch benötigt?", fragte Mark am Anfang unseres Gesprächs.

„Einen Ort zum Leben und Nahrung und Kleidung natürlich", warf ich ein.

„Gut, da wir in einer Welt leben, die vom Geld bestimmt wird, muss jeder, ob arm oder reich, seine Lebensmittel bezahlen. Also kann ich über den Preis der Grundnahrungsmittel alle Einwohner meines Landes kontrollieren. Und wie erreiche ich das? Nun, noch vor vierzig Jahren versorgten die Farmer auf eigene Rechnung und weitgehend unabhängig die Bevölkerung. Sie bestimmten den Preis. Das ist für eine Regierung, die Kontrolle erreichen will, ein unannehmbarer

Faktor. Also überlegte man sich, wie man die Macht auf dem Lebensmittelsektor an sich reißen könnte, ohne dass die Bevölkerung davon Kenntnis erhält.

Natürlich haben die zwei Weltkriege die Vorarbeit geleistet. Danach nahm man sich dreißig Jahre Zeit, um dieses Ziel zu erreichen. Als Erstes ermöglichte man es Banken, Farmern verbilligte Kredite zu geben. Man zeigte ihnen auf, dass sie, wenn sie mehr Land kaufen würden, auch mehr produzieren könnten. Das heißt aber auch, dass modernere Maschinen angeschafft werden müssten. Als Sicherheit übertrug der Farmer sein Land an die Bank. Diese übertrug diese Sicherheit an unsere Gesellschaft, die wir ja gerne annahmen. Mit dieser Re-Refinanzierung lebten wir sehr gut. Viele eigenständige Farmer willigten natürlich nicht ein, weil sie ihre Freiheit nicht verlieren wollten. Doch nach zwanzig Jahren sahen auch diese ein, dass der Nachbar mit diesem System gut lebte, mit modernen Maschinen weniger Arbeit hatte und noch dabei mehr verdiente. Über Jahre hinweg war es für die Bauern normal, Kredite für Saatgut, Maschinen oder Chemie für Schädlingsbekämpfung aufzunehmen. Das rechnete sich auch gut. Die Banken erhielten ihr Geld zurück, und die Farmer produzierten so viel, dass der Markt übersättigt wurde. Was unser Ziel war. Jetzt hatten wir einen Grund einzugreifen.

Da wir die Banken unter Kontrolle hatten, konnten wir diese dazu bringen, die Kredite auszusetzen, um so die Farmer in den Ruin zu treiben. Denn diese brauchten ja den regelmäßigen Geldstrom, um die Produktion aufrechtzuerhalten. Um die Abhängigkeit der Farmer drastisch darzustellen, muss man sich auch der Produktionsmethode habhaft werden. Die Bauern produzierten früher auf dem einen Feld Weizen. Da jedoch Weizen den Boden stark auslaugt, wurde im nächsten Jahr dieses Feld mit einer anderen, den Boden wieder zu Regeneration helfenden Nutzpflanze bewirtschaftet. Oder das Feld wurde brach liegen gelassen, um so die Kraft der Erde zu erhalten. Es gibt Systeme, die dieses Brachliegen subventionieren.

Auf der anderen Seite ermöglichten wir den Farmern mit Hilfe der chemischen Industrie, den Boden künstlich fruchtbar zu erhalten. Die chemische Industrie war beteiligt an diesem massiven Eingriff in die Natur, denn die meisten Böden sind heute ohne Zufuhr von Chemie unfruchtbar. Was nach einer blühenden Landschaft aussieht, ist eigentlich ein toter, industriell genutzter Boden, dem die eigene Lebenskraft fehlt. Anfällig für alle Arten von Krankheiten und besonders anfällig für Schädlinge. Diese wurden wiederum mit Chemie bekämpft. Die Nahrungsmittel, die so hergestellt werden, erhalten einen großen Anteil an Pestiziden, anorganischen Verbindungen, die unterschiedlichste Krankheiten beim Endkonsumenten auslösen. Krebs ist ein Faktor. Doch wenn man recht gut überlegt, ist es für eine konsum- und gewinnorientierte Gesellschaft ein Gewinn.

An diesen Krankheiten kann wiederum viel Geld verdient werden. Als Prophylaxe bietet der Markt jede Menge Nahrungszusätze wie Vitamine und Spurenelemente, die wiederum chemisch erzeugt werden.

Also kann ich über die Nahrungsproduktion verschiedene Krankheiten erzeugen, den Preis dieser Erzeugnisse bestimmen und viele weitere Elemente ins Spiel bringen. Ich kann sogar, wenn mein Volk sich gegen das System richtet, die Nahrungsproduktion so manipulieren, dass der große Teil meiner Bevölkerung verhungert oder an Krankheiten zugrunde geht. Dem Farmer bleibt so nichts anderes übrig, als seine Produktion auf Grundlage von chemischen Erzeugnissen aufrechtzuerhalten. In der Fleischproduktion sieht es ähnlich aus. Ein Rind benötigte früher eine viel längere Zeit zum Wachsen, um schlachtreif zu sein. Heute behilft man sich mit Hilfe von künstlichen Wachstumshormonen, Antibiotika, sogar Antidepressiva. Dem Rind wird der vorher auf die gleiche Art produzierte Weizen gefüttert, da sich die für den Menschen gefährlichen chemischen Verbindungen im Fleisch ansammeln, die wiederum Krankheiten auslösen.

Sieht man sich die stark ansteigende Kurve der sogenannten ‚modernen Zivilisationskrankheiten' an und vergleicht diese mit der Veränderung der Nahrungsmittelproduktion, so wird man erkennen, dass diese Faktoren gemeinsam einen Nenner haben. Neue Studien behaupten sogar, dass der nachgewiesene Rückgang der Zeugungsfähigkeit der Männer auf die Hormone im Fleisch oder sogar im Trinkwasser zurückzuführen ist.

Ich will mir gar nicht das Bild ausmalen, dass auch dies ein geplanter Eingriff ist, so dass nur dem Staat gut gesonnene Mitbürger ermöglicht werden soll, gesunde Kinder zu gebären, da diese Bevölkerungsschicht mit ‚reinen Lebensmitteln' versorgt wird.

Schließlich hatten wir mehr als achtzig Prozent des Marktes nach nur dreißig Jahren in der Hand, ohne dass nur einer etwas davon bemerkt hatte. Das heißt, es flossen natürlich regelmäßig die überflüssigen Gewinne an die Regierung."

„Für die wir ja diesen Plan durchführten. Die Überproduktion erreichte in guten Jahren solche Ausmaße, dass wir hohe Prozentzahlen vernichten mussten. Weizen wurde verbrannt oder ins Meer gekippt. Auf einer Seite versorgten wir über Jahrzehnte unseren, ja allzu mächtigen ‚bösen' Gegner, die Sowjetunion, mit Getreide. In guten Jahren erhielt die UdSSR mehr als dreißig Prozent ihres Eigenbedarfs von unserer Regierung, um ihr eigenes System aufrechtzuerhalten. Um uns weiter einen Gegner zu erhalten, für den es nötig war, die Rüstungsspirale weiter aufzutreiben. Aber das ist eine andere Geschichte. Kommen wir zurück zu unserem Land.

Die Banken sperrten also die Kredite, und das große Farmensterben trat ein. Die meisten Bauern mussten Konkurs anmelden. Wir übernahmen natürlich die Betriebe unter dem Vorwand, die Lebensmittelproduktion zu sichern und den Preis zu halten. Der Markt war in unserer Hand, der Staat erhielt nun von uns seine Steuern, hatte einen geringeren Verwaltungsaufwand und konnte noch obendrein

Steuern von den in unseren Betrieben arbeitenden Farmern eintreiben.

Die Öffentlichkeit wurde nur aufmerksam auf dieses Sterben der eigenständigen Farmer durch Benefizveranstaltungen von bekannten Musikern, die dieses Farm Aid Festival durchführten. Das brachte jedoch keine Veränderung. Dieser Kollaps geschah Mitte der achtziger Jahre, und seitdem hat die Regierung den Markt in der Hand. Dieses Verfahren wurde nicht nur in den USA durchgeführt, sondern weltweit. Das heißt, in den Ländern, die als freie, demokratische und kapitalistische, dem Westen zugerechnet werden können, und der sogenannten Dritten Welt, die vorab durch Kredite wiederum abhängig gemacht wurde. Seitdem sind die Preise für Grundnahrungsmittel je nach Bedarf und benötigtem Kapital gestiegen und gefallen. Das kann jeder sehen und beim täglichen Börsengeschäft je nach Jahreszeit feststellen.

Nachdem wir die Macht über den Markt weitgehend abgegeben hatten und dafür sehr gut belohnt wurden, begriffen einige der Führungsspitze, so auch ich, dass wir mit diesem Wissen leben mussten oder auf kurz oder lang, so wie einige unserer regional arbeitenden Manager, einen schnellen natürlichen oder unnatürlichen Tod sterben würden.

Seitdem geschahen Dinge wie Autounfälle, Herzinfarkte und andere Todesfälle in der unteren Führungsebene. Wir wussten, dass es auch uns treffen würde, also beschlossen einige im Geheimen, unser Kapital außer Landes zu schaffen und die Flucht vorzubereiten. Diese Transaktionen fielen auf, und unsere Gruppe wurde zerbrochen.

Ich weiß nicht, ob noch jemand am Leben ist. Die Beweise werden wohl alle vernichtet sein. Deshalb wird mir sowieso niemand glauben, wenn ich an die Öffentlichkeit gehe. Das Wichtigste ist, dass ich lebe und davon berichten kann. Ich hoffe, dass man mir vergibt, denn rückgängig machen kann es nur die Regierung."

„Das wird sich schon wieder richten", sagte ich und blickte in die traurigen Augen eines 65-jährigen Mannes, der sein Leben damit verbracht hatte, auf seine Weise ein Volk zu versklaven. Allein gelassen, ohne Möglichkeit, seine Familie wiederzusehen oder das Land zu verlassen.

Jemand, der es gewohnt war, viel Geld und Besitz zu horten, und der nun auf andere angewiesen war, um zu überleben.

Eine neue Woche fing an. Auch wenn ich mich auf einen geregelten Lebenswandel wieder einstellen konnte, so war es nicht wie zuvor. Um halb acht holte uns ein Schulbus ab. Gemeinsam mit der lauten Bande, die uns jetzt jeden Morgen aufweckte, fuhren wir nach Yelm. Zuerst wurden die Kinder abgesetzt und natürlich die Lehrer. Es war ein großer Schulkomplex. Ich ging mit Peter, der an der nahe gelegenen Junior High School unterrichtete, zum Verwaltungstrakt der Schule.

John und ich hatten uns neue Namen ausgedacht. Mittlerweile hatte ich hochtoupiertes schwarzes Haar, braune Kontaktlinsen und hieß Mary Sanders. So trug ich mich auch in die Liste ein und füllte all die Papiere aus. Ich erzählte noch, dass ich ganz vergessen hatte, meine Sozialversicherungskarte mitzubringen, und versprach, sie im Laufe der Woche nachzureichen. Charles hatte uns am Vortag zur Druckerei geschickt, um Fotos in unserem neuen Outfit für Ausweise anzufertigen. Mir ist bis heute noch nicht klar, wie die es geschafft hatten, uns neue Papiere und eine völlig andere Identität zu verschaffen.

Der mit Computern und Maschinen vollgestellte Raum und Marx, der mit seiner schwarzen Hornbrille schmächtig wirkend wie eine Kopie von Woody Allen aussah, verbreitete eine sehr wichtige und emsige Stimmung: Hektisch und nervös hatte er uns fotografiert und kurz nach unseren Daten gefragt. Nach noch nicht einmal fünf Minuten konnten wir davon ausgehen, dass wir eine neue Identität hatten. Die Papiere brauchten vier Tage, schneller würde es nicht gehen.

Es war schließlich neun Uhr morgens, als man mich einfach vor einer Kindergartengruppe alleinließ. Das Eis war schnell gebrochen, und ich begann, mich einfach natürlich zu verhalten und versuchte, mich wieder in die einfache, kindliche Gedankenwelt zurechtzufinden. So wurde mein neuer Beruf keine eigentliche Arbeit für mich, sondern eher eine Erholung von den ganzen verrückten Erwachsenengeschichten, die wir nun in Vorträgen und Diskussionsrunden allabendlich, wenn man wollte, über uns ergehen ließen.

John war mit seiner Aufgabe sehr zufrieden. In einer Baukolonne von zwölf Personen, die wie ein Team zusammenarbeiteten, hatte er zuerst nur die Drecks- bzw. Aufräumarbeiten zu bewältigen. Gleichzeitig jedoch versuchten alle, ihm die schwierigeren Aufgaben wie das Verlegen von Wasserrohren, Klempnerarbeiten, Schreinerarbeiten usw. beizubringen. Er war erstaunt, wie gut das doch funktionierte. Es kam kein Stress auf, und niemand erhielt Geld in der Kommune für seine Arbeit. Alles kam der Gemeinschaft zugute. Deshalb gab es auch keinen Neid auf das neue Auto des Nachbarn oder andere von Geld verursachte Konflikte.

Nach fast zwei Wochen Eingewöhnungsphase rief uns Charles eines Sonntags nach dem Frühstück zu sich und fragte, ob wir Zeit hätten. Er wollte uns noch etwas zeigen. Wir stimmten ein, und er brachte uns zu einem kleinen weißen Gebäude, das an der Seite der Garage stand und das ich immer für einen Schuppen für Altglas oder Altpapier gehalten hatte, da an der Seite „Recycling" geschrieben stand. Charles öffnete die Tür, und wir traten in den kleinen Raum ein. Mehrere Tonnen mit Glasresten, Dosenblech und ein Berg von Altpapier waren an der Stirnseite des Raumes.

„So, ich hoffe, ihr seid bereit für diesen Trip?", meinte Charles.

„Was meinst du? Willst du uns einen Vortrag über Mülltrennung halten oder was?", fragte John und sah sich im Raum um.

„Nein, ich will euch was zeigen. Tretet mal zurück an die Eingangstür." Wir machten, was er uns gesagt hatte. Charles stand neben uns und betätigte einen alten Lichtschalter und ließ ihn fünfmal ein- und ausschalten.

Ein Ruck schien durch das kleine Gebäude zu gehen. Ich blickte auf den Boden, der sich zur Seite bewegte. John stand da wie ein großer Junge und blickte mit offenem Mund auf das Loch, das sich im Boden gebildet hatte. Eine kleine Treppe führte einige Meter hinunter. Am Ende war eine schwere Panzertür zu erkennen.

„Folgt mir", sagte Charles, und ohne Kommentar stiegen wir die Stufen hinunter.

Charles gab eine Zahlenkombination und eine Art Checkkarte in den kleinen Kasten neben der Tür ein. Es piepste, und er drehte an dem Rad. Langsam öffnete sich die schwere Tür. Eine Neonröhre flammte auf.

„Das ist die Schleuse", sagte er, während er die Tür wieder schloss. „Und hier durch die grüne Tür", er zeigte auf die mittlere der vier Panzertüren, „kommt ihr auf dem schnellsten Weg ins Innere." Er öffnete wiederum mit einer Kombination und einer Karte die Tür. Immer noch sprachlos schritten wir den fast zwanzig Meter langen Gang hinunter.

„Wofür das alles hier?", fragte ich Charles.

„Wartet, bis ihr drin seid, dann erkläre ich alles", antwortete er und nickte mir zu. Er öffnete eine weitere Tür am Ende des Ganges, und wir standen in einem weiteren Raum. Dieser war nicht so kahl eingerichtet. In der Ecke war eine Sitzgruppe, auf die wir uns bequem machten.

„Nun bin ich aber gespannt, wie du das hier erklären willst", meinte John.

„Darf ich vorstellen, das ist unser Bunker – Ella. Sie geht noch weitere vier Stockwerke in die Tiefe und ist mit einigen Gebäuden hier in der Gegend durch ein Stollensystem verbunden. Im Notfall können hier 300 Personen gut zwei Jahre auskommen. Wenn die sich alle mögen", sagte Charles und grinste stolz.

„Aber warum? Warum habt ihr euch hier so eine Anlage gebaut? Die muss ja einige Millionen gekostet haben?", John war genauso wie ich überrascht.

„Wir sind Survivor. Nun, wir glauben – und das werdet ihr noch in der nächsten Zeit auf weiteren Seminaren feststellen –, dass es nicht mehr lange dauern wird und dieses System, das heißt dieses Land hier, in ein Chaos stürzen wird. Nenne es Weltuntergang, eine aufkommende Diktatur, Kriege oder Hungersnot, sei es auch nur eine Naturkatastrophe. Um geschützt zu sein vor denen, die sich unserer Mittel habhaft werden wollen, haben wir diese Anlage gebaut. Wenn sich die Neue Weltordnung durchsetzt, dann werden die verantwortlichen Politiker vorher, um die Bevölkerung zu dezimieren, weil diese nicht mehr zu kontrollieren ist, einen Krieg heraufbeschwören. Wir wollen uns nicht verteidigen, sondern haben diesen Bunker entwickelt, um friedlich in den Untergrund zu gehen, um dann abzuwarten, bis sich die Welt wieder beruhigt hat. Einige von uns sind der Überzeugung, dass eine Umweltkatastrophe das Leben für einige Zeit auf der Oberfläche unmöglich machen wird. Also sind wir alle auf den gemeinsamen Nenner gekommen und haben diese Anlage gebaut, um im Notfall Zuflucht zu suchen.

Wir haben ein völlig neues, das heißt noch nie in der Öffentlichkeit angewandtes Energiesystem. Ich möchte nicht alle Einzelheiten erklären, dafür könnt ihr euch in einem Seminar eintragen. Dieser Strom, der die Lampe...", er zeigte auf die Röhre an der Decke, „...versorgt, wird vom Elektrizitätssystem von Tesla erzeugt. Wir können jedoch nur den Bunker versorgen, da sonst es auffallen würde, wenn wir hier ohne Anzeichen von Generatoren oder Ähnlichem Strom erzeugen würden. Also, wir sind stolze Besitzer eines Taychionenkonverters.

Wasser haben wir genügend. Wir pumpen es aus dem nahegelegenen See und können im Notfall es auch wieder reinigen und wiederverwenden. Die Luft wird durch ein Filtersystem gereinigt. Eigentlich ist alles hier einem Kreislauf untergeordnet. Seit drei Jahren läuft Ella, und wir hatten bis heute keine Probleme."

„Wenn ich es nicht besser wüsste, würde ich euch für total verrückt halten. Aber es macht Sinn, sich friedlich zurückzuziehen, um abzuwarten, bis sich der Sturm gelegt hat. Ich hoffe nur, dass ich Ella nie benötige. Und ich bin froh, dass ihr den Bunker nicht Massada genannt habt", meinte John und lächelte.

„Du hast eine blühende Fantasie", sagte Charles.

Er führte uns durch die Räume. Jede Familie hatte ihr kleines Apartment. Es gab einen Speisesaal, eine Vorratskammer, die ständig überprüft wurde und in der immer frische Ware lagerte. Ein Aufzugsschacht, der im Notfall ebenfalls verriegelt werden konnte, führte in die Kantine, die fast schon vierzig Meter über uns lag. Es war eine Bibliothek, Computerräume und eine Schule eingerichtet. Eine kleine Stadt unter der Erde. Charles zeigte uns zum Schluss die Stollenanlage. Auf einem Plan wurde aufgezeigt, wo die verschiedenen Gänge hinführten. Sogar einige Häuser in der Innenstadt konnten von hier aus erreicht werden. Das System hatte eine Länge von ungefähr siebzig Meilen. Charles erzählte, dass seit fast zwölf Jahren an diesen Stollen gearbeitet wurde. Sogar die Ramtha-Ranch war in das System eingeschlossen.

Um die großen Distanzen zurückzulegen, waren kleine Golfwagen geplant. Jetzt musste man noch mit einem Fahrrad und einer Taschenlampe durch die dunklen Stollen zu seinem gewünschten Ziel kommen.

„Viermal im Jahr haben wir eine Übung, um zu testen, wie lange alle miteinander benötigen, um den Bunker zu erreichen. Deshalb prägt euch die Eingänge ein. Wer im Verhältnis am schnellsten ist, gewinnt einen Preis. Irgendwie muss das ja Spaß machen", sagte Charles und stand vor uns, ganz versunken in den Details, die er über den Bau wusste. Sogar einen Volltreffer einer Atombombe, und er war sich sicher, dass auch eine Neutronenwaffe keine nennenswerten Schäden anrichten konnte.

Bunkerspezialisten aus der ganzen Welt hätten an diesen Plänen mitgearbeitet, ohne auch nur zu wissen, wo oder wer den Bau plante. Die schwierigste Aufgabe war jedoch gewesen, diese Erdmassen so zu verteilen, dass es keinem auffiel.

Schließlich standen wir in einem kleinen Raum mit weißgekachelten Wänden, und Charles bot uns diesen als unsere Notunterkunft an. Wir müssten selbst für eine Inneneinrichtung sorgen. Ganz in Gedanken versunken verließ ich den Bunker. Charles drückte uns noch einen Ordner in die Hand, der alle Daten über –Ella– enthielt, und bat uns, ihn durchzulesen, um anschließend in einem Seminar das Wissen zu vertiefen.

Wir lebten uns gut ein und fanden einige neue Freunde. Nach und nach besuchten wir die Seminare, die angeboten wurden, und lernten Töpfern, Nähen usw. Eigentlich alles Dinge, die der normale Bürger nicht mehr kann, weil ihm das System dieses Wissen abgenommen hat. Ist es denn nicht viel einfacher, für Geld zu arbeiten, um es dann für die alltäglichen Dinge im Leben auszugeben?

Sogar im Kindergarten begann ich langsam damit, die wichtigen Dinge des Lebens zu lehren. Schon die Kleinsten waren interessiert, welche Pflanzen zu welcher Jahreszeit in der Natur wuchsen, um diese im Notfall oder aus Spaß zu essen. John verbrachte sogar einige Wochenenden mit der Jagd. Es war nicht einer dieser Männerausflüge, wo nach dem Genuss von jeder Menge Alkohol ein Hirsch oder ein

Mitglied der Gruppe erlegt wurde. Nein, man verlangte von ihm sogar, auf ganz steinzeitlicher Methode in der Gruppe zu jagen.

Wir besuchten weitere Treffen, die sich mit der Situation in unserem Land beschäftigten. Es war schon Mitte November, und der Dauerregen hatte schon eingesetzt, als wir uns zu einem Treffen versammelten.

Die Verfassung der USA ermöglicht jedem Einwohner den Besitz einer Waffe. Begründet auf das Recht des Volkes, ein vielleicht totalitäres System, das die Bevölkerung unterdrückt und ausbeutet, zu bekämpfen. Die Verfasser der Grundrechte wussten noch allzu gut, wie die Könige im alten Europa ihre Bevölkerung unterdrückten und mit Waffengewalt hinderten, ihre Menschenrechte zu verteidigen oder gar nicht zu erhalten. Deshalb sagte man sich, es ist besser, wenn auch die Bevölkerung bewaffnet ist, um ein vielleicht – und hoffentlich nicht – aufkommendes totalitäres System niederzuschlagen. Doch dieses Recht ist in Gefahr.

Wie kann eine Regierung mit Hilfe der Bevölkerung dafür sorgen, dass dieses eigentlich überflüssige Grundrecht abgeschafft wird?

Robert Miller, Ex-CIA-Agent und Ex-Mitarbeiter des Innenministeriums, ließ sich nach langer Krankheit frühpensionieren. Nach einigen Jahren bemerkte auch er, welche Folgen sein Handeln auf die Gesellschaft hatte, und stieß zu unserer Gruppe, um davon zu berichten, was er dazu beigetragen hatte.

„Um das Handeln des CIA zu verstehen, muss ich erst einmal klar machen, welche Aufgaben diese Organisation hat. Der CIA ist ein Staat im Staate, ausgerichtet, sein Überleben zu sichern und damit beizutragen, die USA stark nach innen und nach außen zu halten. Das heißt, dass Kontrollen der Regierung so gut wie ausgeschlossen sind, da diese die eigene Kontrolle zulässt. Wir wissen alle, welche manchmal verrückt klingenden Aufträge durchgeführt werden. Der CIA erhält zwar ein Budget vom Staat, das reicht jedoch nicht aus, um die vielseitigen Aktivitäten zu finanzieren. Das geht natürlich so weit, dass der Direktor sogar zum Präsidenten ernannt werden kann, wie es bei George Bush geschehen ist. Man will sich ja auch nicht in Abhängigkeit stürzen, deshalb ist man ständig auf der Suche nach Geldquellen. Doch wir wollen heute über die Abschaffung des in der Verfassung festgeschriebenen Rechts auf Besitz einer Waffe sprechen."

Also, wie erreicht man dies? Nachdem wir in einigen Regionen der Welt den Drogenmarkt kontrollierten – das heißt, es wurden kleinere und größere Kriege gegen Regierungen oder private Drogenkartelle geführt, um diese auszuschalten und selbst das Geschäft zu übernehmen –, ermöglichte dies dem CIA eine ungeheure Geldquelle. Wer das Drogengeschäft in der Hand hat, kann so die Massen der Arbeitslosen oder Sozialschwachen ruhigstellen. Als nächster Schritt pumpten wir Drogen in die Ballungszentren, mit Hilfe von eigenen staatlichen Transportmitteln oder mit Hilfe privater Organisationen, die wir hier und da auffliegen ließen, um das Drogenproblem über die Medien zu zeigen. Als dritten Schritt wurden den unterschiedlichsten Banden, die den Drogenmarkt kontrollierten, Waffen zur Verfügung gestellt, um sich zu „verteidigen". Natürlich brachen Bandenkriege aus. Nachdem Schießereien in Schulen, in den Ghettos, durch die Beschaffungskriminalität erzwungene Überfälle auf Tankstellen, Supermärkte usw. oder auf Unbeteiligte über die Medien täglich berichtet wurden, ermöglichte sich auf diesem Klima der Angst die Diskussion, das Recht auf Waffen im Privatbesitz zu beschränken, um später abzuschaffen. Als erstes wurde der Besitz von automatischen Waffen verboten. Uns gelang durch diese Manipulation nicht nur, die Bevölkerung für dieses Problem zu sensibilisieren, sondern auch die Regierung, die Senatoren bis hin zum Präsidenten. Man erinnere sich an die Iran-Contra-Affäre, die Verwicklung des CIA in Drogengeschäfte während und nach dem Vietnamkrieg. Wir versorgten sogar unsere eigenen Truppen mit Stoff, um Kontrolle und Manipulation auf die eigenen Soldaten zu erhalten. Natürlich mussten wir diese Deals mit der Waffenindustrie absprechen und ermöglichten so neue Absatzmärkte im Ausland. Wir verlagerten den Krieg in den USA nur in andere Brennpunkte der Welt, um so auch die eigene Wirtschaft zu sichern.

Auf der anderen Seite wurden Gruppen wie die NRA (Interessenverband der Waffenbesitzer), Jagdverbände usw. untergraben, um eine Veränderung der Denkweise zu erreichen. Das geschah natürlich nicht immer im Geheimen, sodass die paramilitärischen Gruppen, die sich aus Kriegsveteranen, Nationalgardisten, Waffenfetischisten, religiösen Weltuntergangsgruppierungen und ähnlichen zusammensetzten, aufmerksam wurden, als Bestrebungen der Regierung bekannt gemacht wurden. Ein Sturm der – im wahrsten Sinne des Wortes – Entrüstung kam auf, und diese Organisationen fühlten sich bestätigt, dass die Zeit nun reif wäre, den bewaffneten Kampf gegen die Regierung aufzunehmen. Die ersten Gruppen von radikalen Waffenaktivisten versammelten sich auf einem Grundstück im Norden von Montana. Man rief hier einen eigenen Staat aus. Keine Regierung der Welt lässt sich so etwas gefallen. Ein massives Aufgebot an FBI und Polizeispezialeinheiten verhinderte, dass die Medien die wahren Hintergründe erfuhren. Die Farm wurde gestürmt, und später las man in der Zeitung und hörte über die Medien, dass eine radikale Gruppierung – „Weißes Amerika", Nazis im besten Sinne – hier gegen die Gesellschaft kämpfte. Auf den ersten Blick scheint das Eingreifen der Regierung gerechtfertigt, man darf nur nicht vergessen, dass eine solche Reaktion gewollt wurde. Das Thema Waffenbesitz wurde immer mehr angeheizt, und die Medien berichteten täglich über Schießereien, als ob es nichts anderes in dieser Welt zu berichten gäbe.

Das wohl interessanteste Ereignis fand in Waco/Texas statt. Eine religiöse Gruppe, von David Koresh geleitet, lebte auf einer Farm als Selbstversorger. Diese große Familie baute ihre Gebäude zu einer Art Festung aus. Man beschloss, keine Steuern zu zahlen, weil man nur von eigenem Land lebte und ein mörderisches System nicht unterstützen wollte. Da schon vorher radikale Nichtsteuerzahler ausgeschaltet wurden, blieb es auch hier dem Staat keine andere

Wahl, als einzugreifen, nachdem zwei Steuerbeamte auf dem Gelände erschossen wurden.

Ich möchte nur anmerken, dass das Töten von Menschen niemals eine Rechtfertigung sein kann. Diese Menschen waren manipuliert und verblendet von einem System, das sie nur benutzte, um allen anderen Mitmenschen aufzuzeigen, dass das System unüberwindlich ist. Dies glich einer Kriegserklärung. Massiv wurden die Medien von der Gruppe Koresh auf dieses Geschehen aufmerksam gemacht, und so konnte nun die ganze Nation am Fernsehbild eine 42-tägige Belagerung der Polizei und des Militärs beobachten. Die Diskussion über das Thema bewaffnete Bevölkerung wurde so sensibilisiert, dass es offensichtlich möglich wurde, eine Änderung der Verfassung zu erreichen. Offensichtlich vor laufenden Kameras ermordete der Staat die Einwohner dieser Farm und ließ sie bei lebendigem Leibe verbrennen. Schnell ließ man die Propaganda vom Selbstmord der Gruppe entstehen, doch jeder sah die Wahrheit. Die Regierung rechnete nun damit, dass die Bevölkerung bereit wäre, dieses Ziel zu erreichen, also bereitete man den letzten Clou vor.

Da sich nach Waco die paramilitärischen Gruppen wiederum bestärkt in ihrem Vorgehen fühlten, brachte man einen stark radikalen Zweig dazu, ein Jahr auf den Tag genau in Oklahoma-City, im sogenannten Bibelgürtel der USA, eine Bombe vor einem staatlichen Gebäude zu zünden.

Der Sprengstoff stammte aus Militärbeständen, die der Gruppe zugespielt wurden. Bis dahin hat es noch nie einen terroristischen Anschlag von Amerikanern auf Amerikaner im eigenen Land gegeben. Ein Sturm der Verzweiflung fegte durch das Land. Die Medien berichteten über paramilitärische Gruppen, dass mehr als vier Millionen Bürger unter Waffen und Kontrolle von radikalen Fanatikern stehen.

Dabei soll man nicht vergessen, dass es völlig egal ist, wer wo steht, solange er sich am Geldsystem beteiligt und den Dollar in Bewegung hält.

Heute bin ich davon überzeugt, dass der Großteil der Amerikaner für die Abschaffung des Waffenrechts stimmen würden. Man manipulierte so weit, dass ich mich an einen Werbespot eines Gouverneurs-anwärters erinnern kann, der mitteilte, dass, wenn wir das Gesetz schon viel früher abgeschafft hätten, John F. Kennedy sicherlich noch am Leben wäre. Aber wisst ihr, was ich zum Schluss zu diesem Thema sagen möchte?" Robert Miller schaute in die Runde. „Eine Welt ohne Waffen wäre das Optimale. Aber zuerst sollten die Mächtigen, das heißt der Staat, damit anfangen."

Robert Miller lebte in Florida, in einem feinen, sauberen Haus, und ließ es sich nicht nehmen, den Lebensabend zu genießen. Denn er wusste allzu gut, was geschehen würde, wenn auch er sich hier niederließ und sich eines Tages auch dieser Ort in ein noch größeres Waco verwandeln könnte.

Von Tag zu Tag erweiterte sich unser Wissen um die Zusammenhänge. Wenn sich in diesem Land bzw. in dieser Welt nicht langsam eine völlig andere Denkrichtung einstellt, dann wird dieser Planet bald unbewohnbar. Es war so einfach, dies zu sagen, wenn man in einer sich selbstverantwortenden Gesellschaft lebt, so wie wir es jetzt taten.

Es war jedoch auch äußerst schwierig, denn alles, was wir machten, hatte eine direkte Auswirkung auf die Gemeinschaft. Es brach schon fast ein Chaos aus, als eines Spätherbsttages unsere Kläranlage zusammenbrach.

Die Bakterienkulturen, die unsere Überreste fraßen, starben ab. Was war geschehen?

Wir fanden heraus, dass chemische Substanzen das verursacht hatten. Alle waren aufgefordert, nachzuforschen, an wem es liegen konnte. Schnell fanden wir heraus, dass es wohl an unserem Wohnmobil gelegen hatte. Ohne nachzudenken, benutzten wir chemische Lösungen, um den Inhalt der Tanks auszulösen. Wir hatten die Lösung weiter benutzt, sogar nachdem wir an das Netz angeschlossen waren. Diese Mittel führten zu diesem Chaos. Da sonst niemand Chemie in die Toiletten oder ins Abwasser schüttete – sogar die Küche spülte mit biologischen Spülmitteln.

Nur wurde mir auch klar, warum Trinkwasser so wichtig ist. Mir wurde nachträglich schlecht, als ich mich erinnerte, dass ich früher ohne Bedenken das mit Chlor angereicherte Trinkwasser aus dem Wasserhahn benutzte. Ich möchte gar nicht wissen, wie viele Krankheiten ausgelöst werden, nur weil wir so sorglos mit dem wichtigsten Gut umgehen.

Es jagte mir einen Schauer über den Rücken, als wir nach diesem Chaos ein Seminar über Trinkwasseraufbereitung besuchten. Und uns zuerst Werbespots ansahen, in denen der Konsument aufgefordert wurde, ein verstopftes Abflussrohr mit Chemie zu bekämpfen, weil ja das Öffnen des Rohres oder das mechanische Entfernen zu viel Arbeit wäre. Oder diese hässlichen, stinkenden Klosteine. Wir lernten, dass große Chemiefirmen so ihren Industriemüll einfach entsorgen können. Der Abfall aus der Produktion wird in kleine Steine gepresst, mit Farbstoff und Duftstoffen versehen. Mit jeder Spülung wird der Müll entsorgt. Das Beste für diese Firmen ist, dass sie noch für die Entsorgung des Giftes bezahlt werden.

Die Tage wurden kürzer, und der Winter kündigte sich mit Regen an. Chris hatte seine Sachen gepackt, um nach Alaska zu fahren. Wir brachten ihn zur Busstation. Er wollte unbedingt zu Thanksgiving zu Hause sein. Er versprach, im Frühjahr wieder zurück zu sein. So ließ er uns allein. Wir hatten uns schon so an ein Leben zu dritt in unserem Heim gewöhnt.

Das erste Thanksgiving in der Kommune wird mir ein ewiges Erlebnis sein. Dieses wirklich uralte amerikanische Fest wurde auch auf diese Weise gefeiert. Schon Wochen vorher begannen die Nähstube,

Originalkostüme aus der Gründerzeit zu schneidern. Denn das Motto war „Zurück zu den Wurzeln". Als die ersten Siedler das erste Jahr in der neuen Welt überlebt hatten, feierten sie mit den Ureinwohnern zusammen – es war noch die Zeit, wo man sich nicht gegenseitig umbrachte –, Thanksgiving.

So luden auch wir den Stamm, eigentlich in unserer Sprache heute „Ursprüngliche Amerikaner" (Native American), der im nächstgelegenen Reservat lebte und dem dieses Gebiet eigentlich „gehörte", ein. Ein dreitägiges Powwow begleitete das Fest. So konnten Gäste, die von weit herkamen, um mit uns zu feiern, die traditionellen Gerichte der Gründerzeit genießen. Wir veranstalteten sogar einen Wettbewerb, wer den größten Kürbis gezogen hatte. So mussten einige Truthähne ihr Leben lassen. Die Küche arbeitete rund um die Uhr, um dieses Festmahl zuzubereiten. Das Trommeln der Ureinwohner verstummte nicht, und nach einiger Zeit konnte man kaum stillstehen. Viele ließen sich mitreißen und tanzten im Kreis. Das Besondere war jedoch, dass viele Jugendliche des Stammes wieder die eigene Tradition entdeckten. Man war stolz, dass es einen Umkehrtrend in den Sippen gab. All der jahrelange Konsumterror konnte einigen nichts anhaben. Die Jugend kehrt zu den Wurzeln zurück – das ist sehr wichtig für das Überleben einer Kultur.

Dieser Staat, die Regierung der USA, versucht seit eh und je, das Indianerproblem einer Berechtigung zuzuführen, um es dann nach ihrem Sinn zu lösen. Man gab den Stämmen das Recht, auf Reservatsgebiet Tabak und Alkohol steuerfrei an jeden zu verkaufen. Sogar Spielkasinos wurden erlaubt, nur um das Geld in der Kultur der Ureinwohner zu etablieren. Das förderte natürlich Zwietracht, so will der Staat Manipulation ausüben und dieses Volk auch versklaven. Doch abgesehen von all den Problemen, von der Verfolgung und der Unfreiheit, in der die Uramerikaner heute leben – den Stolz und den Familiensinn konnte unser System noch nicht zerstören.

Die Tage verliefen ihren normalen Gang. Wir hörten nur kurz, dass wir sogar in dieser Fernsehserie „America's Most Wanted" (Amerikas Meistgesuchte Verbrecher) vorkamen. Wir waren also schon so etwas wie eine Berühmtheit. Trotz alledem entschlossen wir uns, erst einmal niemandem zu schreiben. „Die" waren immer noch an uns interessiert, wir durften uns keinen Fehler erlauben. Es ist eigentlich kaum vorstellbar, dass wir es so weit gebracht hatten.

Nun stand das größte Fest des Jahres bevor. Zum ersten Mal hörte ich die Wahrheit über dieses Fest, das wir Weihnachten nennen. Eigentlich sagen wir ja nur noch „Happy Holidays" (Frohe Ferien) und warten auf „Ho, ho, ho, Santa Claus" (Weihnachtsmann). Dieses Fest hat im Großen und Ganzen nichts mehr mit dem Ursprung zu tun. In den Vorbereitungen zu Weihnachten erfuhren wir einige Hintergründe. Der 24. Dezember ist der Tag der Wintersonnenwende (genauer der 21.) und der Tag, an dem das Römische Reich das Lichtfest feierte. Andere Kulturen haben ebenfalls an diesen Tagen ein Fest.

Ursprünglich kommt die Tradition des Tannenbaums, den sich so viele ins Wohnzimmer stellen, von den Nordvölkern Europas, die auch die Wintersonnenwende feierten. Aber was ist Weihnachten nun für die Christenheit?

Zuerst ist es das Geburtstagsfest eines Kindes. Eines Menschen, der von Gott zu uns gesandt wurde, um uns zu lehren und um Taten sprechen zu lassen. Was gibt es denn für ein schöneres Fest als die Geburt eines Kindes? Es trägt die Hoffnung und die Zukunft in sich. Also lernten wir auch die Fragen zu stellen: Warum musste Maria, hochschwanger, mit ihrem Verlobten Josef – diese beiden bekamen ein uneheliches Kind – nach Bethlehem ziehen? Nun, ganz einfach, um sich in einer Volkszählung in Steuerlisten einzutragen.

Dieses arme Kind Jesus musste aufgrund dessen, dass das Römische Reich beschlossen hatte, auch in Israel die kaiserlichen Steuern einzuführen, in einem Stall auf die Welt kommen. Wenn man nur ein wenig nachdenkt, kommt wohl jeder dahinter: Weihnachten ist auch das Fest, das uns daran erinnern soll, dass das Römische Reich das erste Mal Steuern in einem okkupierten Land einführte und jedes menschliche Leben in Listen einschrieb, um so Kontrolle und Macht über das Volk Gottes auszuüben. Weihnachten sollte uns auch daran erinnern, dass wir dieses machthabende Steuersystem abschaffen müssen.

Wenn es nur als Entschuldigung an dieses kleine Kind gedacht ist, das in einem Stall geboren wurde – wer möchte schon sein Kind auf diese Weise zur Welt bringen?

Nur symbolisch verbrannten wir in dieser Nacht Kopien von allen Steuerlisten und staatlichen Dokumenten, die jeder hatte, und dieses Feuer war auch die einzige Art von Lichtfeier, die wir zelebrierten. Eigentlich vermisste ich die Geschenke, und mir kam es schon etwas seltsam vor, dass wir noch nicht einmal die Kinder beschenkten. Was wir jedoch alle gemeinsam eröffneten, war ein Spielhaus, das nur für die Kinder und Jugendlichen unserer Gemeinschaft gedacht war und wo Erwachsene keinen Zutritt hatten.

Trotzdem berührte es mein Herz sehr, und mir liefen Tränen über die Wange, als wir alle im großen Saal um das Feuer herumstanden und die Weihnachtslieder sangen. Für Fremde war wohl der Anblick einer Weihnachtsfeier ohne Baum und Kerzen und mit Leuten, die ihre Papiere verbrannten, etwas verwirrend, doch es öffnete mir die Augen für das Wesentliche: Heute ist ein Kind geboren, in das wir alle unsere Sehnsucht, Hoffnung und Liebe geben.

So verbrachten wir diesen Tag im stillen Gedenken. Es wurden sonst keine Veranstaltungen an den Weihnachtstagen durchgeführt. Die Familie bekam die Gelegenheit, mal einen Ausflug in den Schnee zum nahegelegenen Mount Rainier zu machen. So auch wir. Wir starteten zum ersten Mal seit drei Monaten die Maschine unserer „Freiheit". Sie rannte, als ob sie endlich auf diesen Tag gewartet hätte. Sogar den Treibstoff, den unsere Gemeinschaft selbst produzierte (hochangereicherten Alkohol; zur Auswahl stand Methanol und für

Dieselaggregate pflanzliche Öle), vertrug unser Chevy-Sportsman-Motor gut.

Wir wollten zwei Tage in der Schneewelt dieses Vulkans verbringen. John überraschte mich trotzdem mit einem Weihnachtsgeschenk. Von dem Trinkgeld, das er öfters auf den Baustellen erhielt, hatte er zwei gebrauchte Snowboards gekauft. Da ich in der Näherei für den Winter warme, wetterfeste Kleidung genäht und gelernt hatte, waren wir gut ausgerüstet. Es waren glückliche Tage, und wir stellten fest, dass wir gar nicht mehr unser altes Leben vermissten. Sogar unsere Kondition war besser als vorher. John hatte einen muskulösen Körper von der schweren Arbeit bekommen.

Mount Rainier ist ein mächtiger Vulkan, auf dem ewiges Eis liegt. Hier ist das Trainingszentrum der Antarktisforschung, da hier die klimatischen Verhältnisse ähnlich sind. Um den Berg herum liegt eine atemberaubende Naturlandschaft. Ein Nationalpark schützt die wildlebenden Tiere und den undurchdringlichen Wald vor den gefräßigen Maschinen der Menschheit.

In einem Besucherzentrum, das wie ein futuristischer Bau im Gegensatz zur Landschaft erscheint, kann man sich über die geologischen Verhältnisse der Region unterrichten lassen. Man wird schnell nervös, wenn einem bewusst wird, dass Mount St. Helens, der in den 80er Jahren ausgebrochen ist und eine ganze Region umgepustet hat, ein Schwestervulkan von dem ist, auf dem man gerade steht. Man weiß auch, dass irgendwann dasselbe auch mit Mount Rainier geschehen kann. Aus den Vorankündigungen von Mount St. Helens weiß man, dass eine Vorwarnzeit nicht immer gegeben ist. Aus diesem Umstand – „man kann gegen die Gesetze der Natur sowieso nichts machen" – sind wir, die Bewohner dieser Region, auch so ruhig und ausgeglichen und sind froh, wenn wir „den Berg" in seiner vollen Pracht sehen können.

Der Januar war meist verregnet. Chris meldete sich aus Alaska und beschrieb diese kalte, weiße Pracht. Er hatte sogar ein Erlebnis mit einem Eisbären!? Seine Mutter lebte weit oben im Norden in einer kleinen Stadt am Meer und hatte ein Café. Nur in dieser Jahreszeit waren wenige Touristen in dieser Gegend. Der Winter in Alaska ist die Zeit der Erholung und der Partys. Da in den kurzen Sommern die Arbeit erledigt werden muss, um sich auf den Winter vorzubereiten. Viele Touristen aus der ganzen Welt kamen in diese Landschaft und brachten den Einwohnern Arbeit. Da es im Winter zu kalt ist, um nach draußen zu gehen, verbringt man die Zeit in den Bars und Cafés oder in seiner Wohnung. Wer etwas erleben will und mal eine Party besuchen will, die zwei Monate am Stück läuft, der sollte im Winter nach Alaska kommen. Uns war die Vorstellung, wie man in so einer Region Spaß haben könnte, nicht so verständlich, aber wem es gefällt.

Der Februar begann mit einigen trockenen Tagen. Die Gärtnerei war schon fieberhaft damit beschäftigt, den Boden für die Aussaat vorzubereiten. Alles war in einem emsigen Arbeitswahn. Das Besucherzentrum bekam seine Grundsteinlegung, und die ersten Erdarbeiten begannen. Es war Valentinstag, als Chris wieder zurückkam. Er brachte jede Menge Lachs mit, und wir veranstalteten im kleinen Rahmen eine Willkommensfeier. Chris beschloss, nicht mehr nach Boise zurückzugehen. Er hatte Tom angerufen und ihm die Situation geschildert. Tom war nicht begeistert, trotzdem wünschte er uns alles Gute für die Zukunft. Chris bekam die Möglichkeit, wieder als Fahrer und Hausmeister zu arbeiten. Sogar einen Wohncontainer stellte man ihm zur Verfügung. Sein VW-Bus hatte im Laufe der Zeit eine neue Maschine erhalten, und so wurde auch er in den normalen Tagesrhythmus der Gemeinschaft aufgenommen.

Ganz langsam erwachte wieder die Natur aus ihrem „Winterregenschlaf". Die ersten Zugvögel, die zurück nach Norden zogen, kündigten einen frühen Frühlingsanfang an. John wurde wie immer in dieser Jahreszeit sehr nervös und wusste manchmal gar nicht, was er tun sollte, so hektisch und aufgeregt war er. Sogar die Kinder in meiner Schulklasse waren in diesen Wochen kaum zu ertragen. Deshalb beschlossen wir, viele Wanderungen und

Exkursionen mit den Kleinen durchzuführen. Sogar die Eltern, die sich bei der Schulverwaltung meldeten, waren sehr zufrieden, dass die Kinder müde nach Hause kamen und nicht allzu aufgeregt waren.

Dann begannen wohl die interessantesten sechs Wochen des Jahres. Nie zuvor in meinem Leben habe ich so etwas wie eine Fastenzeit erlebt. Da es einige verschiedene Fasten-Glaubensrichtungen gibt und die unterschiedlichsten Gruppen in unserer Gemeinschaft jeweils andere Auffassungen hatten, wurde die Küche für diesen Zeitraum geschlossen. So war jede Familie gezwungen, selbst die Mahlzeiten zuzubereiten. Wir erfuhren in einem Seminar, dass wohl jede Glaubensrichtung eine Art von Fastenzeit im Frühjahr durchführt. Es ist die Zeit der Reinigung, sodass der Verstand die Veränderungen in der Natur miterlebt und begreift.

Wir schlossen uns der kleinsten Gruppe unserer Gemeinschaft an. Fast fünfzehn Personen zählte die muslimische Glaubensgemeinschaft unserer Kommune. Für die Treffen und die Mahlzeiten, die jeweils nach Sonnenuntergang stattfanden, verhüllte ich mich sogar. Die Frauen der Gruppe waren das ganze Jahr über verschleiert und arbeiteten meist in der Näherei oder Druckerei. Auch wenn es einem fremd erscheint, so macht die Verhüllung Sinn.

In den Ländern, wo der Islam beheimatet ist, sind die Temperaturen meist im ganzen Jahr sehr hoch. Auch die Sonnenbestrahlung ist nicht gerade das Gesündeste für die Haut. Aus diesem Punkt soll man die Verschleierung betrachten. Der Körper trocknet nicht so schnell aus, und die Haut bleibt länger jung. Der Islam ist mit dem Christentum entstanden, und ich lernte schnell, dass er eine gute weltliche Weiterführung ist. Was in den Jahrhunderten aus dem Ur-Islam gemacht wurde – wie das Christentum wurde auch hier die Macht über den Menschen das höchste Ziel –, hat mit der Wahrheit heute nicht mehr viel zu tun. Man sollte nur nicht vergessen, dass Mathematik, Hygienelehre sowie viele andere Formen und Architektur, die heute normal in unserer Gesellschaft sind, aus dem Islam stammen.

So bereiteten wir uns auf Ostern vor. Uns wurde bewusst, wie sehr wir doch in dem vorherigen Leben von einem System abhängig waren, das uns vorschrieb, wann wir welche Feste feiern sollten, die mit Geld zu bezahlen sind. Aus Weihnachten wurde das Fest des Konsums, und aus Ostern wurde der Osterhase. Alles von einem System kreiert, das einem die wahren Hintergründe verschleiern will und das den Glauben an etwas anderes als die Boshaftigkeit vergessen lässt.

27.

Es war ein sonniger Frühlingssonntag, als Chris in seinem alten, buntbemalten VW-Bus frühmorgens neben der „Freiheit" hielt und an die Tür klopfte. John stand unter der Dusche, und ich bereitete gerade das Frühstück, als Chris aufgeregt in der Küche stand und mich aufforderte, schnell mitzukommen, um an einem Treffen in der Kirchengemeinde teilzunehmen.

John hatte als einziger die Gabe, diesen jungen Mann zu beruhigen, forderte ihn erst mal auf zu frühstücken und zu erzählen, was eigentlich los sei. Nachdem wir drei jede Menge Pancakes, heißen Kaffee und eine große Portion Ham and Eggs zu uns genommen hatten und frisch gestriegelt wie zu einem Kirchgang durch den bunten Frühlingswald fuhren, begann Chris endlich zu erzählen.

„Er ist frei, endlich haben wir es geschafft!", fing Chris an.

„Er ist frei?", fragte John, der auf der Rückbank saß, aus dem Fenster sah und den Anblick zu genießen schien.

„Paul Dason. Er ist Engländer und saß bereits seit zwei Jahren im Gefängnis. Wir arbeiten schon länger an seiner Freilassung. Und nur durch Mary, die ständig durch Briefe und Besuche den Behörden klarmachte, dass sie in Paul verliebt ist und ihn heiraten will, ist er endlich freigekommen. Und wisst ihr, wo wir jetzt hinfahren?", fragte uns Chris.

„Zu einer Hochzeit vielleicht?", erwiderte ich.

„Genau, woher weißt du das?", fragte Chris und machte ein enttäuschtes Gesicht.

„Warum saß eigentlich dieser Engländer hier bei uns im Gefängnis?", fragte John von der Hinterbank.

„Paul Dason war oder ist ein Superadvisor der Weltbank. Ich meine, einer der Großen der Großen. Zu seinen besten Zeiten beriet und kontrollierte er bis zu 140 Staaten dieser Welt in Finanzfragen. Er ist ein Milliardär und gehört zu den Top-Illuminaten. Aber so wie das manchmal ist, geriet er auf die ‚schiefe Bahn' und begann auf eigene Rechnung zu arbeiten, um das System zu untergraben. Aber das wird er euch schon selbst erzählen müssen. Da sind wir."

Chris bog in die Einfahrt der neuen methodistischen Kirche ein, mitten in einer verlassenen Waldlichtung, wo schon einige Leute auf das Brautpaar auf dem Vorplatz warteten. Es waren viele bekannte Gesichter vertreten, vielleicht die Crème de la Crème des intellektuellen Widerstands dieses Staates. Ich wandte mich an Chris:

„Ist das nicht ein bisschen gefährlich, hier in aller Öffentlichkeit sich zu versammeln? Wenn das hier jemand beobachtet, sind wir alle geliefert."

„Mach dir keine Sorgen, der Hochzeitstermin ist offiziell auf nächstes Wochenende gelegt, und da wird von uns niemand dabei sein. Außerdem sind wir hier in einem anderen County, er dürfte sich gar nicht hier aufhalten. Wir haben ihn durch das Tunnelsystem hierhergebracht. Niemand weiß davon. Die werden sicherlich vor dem Haus der Braut sitzen, sich ärgern, dass sie Dienst haben, und kalten Kaffee aus Pappbechern trinken. Oh, da kommt die Braut."

Mary hüpfte in ihrem viel zu weit geschnittenen Brautkleid die Treppe herunter und zog einen schweren, großen Mann, fast schon einem Grizzly gleich, hinter sich her. Sogleich begannen alle damit, dieses ungleiche Paar mit Reis zu bewerfen. Mary schrie vor Vergnügen, warf sich diesem großen Bären in die Arme und küsste ihn. Wir grölten laut und ließen das Paar hochleben. Der Wald warf das Echo zurück. Es sah wirklich wie eine frohe Hochzeit aus, dabei war es nur eine Premiere für die Uraufführung nächsten Sonntags. Und nachdem alle ein Glas Sekt in der jetzt schon warmen Frühlingssonne getrunken hatten, betraten wir alle gemeinsam die kleine Kirche.

Wir versammelten uns in einem kleinen Nebenraum und erwarteten gespannt, die Geschichte eines Mannes zu hören, der einmal zu dem inneren Zirkel der Macht gehörte und der unsere Welt mitregiert hatte.

„Ja, ihr habt bestimmt viele Fragen, doch zuerst möchte ich mich bei euch für eure Mithilfe bedanken. Ich wäre schon lange nicht mehr am Leben, wenn ihr mich nicht auf diese Weise unterstützt hättet", begann Dason und hielt die Hand der Frau, die ihn aus dem Gefängnis geholt hatte. „Ich fange einfach mal an zu erzählen, wie ich überhaupt zu dem geworden bin, der ich einmal war. Mein Vater war ein reicher und einflussreicher Banker in London. Ich wuchs in einer vom Reichtum und Macht geprägten Welt auf. Studierte Wirtschaftswissenschaften in Cambridge. Absolvierte mein Studium mit Auszeichnung und begann schon frühzeitig mit meines Vaters Hilfe als junger, aufstrebender Mann, meine neuen und für einige Mitglieder dieser ‚ehrwürdigen Gesellschaft' neuen und futuristischen Kapital- und Machtsystemmodelle vorzustellen und auszuarbeiten.

Ich war schon frühzeitig Mitglied im schwarzen Adel, dem Club of Rome und weiteren Zirkeln und Geheimgesellschaften, um meine Macht auszubauen. Mit 35 Jahren wurde ich bereits als zukünftige Nummer Eins angesehen. Mein Interesse lag jedoch mehr im Finanzwesen als in diesem kultigen Machtverhalten. Ich benutzte zwar meine Verbindungen, doch ich stellte irgendwann fest, dass ich zwar Macht besaß, jedoch meine Eigenständigkeit vollends aufgeben müsste. Also beschloss ich, für diese Herren die Finanzwelt zu beherrschen."

„Wer gehört dieser Gruppe an, und seit wann operieren die?", richtete Miller die Frage an Paul Dason.

„Das ist schwierig zu beantworten, da sich diese Menschen nicht offenbaren und im Geheimen arbeiten. Einfach gesagt, jeder, der sich im größeren Spiel mit Geld beschäftigt, egal ob Kapitalist oder Kommunist oder was auch immer, nimmt an dieser Unternehmung teil. Als erstes sollte klargestellt werden, dass es eine Lüge ist, dass allein das ‚bankenkontrollierende Weltjudentum' an allem ‚Schuld' ist. Man kann es nicht einem Volk oder einer Rasse oder Religion zurechnen. Es ist eine Art von Denkweise, die zugrunde liegt. Wenn man in der Geschichte forscht, findet man immer wieder Gruppen in den unterschiedlichsten Kulturen, die dem Mammon huldigen. Die Basis unserer heutigen Wirtschaftsdenkweise wird wohl das alte Ägypten bzw. die Kulturen des Euphrat und Tigris sein, die durch ihre Bauten die Macht über das Volk besser darstellen als jede ‚moderne' Kultur es heute versucht."

Man kann es nicht verallgemeinern. Aus Griechenland bediente man sich der Demokratie, die im Ursprung auf eine Einwohnerzahl von 5.000 beschränkt war und in der nur wohlhabende Männer das Wahlrecht hatten.

Über Jahrhunderte hinweg bedienten sich die Könige Europas eigenständiger Finanzgeber wie die Familie der Fugger oder der Vereinigung der Kazar-Rothschilds. Die katholische Kirche erreichte ihren Höhepunkt an Macht über das Denken der Menschen, sodass keine Entwicklung von Industrie oder Weltbild möglich war. Diese Organisation kann zu den mächtigsten eigenständigen Systemen gerechnet werden. Leider ist auch diese Kirche dem Mammon verfallen, und ich kann mich noch gut an Geschäftsverhandlungen mit Herren im Vatikan erinnern. Man muss davon ausgehen, dass man hier mit einer Organisation verhandelt, die schon sehr reich an Erfahrung ist und die schon länger am „Markt" ist, als manch anderes Land existiert.

Alle diese Systeme gleichen sich im Aufbau und sind sogar „normal" in unserer täglichen Denkweise übergegangen, sodass niemand zweifelt. Alle Demokratien, Diktaturen, Königreiche oder ähnliche Systeme gleichen sich, wenn man diese mit dem Symbol der Pyramide vergleicht. Egal, welche politische Richtung ein Land angehört, so gehört es sich in unserer Welt, dass eine Spitze, das heißt eine absolut regierende Herrschaftsriege, über der breiten Masse schwebt. Und da es einige Spitzen auf unserer Welt gibt, brauche ich nur diese Spitzen zu manipulieren, um so ganze Völker zu beherrschen. Eigentlich ganz einfach. Doch nun sehe ich ein, dass das kein Optimum ist, sondern ein feindliches, altes Denken. Dem dürfen wir nicht unsere Zukunft opfern."

„Und wie kommt nun ein Engländer in ein Gefängnis der US-Regierung?", fragte Miller.

„Ja, das ist eine lange Geschichte. Ich glaube, ich fange mal so an: Vor 15 Jahren nahm ich an einem Treffen der Jason-Society in Tokio teil. Ich sprach dort über den Aufbau und die Vorbereitung des chinesischen Marktes, das heißt den Umsturz der kommunistischen Regierung Chinas und die Umgestaltung in ein ‚demokratisches' bzw. kapitalistisches System. Da China ein alter und fester Staat ist und durch seine Kultur schwer zu kontrollieren war und ist, ergibt sich noch zur Jahrtausendwende, durch die Übergabe Hongkongs zurück an China, der alte Traum Britanniens, als erster den Markt und die Kontrolle über den größten Staat der Erde zu haben.

Sie müssen verstehen: Nachdem Indien verloren ging und damit sich das ganze Empire auflöste, war ich als einziger in der britischen Führungsspitze, der diesen Zustand als Herausforderung und als Chance ansah, jetzt die Macht auf eine andere Weise auszubauen. Die Begeisterung der meist japanischen Geschäftsleute hielt sich in Grenzen, und so verließ ich die Veranstaltung und ließ mich zurück zum Hotel bringen. Auf dem Weg geriet unser Fahrzeug in einen schweren Verkehrsunfall, und ich lag anschließend drei Monate im

Koma im Krankenhaus, bis ich endlich erwachte. Meine äußerlichen Verletzungen waren abgeheilt, ich lernte wieder schnell laufen, und durch die gute Pflege war ich wieder fit. Eigentlich bereit, meine Pläne zu verfolgen.

Doch das erste Mal im Leben merkte ich, dass ich am Atem, am Fühlen und ein Mensch als Teil eines Ganzen war. Ich war nie ein gläubiger Mensch gewesen, ja, ich verabscheute den christlichen Glauben und sah mich selbst als Vorreiter einer anderen Welt. Das änderte sich nun von Tag zu Tag. Ein Aussteigen war nun nicht mehr möglich. Meine Handlungen wurden mir jetzt erst bewusst. Ich spielte Staaten gegen Staaten aus, Volksgruppen gegen Volksgruppen, Menschen gegen Menschen, nur um meinen Profit und die Macht meiner Führer zu vergrößern. Ich ließ zu, dass die Welt ausgebeutet wird, die Natur vernichtet wird, Ressourcen neu erschlossen werden, um die Welt in Abhängigkeit und Angst zu halten. Es blieb mir nichts anderes übrig – ich hoffe, man verzeiht mir den millionenfachen Mord.

Der einzige Weg, um dem System die Luft zu nehmen, erschien mir, ihm sein Blut zu nehmen. Heute für mich eine völlig absurde Idee. Man kann den Teufel nicht mit dem Teufel austreiben. Mit Kreditzusicherungen der größten Banken der Welt spielte ich nun diese gegeneinander aus. Die Gewinne aus diesen Geschäften legte ich weltweit auf Privatkonten an. Einfachen Geschäftsleuten, die Kredite benötigten, gab ich sie ohne Zinsen. Ich finanzierte Projekte, die keine Gewinne abwarfen, nur um den Kapitalstrom zu vermindern und damit die Macht dieser Gesellschaft zu untergraben. So geschickt, wie ich dachte, war ich doch nicht, und so flog die Sache auf. Als erstes wurde ich selbst damit beauftragt, das Loch in unserem System zu finden. Es wurde von Tag zu Tag schwieriger, bis ein guter Freund einen Fehler machte. Eine Kreditsicherung der Bank von Malaysia platzte. CIA-Agenten waren die angeblichen interessierten Geschäftsleute und exekutierten ihn sofort.

Ich war gerade auf dem Weg von Vancouver nach Seattle, um ein weiteres Geschäft abzuschließen, als ich an der Grenze festgenommen wurde. Bei der Durchsuchung des Gepäcks fand man eine Kreditsicherung der Bank von Hongkong über 30 Milliarden Dollar. Es sollte mein letzter großer Deal werden – ein letzter Schlag gegen das System.

So wurde ich also aufgrund von Devisenvergehen festgenommen. Niemand deckte mich. Man war froh, dass ich aus dem Weg geräumt war. Keine Regierung der Welt würde sich mit den USA anlegen, um mich freizubekommen. Und so blieb mir nichts anderes übrig, als abzuwarten und zu überleben. Mir war klar, dass ich dieses Gefängnis nie wieder lebend verlassen würde. Ja, bis ich mich das erste Mal in meinem Leben jemandem anvertraute und meine Lebensgeschichte dem Gefängnispfarrer in einer Beichte erzählte. Mir war zwar die Gefahr bewusst, dass dieser Herr die Information weitergeben könnte. Ich setzte alles auf eine Karte und bat ihn, mein Leben zu schützen. Ja, so kam ich frei. Er brachte Mary dazu, mich zu besuchen."

„Wie genau beherrscht das Kapital die Welt?", fragte Susanne, die einer Gruppe von Ägyptologen angehörte.

„Nun, um es einfach zu sagen: Überall dort, wo Waren und Dienstleistungen durch Geld erkauft werden, hat das Weltkapital die Finger im Spiel. Kapital ist eigentlich nur ein Denkspiel, keine greifbare Sache. Alles dreht sich nur um beschriebenes Papier, dem man eine Macht zuordnet. Nehmen wir einmal an, du besitzest etwas. Also gehe ich hin und mache dir bewusst, dass du ein Besitzrecht hast. Das heißt, ich muss dich so manipulieren, dass du den Besitz nicht einfach frei mit jedem teilst, sondern auf deinen Namen in ein Register, das ich verwalte, einträgst. Damit habe ich dich in der Hand, weil ich dir verspreche, deinen Besitz zu verteidigen, weil dein Nachbar, so mache ich dir klar, dein jetzt verbrieftes Eigentum selbst besitzen möchte. Diesen habe ich oder werde ich noch auf meine und jetzt gemeinsame

Seite ziehen – freiwillig oder mit Hilfe von Gewalt, die von dir oder von mir ausgeht.

„Da du nun aber deinen Besitz mit mir teilen musst, gebe ich dir eine Form in die Hand, die dir deinen Wert aufzeigt: das Kapital oder Geld. Also nun kannst du mit jedem, der in meinem System angeschlossen ist, Geschäfte abschließen, die ich kontrolliere und decke. Ich manipuliere diese Transaktionen, so dass sie mir keinen Schaden bringen, um meine Macht zu sichern. Durch Gesetze wird all dies geregelt, die ich erlasse und die durch die Völker ratifiziert werden. Den Staaten bleibt keine andere Möglichkeit, an diesem ‚Spiel' nicht teilzunehmen, weil sie sonst ‚allein', ohne Hilfe ihrer Nachbarn, ausgeliefert sind. Der Krieg ist als Hilfsmittel, um den Markt zu sichern oder zu erweitern, eine angesehene, ja fast schon poetische Angelegenheit. Wie sagt man so schön: ‚Der Krieg ist der Vater aller Dinge.' In diesem Klima der Angst kann mein System wachsen, bis ich alles unter Kontrolle habe."

„Und wo soll das hinführen, ich meine, wo ist das Endziel, einfach gesagt?", warf John ein.

„Eine schwierige Frage", antwortete Paul. „Vielleicht sollte man das so sehen: Aufgabe ist zuerst, dass der Mensch Gewalt über den Menschen hat. Ausschaltung allen selbstständigen Denkens oder Glaubens an Höheres. Ein Ameisenstaat ist auf sein Überleben als ganzes System ausgelegt. Wie soll man sagen, als biologisches System. Das von den Mächtigen der Welt ausgelegte Überleben gilt nur der Erhaltung der Angst."

„Was bedeutet das? Was hat Angst damit zu tun?", fragte eine asiatisch aussehende junge Frau.

„Die Liebe zum Mitmenschen oder zur Natur oder besser gesagt zu Gott soll vernichtet werden. Und dem schnöden Mammon, der Vernichtung des Gleichgewichts, geopfert werden. Der Mensch soll vergessen, dass er eine Eigenverantwortung, Mitverantwortung und eine schöpferische Kreativität erhalten hat, die ihm ermöglicht, ohne Kapital oder andere weltliche Dinge, durch reinen Glauben, sein Umfeld zu kreieren. Vorausgesetzt, er ist völlig in Liebe frei im Geist."

Es wurde still im Raum. Pfarrer Peter Smith ergriff das Wort, und wir beteten das Vaterunser. Wieder einmal verließen wir mit neuem Wissen über unsere Welt eine Versammlung. Doch diesmal verspürte ich zum ersten Mal einen Funken Hoffnung in mir aufglimmen. Für mich, für uns, ja, für die ganze Welt. Und besonders für das neue Paar.

Wir saßen in unserem Bunkerapartment und waren mit dem Verlegen von Teppichboden und dem Streichen der Wände beschäftigt.

„Weißt du, eigentlich ist das kompletter Blödsinn, was wir hier tun", begann John. „Wir bereiten uns hier auf den Weltuntergang vor, wissen jedoch ganz genau, dass wir den Zeitpunkt nicht abschätzen können. Vielleicht erleben wir das ja gar nicht."

„Dann machen wir das halt für jemanden in der Zukunft. Dann haben die wenigstens nicht die Arbeit", antwortete ich John.

„Trotzdem, allein die Vorbereitung auf etwas, was vielleicht einmal passiert, kommt mir irrsinnig vor", stichelte er weiter.

„Willst du diskutieren oder das hier zu Ende bringen?", fragte ich. So wie es aussah, hatten wir nun einen schönen dunkelblauen Boden in unserer Parzelle.

Wir standen mitten im Raum. Ich nahm ihn in die Arme.

„Hör zu! Es ist doch besser, etwas zu tun, oder? Wenn wir schon nicht ‚die' davon abhalten können, die Welt zu versklaven oder zu vernichten, dann sollten wir uns vorbereiten, falls es jemand anderes tut", sagte ich und war erstaunt, wie einfach man es doch ausdrücken konnte.

„Okay. Lass uns nach draußen gehen, den Rest machen wir später. Ich will an die Luft", meinte John. Er war heute für nichts zu gebrauchen.

So verließen wir den Bunker. Seit dem Gespräch mit Paul Dason war ich über die Lage der Menschheit noch besorgter. Ich bat ihn, mir doch mehr Informationen über das Banksystem zu übermitteln. So erreichte mich jede Woche ein kurzer Brief, in dem er die grundlegendsten Zusammenhänge erklärte.

Der Schwindel vom Geld

Das Wissen über Geld ist eine gefährliche Angelegenheit, vor allem wenn es in die Hände der sogenannten niedrigen Arbeiterklasse gerät, die nicht die Intelligenz bzw. den Hintergrund hat, um es weise zu nutzen. Dieses Wissen muss besonders bewacht werden, um es ausschließlich der privilegierten Klasse zukommen zu lassen, die die Gesetze des Geldes versteht, um die Zivilisation in die gewünschte Richtung zu steuern.

So ähnlich wird sich wohl das Glaubensbekenntnis der Banker anhören. Es ist deshalb äußerst wichtig, die fundamentalen Prinzipien oder den Wert des Geldes zu verstehen. Das erste ist wohl das bekannteste und wird am ehesten verstanden: Der Wert, den das Geld durch seine Besteuerung erhält, und das von Gesetzen, die festgeschrieben sind und sich nicht mit einem Regierungswechsel ändern. Das zweite ist der legale Zinswert, der durch private Verträge bestimmt wird. Der dritte ist der wohl wichtigste: Er setzt sich aus dem Bruttosozialprodukt, dem Wechselwert zu anderen Währungen und dem Umlaufwert bzw. der Geldmenge zusammen, der bestimmt, wie hoch die Preise sein können.

Eigentlich ganz einfach zu verstehen: Wenn ein Büschel Weizen auf einem Markt verkauft werden soll, entstehen zwei verschiedene Transaktionen. Ein Mann kauft Geld mit dem Büschel Weizen, ein anderer kauft einen Büschel Weizen mit Geld. Über den Mann, der Geld mit Geld kauft, reden wir später. Der Wert des Weizens und der Wert des Geldes sind abhängig von der Nachfrage oder dem Angebot nach beidem.

Deshalb ist auch der erste Satz, der eigentlich alles beschreibt: Der Markt wird beherrscht von Angebot und Nachfrage.

Das wichtigste Wort in diesem Satz ist – beherrscht –, es besagt, dass jemand die Macht hat, den Markt zu kontrollieren, zu manipulieren, um das gesamte Geschehen für seine Zwecke auszunutzen. Der Markt ist nicht frei, alle sind zum Sklaven verdammt und abhängig von dem, der die Kontrolle über die Geldströme hat. Das heißt auch, es gibt keinen freien Handel und damit auch keine freie Meinungsäußerung.

Ist die Nachfrage nach Weizen gering und die Nachfrage nach Geld gering, dann steigt der Weizenpreis.

Verrückte Marktgesetze, aber so funktioniert das. Es dreht sich um die beiden großen Gesetze der Wirtschaft: Angebot und Nachfrage. Jedoch ist dies auch nur ein Kontrollfaktor, um ein System aufrechtzuerhalten. In einer modernen Welt, in der wir leben, in der es kein Problem ist, mit jemandem auf der anderen Seite des Planeten zu kommunizieren, um Ideen auszutauschen oder nur um zu lernen. Andere Kulturen haben andere Werte. Zeige einem Pygmäen im Amazonasdschungel einen Barren Gold oder einen Koffer Papiergeld. Es wird für ihn in seiner Welt keinen Wert haben. Nur wenn er dir erlaubt, dass deine Werte, dein Gedankengut über seine Welt regieren, dann wird der Koffer einen Wert für ihn bekommen. Nun ist er jedoch ein Sklave in seiner Welt und abhängig von deiner Macht.

Nur der Glaube, der in ein Stück Papier gesetzt wird, lässt diese Welt handeln. Viele glauben immer noch, wenn sie einen Geldschein und das Produkt einen Wert haben, dann kommt ein Geschäft zustande. Sie vergessen nur, dass der Wert für beide Seiten von einer dritten Person bestimmt wurde, die den Wert nach Belieben verändern kann. Zweifelt nur einer über den Wert, so kann das fatale Folgen haben. Nehmen wir einmal an, in einer Krisensituation irgendwo nach einer Katastrophe: Ein Mensch benötigt dringend Lebensmittel. Er versucht erfolglos, mit Papiergeld zu bezahlen. Nun, er trifft zuerst nur auf Menschen, die genauso an Werte glauben wie er. Nur wenn die Menschheit beginnt zu teilen, um daraus eine viel stärkere Produktivität zu gewinnen. Erst dann, nach der Abschaffung des Glaubens an den großen Geldschwindel, wird es Freiheit geben. Erst wenn ein Mensch nicht über den nächsten stehen will, wird es Frieden geben.

Die Magie des Goldes

Gold ist das Symbol der Macht. Es scheint so, als ob es eigenmächtig sein Schicksal bestimmt. Es bewacht die Tore des Kommerzes und hat mehr Macht als stehende Armeen. Es ist der König der Finanzen, das manifestierte Symbol des Mammons, dem ganze Kulturen gehuldigt haben. Für das sich Nation gegen Nation erhoben hat, Händler ihr eigenes Land verkauft haben und Brüder gemordet haben.

Die unglaublich glänzende Macht und Magie wird von einer vergessenen Priesterschaft verehrt, um Nationen beherrschbar zu machen, sodass die Freiheit der Menschheit von den Mühlen der internationalen Finanzwelt in den Staub der Erde gedrückt wird. Schon viele Male in den letzten zweitausend Jahren hat sich die vom Geld privilegierte Klasse angetrunken an ihrer Macht, Dominanz und Ignoranz. Und immer wieder volltrunken ganze Nationen ins Unheil gestürzt, weil sie die Lektion nicht gelernt hat. Sie haben es versäumt, ihre Feinde zu demoralisieren. Sie haben es versäumt, an die Ehre derer zu appellieren, die sich nicht demoralisieren lassen können, um diese so zu beeinflussen, dass viele beginnen, an sich zu zweifeln.

Der einzige Faktor, der sich bewundernswert eignet für die Beeinflussung, ist Gold. Gold ist wohl das begehrenswerteste Ding in der Welt. Es ist ein magischer Talisman, von denen, die sich das erste Mal ihrer finanziellen Magie bewusst wurden, über uns lustig gemacht haben. Der eigentliche Wert von Gold richtet sich nach dem Glauben, den die Menschheit in diesen Stoff setzt – manipuliert von denen, die die wahren Gründe und Funktionen verstehen.

Die Nutzung des Goldwertes ist ein Trick, der so alt ist wie der Hügel, aus dem es gewonnen wurde. Es ist dazu geschaffen worden, die Menschheit von den wichtigen Bewegungen, Gedanken bzw. Handlungen abzuhalten. Auf der ganzen Welt sind Millionen Menschen, Tausende von Firmen damit beschäftigt, Gold zu fördern, zu verarbeiten und in den Umlauf zu bringen. Jeden Tag wächst die Menge des Goldes. Seit Jahrhunderten, so will man uns weismachen, wurde nicht mehr als 40 Kubikmeter Gold gefördert, um den Wert zu halten.

Jetzt frage ich: Darauf basiert die gesamte Weltwirtschaft? Das ist der Grund, weshalb Menschen verhungern, Kriege geführt werden und Arbeiter sich tagtäglich versklaven lassen? Wie haben sie es geschafft, uns so zu manipulieren?

Zuerst hat man die Menschen in einer Ignoranz über die Gesetze und Funktionen des Geldes gehalten. Zweitens hat man sich dieser Gesetze und Funktionen bedient, um den Umlauf an Geld gering zu halten. Um es klar zu machen: Es ist einzig und allein wichtig, dass die Menschen den Grund akzeptieren, dass die Theorie, dass Geld stabil ist und einen Wert hat.

Wenn sich das erst einmal in den Köpfen festgesetzt hat, dann ist der ganze andere „Hokuspokus" relativ einfach zu etablieren. Es wurde vielleicht einmal so jemandem erklärt:

Zeige einem Menschen in der einen Hand ein nicht zu unterscheidendes Papiergeldstück und in der anderen ein genauso aussehendes Goldgeldstück. Sage, dass das Papier der Stellvertreter für das Goldstück ist und genauso viel Wert hat. Man kann, da ja Gold der Stellvertreter ist und überall auf der Welt denselben Wert hat, mit dem Papier überall bezahlen. Nun versprichst du ihm, dass du als Regierung immer den Wert des Goldstückes, das in diesen Tresoren als Sicherheit lagert, auszahlst. Versprich ihm, es mit Gewalt zu garantieren. Welches Stück wird er sich nun nehmen? Es bedarf keiner Erklärung, dass der einzelne Mensch einen unerschütterlichen

Glauben an dieses Papier – und damit auch an seine Regierung – hat und an die Versprechungen, die sie gibt.

Es bedeutet also, dass Geld nur ein Mittel der Regierung ist, um einen Wert zu festigen, um diesen mit dem Versprechen, alles in Gold einzutauschen. Natürlich muss das Volk die Regierung unterstützen, damit sie ihr Versprechen einhalten kann. Der Staat verlangt nun Steuern auf die Geldbewegungen, um die Sicherheit zu bezahlen und um denen, die an das Versprechen glauben, Belohnungen auszuschütten.

Natürlich würde dieses System nicht funktionieren, wenn die Macht über die Menschheit nur einzelnen Regierungen überlassen wird. Deshalb erscheint es doch logisch, dass das weltweite Geld- und Machtsystem in ganz anderen Händen liegt – in privaten –, als es von den Regierungen bekannt gegeben wird. Welche Regierung gibt schon gerne zu, dass sie nicht eigentlich an der Macht ist, sondern nur auf Kommandos und Befehle eines ganz anderen hört?

Nehmen wir einmal an, eine Regierung würde sich gegen diese Strömung wehren. Ohne Zweifel würden alle anderen Systeme sich zusammenschließen, um das zu verhindern. Denn der Mensch würde weltweit ein Feindbild aufgezeigt bekommen, und der mörderische Kampf gegen den Feind würde durch Manipulation akzeptiert. So entstehen die meisten Kriege.

28.

Wir hatten nun Frühling und bereiteten uns auf das Pfingstfest vor. Nie zuvor hatte ich von diesem christlichen Fest gehört, denn hier in den USA wird diese wichtige Botschaft den Menschen nicht vermittelt. Gerade mal sechs Wochen nach Ostern feierte die Kommune an einem Sonntag das Fest der „Erleuchtung".

Das erste Mal seit langem erfuhr ich die zugrunde liegenden Wahrheiten des Christentums. Dieses Fest soll uns an die Aufgabe erinnern, die wir als Christen haben: Geh hinaus in die Welt, ohne Angst, und erzähle jedem von der frohen Botschaft. Lerne und erkenne deine Welt. Lass deinen Geist offen sein für alles, was da kommt. Dann wird die Welt auch offen zu dir sein. Besinne dich darauf, dass du ein Mensch unter Menschen auf einer kleinen Kugel bist, die durch das Weltall rast. Wenn du das tief in deinem Herzen verankerst, dann werden die Grenzen, die dir von den weltlichen Herrschern aufgezeigt werden, sinnlos erscheinen. Nur weil du ihre Grenzen akzeptierst, können sie dich kontrollieren.

An diesem Wochenende wurde mir erst richtig bewusst, was es bedeutet, in einer „Menschheit" zu leben. Die unterschiedlichen Sprachen und Kulturen waren nur geschaffen worden, um uns die Aufgabe des gegenseitigen Kennenlernens sowie das Verstehen eines völlig „Fremden" etwas spannender zu machen. Nur wenn die Menschheit akzeptiert, dass sie unterschiedlich ist – so wie jeder Mensch auch seine Eigenheiten hat – und auf dieser Basis miteinander lebt, werden wir bereit sein, neue Aufgaben oder Auffassungen zu erkennen. Erst wenn jedem Einzelnen klar wird, dass er für sich selbst genauso Verantwortung trägt wie für jeden Menschen auf dieser Welt, und wenn er durch dieses Wissen erkennt, dass er dann niemanden anderen zu akzeptieren braucht, der aus einer ihm übergeordneten Position Macht über ihn ausübt, wird die Menschheit weiterkommen.

Um dieses Weiterkommen zu vertiefen, verbrachten wir eine ganze Nacht und sahen Filme über das Weltraumprojekt der USA und der Sowjetunion. Es war erstaunlich, wie einfach es plötzlich schien, unsere Welt zu verlassen. Wir verglichen den Schritt der Menschheit in den Weltraum mit dem ersten Landgang eines Quastenflossers, der nach gängiger wissenschaftlicher Betrachtung wohl das erste Landtier war. Der Vergleich, dass wir im Fischzeitalter lebten und nun in das Wassermannzeitalter hinüberwechselten, gefiel mir gut – in der

Betrachtung, dass schon einmal ein Fisch eine neue Welt erkundet und besiedelt hat, so wie es nun der Mensch tun könnte.

Nebenbei blieb nur noch offen, ob alle Menschen bereit wären, diesen Schritt in ein neues Denken und die Erkundung einer neuen Welt mitzumachen. Oder ob einige Menschen in ihrem System leben müssten, während andere ausbrechen, um später den Kontakt wiederaufzunehmen und das Wissen zu teilen.

Jedenfalls wurde uns bewusst, dass dies alles noch seine Zeit dauern würde, denn vorher müssten wir ganz andere Probleme lösen. Da wir unsere eigene Welt kreieren, heißt das: Wenn die Masse glaubt, dass es keinen anderen Weg als den Weg des Mammons in die Vernichtung gibt, dann wird sich das wohl manifestieren. Denn Glaube kreiert.

An Pfingsten feierte die Christenheit das Fest, das daran erinnert, dass alles, was ein Mensch denkt oder wünscht, eintritt oder zumindest einen Effekt auf die Umgebung hat. Deshalb wurde es für uns so wichtig, zu lernen, unsere Gedanken und Sprache zu beherrschen. All das unnötige, falsche und belanglose Reden, das von vielen aufgenommen wird, verunreinigt den Geist der Menschheit. Nur durch diese Verunreinigung ist es den Machthabern möglich, uns zu kontrollieren.

Von dem Glauben, dass die eigenen Träume eine Botschaft tragen, bis hin zum täglichen Glauben an den Neubeginn spannte sich der Bogen der Betrachtungsweise. John und mir war eines klar: Diese Art Taufe, die wir durchmachten, überzeugte uns nun von der Richtigkeit unseres Tuns. Früher waren wir einfach nur mit der Richtigkeit unseres Handelns einverstanden und schimpften trotzdem auf die Regierung, um anschließend zu sagen: „Was kann ich schon dagegen tun?"

Zuerst sollte man lernen, mit sich selbst im Reinen zu sein. Das ist schwer genug und würde viel von der Menschheit fordern, denn meistens üben diejenigen, die mit sich selbst nicht im Reinen sind, den meisten Druck auf ihre Umgebung aus, weil sie ihre Lage nicht erkennen wollen. Deshalb sollte man beginnen zu sagen: „Was kann ich dafür tun?"

Auch wenn sich all dies nach Denkarbeit anhört, hatten wir dennoch viel Spaß. Sogar ein weiterer Brief von Paul erreichte uns.

Auf dem Weg zur sozialen Gerechtigkeit

Mein ganzes Leben galt dem Streben nach Macht und Reichtum sowie dem Kampf gegen alle sozialen Reformen, die das Monopol der Banken oder der Währung verändern könnten. Für die Banker ist es eine katastrophale Vorstellung, dass vielleicht eine blutige Revolution den nun schon fast 200-jährigen Prozess der Umgestaltung behindern könnte. Man ist nicht um die Menschenleben besorgt, sondern vielmehr um die Konsumenten. Doch eines ist sicher: Wenn sich dieses System in ein sozialistisches oder kommunistisches System ändert – und das wird sich nur in einem blutigen Krieg, in dem Nachbar gegen Nachbar kämpft, vollziehen –, dann werden die Banker, wenn die Ruhe wieder eintritt, zurückkehren und mit ihrem Gold den Neuanfang wagen.

Doch in unserem doch so „demokratischen System" kann so etwas nicht geschehen? Doch sollte man bedenken, dass wir immer mehr in despotische Systeme verfallen, in denen nicht mehr das Volk die Macht hat, sondern wieder eine Klasse von Politikern.

Was heißt eigentlich Demokratie? Demokratie ist die Diktatur des Proletariats. Demokratie ist die Herrschaft einer Mehrheit über eine Minderheit.

Demokratie ist keine freiheitliche Gesellschaft, sondern ermöglicht denen, die gerade als Mehrheit gelten, eine Minderheit zu unterdrücken und an der Macht zu sein. Es geht allein in dieser Form um die Beherrschung des Menschen und nicht um einen friedlichen Austausch oder eine kooperative Konfliktlösung in der Nächstenliebe.

Das ist jedoch gegen die Grundsätze der Verfassung. Und diese gibt dem Volk das Recht, genau gegen diese Strömung anzukämpfen. Es soll als Warnung an beide angesehen werden – an das Volk und an die Regierung. Wenn nur einer der beiden seine Unabhängigkeit zugunsten eines „einfachen Lebensstils" opfert, dann geschieht genau das, was wir in unseren Tagen erleben.

Der Kapitän – der Präsident oder Führer eines Volkes – weiß von der Veränderung im Denken der Besatzung, belügt sie jedoch und führt das Schiff nur in die Richtung, die er für richtig hält. Die Besatzung genießt währenddessen die Reise, bis sie die Gefahr erkennt und meutert. Der Reichtum in der Hand von nur ein paar Wenigen, wie die letzten Jahre zeigen, und die Arbeitslosigkeit von vielen sind eine klaffende Wunde im Herzen einer Nation. Es war die Formel, die Rom ausgelöscht hat. Noch nicht einmal die „professionellen Geschäftsleute" in geheimen Finanzzirkeln erkennen die zerstörerische Wirkung des Gegensatzes, dass sie den größten Teil des Geldes besitzen. Sogar die Bevölkerung applaudiert denen, die sich so am Volk bedienen. Es scheint sogar der Beweis zu sein, dass das kapitalistische System gut ist, da Reichtum mit einem guten Lebensstil gleichgesetzt wird.

Wir laufen durch die Welt wie dumme Schuljungen und glauben, dass wir Reichtum einfach aus dem Spiel mit dem Geld gewinnen können, ohne körperliche Arbeit. Es ist eine große Lüge, die wir da leben, und daran krankt unsere Nation und Zivilisation. Sie behindert den menschlichen Fortschritt. Der große Widerspruch zwischen der land- bzw. kapitalbesitzenden Bevölkerung und der arbeitenden Bevölkerung ist so gefährlich und explosiv, dass es für Skeptiker klar wird, dass nur mit einem stufenweise angelegten Programm das Wirtschaftssystem vor dem Zusammenbruch bewahrt werden kann.

Ein Steuermann, der durch diese Wellen aus Hass, Unverständnis und Zweifel das Schiff steuern muss, braucht einen Fixpunkt am Firmament, um die Richtung zu bestimmen. Wir bewegen uns momentan in eine Richtung, in der es keinen Glauben, kein Vertrauen und keine Zuversicht gibt. Mit dem Verlust des Glaubens können gefährliche universelle Katastrophen aufkommen. Lass uns nicht von der „Schlange" – dem Hass, der sich zwischen den Nationen stark und mächtig gemacht hat, sowie innerhalb der Nation – verführen.

Seit dem 4. Juli 1776, als sich zum ersten Mal in der Geschichte der Menschheit Recht vom Volk für das Volk in den USA niederschrieb und für alle gleich bestimmt wurde, hat sich viel verändert. Aber was ist aus dem Glauben an die Verfassung nach nur einigen Generationen geblieben? Millionen Menschen haben ihren Glauben an ihr Land verloren. Und die Gefahr wächst von Tag zu Tag, dass ethnische, konservative Führer dies ausnutzen. Patriotismus wird zur bloßen Alltagsroutine.

Abraham Lincoln sagte einmal: „Eine Regierung aus dem Volk, vom Volk gewählt und für das Volk wird von Gott behütet und niemals von der Erde verschwinden." Doch die Mächtigen in unserer Welt bereiten im Krieg den Boden für eine Demokratie vor, die korrupt, bankrott und zur Diktatur verkommen ist. Wir sehen in unserer Welt zwei sich tödlich gegenüberstehende Systeme: den Faschismus und den Kommunismus. Zu welcher Kategorie werden wir uns zählen? Kann es denn keinen glorreichen Liberalismus mit Meinungs- und Gedankenfreiheit sowie dem freien gemeinsamen Diskutieren und Lösen von Problemen geben? Müssen wir uns in diese beiden Schemen pressen lassen?

Hat sich nicht in der amerikanischen Verfassung die Hoffnung der freien, zivilisierten Welt manifestiert, um sich selbst zu beweisen und das Ziel zu erreichen? Um die Inspiration und den wahren Geist der Menschheit in hoher Humanität und liberalen Ideen aufgehen zu lassen? Was für eine Schande für diese Republik, dass die Vergessenheit über diese Werte regiert. Weil Männer und Frauen davon zurückgehalten werden, das Geheimnis der Sphinx zu entschlüsseln, die sozialen Probleme zu bewältigen und Frieden und Zeit zu finden, um die wahren Antworten zu erkennen.

Alle politischen Systeme, seien sie faschistisch oder kommunistisch, basieren auf der Regel des Terrors – durch Einschüchterung, Monopole und Armeen. Dies müsste für immer verboten werden. Es gibt überhaupt keinen Grund für eine solche Tyrannei: das diktierende Proletariat auf der einen Seite oder die unterdrückende faschistische Diktatur auf der anderen. Es ist Zeit, diese beiden Richtungen über Bord zu werfen und die Wahrheit regieren zu lassen.

Amerika wurde der Freiheit willen gegründet. Aber wie weit hat sich das Land von den Lehren der Gründer entfernt? Heute versprechen diese Führer nur noch und gewinnen mit ihren Lügen die Massen. Das beweisen all die Diktaturen, die wie Pilze aus dem Boden sprießen. Das Schwert des Damokles schwebt heute über beiden Lagern: Das reiche und das arme Lager bestärken sich selbst in ihrer Existenz, um Extreme in der Klasse zu festigen und mit mehr Macht die Gegenseite zu unterjochen. Die stärkste Waffe beider ist der Fanatismus, der sich meist tödlich entlädt.

Die einzige Lösung ist eine fundamentale soziale Reform, die in einem Prozess die Probleme mit Hilfe und Unterstützung der Reichen und der Armen löst – keine Übernahme der einen über die andere Macht. Der persönliche Umwandlungsprozess wird sich als wichtigster Faktor erweisen.

Um die Position klarer zu machen: Wir müssen nur die Parallele zwischen den existierenden Systemen und den Bedingungen ziehen, unter denen das persische Reich, das Ägyptische, Babylonische, Römische oder griechische Reich zerfallen sind. Und dieser Faktor ist der Wucher.

Das Persische Reich ist zerfallen, als ein Prozent der Bevölkerung das gesamte Land besaß. Ägypten ist zerfallen, weil zwei Prozent der Bevölkerung 97 Prozent des Reichtums hielten. Babylon ist zerfallen, weil zwei Prozent der Bevölkerung alles besaßen. Das Römische Reich ist zerfallen, weil 1.800 Menschen die gesamte damals bekannte Welt besaßen. 1910 gehörten sieben Achtel des Landes der USA weniger als zwei Prozent der Bevölkerung. Kann jemand nur so optimistisch sein und denken, dass wir die Fehler früherer Zivilisationen ausbügeln können oder gar nicht begehen und vergessen?

Wahrheit und Moral übersehen?

Der Wucher ist das Fundament der Geldkrankheit, die die Menschheit heimsucht. Der Wucher ist das Böse, das alle höheren Bestimmungen und Ideen, die warme, brüderliche Liebe, Familien entehrt und entzweit, menschliches Vertrauen und Sympathie zerstört, um dann dem Laster zu dienen. Und was meine ich mit Wucher?

Wucher ist das Leihen von Geld mit dem Ziel, Gewinn und Zinsen aus fruchtloser Arbeit zu verlangen. Der Wucher ist des Teufels handgemachtes Schwert in allen Ländern, durch alle Zeiten, geführt von denselben Menschen, die sagen, sie seien Gottes Stellvertreter und Sprachrohr und nennen sich die Helden der Wahrheit und der Gerechtigkeit. Wucher ist der Krebs, der an den vitalen Kräften der Zivilisation nagt, der dem Körper seine Kräfte entzieht. Es gibt keinen einzigen Moment in der Geschichte, in dem diese Erkenntnis nicht ignoriert wurde, und so verschwanden diese Kulturen vom Gesicht der Erde und hinterließen nur die wenigen Schätze ihrer Existenz.

Wucher ist der Feind aller sozialen Systeme, und Krebs ist der Feind des Körpers. Und wie der Krebs sich am Körper verzehrt und zerstört, ohne sterben zu wollen, sondern immer weiter wuchert, so wird der Wucher, der das Fundament des Kreditsystems bzw. des Geldsystems ist, früher oder später unser Zivilisationssystem, das an ewige Existenz glaubt, zerstören.

Arbeit sollte vom Kapital unabhängig sein. Kapital sollte nur die Frucht der Arbeit sein und kann ohne eine vorherige Tätigkeit nicht existieren. Wenn man nicht vom Kapital ablassen kann, wird es zur Krankheit.

Es war ein heißer Frühsommertag, und er stimmte uns schon richtig auf das Thema ein, das heute Abend auf dem Plan stand. Man hatte einen berühmten Ägyptologen – er bezeichnet sich selbst nicht so – eingeladen. Robert Duval, Autor einiger aufsehenerregender Bücher, ist gebürtiger Ägypter, jedoch halb italienischer bzw. belgischer Abstammung. Er sprach über eines der größten Geheimnisse der Menschheit:

Das Geheimnis der Sphinx

„Wir haben die Erkenntnisse einer Zivilisation verloren. Ich spreche heute über die ägyptische Kultur und lasse die anderen verlorenen Kulturen einmal beiseite. Eine Zivilisation, die vor uns existierte und die nur in Mythen, in Gebäuden und in ihrer Schrift überlebte. Wenn wir einmal davon ausgehen, dass jemand unsere Kultur entdeckt und niemand da ist, um sie zu erklären, dann wird vielleicht ein Fast-Food-Restaurant, das ausgegraben wird, schnell zu einem religiösen Ort. Man findet all die wertvollen Gegenstände, für die es keine Erklärung gibt, wie die einfachen Bewohner dies nur fertiggebracht haben, da das Werkzeug, das den glatten Stahl oder gar den Plastik bearbeitet hat, nicht vorhanden ist.

Auch die Sprache dieser Kultur, die man nicht versteht, wird schnell missverstanden. Aus dem Zeichen ‚Toiletten' wird man vielleicht einen Ort beschreiben, der mit kostbarem Porzellan ausgestattet ist und in dem eine Person allein dem Gott huldigt. Oder so ähnlich – hier können Sie Ihren Gedanken freien Lauf lassen. So oder ähnlich begann natürlich die frühe Ägyptologie.

Vor 180 Jahren gab es noch keine Computer, keine komplizierten Systeme oder gar eine Astronomie, geschweige denn Weltraumfahrt. Deshalb arbeiten die heutigen Wissenschaftler, die sich mit diesem Thema befassen, immer noch mit diesen alten Denksystemen, wie unsere Wissenschaftler vor 180 Jahren."

Man muss jedoch das heutige Wissen mit diesem alten Wissen verbinden. Es heißt ja auch Wissenschaft – ein Wissen, das in einem Schaffungsprozess liegt. Die Schrift der Ägypter gilt als identifiziert, jedoch nur mit den alten Hilfsmitteln, die damals benutzt wurden. Sprachwissenschaftler, die andere vergleichbare Kulturen aus diesem Raum erforscht haben, bestätigen, dass die ägyptischen Hieroglyphen keine lebendige Schrift wie unsere waren. Nur die Mächtigen und Gelehrten hatten das Privileg des Schreibens und Lesens. Durch ihr Wissen benötigten sie eine einfache Schreibweise. Ein Zeichen konnte also ganze komplexe Zusammenhänge darstellen, die für diese Priester, die davon wussten, keiner weiteren Erklärung bedurften. Deshalb kann man die Hieroglyphen auch mit der heutigen modernen Computersprache vergleichen.

Auch die Architektur dieser Zeit ist einer anderen Bedeutung zuzuweisen, als es bisher getan wird. Ich rede hier von der Symbolik und der Sprache, die in dieser Architektur steckt. Nun will ich die erste wage Behauptung aufstellen: Die Pyramiden sind viel älter, als wir glauben – oder besser gesagt, als von den heutigen Mächtigen offenbart wird. Ich sage Ihnen, die Kultur von Atlantis lebte an diesem Ort weiter und will uns etwas mitteilen, was wir erst jetzt, da sich unsere Technik und unser Denken verändert haben, überhaupt begreifen können. Eine Botschaft, die sehr wichtig ist.

Wenn das so ist, dann stellt sich wirklich die Frage: Wo kommen wir her? Was ist der Grund? Wo gehen wir hin?

Die letzten Jahre haben wir das Erforschen dieser Stätten Leuten überlassen, die ihr Wissen nur vom momentanen Standpunkt aus betrachten, ohne Fragen zu stellen oder ihre eigenen Denkschranken zu überwinden. Wissenschaft hat etwas mit Wissen zu tun. Diese Gebäude wurden mit einem völlig anderen Wissen gebaut. Also muss man auch die Gebäude – Pyramiden und Sphinx – mit diesem anderen Wissen betrachten.

Warum baut man mitten in einer unwirklichen Gegend, die nicht genügend Lebensmittel für die Arbeiter bietet, die man für so einen gewaltigen Bau benötigt und die noch dazu von weit her herangeschafft werden müssen? Die Pyramide von Cheops hat eine Masse von 6,5 Millionen Tonnen; 2,5 Millionen Blöcke aus Stein wurden zum Bau verwendet, von denen die schwersten bis zu 300 Tonnen wiegen. Die Sphinx ist die größte Statue der Welt. Warum baut man so ein gewaltiges Kunstwerk? Oder ist es gar kein Kunstwerk, sondern der Schlüssel zu einer völlig anderen Erkenntnis?

Am Frühlingsanfang, dem 23. März, bei Sonnenaufgang, kann man ein spektakuläres Ereignis beobachten: Die Sphinx schaut nach Osten, in den Sonnenaufgang, und die Pyramiden erzeugen ein großartiges Schattenspiel. Doch was sahen die Ägypter vor mehr als 3000 Jahren? Wer auch immer das gebaut hat – es waren die Hightech-Architekten der Vergangenheit und der Zukunft.

Wer auch immer die Pyramiden gebaut hat, hat sie für einen bestimmten Tag geschaffen. Es sollte klar sein: Was auch immer mit dem eigenen Reich geschieht, die Pyramiden sollten die Zeiten überdauern, um ihren Auftrag irgendwann auszuführen – und um die Macht des Pharaos sichtbar zu machen. Der einzige Beweis für die Datierung der Großen Pyramide ist eine Art Graffiti, ganz versteckt an der Decke der „Pyramidengrabkammer", das nur den Namen „Cheops" trägt. Auf den ersten Blick ist das nichts Außergewöhnliches. Die Große Pyramide hat jedoch sonst keine Inschriften aufzuweisen; sie ist völlig leer. Warum sollte der größte und mächtigste Pharao, der die größte Pyramide gebaut hat – so will man uns weismachen – nicht in großen Lettern zeigen, dass er es getan hat, um der Nachwelt zu beweisen, wie groß er doch war? Oder war er gar nicht der Erbauer, und jemand hat diesen Namen eingeritzt, um uns zu verwirren? Nicht einmal ein einziger Gegenstand wurde gefunden, noch irgendein Anzeichen, dass hier etwas aufbewahrt wurde.

Jede Seite der Pyramide ist 213 Meter lang und astronomisch exakt ausgerichtet. Sie liegt auf einer perfekten Ost-West- bzw. Nord-Süd-Achse. Man betrat die Pyramide von Süden und ging Richtung Norden. Es wurde gemessen, dass dies eine perfekte Linie zum Meridian darstellt. Man bedenke, dass mehrere Millionen Tonnen Stein auf diesem Gang lasten. Warum diese Perfektion? Man muss schon einen Stern als Referenzpunkt verwendet haben, um diese genauen Berechnungen durchzuführen. Aber noch einmal: Warum?

Niemand würde mit bloßem Auge eine Abweichung erkennen, denn eine Pyramide ist eine Pyramide, oder? Alle anderen Pyramiden sind mit Inschriften fast schon überladen – die Große Pyramide des Cheops jedoch nicht. Man sagt, ihr Alter wird auf 2.300 Jahre vor Christus geschätzt. Das sind fast 4.300 Jahre. In alten ägyptischen religiösen Schriften wird ständig über Osiris gesprochen, oft in Verbindung mit dem Himmel. Im Vergleich zu anderen Kulturen wissen wir, dass Osiris das Sternbild des Orion ist. Wir wissen auch aus diesen Texten, dass der Pharao selbst zu Osiris wird – so wie auch die Pyramide. Es gibt also eine Verbindung zwischen den Pyramiden, der Sphinx und diesem Sternensystem.

Als die Hieroglyphen 1823 entschlüsselt wurden, kamen die Entdecker aus einem völlig anderen Fachgebiet. Wir können davon ausgehen, dass das Wissen über Astronomie zur Zeit der Ägypter größer war als zum Zeitpunkt der Übersetzung der Schrift. Deshalb konnten diese Wissenschaftler die Botschaft, die übermittelt wird, nicht verstehen. Das können wir jedoch in unserer Zeit. Nun haben wir – das heißt ich und einige andere Personen – es sehr schwer, die eingefahrenen Denkstrukturen der Ägyptologen zu durchbrechen, um eine etwas andere Sichtweise zu erhalten.

Um kurz die Entstehungsgeschichte der Ägypter zu beschreiben: Der Gott der Genesis, Atum-Ra – die Sphinx ist sein Symbol – kam auf die Erde und erschuf ein Paar: Sonne und Mond sowie vier weitere, die ihnen dienten – Osiris und Isis. Zusammen erschufen sie die erste

Kultur an der Stelle, wo heute die Sphinx steht. Jeder Pharao ist eine Wiedergeburt des erstgeborenen Sohnes von Isis und Osiris. Wenn man nun die astronomische Anordnung der Sterne des Orion – auch Duat genannt – mit den Schriften der Ägypter vergleicht, wissen wir, dass der Pharao nach seinem Ableben durch diese Sternenregion, durch das Rossdau, den Eingang zur Nachwelt, schreitet. Allen bekannt als Stargate oder Tor zu den Sternen.

Vergleicht man nun die Positionen der drei Pyramiden von Gizeh, die auf dieser Nord-Süd-Achse ausgerichtet sind, fällt einem direkt auf, dass nur die beiden großen Pyramiden eine 45-Grad-Achse bilden. Warum? Warum all diese Perfektion und Genauigkeit, wenn man die letzte und kleinere Pyramide in einem völlig anderen Winkel zu den anderen platziert? Ist hier also ein Plan im Spiel, und was bedeutet dieser? Was bedeuten die „Luftschächte", die entdeckt wurden? Warum macht man sich all die Arbeit, einen kleinen Schacht in diesem riesigen Bauwerk einzuplanen, der nirgendwo hinführt? Oder hat dieser eine Ausrichtung zu den Sternen?

Unser Planet, auf dem wir leben, rotiert in 24 Stunden um seine Achse und benötigt 365 Tage, um die Sonne zu umkreisen. All dies wussten auch die Ägypter. Auch dass der Planet eine ungleichmäßige Bewegung ausführt: Die Erde eiert durch den Raum. Diese Eierbewegung war den Ägyptern bewusst, und deshalb richteten sie die neu von uns entdeckten Schächte so aus, dass das Sternbild des Orion zum Zeitpunkt, auf den alle Gebäude hinweisen, exakt ausgerichtet ist. Wenn wir diesen Schacht, der von der restlichen Konstruktion abweicht, berechnen und herausfinden, wann die Pyramidenachse mit Orion übereinstimmt, kommen wir auf einen Zeitraum von 26.000 Jahren. Noch einmal: Vor 26.000 Jahren stand die Pyramide von Gizeh, die Große Pyramide des Cheops, haargenau auf der Achslinie mit Orion. Warum?

Die Ägypter wussten das und richteten die Schächte entsprechend aus. Orion ist am besten an Weihnachten zu sehen. Wenn man nun die

Positionen der drei Pyramiden mit dem Sternbild des Orion vergleicht, stellt man fest, dass es dieselben Positionen sind. Das kann kein Zufall sein, denn zum angenommenen Baudatum 2.500 v. Chr. war die Konstellation anders. Wir haben also herausgefunden, dass die Positionen der Pyramiden heute mit dem Sternbild des Orion übereinstimmen. Weiter wissen wir nun, dass zum angeblichen Baudatum die Positionen unterschiedlich waren. Auch wissen wir, wenn wir weiterrechnen, dass 10.500 v. Chr. alle drei Sterne (Pyramiden) auf einer 45-Grad-Linie übereinstimmten. Das war also der Zeitpunkt der Ankunft der Götter und der Gründung der Kultur. Es muss der Grund sein, warum die Sphinx beim Frühlingsaufgang der Sterne, die den Meridian überqueren, nach Osten blickt, um dieses Schauspiel zu „sehen".

Warum ist die Sphinx auf diese Sternenpunkte ausgerichtet? Wir gehen nun vom Zeitalter der Fische in das Zeitalter des Wassermanns über. Durch die Jahrhunderte hindurch beschreiben die Ägypter diese unterschiedlichen Zeitalter. Beim angeblichen Bau der Sphinx war jedoch das Zeitalter des Stieres. Warum baute man dann einen Löwenkörper? Wir finden jedoch heraus, dass 10.500 v. Chr. das Zeitalter des Löwen war. Wenn wir nun die heutigen Sternenpositionen auf einen Bauquerschnitt der Sphinx legen, stellen wir fest, dass ein Punkt unter der Sphinx angezeigt wird. Es ist eine Tatsache, dass Archäologen aufgrund dieser Berechnungen einen Tunnel gefunden haben.

Man steht nun vor der Öffnung eines Tores. Der dahinter liegende Raum wird wohl das größte Geheimnis der Menschheit verbergen. Wir kämpfen mit allen Mitteln dafür, dass die Öffentlichkeit – sprich die Medien – beim Öffnen des Raumes live dabei sein dürfen. Noch immer wird mit allen erdenklichen Mitteln, bis hin zu Morddrohungen, die an mich gerichtet sind, versucht zu verhindern, dass die Weltöffentlichkeit davon in Kenntnis gesetzt wird.

Das Ende der Eiszeit war 10.500 v. Chr. Die überlebenden Atlantier haben hier in Ägypten eine neue Kultur gegründet. Die Pyramiden zeigen uns, dass wir wieder neu und frei denken sollen, und weisen auf ein wichtiges Ereignis in der nahen Zukunft hin. Wir hoffen, dass auch Rudolf Gantenbrink die Erlaubnis erhält, das Tor am Ende des Schachtes in der Großen Pyramide zu öffnen. Das große Geheimnis steht kurz vor der Enthüllung, und ich hoffe, dass es uns allen die Augen und Ohren öffnen wird."

30.

Der letzte Brief von Paul erreichte mich Ende Juli. Wir hatten erfahren, dass er und Mary, genauso wie wir, auf der Flucht waren. Dieser letzte Aufruf wurde mir von Marcel, unserem Sekretariatsverwalter, beim Richtfest unseres Gästehauses zugesteckt. Paul und Mary waren auf dem Weg von Honduras nach Südamerika, um dort eine neue Bleibe zu finden. Durch das Verschwinden der beiden wurde sogar die Polizei auf unserer Kommune aufmerksam. So musste ich mich, an die Fastenzeit erinnernd, verschleiern. Es bewahrte mich davor, erkannt zu werden. Sogar den Unterricht konnte ich nicht mehr besuchen. So waren wir wieder Gefangene in unserer eigenen Welt und warteten ab, dass sich das normale Leben wieder einstellen würde. Doch nachdem wir den letzten Brief von Paul Dason erhielten, würde sich dieses ahnungslose Verhalten wohl auf längere Zeit nicht mehr einstellen.

Vergesst es nicht!!!!!!

Was hat wohl den größten Effekt auf die Menschheit gehabt? Die Erfindung der beweglichen Buchstaben (oder der Schrift im Allgemeinen), die Erfindung des Geldes oder die Erfindung des Schießpulvers?

Durch das Benutzen von Buchstaben konnte der Mensch seine Gedanken kristallisieren und für die „Ewigkeit" in Stein meißeln. Geld wurde zum Tauschen von Waren schon seit der Antike genutzt. Das

Schießpulver schließlich brachte der Menschheit die physikalische Kraft, sich gegen Schwierigkeiten mit Macht zu wehren. Aber von diesen drei Erfindungen ist Geld das wohl mächtigste Ding in dieser Welt. Das Demoralisieren der Menschheit ist zur stärksten Waffe geworden, nur so können die Mächtigen die Ehre jedes Einzelnen umprogrammieren. Deshalb überlassen auch die Menschen das Denken über die großen Zusammenhänge des Geldes ihren Führern. Doch wir wissen: „Die Liebe zum Geld ist die Wurzel allen Übels."

Wir können diese Wurzel nicht logisch begreifen oder aus dem Boden reißen. Oder die Frage stellen: Warum hat Gott uns diese Wurzel in die Hand gegeben? Nur eine Person unter Tausend versteht die Zusammenhänge des Geldes. Die meisten glauben, dass es eine Art Maßeinheit des Standardwerts oder mit dem Landbesitz verbunden ist. Die Wahrheit ist, dass es wertlos ist. Es hat keine Qualität – bis zu dem Moment, in dem jemand es für etwas anderes umtauscht. Geld ist ein Werkzeug des Tauschens und nicht mehr. Es ist nicht die Maßeinheit eines Wertes oder stellt gar repräsentativen Besitz dar. Es hilft nur beim Wechseln von Besitz von einer zur nächsten Person – wie ein Wagen, der Güter von einem Ort zum nächsten bringt.

Es stimmt, dass Geld eine höhere Arbeitskraft erzeugt hat, die eine spezielle Zivilisation geschaffen hat. Geld sollte jedoch nur das Blut in der Weltwirtschaft sein – frei und unabhängig zirkulieren, um die Welt gesund zu halten. Geld sollte niemals die Bedingungen des Umtauschs bestimmen oder gar Angebot und Nachfrage steuern. So haben wir die Übersicht über das Geld verloren, und ihm wurde eine Kraft zugeschrieben, die es zu einem gefährlichen Meister gemacht hat. Die wahre Funktion des Geldes ist der Austausch und die Zirkulation von Waren; es war nie als Mittel zur Kontrolle des Marktes gedacht. Doch genau das geschieht heute auf legalem Weg.

Es kann diese Macht ausüben, weil die Besitzer nur zu einem für sie günstigen Moment kaufen. Dieses Geld ist zu einem gigantischen Monopol angewachsen, das eine enorme Macht ausübt. Das ist auch der Grund, warum wir von Überproduktion reden – um die Wahrheit zu verschleiern, dass es ausreicht, nur die nötigen Waren zu produzieren, die eine Nation braucht. Geld kontrolliert, wo und von wem Geschäfte gemacht werden, wo Geschäfte enden und wann es bereit ist zu agieren.

Seit den Zeiten von Sophokles versuchen Studenten der Geschichte und der Wirtschaftswissenschaften, die nur einen flüchtigen Einblick in die wahren Funktionen des Geldes erhalten haben, die Einflüsse auf das menschliche Verhalten zu verstehen. Unermüdlich nutzen sie jede List, die sich ihnen bietet, um einen Einblick in die gehobene Gesellschaft zu erhalten und die wahren Hintergründe zu erfahren, wie diese die Menschheit manipulieren. In fast allen Beispielen hat sich die unersättliche Gier und das persönliche Interesse der führenden Klasse mit der Ignoranz und dem hochmütigen Desinteresse der kommerziellen Klasse vereint, um die monopolistische Kontrolle und die begleitende Verzerrung der wahren Funktionen des Geldes auszunutzen und das Volk zu versklaven.

Es gibt keinen Einfluss, der einen größeren Effekt auf nationales, staatliches, kommunales oder privates Wohl hat und daher mehr Beachtung verdient als der Einfluss des Geldes.

Ist da etwa Verrat in der menschlichen Natur, der sich in einer Art „wie vom Schreck gelähmten" Zustand gegenüber den stärksten Gesetzen zeigt – dem Gesetz der Selbsterhaltung, wenn es auf das Problem des Geldes stößt? In meiner langjährigen Laufbahn erkannte ich, dass es einen Zyklus von Wirtschaftsdepression zu Inflation gibt – ein natürliches Gesetz, das unumstößlich ist und in dem der Banker seine Existenz bzw. seine Macht sucht. Eine vierte Dimension, deren Praktiken und Techniken nur von wenigen beherrscht wird, lässt es diesen einfach zu, unsere Welt zu kontrollieren. Dieses natürliche Gesetz kann erkannt werden.

Da die Mächtigen allein dieses Wissen haben, handeln sie so, um ihre Kraft nicht zu verlieren. Ihre Kraft ist der Glaube der Menschheit an ihr

System. Wenn das Wissen um die wahren wirtschaftlichen Zusammenhänge an die Öffentlichkeit gelangt, werden diese Mächtigen nur eine Möglichkeit sehen – und das ist die Vernichtung derer, die die Wahrheit sagen. Denn das System weiß, wie schwach es allein gegenüber der Masse ist. Nur wer die Massen kontrolliert, kann sie in den Wirtschaftszyklus einbinden, um die eigene Kraft zu festigen. Es ist kaum auszumalen, was geschehen würde, wenn die Bevölkerung aus diesem Schlafzustand erwacht. Die speziellen Privilegien der Oberschicht sowie despotische und moderate Systeme würden für immer zerstört werden. Jeder existierende Faktor, der sich in diesem sozialen und wirtschaftlichen System gefestigt hat, ist geschaffen worden, um den Kollaps zu verhindern.

Die organisierte Form der Geldleiher, die sich mit den Verteidigungs- und Angriffsarmeen verbündet haben, die Presse kontrollieren, Universitäten bzw. das gesamte Erziehungssystem mit ihrer Propaganda beherrschen, schaffen nur eine Illusion, um den eigenen Untergang zu verhindern. Aber was sind die Alternativen? Der Weg der blutigen Revolution, die sich ohne Hemmungen nun auf dem gesamten Planeten austoben würde? Wo würdest du dich sehen?

Ich hoffe auf dem Weg des Friedens. Clémenceau sagte: „Wir müssen die Geschichte davor bewahren, die gleichen Fehler zu wiederholen."

Wie können wir das tun? Erstens durch die intensive Schulung der Menschheit in der Wahrheit. Zweitens durch die gemeinsame Aktion der Menschheit. Sogar der gesamte technische Fortschritt, der durch die Konzentration und Umgestaltung des Kapitals entstanden ist, ist machtlos gegenüber der Kraft des Kapitals.

Ende der zwanziger Jahre unseres Jahrhunderts entwickelten Wissenschaftler in Japan einen Stahl, der die neunfache magnetische Stärke aufweist als alles zuvor entwickelte und das Zweieinhalbfache von Kobalt. Entwickelt aus einer bestimmten Art von Legierung, kann dieser Stahl durch seinen Zustand im Erdmagnetfeld mehr als eineinhalb Meter in der Luft schweben. Dieser Stahl behält seine Kraft für mehr als 20.000 Jahre. Zur gleichen Zeit entwickelten Wissenschaftler in Deutschland einen Stahl, der genau das Gegenteil darstellt: Er nimmt keine Art von Magnetismus an. Durch die einfache Kombination dieser Stähle ist es möglich, genug Energie zu erzeugen, um sich überall hin zu bewegen. Doch das Geld, das mächtige Kapital dieser Welt, konnte dem schnellen Fortschreiten der Technik nicht folgen. Es bleibt in seinem beschränkten Denken und blockiert so den Fortschritt der Menschheit. Die Preisgabe dieses Geheimnisses würde den Fortbestand der Macht des Kapitals gefährden. Wegen dieses Geheimnisses – und vieler anderer natürlich – mussten weltweit mehr als 300 Millionen Menschen im Zweiten Weltkrieg ihr Leben lassen.

Wie können wir mit einem ruhigen Gewissen mit diesem Wissen leben und unser Dasein und Streben auf Geld, Macht und den Mammon bauen?

Es waren wohl die heißesten, aber langweiligsten Wochen seit Jahren. Der Hochsommer hatte eingesetzt, und wir waren im Wohnmobil gefangen. Täglich kamen Streifenwagen der Staats-, Landes- oder der örtlichen Polizeivertretung auf das Gelände, um Ausweiskontrollen durchzuführen. John weigerte sich, in den Bunker zu gehen. Er wollte lieber den ganzen Tag im Wohnmobil schwitzen, als in diesem Loch zu sitzen. Doch nach fast zwei Wochen hatte ich ihn endlich so weit, dass wir wenigstens Ausflüge durch das Tunnelsystem unternahmen. Trotz allem war es für uns nicht möglich, die Stadt zu besuchen. Eine ständige Polizeipräsenz machte dieses Vorhaben zu einem Himmelfahrtskommando. Uns war es nicht einmal mehr erlaubt, nachts das Wohnmobil zu verlassen, da unter Umständen unser Gelände mit Nachtsichtgeräten und Abhörvorrichtungen kontrolliert wurde. Das zwang uns, still und fast bewegungslos im Wohnmobil zu verharren.

So wechselten wir in einer Gewitternacht unseren Wohnsitz. John war es nun egal geworden. Mich wunderte es sowieso, dass es bis zum heutigen Tag niemand vom Regierungssystem herausgefunden hatte, dass hier eine Bunkeranlage stand. Eingekapselt, ohne natürliches Licht, von der Außenwelt und von den Mahlzeiten der Küche abhängig, die uns durch den Fahrstuhlschacht zukamen, saßen wir wie die Urchristen, wieder versteckt in einer Höhle, und warteten ab.

Chris besuchte uns regelmäßig und stellte uns seine Idee und Vision seiner „Neuen Weltordnung" dar. So verbrachten wir den Hochsommer in hitzigen Diskussionen und schrieben zu dritt gemeinsam an dem Werk, das für uns der einzige Ausweg aus der derzeitigen Lage erschien. Ausgangspunkt war: Wie können wir uns auf einen bevorstehenden Zeitpunkt vorbereiten, an dem das Kapital abgeschafft wird? Wie könnte eine auf der Nächstenliebe aufgebaute Gesellschaft sich ein Ziel setzen, und worum dreht sich dann eigentlich alles?

32.

So verbrachten wir den Sommer. Fast schon eine verklärte, weltfremde Atmosphäre umgab uns. Die vielen Diskussionen und Streitereien zwischen John und mir schweißten uns noch enger zusammen. Nicht nur der Umstand, dass wir keine andere Wahl hatten, als hier auszuharren, sondern auch das gegenseitige Vertrauen und der Glaube an eine Zukunft ließen uns hoffen. Es wurde uns bewusst, dass ein fast schon perfekt weltweit operierendes System nicht von heute auf morgen abzuschaffen wäre. Auch, dass wir es vielleicht nicht erleben würden. Doch vor unseren Kindern könnten wir uns nur in einem Punkt rechtfertigen: Wir haben es versucht und niemals davon abgelassen. Sogar die Meinung, dass es sich nicht „lohnen" würde, das heutige, weltliche Reich zu verändern, ließen wir nicht gelten. Denn unsere Körper, die Tempel unserer Seele sind, dürfen sich mit dieser Welt auseinandersetzen.

Niemand hat das Recht, Menschen so zu manipulieren, dass sie erst die Freiheit über ihren Körper verlieren, um anschließend ihre Seele aufzugeben. Selbstbestimmung und Selbstverantwortung für sich und die Mitmenschen zeigten sich uns als Grundvoraussetzung für einen neuen Anfang für alle.

In diesem Geist verstrich der Sommer, und die kleinen Zeilen, die Chris uns hinterließ, stimmten mich zuversichtlich:

33. **Der Punkt**

VORWORT

Dieses Buch versteht sich als Leitfaden und Bauplan, der das Überleben der menschlichen Rasse und ihrer Umwelt sichern soll. Es dient als Anstoß für weitere Überlegungen und Diskussionen.

Es ist unmissverständlich, dass der Mensch nur in einer bestimmten Umgebung existieren kann. Ebenso sollte klar sein, dass er diese Umgebung sowohl zu seinem eigenen Vorteil als auch zum Wohl der Umwelt erhalten muss, um sein Überleben zu sichern.

DER ERSTE SCHRITT

Durch einen evolutionären Prozess oder einen anderen Umstand gelangte der Mensch zu einem höheren Bewusstsein. Er begann, seine Hände als Werkzeuge zu nutzen – zu greifen und zu begreifen. Dies war der erste Schritt.

Die menschliche Hand ist ein perfektes System, das es uns ermöglicht, unsere Umwelt zu erkunden, zu bearbeiten und zu verändern. Kein anderes Lebewesen auf unserem Planeten kann dies in diesem Ausmaß. Andere Lebewesen haben andere Bestimmungen, aber was ist die Bestimmung des Menschen?

Die Natur bildet die Grundlage – alles, was unser Planet zu bieten hat. Doch der Mensch hat eine einzigartige Rolle: Er ist Gestalter und Bewahrer. Momentan funktioniert das Verhältnis zwischen Mensch und Natur jedoch nicht, da wir einseitig denken und handeln.

Indem wir das alte Wissen der Naturvölker, die seit Jahrtausenden im Einklang mit der Natur leben, wiederentdecken und nutzen, können wir eine neue Basis für die Zukunft schaffen. Nehmen wir an, wir hätten die komplexen Strukturen der Natur verstanden und würden danach leben – dann könnten wir den nächsten Schritt wagen.

DER ZWEITE SCHRITT

Sind wir erst einmal eins mit unserer Umwelt geworden, ergibt sich fast zwangsläufig eine friedliche Koexistenz unter den Menschen. Auf welcher religiösen oder ideologischen Basis dies geschieht, ist zweitrangig, da alle Religionen und

Weltanschauungen dasselbe Ziel haben:
Friedliche Koexistenz.

Ist dieser Schritt erreicht, wird es selbstverständlich, sich frei auf dem Planeten und darüber hinaus zu bewegen, Wissen und Arbeitskraft zu teilen – die **Ausdehnung der menschlichen Rasse**.

DER DRITTE SCHRITT

Nun praktizieren wir das optimale Zusammenleben im Kosmos. Dabei werden wir feststellen, dass es noch unzählige Aufgaben zu bewältigen gibt. Um all dies zusammenzuhalten – der „I-Punkt", ohne den alles außer Kontrolle gerät – ist die **maximale Ausschöpfung von Gegebenheiten** entscheidend.

Dieser Bereich wird kein Ende haben. Wir werden immer wieder auf Schranken stoßen, die wir durch unsere neue Basis überwinden können. Doch letztlich werden wir lernen, dass diese Schranken gar nicht existieren.

DIE HAND ALS SYMBOL DER MENSCHLICHEN RASSE

Irgendwann wurde mir bewusst: „Ich bin ein Mensch." Und alle um mich herum waren ebenfalls Menschen – mit unterschiedlichen Sprachen, Hautfarben und Ideologien, aber im Kern gleich. Was mich jedoch besonders faszinierte, war die

Hand. Sie ist das Werkzeug unserer Intelligenz, ein perfektes System.

Um die Idee des „Punktes" zu verdeutlichen, gab ich jedem Finger einen Namen:

•**Der kleine Finger – Expansion und Ausdehnung**: Der kleinste Finger, aber mit dem größten Drang, sich auszudehnen, da er eine Seite völlig frei hat.
•**Der Ringfinger – Natur**: Die Basis, die uns gegeben ist. Wer will als Braut?
•**Der Mittelfinger – Mensch**: Der größte Finger, der in der Mitte steht und den Menschen als Gestalter und Bewahrer seiner Umwelt symbolisiert.
•**Der Zeigefinger – Friedliche Koexistenz**: Mit ihm können wir auf alles zeigen, was nicht seiner Bestimmung entspricht.
•**Der Daumen – Maximale Ausschöpfung von Gegebenheiten**: Der stärkste Unterstützer des Systems. Ohne ihn funktioniert nichts.
Werden alle Finger zusammengenommen, bilden sie eine Faust – ein einheitliches System, das immense Kraft symbolisiert. Fällt jedoch ein Finger aus, ist das gesamte System funktionsunfähig und sinnlos.

NATUR

Wenn wir mit offenen Augen durch die Welt gehen, erkennen wir, dass alles seinen Platz hat und sich an seine Umgebung angepasst hat, um zu überleben. Was sich nicht anpasst, stirbt aus. Alle Lebewesen unterliegen demselben Rhythmus – nur der Mensch kann diesen Rhythmus weitgehend selbst bestimmen.

Betrachten wir die Evolutionstheorien, wird klar, dass alles Leben aus dem Wasser stammt und auf diesen Planeten gebracht wurde. Die menschliche Rasse hat den Schritt in den Weltraum gewagt, doch bisher ohne Rücksicht auf friedliche Koexistenz und die Natur. Es ist an der Zeit, auf einer breiten Basis eine globale Richtung für die Zukunft zu entwickeln.

DER MENSCH

In jedem von uns steckt Kraft und Potenzial. Niemand weiß, was der andere wirklich denkt oder welche Ideen ein Kind in der Zukunft entwickeln könnte. Wenn wir Kinder in alten Denkmustern einschränken, wie können wir uns selbst weiterentwickeln?

Jedes Menschenleben ist wertvoll und kann die Zukunft unserer Rasse prägen. Schon die Entwicklung vom Einzeller zum Menschen im Mutterleib zeigt die Komplexität und Verwundbarkeit des Lebens. Es ist ein perfekt koordiniertes System, das nicht gestört werden darf.

FRIEDLICHE KOEXISTENZ

Was soll ich dazu noch groß sagen? Es wurden bereits unzählige Bücher geschrieben, Theorien entwickelt und Religionen gegründet, die alle dasselbe Ziel verfolgen: Frieden. Tief in jedem von uns ist der Glaube an Frieden verankert.

Ohne friedliche Koexistenz – selbst mit dem Sauerstoff, den wir atmen – könnten wir nicht überleben.

AUSDEHNUNG

„Es gibt keine Grenzen;
Es gibt keine Grenzen;
Es gibt keine Grenzen;
Und doch gibt es keine Grenzen."

Das sollte jedem klar sein. Wo liegt also das Problem? Ganz einfach: Wenn etwas in unserer Umgebung nicht stimmt und wir alle friedlichen Versuche zur Veränderung ausgeschöpft haben, sollten wir uns auf die Suche nach einer neuen Umgebung machen. Der Ausdehnungsdrang ist menschlich – ohne ihn würden wir noch immer glauben, die Erde sei eine Scheibe.

DIE MAXIMALE AUSSCHÖPFUNG VON GEGEBENHEITEN

Wir haben das Feuer gebändigt, das einst als Blitz einen Baum entzündete. Wir haben gelernt, Feuer zu erschaffen, um unsere Nahrung schmackhafter zu machen. Wir haben gelernt, uns mit Fell oder Pflanzen zu kleiden, um warm zu bleiben. Wir haben Maschinen erfunden, um uns schneller fortzubewegen.

All diese Errungenschaften machen unser Leben einfacher und schaffen Raum für weitere Überlegungen. Es gibt noch so viel mehr zu entdecken und zu nutzen – wir müssen es nur sehen, aufgreifen und optimal ausschöpfen.

NACHTRAG

Der aufstrebende Weltkapitalismus wird sich unter seinen eigenen Gesetzen selbst zerstören. Ein Auffangtrend muss entstehen, um diesen Kollaps abzuwenden. Wenn ein so großes System zusammenbricht und der Mensch seine Flexibilität verliert, könnten wir in eine vorsteinzeitliche Phase zurückfallen.

Es ist an der Zeit, neue Energiequellen zu erschließen. Ein erster Schritt könnte die Erschließung des Meteoritengürtels nahe des Mars sein. Dort finden wir genug Ressourcen, um weiter voranzukommen.

ZIEL

Schaffung von 250 Millionen Arbeitsplätzen, um diese Vision zu verwirklichen.

DANKSAGUNG

Zum Schluss – oder besser gesagt, zum Anfang – möchte ich allen danken, die mir in meinem bisherigen Leben begegnet sind und von denen ich lernen durfte.

In Liebe,
Chris